KB067934

나에겐
100퍼센트
2

나에겐 100퍼센트

강리은 장편소설

2

Terrace Book

Vol.1

Vol.2

남자가 사랑할 때

오늘따라 무슨 회식이 그렇게 많은지 고깃집에서 연기가 빠져나갈 기미가 보이지 않았다. 흥청망청 울고 웃고 떠드는 사람들 사이에서 세나는 열심히 고기와 음료를 날랐다. 모두들 행복하고 즐거워 보이는 모습이었다. 그녀만 빼고.

세나는 더욱더 열심히 일했다. 떠오르는 그 어떤 생각을 몰아내기 위해서, 정확히는 한태성을 생각하지 않기 위해서였다.

평소보다 열심히 일하려니 근육들이 주인에게 소리 없이 항의하는 중이었다. 하지만 그런 세나의 모습을 웃으며 흐뭇하게 지켜보는 사람도 있었다.

"그러지 말고 우리 가게에 취직을 하는 건 어때? 요즘 졸업하고 취직하기도 힘든데. 매니저로 와. 월급은 섭섭지 않게 줄게. 카운터 봐주는 것도 좋고."

야무지고 일도 잘하는 데다가 싹싹한 세나를 평소 눈여겨본 고깃집 사장이 은근히 취업을 권했다. 규모가 제법 큰 고깃집이었다. 여기서 일하면 월급을 얼마나 줄까? 일이 힘든 만큼 시급도 센 편이니 아마 많이 주겠지?

　조금 더 생각해보겠다는 말을 남기고 세나는 고깃집을 나섰다. 좋은 제안이라는 생각이 들기도 했다. 하지만 그녀가 꿈을 펼치며 일하기에 적당한 취업 자리는 아니었다.

　잠시 휘청거렸던 보육원은 이제 제자리를 찾아가며 안정세에 들어섰는데, 그녀의 머릿속만 이래저래 복잡했다. 아르바이트에 취업 걱정만으로도 마음의 짐이 한가득이었다.

　―제가 윤세나 씨에게 호감이 있는 것 같은데요.

　성현에게 그 말을 듣자마자 세나는 아르바이트 시간이 다 되었다며 도망쳤다. 그 자리에 있기가 민망했다. 한태성 하나만으로도 이렇게 벅찬데…… 문성현까지. 하지만 돌이켜 생각해보면 별일 아닌 것도 같았다.

　나 혼자 오해하는 거 아냐? 호감이 있다고 말했을 뿐이잖아. 세나는 낮의 상황이 떠올라 눈을 감고 고개를 흔들었다. 그래, 문성현 씨가 몇 번 보지도 못한 여자에게 좋아한다고 말할 사람은 아닌 것 같아. 사귀자고 한 것도 아니고.

　"사람 대 사람으로서의 관계를 말한 거겠지. 내가 여자로 좋다고 한 말은 아닐 거야."

　그렇게 결론을 내리는 순간 그녀는 앞에 서 있던 사람과 부딪혔다. 가까이에 사람이 있는 줄도 모르고 딴 생각을 하며 걷다니.

　"아, 죄송합니다. 제가 잠시 딴 생각을 하느라……."

　서둘러 사과하는 세나의 입이 순식간에 다물어졌다.

왜 이 사람과는 늘 생각지도 못한 시간에, 절대 마주칠 수 없을 것 같은 곳에서 만나게 되는 걸까?

"누가 뭐라고 했다고?"

무표정한 얼굴과는 달리 태성은 이글거리는 눈빛으로 세나를 바라보고 있었다.

태성은 이른 저녁부터 잠들어 있던 호진을 깨워 닦달했다.

─오늘 세나 스케줄이 어떻게 되지?

이 밤에 왜 그걸 내가 가르쳐줘야 하냐며 투덜거리면서도, 호진은 충실한 부하 직원으로서의 임무를 다했다. 그게 그리 어려운 일은 아니었으니까.

세나의 삶은 매우 단순했다. 학교, 도서관, 집…… 그리고 아르바이트. 이 패턴을 벗어나는 일은 거의 없었다.

태성은 호진에게 들은 정보대로 미친 듯이 운전해서 세나가 있는 곳으로 왔다. 오로지 그녀를 보고 싶다는 생각 하나만으로. 그리고 마침내 발견한 세나의 모습에 태성은 자신도 모르게 미소 지었다.

그의 심장은 멀리서 걸어오는 세나의 모습을 보는 내내 두근거렸다. 차를 타고 왔는데도 백 미터 달리기라도 한 것처럼 뛰어대는 심장이 낯설기까지 했다.

50m, 30m, 10m, 5m…….

그녀가 몇 발짝 앞까지 다가오자 태성은 긴장했다.

바로 앞까지 왔는데도 세나는 태성의 존재를 전혀 알아차리지 못했다.

"사람 대 사람으로서의 관계를 말한 거겠지. 내가 여자로 좋다고 한 말은 아닐 거야."

태성은 세나에게 그런 말을 한 기억이 없었다. 그렇다면 다른 누군가가 그녀에게 한 말이라는 건데? 태성의 얼굴이 있는 대로 구겨졌다.

그의 짐작이 맞다면 아마도 그 남자겠지. 유림 그룹 애송이 녀석이 세나를 만나고 간 모양이었다. 그새 대놓고 호감을 표시해? 태성의 불쾌감이 저절로 상승했다.

"누가 뭐라고 했다고?"

태성은 간신히 감정을 누르고 세나에게 이성적으로 말했다.

"다시 한 번 말해봐."

세나는 믿을 수 없다는 듯 계속해서 태성의 얼굴을 바라보았다. 잘못 본 건가 싶어 눈을 비볐지만 보고 또 보아도 자신이 아는 한태성이 맞았다.

대체 그가 왜 이 시간에 여기에? 궁금한 것 투성이였지만, 그녀는 아무 말도 하지 못했다.

그들의 마지막 만남이 아름다웠던 건 아니었기에 세나는 입 밖으로 튀어 나오려던 반가운 많은 물음들을 속으로 삼켜야 했다. 그리고 지금 분위기로 보아 그녀의 반가움은 이 상황에 그다지 도움 될 것 같지도 않았다.

"그런데 여기서 뭐 하세요?"

뭘 하고 있는 건지 태성도 대답해주고 싶었다. 하지만 세나에게 무슨 대답을 어떻게 해야 할지 생각나지 않았다.

태성은 아무런 말없이 세나를 바라보다가 긴 다리로 성큼성큼 그녀에게 다가갔다. 갑작스럽게 태성이 다가오자 세나는 한두 걸음 뒤로 물러섰다. 그 모습을 본 태성의 한쪽 눈썹이 치켜 올라갔다.

"피하는 건가?"

"피하는 게 아니라 갑자기 그렇게 다가오니까……."

변명하고 있는 자신이 우스워져 세나는 걸음을 멈추고 허리를 쭉 폈다. 갑자기 나타난 그가 놀랍고 반가웠다. 하지만 그녀의 머릿속에 태성의 목소리가 떠올랐다.

—아무것도 하지 마.

그날 태성의 목소리는 차갑고 냉정했다. 세나에게 경고라도 하듯. 그래 놓고 왜 갑자기 찾아온 건데? 세나는 입술을 깨물었다.

"어디 가는 길이지?"

"그건 알아서 뭐 하시게요?"

"내가 알면 안 되나?"

"안 될 건 없지만 꼭 알아야 할 이유도 없잖아요?"

태성은 세나를 말없이 쳐다보다가 조금 더 가까이 다가가 그녀의 손목을 잡았다. 그러고는 몸을 돌려 성큼성큼 걸어가기 시작했다.

"어디 가는데요? 이것 놓고 가요."

졸지에 갑자기 끌려가는 모양새가 되어버린 세나는 태성에게 항의했지만, 그는 세나의 손목을 잡은 채 아무 말 없이 걷기만 했다.

그래도 태성은 세나의 손목이 아프지 않을 만큼의 힘만 주고 있었다.

세나가 반항하듯 멈춰 섰다. 거세진 그녀의 태도에 태성이 돌아보자 세나는 또다시 울컥했다. 그의 눈빛은 예전의 그 다정한 눈빛이 아니었다. 아무것도 하지 말라고, 그것도 키스냐면서 면박을 줄 때는 언제고 이제 와서! 그에게 좋아한다고 말했었지만 그게 태성이 자신에게 무례하게 굴어도 좋다는 뜻은 아니었다.

"놔주세요."

세나의 말에 태성은 손을 놓지 않은 채 몸을 돌려 그녀를 마주 보았다.

"지금 뭐 하시는 건가요?"

심상치 않은 세나의 목소리에 태성의 손길이 조금 느슨해졌다. 하지만 그는 그녀의 손목을 놓지 않았다.

"……하려고 왔어."

태성답지 않게 작은 목소리였다. 세나는 이렇게 가까운 거리에서도 잘 들리지 않을 만큼 작은 목소리로 말하는 태성의 태도가 낯설었다.

"연습 못 하게 하려고 왔다고."

"무슨 연습……?"

—연습해 올까요?

그녀의 머릿속에 자신이 했던 말이 불현듯 떠올랐다.

"키스 연습 못 하게 하러 왔다구요?"

태성은 대답하지 않았다. 부정하지 않는 걸 보아하니 제대로 짚은 모양이었다. 세나와 태성은 마주 본 채 아무 말 없이 서 있었다. 그 침묵을 깨고 먼저 입을 연 건 태성 쪽이었다.

"연습하지 마."

세나는 갑자기 도깨비처럼 나타나서, 아이처럼 투정을 부리는 태성을 보고 웃어야 할지 울어야 할지 갈피를 잡지 못했다.

"왜요?"

세나는 태성의 눈을 가만히 들여다보았다. 이건 누가 봐도 자신에게 마음이 있는 남자의 행동이었다.

"아실지는 모르겠지만 제가 노력하는 스타일이라서요. 안 되는 일, 못하는 일이 있으면 잘할 때까지 노력하는 사람이에요, 저는."

태성의 눈빛이 날카로워졌다. 그녀의 그런 성격을 태성도 알고 있었다. 그래서 진짜로 노력을 하겠다고?

"그 노력을 누구랑 할 건데?"

"글쎄요, 찾아봐야겠죠?"

어깨를 으쓱거리며 도전적으로 고개를 치켜드는 세나를 태성은 날 선 눈으로 바라보았다.

"마음에 안 들어."

"왜요? 한태성 씨 마음에 안 들면, 제가 하지 말아야 하나요?"

"그 연습 상대, 내가 해주지."

태성의 단호한 말에 세나는 절로 실소가 나왔다. 솔직하지 못한 남자였다. 질투였을까? 질투였으면 했다. 눈빛으로 읽지 못한 마음이라면 보이는 대로 읽어도 되는 걸까?

"연습 상대는 제가 알아서 찾도록 하죠. 그게 싫으면 말해요. 싫다고. 왜 싫은 건지 알려주시면 생각해볼게요."

기회를 주는 듯한 세나의 말에 태성이 동요했다.

태성이 한 발짝 더 다가섰다. 세나는 숨결이 느껴질 만큼 가까이 느껴지는 그가 의식되어 한 걸음 물러나려고 했지만, 뜻대로 되지 않았다. 태성의 한 손이 그녀의 허리를 강하게 감싸 안고 놓아주지 않았기 때문이었다.

싫은 이유를 말해 달라고? 윤세나는 좋은 의미로든 나쁜 의미로든, 그의 피를 끓게 만드는 유일한 여자였다. 그런 여자가 다른 남자와 키스하는 꼴을 보고 있으라고?

"네가 다른 남자와 키스하는 게 싫어."

그의 뜨거운 눈빛이 곧장 세나를 향해 다가왔다. 그 눈빛에 주문이라도 걸린 듯, 세나는 몸을 움직일 수 없었다.

"다른 남자가 네 곁에 있는 것도 싫고."

태성의 손가락이 세나의 얼굴을 부드럽게 쓰다듬었다. 감촉이 마음에 든다는 듯 태성의 입가가 유려하게 휘어졌다.

그의 웃음에 세나는 혼란스러워하며 태성을 바라보았다. 쿵쾅대는 자신의 심장 소리가 들려오는 듯했다.

마주친 시선을 피할 수도 없었다. 태성의 집게손가락이 자신의 턱선을 따라 배회하자 말로 표현할 수 없는 느낌에 전기라도 흐른 듯 등이 찌릿했다.

"네가 나만 봤으면 좋겠어."

이 강렬한 소유욕을 뭐라고 설명하면 좋을까?

그의 눈이 짙게 물들었다.

"키스 연습은 나하고만 하고."

태성의 손끝이 세나의 입술을 만졌다. 그리고 이어 그의 입술이 그녀의 입술을 부드럽게 덮었다.

가볍게 시작된 키스는 점점 깊어졌다.

그 달콤함과 짜릿함에 그녀는 온몸이 사르르 녹아내리는 것만 같았다. 이렇게 짜릿하고 아찔한 기분이라니. 윤주가 말하던 게 이런 기분이었나 보다.

내뱉은 숨결 사이로 다시 뜨겁게 다가오는 태성 때문에 그녀의 온몸이 떨려왔다. 깊고 농밀한 키스에 세나는 제대로 숨을 쉴 수도 없었다.

"하아."

태성에게서 조금 떨어진 뒤 그녀는 숨이 가쁜 듯 크게 심호흡을 했다.

"많은 연습이 필요하겠어."

몽롱해 있던 세나는 태성의 웃음기 섞인 목소리에 그를 노려보았다. 당신이 너무 능숙한 거라고! 숨이 차고 힘든 경험이었는데 자신과는 달리 아무렇지도 않아 보이는 태성을 보자 그녀는 억울해졌다.

"다른 데 가서 연습하고 올 거예요."

"그럴 필요 없어. 지금 계속 연습해."

이만하면 되었다고 말하려고 했지만 태성은 그녀에게 그럴 기회를 주지 않았다. 태성의 뜨거운 숨결이 다시 세나의 입술에 닿았다.

어색하고 달달한, 파스텔 핑크빛 공기가 차 안에 가득했다. 뜨겁고 짜릿하고 달콤했던 태성과의 키스. 그 여운이 아직도 가시지 않고 그녀의 주위를 맴돌고 있었다.

태성은 핸들에 머리를 기댄 채 세나를 바라보았다. 그의 뜨거운 시선에 세나는 차마 눈을 마주칠 수 없어 창밖으로 시선을 돌렸다. 부끄러워 어쩔 줄 모르는 세나를 보는 태성의 눈빛이 부드러웠다.

그가 먼저 입을 열었다.

"이제 확실히 알겠어."

뜬금없는 소리에 세나는 태성을 돌아보았다. 마주친 시선이 여전히 어색했지만 그녀는 더 이상 그의 눈을 피하지 않았다.

태성은 세나에게 숨 막히게 근사한 미소를 보내는 중이었다. 하지만 그녀의 눈에 태성의 미소는 비밀스럽고 음흉하기 짝이 없었다.

"뭘 알겠는데요?"

"윤세나가 날 좋아한다는 걸."

태성의 태연한 목소리에 세나는 눈을 가늘게 뜨며 그를 쳐다보았다. 깊이를 알 수 없는 그의 눈이 반짝거리며 세나에게 무언가를 기대하고 있었다.

"제가 한태성 씨 키스만 좋아하는 걸 수도 있잖아요?"

그런 사람들이 많이 있다고 들었다. 나도 그런 종류의 사람인지 어떻게 알아? 세나가 도도하게 고개를 치켜들자 태성이 시니컬한 웃음을 지어 보였다.

"키스만 좋아했다?"

믿을 수 없다는 듯 태성의 말꼬리가 올라갔다.

"굳이 한태성 씨가 아니었어도 되는 일일 수도 있잖아요."

"그런가?"

태성은 세나와 눈을 마주하며 물었다. 더 부정해볼까 싶은 마음도 들었지만 그것도 잠시, 세나는 눈을 감고 한숨을 길게 내쉬었다. 태성의 눈빛을 보는 순간 그녀는 모든 걸 포기했다.

윤주가 알면 난리 나겠지? 밀당의 기본이 안 되었느니 어쩌느니 하면서. 하지만 사실인 걸 어떡해? 인정하는 수밖에.

세나는 태성을 향해 진심을 고백했다.

"그래요. 저는 한태성 씨가 좋아요."

언제부터인지 정확하게 알 수 없었지만 오랜 시간 동안 그를 좋아했다. 자신이 둔해서 마음을 깨달은 지 얼마 되지 않았을 뿐이었다.

애틋함, 그리움, 그리고 고마움이라는 이름으로 가려져 있었지만 세나의 마음속엔 항상 태성이 있었다. 그리고 이제 그 마음을 담아 입 밖으로 내뱉자, 그녀의 지나치게 솔직한 심장이 미친 듯이 뛰기 시작했다.

이제 화살은 세나의 손을 떠났다. 그 화살을 받을지, 부러뜨릴지 그의 선택만이 남아 있었다. 세나는 떨리는 마음을 감추지 못하고 태성과 시선을 마주했다.

태성은 잠시 아무런 말도 할 수 없었다. 이렇게 갑자기 고백을 받게 될 줄은 몰랐다. 그는 '앞으로 윤세나를 만나러 올 때마다 심장약이라도 챙겨 와야 하나?' 하는 어이없는 생각을 했다.

기분 좋게 심장이 조여오는 뻐근하고 묵직한 느낌. 이번에는 흉부외과에 예약을 해야 하는 건가?

"왜 나지?"

태성의 질문에 세나는 고개를 갸웃했다. 그가 좋은 이유를 딱히 생각해본 적이 없었다. 아니, 이유 같은 게 있을 리가 없었다.

"그거야 당연히 저도 모르죠."

"몰라?"

태성이 묻자 세나는 어깨를 으쓱거렸다.

"나이도 많고 세상에 물들 대로 물들고 게다가 성격이 좋은 것도 아니고 차갑고 제멋대로인 사람인데, 특별한 이유가 있는 게 이상하지 않아요?"

사실이긴 했지만, 그 말을 세나의 입으로 듣자니 그다지 유쾌한 기분은 아니었다.

"아주 대놓고 지적질이군. 너, 나 좋아하는 건 맞아?"

의심 가득한 태성의 목소리에 세나는 자신도 모르게 미소를 지었다.

"그 모든 악조건에도 불구하고 한태성 씨가 좋으니, 진짜로 좋아하는 거죠."

태성은 할 말을 잃었다. 세나의 말 한마디 한마디가 그의 심장에 와 박혔다. 그녀의 거짓 없는 그 맑은 눈빛이 그의 폐부를 깊숙이 찔러왔다.

나에게 자격이 있는 걸까? 이렇게 순수한 세나의 마음을 받아도 되는 걸까?

한참 세나를 바라보던 태성이 이윽고 입을 열었다.

"네 말대로 나는 나이가 많아. 그리고 그게 너에게 문제가 될 수도 있지."

웃기는 일이다. 이전에 그는 자신의 나이가 많다고 생각해본 적이 단 한 번도 없었다.

"그럼 한태성 씨한테는 문제가 안 된다는 말이죠?"

태성이 긍정의 눈빛을 하자, 세나가 생긋 웃었다.

"그럼 괜찮아요. 저 어릴 때 꿈이 고고학자였거든요."

"고고학자? 갑자기 무슨."

반문하던 그가 곧이어 얼굴을 일그러뜨렸다.

"내가 화석만큼 나이 들었다는 소리를 하고 싶은 거야?"

"눈치 빠르시네요. 그래서 제가 한태성 씨를 좋아하나 봐요."

그의 말에 세나가 해맑게 웃으며 말하자 태성은 허탈감에 화도 나지 않았다.

큰일이었다. 이제 세나에게는 화도 낼 수 없는 모양이었다. 화석을 좋아한다니, 그렇게 해서 나이 차가 극복이 된다면야 그건 그것대로 괜찮은 거 아닐까?

"그 어릴 때 꿈 내가 이뤄주도록 하지. 화석을 연구할 기회를 줄게."

세나는 선심 쓰듯 말하는 태성을 놀란 눈으로 바라보았다.

"그 화석, 연구할 만한 가치가 있어요?"

태성은 순진하게 '난 아무것도 몰라요.'라는 눈빛으로 자신을 보는 세나가 사랑스러웠다.

"그럴 가치가 충분히 있다고 봐."

태성의 거만한 말투에 세나가 미소 지었다.

"그걸 어떻게 알아요?"

"제법 많은 사람들이 탐내더군. 특히 여자들이."

"여자들이 왜 그 화석을 탐낼까요?"

"공급은 하나인데 수요가 많으니 가치가 있는 거 아니겠어?"

태성이 소년 같은 미소를 지었다. 그 모습에 세나는 순간 심장이 두근거렸다.

"그리고 원한다면 소장도 가능하지."

"……혹시나 해서 묻는 건데, 그 화석 본인이에요?"

"왜 아니겠어?"

세나는 살면서 절실하게 가지고 싶은 게 없었다. 무엇을 봐도 꼭 가지고 싶은 마음이 들지 않았다고나 할까?

욕심을 낸다고 다 가질 수 있는 게 아니라는 사실을 너무 일찍 깨달아버린 탓이었다.

하지만 눈앞의 남자는 갖고 싶었다. 이 화석, 진짜로 탐이 났다.

태성의 나긋나긋하고 장난스러운 모습에 세나는 새침하게 고개를 돌렸다.

"다 큰 성인 남녀가 키스 한 번 한 걸 가지고 연애까지 할 필요가 있을까요?"

언젠가 그가 했던 말을 세나는 그대로 돌려주었다. 그녀의 토라진 모습이 귀여워 태성은 피식 웃음을 터뜨렸다.

"뒤끝이 꽤 길어."

"아직 시작도 안 했는데요. 벌써 놀라시면 곤란해요."

자신이 마음고생한 거에 비하면, 이 정도야 애교지.

"그 뒤끝 다 받아줄지도 모르잖아?"

"후회하실 텐데요."

이미 후회를 하고 있는지도 몰랐다. 하지만 오늘 세나에게 오지 않았다면 그는 더 큰 후회를 하고 있었을 것이다.

세나와 태성의 시선이 마주쳤다. 그녀를 마주하는 태성의 눈빛이 진지해졌다.

"솔직히 말하면 아직 자신 없어. 연애니 사랑이니 관심도 없었고 필요에 의해서만 여자를 만났으니까."

"고해성사 시간인가요?"

"윤세나가 신부님 하면 되겠군."

태성은 솔직해지기로 했다. 어차피 거짓말을 해봤자 세나에게 통하지 않을 것이다.

그는 속에 있는 말을 담담히 내뱉었다.

"네가 다른 남자하고 키스하러 다니는 건 못 보겠고, 그렇다고 너한테 거짓말로 사랑 고백 같은 걸 하고 싶지도 않아."

그럼 지금 하고 있는 건 뭔데? 이건 고백 아니야? 세나는 묻고 싶었지만 자신에게 진지하게 속마음을 드러내는 태성을 보며 입을 뗄 수 없었다.

"내가 사랑 같은 거 할 수 있을지 모르겠다. 그저 윤세나가 내 여자였으면 좋겠어. 나랑 하자, 연애."

말없이 태성의 말을 듣기만 하고 있던 세나가 입을 열었다.

"많은 발전이 있었네요."

자신을 보고 미소 짓는 세나의 모습에 태성은 마음이 놓였다. 그게 뭐냐고 그녀가 화내지 않아서 진심으로 다행이었다.

태성은 손을 뻗어 세나의 머리카락을 뒤로 넘겼다. 그 섬세하고 부드러운 손길에 세나는 자신도 모르게 눈을 감았다. 평소와는 다른 그의 모습에 그녀는 어찌해야 할 줄을 몰랐다.

이게 사랑 고백이 아니라면 진짜 사랑 고백을 할 때는 얼마나 더 달콤할까?

태성의 고해성사 같은 말에도 세나의 심장은 터질 듯 뛰었다.

이런 거라면 반쪽짜리 고백이라도 좋았다. 사랑에 빠진 남자의 모습을 하고 있으면서도 알아채지 못한다 해도 상관없었다. 그가 한태성이라면.

"그래서 대답은?"

그녀가 감았던 눈을 살며시 뜨자 숨을 죽이고 대답을 기다리는 태성의 모습이 눈에 들어왔다.

"이건 제가 밑지는 장사 같은데요?"

세나의 대답에 태성의 얼굴이 살짝 굳었다. 하지만 이내 신뢰감 있는 목소리로 그는 세나를 설득하기 시작했다.

"아니. 이건 기업인의 관점으로 볼 때 절대 네가 밑지는 장사가 아니야."

세나는 속으로 웃음을 삼켰다.

"저는 어리잖아요."

"나는 성숙하지."

"저는 예쁘구요."

"나도 매우 잘생긴 편이야."

"저는 바빠요."

"난 시간이 많아."

"그럴 리가요. 기업의 대표님인 한태성 씨가 저보다 더 바쁘실 텐데요."

"난 능력 있는 대표니까."

세나는 터지는 웃음을 참으려 안간힘을 써야 했다. 그런 모습을 눈치챘을 텐데도 태성은 진지한 표정을 풀지 않았다.

"전 아직 취업도 못 한 백수예요."

"나 돈 많아. 뒷바라지해줄 수 있어."

결국 세나의 입에서 웃음이 터지고야 말았다.

"그거 정말 솔깃한 제안이네요."

"나쁘지 않을 거야. 내가 연애는 좀 하거든."

씨익 웃는 태성의 미소는 꼭 개구쟁이 같았다.

"내 앞에서 지금 선수인 거 티 내는 거예요?"

태성의 얄미운 말에도 세나는 화가 나지 않았다. 오히려 심장이 간질간질, 공기는 달짝지근하게 느껴졌다.

돌이킬 수 없는 일이 시작되어버렸다. 어떡하니, 나 이제…….

태성이 팔을 뻗어 세나를 끌어안았다. 제자리를 찾은 것마냥 그녀는 그의 품속으로 빨려들어갔다. 태성의 뜨거운 숨결이 세나의 귓가를 간질였다.

"대답할 시간 지났어. 타임아웃. 너, 탈락이야."

"시간 제한이 있었어요? 시간 재지도 않았잖아요. 그리고 저 대답 안 했는데요."

"거절 안 했으면 끝인 거지."

"순 억지네요."

"억지라도 상관없어."

태성은 그녀를 품에서 놓을 수가 없었고, 세나는 뛰어대는 심장 소리가 태성의 귀에까지 들릴까 조마조마했다.

그런 세나의 상태를 아는지 모르는지 태성은 고개를 숙여 조금 더 그녀 가까이 다가왔다. 태성의 눈빛이 탁해져 있었다.

"왜 갑자기 다가오시는데요?"

"조금 전에 못 한 게 있어서."

태성은 고개를 숙여 그녀의 입술 근처로 다가왔다. 닿을 듯 말 듯
아슬아슬한 느낌, 미치도록 감질나고 아찔한 기분.

세나의 목소리가 떨렸다.

"조금 전에…… 뭘 못 했는데요?"

"선수인 거 티 내는 거. 그거 꼭 제대로 보여주고 싶었거든."

말을 마친 태성은 세나의 입술을 찾았다. 아까보다 더 깊은 입맞
춤이 이어졌다.

태성은 서류에서 결국 손을 떼어놓아야 했다.

잠들 수 없는 밤, 그가 택한 건 일이었다. 하지만 현명한 선택은
아니었다. 서류에 있는 내용이 눈에 들어오지 않았기 때문이었다.
바보가 된 기분이었다.

"이런 상태로 무슨 일을 하겠다고."

결국 일을 포기한 태성이 거실로 나왔다. 온기 없는 넓은 거실에
홀로 서 있는 기분이 낯설었다. 외롭다는 감정이 가슴속에 파고들
었다. 웃긴 일이었다. 언제부터 외로움을 탔다고.

철저하게 혼자가 되었다고 느꼈던 어린 나이부터 외로웠던 적은
없었다. 오히려 혼자 있는 시간이 편했다. 곁에서 돌봐주는 윤 여사
의 다정함이면 된다고 생각했다.

핏줄도 아닌 그를 따르며 마음을 주는 호진과 몇 안 되는 친구들
만으로도 부족할 것 없는 삶이었다.

태성은 자신이 원래 그런 사람인 줄 알고 살아왔다.

그랬는데…… 지금은 외로웠다. 자신이 사람에게, 그것도 한참 어린 여자에게 빠져서 허우적대는 꼴을 상상조차 해본 적이 없었는데. 정말 제대로 빠졌구나, 한태성.

그의 어머니가 조금은 이해가 될 듯도 했다. 그렇다고 어머니가 한 행동이 용서가 되는 건 아니었지만.

"그 어머니에 그 아들이라는 건가?"

태성은 쓴웃음이 나왔다. 어머니처럼 되지 말자고 그렇게 다짐했는데 결국 무너져버렸다.

인생을 사랑에 쏟아버린 어머니.

그녀의 피가 반이나 흐르고 있는 자신이 앞으로 어떻게 변해갈지 상상도 할 수 없었다.

"아주 기대되는군."

사랑에 빠진 자신의 마지막은 어떻게 될지 궁금했다.

어머니처럼 새드엔딩일까? 동화 속 세상처럼 해피엔딩일까?

엔딩이 어느 쪽이건 그는 이제 멈출 수 없었다. 열지 말아야 할 판도라의 상자를 열었으므로.

창밖에 펼쳐진 도시 야경이 그를 응원하듯 반짝거렸다. 그 황홀한 응원에 태성은 또다시 세나가 보고 싶었다.

밤 풍경을 좋아하는 세나.

아무렇게나 던져둔 그의 핸드폰이 눈에 띄었다. 평소 이 시간에는 신경 쓰지 않던 핸드폰이 그에게 존재를 드러내고 있었다.

"자고 있겠지?"

이미 자정이 넘은 시각, 태성은 세나를 생각하며 핸드폰을 손에 들고 바라보았다.

깊은 잠에 빠진 아이들은 사방에 굴러다니고 있었다. 이제 제법 쌀쌀해진 날씨에 이불을 제대로 덮지 않으면 분명 감기에 걸릴 텐데.

세나는 아이들에게 일일이 이불을 덮어주었다. 잠든 아이들의 얼굴이 천사처럼 예뻤다. 올망졸망 잠들어 있는 아이들이 뒹굴며 서로 배 위에 다리를 올려놓았다.

모두 잠든 이 시간, 자꾸 태성의 모습이 머릿속을 떠나지 않고 그녀의 잠을 방해했다.

─윤세나가 내 여자였으면 좋겠어.

담백하고 진지했던 태성의 목소리, 자신을 소중히 감싸 안던 그의 손, 뜨겁던 그의 숨결. 아직도 꿈인 듯했지만, 그 모든 게 생생하게 그녀의 기억에 남아 있었다.

꿈이었다면 어떡하지? 혹시 나도 모르게 취해 있는 거라면? 내일이 되면 다시 없었던 일로 하자고 하지는 않을까? 그러면 나는 어떻게 해야 할까? 그녀는 너무 꿈같아서 쉽게 현실로 느껴지지 않았던 태성과의 일들이 계속해서 생각났다.

쉽게 잠을 이룰 수 없던 세나의 발걸음이 주방으로 향했다. 따뜻한 우유라도 한 잔 마시면 잠이 오지 않을까 싶어서였다.

"누나 아직 안 잤어?"

윤성이었다.

"너야말로 왜 아직 안 자고 있어?"

"동생한테 관심 좀 갖지? 나 알바 하고 이제 들어왔어. 초과 근무하면 수당 많이 준다길래 조금 더 있다 왔어."

하루 일과를 보고하며 서랍을 열어 무언가를 찾는 윤성의 손이 분주했다. 마침내 발견한 듯 흡족한 미소를 짓는 윤성의 손에 믹스커피 한 봉지가 들려 있었다.

"커피 마시게?"

"내일 제출할 숙제 있는데 이제 해야 되거든. 누나도 한 잔 줘?"

"난 커피 말고 우유."

안 그래도 잠이 안 오는데 커피까지 마시면 밤을 새야 할지도 모를 일이었다. 윤성은 냉장고에서 꺼낸 우유를 전자레인지에 넣었다.

조용한 주방에 커피포트의 물 끓는 소리와 전자레인지 소리가 울려 퍼졌다.

"누나는 왜 안 자고 있어?"

"오늘따라 잠이 안 오네."

윤성은 식탁에 기대 서서 팔짱을 끼고 세나를 위아래로 보며 음흉한 미소를 지어 보였다.

"너, 나를 보는 눈이 굉장히 불순해?"

"사랑으로 잠 못 이루는 밤이다, 뭐 그런 거야?"

윤성은 세나의 손에 들린 핸드폰을 보고 다 알고 있다는 듯 씨익 웃었다.

"어린애는 몰라도 되는 일이란다."

"나랑 몇 살 차이 안 나면서 어른 행세는. 고민하고 있었어? 이 시간에 전화해도 되는지 안 되는지?"

"아니야."

정곡을 찌르는 윤성의 질문에 세나는 잠시 움찔했다. 하지만 이내 아무렇지도 않게 손에서 핸드폰을 내려놓은 후, 우유를 마셨다.

윤성은 짓궂은 미소를 지었다.

"내가 그래도 연애에 있어서는 누나보다 베테랑일걸?"

윤성은 말을 끝내자마자 세나가 내려놓은 핸드폰을 잽싸게 들어 올렸다.

"매형 이름이 한태성이었지? 여기 찾았다!"

당황한 세나가 달려들었지만 윤성이 핸드폰을 높이 들었다. 도대체 언제 이렇게 큰 거야?

"야, 너 안 내놔?"

"어허, 소리 좀 낮추시지, 누님? 이 시간에 애들 다 깨우고 싶어서 그래?"

세나가 큰 소리를 내자 윤성은 킥킥대며 웃었다. 그러고는 한 손으로 그녀의 머리를 누르고 다른 한 손으로는 핸드폰 키패드를 두드렸다.

세나가 열심히 팔을 휘둘러보았지만, 자신보다 훨씬 높이 있는 윤성의 손까지 닿을 리 없었다. 끼니를 열심히 챙겨주는 게 아니었는데.

"너 뭐 하는 건데!"

"기다려봐. 이 동생님께서 사랑의 큐피트를 해주겠다는데."

그래서 더 불안하다고, 이 자식아! 세나가 절규를 하든지 말든지 능숙하게 핸드폰 키패드를 눌러대던 윤성은 전송 버튼을 누르며 말했다.

"애인 사이에 건조하게 한태성이 뭐냐? 한태성이."

윤성의 표정이 심상치 않았다. 세나는 불안감에 심장이 튀어나올 것 같았다.

"널 믿는다, 윤성아. 뭔가 보낸 건 아니지?"

"보냈는데?"

설마 했는데 이 시간에 진짜로 그 사람한테 연락을 했다고? 세나가 믿을 수 없다는 표정을 지었지만 윤성은 그녀의 어깨를 가볍게 툭툭 쳤다.

"기다리고 있어. 바로 연락 올 테니까."

"뭐라고 보냈는데?"

절망으로 가득 찬 세나의 손에 핸드폰을 쥐여주고 윤성은 말 없이 웃음 지었다. 유유히 사라지는 그의 뒷모습에 검은 날개가 달린 것 같았다.

세나는 숨을 깊이 들이마셨다 내신 뒤, 핸드폰을 조심스럽게 확인했다. 그리고 정확히 3초 뒤, 세나가 속으로 비명을 삼키며 윤성의 방으로 갔지만 이미 윤성은 문을 잠가버린 후였다.

"너 문 안 열어? 오늘 너 죽고 나 살자. 당장 안 나와?"

이를 악문 세나는 최대한 침착한 목소리로 말했지만 말투와 내용이 성공적이지는 못했다.

"누나 같으면 나가겠어? 그리고 계속 그렇게 시끄럽게 떠들면 애들 깬다."

키득대는 윤성의 목소리에 분노가 솟구쳐 올랐지만 세나가 할 수 있는 일은 아무것도 없었다. 그저 망연자실하게 자신의 핸드폰을 내려다볼 뿐이었다.

> 밤이 외로워요.

　태성은 눈을 깜빡이며 문자를 다시 확인했다. 몇 번을 봐도 변하지 않는 내용이었다. 그리고 발신자는 윤세나.

　태성은 이 문자를 어떻게 해석해야 할지 몰라 한참을 들여다보았다. 밤이 외로워? 이걸 지금 윤세나가 보냈다고?

　태성의 표정이 딱딱하게 굳어버렸다. 안 그래도 그녀 때문에 잠이 안 와서 이러고 있는데 이런 문자까지 보니 마음이 더 심란해졌다. 큰일 날 여자네. 오늘 밤 잠들기는 다 틀렸다. 하지만 세나와 통화 정도는 할 수 있겠지. 밤도 외롭다는데.

　태성은 알 수 없는 기대감과 설렘으로 천천히 통화 버튼을 눌렀다.

　한편, 진짜 태성에게서 전화가 오자 세나는 안절부절못하며 핸드폰을 노려보았다. 윤성이 녀석 때문에 밤중에 이게 무슨 일이야, 대체?

　"이걸 받아야 해, 말아야 해?"

　세나는 입술을 깨물었다. 오해의 소지가 다분한 문자였고, 이건 반드시 풀고 넘어가야 할 상황이었다.

　"여보세요."

　[그래서 같이 있자고?]

　이럴 줄 알았어. 세나는 전화를 받자마자 깊은 한숨을 내쉬었다.

"그게 제가 보낸 게 아니구요…… 윤성이가 장난치느라."

[그래서 이게 네 진심이 아니라고? 이거 실망인데?]

"뭐가 실망이에요."

[난 또 유혹하는 줄 알았지.]

"……뭘 해요?"

[유혹.]

"제가 소질 없는 분야라서요."

태성은 나지막하게 웃었다. 그의 허스키한 웃음소리가 매력적으로 들려와 세나의 심장이 두근거렸다. 한밤중의 남자 목소리는 원래 이렇게 섹시한 건가?

[그건 내가 제일 잘 알고 있지.]

"나 놀리려고 전화한 거예요?"

[아니, 목소리 듣고 싶어서. 넌 내 생각하느라 못 자는 거야?]

세나는 아무런 말도 할 수 없었다. 이제는 사소한 말도 달콤하게 들려온다. 내 귀가 어떻게 됐나 봐.

"사실…… 한태성 씨 생각하는 거 맞아요. 그리고 내일이 되면 또 모든 게 달라지지 않을까, 걱정하고 있던 참이었어요."

[이제 안 그래.]

"그래도 믿을 수가 있어야죠. 전과가 있잖아요?"

[그때와는 다를 거야, 많이.]

그의 진심이 느껴지는 목소리에 세나는 안도했다.

"안 자요?"

[네가 유혹해서 잠이 다 달아났어. 보고 싶어서 잠이 안 와.]

태성도 그녀처럼 잠들 수 없는 밤이었나 보다.

"내일 회사 가려면 얼른 자야죠."

[네가 옆에 있었으면 좋겠다.]

그의 진심이 담긴 허스키한 목소리에 세나의 심장이 간질간질했다.

"……저도요. 잘 자요. 얼른 자요. 늦었어요."

태성이 쿡쿡거리며 웃었다. 이 남자, 이렇게 잘 웃는 사람인가? 하지만 나라고 다를 게 뭐가 있담? 한밤중에 이 어두운 주방에서 나도 웃고 있는데.

[잘 자. 내일 보자.]

내일 힘들지 않으려면 이제는 정말 잠들어야 할 시간이었다.

"잘 자긴 글렀네요."

세나는 통화가 끊긴 자신의 핸드폰을 향해 작게 속삭였다.

세나와의 통화를 마치고 난 태성도 쉽게 잠들 수 없었다.

한 번 넘쳐흐른 마음은 걷잡을 수 없었다. 태성은 그 마음을 피할 생각도 막을 생각도 하지 않았다.

그 마음은 너무 거대해서, 그저 인정하고 받아들이는 수밖에 별도리가 없는 듯했다.

같이 있었으면 좋겠다는 그의 말에 세나도 핸드폰 너머 작은 소리로 동의했다. 그래, 그녀도 그와 같은 마음이었다.

지금이라도 세나를 데리고 와, 그의 옆에 두고 싶었다. 진심으로 그녀가 곁에 있었으면 했다.

지금 이곳에 있다면 아까처럼 키스만으로는 끝내지 못했을 것이다. 타버릴 듯 뜨거웠던 자신을 생각하며 태성은 피식 웃었다. 애송이 같은 자신의 모습이 한심했다. 너무 급하게 다가서면 세나가 당황할 것이다. 그래, 천천히 조금씩 놀라지 않게.

"그게 가능할지는 자신이 없지만."

아무리 다짐하고 또 다짐해도 세나가 곁에 있으면 다시 고삐가 풀려버린다. 시간이 지날수록 채워지지 않는 욕망이 그를 미치게 만들어버릴 수도 있었다.

─그래서 시간이 필요한 거죠. 나는 이 구두에게 익숙해질 시간, 이 구두는 나에게 익숙해질 시간.

세나의 목소리가 태성의 귀에 들리는 듯했다. 익숙해질 시간? 그런 건 필요 없었다. 이미 충분했다. 다른 여자였다면 그런 것쯤 얼마든지 줄 수 있었다.

이렇게 미친 것처럼 굴 필요도 없었다. 다른 여자였다면 그에게 이런 영향을 끼칠 수 없을 테니까. 이건 오직 윤세나만이 불러올 수 있는 현상들이었다.

왜 세나가 특별한 걸까? 어째서 윤세나지?

세나에 대한 생각을 멈출 수 없었던 태성은 문득 떠오른 단어에 갑자기 웃음을 터뜨렸다. 이전까지 상상조차 할 수 없었던 이유가 그의 머릿속에 떠올랐다.

"하하하하. 하하하. 미치겠네……."

생각해보니 그에게 세나는 '첫사랑'이었다.

"똥 마려운 강아지마냥 그러지 말고 가십시오."

태성이 호진을 쳐다보며 미간을 찌푸렸지만, 호진은 그에게 코웃음을 쳤다.

"세나 씨 보러 가세요. 아까부터 시계만 보고 계시질 않습니까?"

"아니야."

"아니시라구요?"

호진이 길게 목소리를 빼며 말끝을 올렸다. 절대로 동의하지 않는다는 표시였다.

태성의 눈썹이 위로 향했다. 그 모습을 본 호진은 대표실에 들어오기 전 전달받은 사항을 떠올렸다. 진짜 아닌지 확인해볼까?

"그럼 지금부터 회의 소집할까요? 유림 그룹에서 보내온 신제품 개발 관련 서류가 도착해서 개발팀과 업무팀을 모아 회의하셔야 합니다."

그의 말에 태성은 미동도 하지 않은 채 호진을 쳐다보았다.

벌써 오후 4시였다. 지금 회의를 시작하면 언제 끝날지 장담할 수 없었다. 태성에게서 바로 허락이 떨어지지 않자 호진이 그것 보라는 듯 고개를 치켜들며 회심의 미소를 지었다.

"회의 하시겠습니까, 나가시겠습니까? 참고로 세나 씨 수업은 끝났을 시간입니다."

"그걸 왜 지금 말해?"

태성은 호진에게 버럭 화를 내며 재킷을 들고 자리에서 일어섰다. 투덜대는 태성을 보며 호진은 웃음을 삼켰다.

"회의 일정 내일 오전으로 잡아놓도록."

"오후 스케줄은 어떻게 할까요?"

"오후 스케줄은 다 취소시…… 오후 스케줄 없잖아."

말을 하던 태성은 호진을 노려보았다.

"네. 없습니다."

"너, 마음에 안 들어."

"언제는 제가 마음에 드셨습니까?"

태성은 더 이상 호진과 노닥거리기 싫다는 듯 지갑과 차 키를 챙겨 서둘러 나갔다. 그런 태성의 뒷모습을 보며 호진은 웃음을 터뜨렸다.

교수실에서 세나는 담당 교수와 마주 앉았다. 으레 하는 상담이겠거니 했는데 담당 교수가 그녀 앞에 종이봉투를 내려놓았다. 봉투를 여는 세나의 손길이 조심스러웠다. 몇 번이나 신경 써주셨는데 아직도 취업을 못해 죄송한 마음뿐이었다.

예상대로 입사 지원서였다. 서류를 주의 깊게 살펴보던 세나는 눈을 동그랗게 떴다.

"대한 그룹이요?"

세나의 반응에 교수님은 만족스럽다는 듯 미소 지었다.

"이번에는 구미가 당겨?"

"대한 그룹은 입사 지원서 거의 안 돌리잖아요."

"이번에는 학교마다 돌린 모양이야. 교수 추천으로 인재를 모으고 싶다나."

교수 추천으로 모으고 있는 거면 합격 가능성이 높았다. 세나는 감사한 표정으로 교수님을 보았다.

"그런 걸 제가 가져가도 돼요?"

"너니까 주는 거야. 과 톱한테 안 주면 이걸 누구한테 줘?"

교수 추천이 성적만으로 이루어지는 게 아니라는 사실을 잘 아는 세나였다. 그래서 더 감사했다. 그런 세나의 눈빛을 담담하게 받아 넘기며 담당 교수는 으름장을 놓았다.

"너, 이번이 마지막이야."

교수님의 경고 아닌 경고에 세나는 고마움을 담아 웃어 보였다.

"지난번에도 그러셨으면서."

차갑고 무심해 보이지만 담당 교수는 속이 깊고 다정한 사람이었다. 그게 겉으로 잘 드러나지 않아서 오해도 많이 받고 있었지만.

"다른 친구들은요?"

조심스러운 세나의 말에 담당 교수는 고개를 저었다.

"생각 없으면 다시 가져오고. 아직 시간 많으니까."

"네. 정말 감사합니다."

몇 번이나 감사하다는 말을 하고 교수실을 나서는 세나의 마음은 기쁘면서 착잡했다. 취업을 끝냈어야 할 시기였는데 신경 써주신 것에 비해 성과가 없었다.

태성의 회사에 들어가기로 했었는데 여러 가지 일들로 그것도 흐지부지되었다.

대한 그룹은 한국 사람이라면 한 번쯤 가보고 싶어 하는 회사였다. 아무래도 마음이 흔들리지 않을 수 없었다. 세나는 입사 지원서를 소중하게 가방에 넣었다. 어느새 윤주가 그녀의 곁으로 다가섰다.

"교수님이 입사 지원서 주신 거야? 이건 완전 차별이야. 나한테는 한 장도 안 주셨으면서."

윤주가 투덜대자 세나는 황당하다는 눈빛으로 윤주를 쳐다보았다. 차별이란 말이 다른 사람 입에서 나왔다면 어느 정도 수긍했겠지만 윤주의 입에서 나올 소리는 아니었다.

"네 학점 2점대인 거 알고 하는 소리지?"

"흥! 성적순으로 사람 차별하는 더러운 세상. 삐뚤어질 거야!"

"아직도 더 삐뚤어질 게 남았어?"

"그건 그래."

윤주는 깔깔대고 웃으며 세나의 팔짱을 끼었다.

"그래서 이번에는 어딘데?"

"대한 그룹."

"어디? 대한 그룹? 진짜?"

윤주가 놀라움을 감추지 못하자 세나는 멋쩍은 미소를 지었다.

"신중하게 고민해봐야겠어."

"고민이 아니라 바로 내야지."

윤주가 제 일인 양 더 호들갑이었다. 회사에 묶여서 살 수는 없다고 부르짖는 자유로운 영혼의 소유자 윤주조차도 대한 그룹에는 솔깃해했다.

"그건 그렇고, 나 오늘 어때? 오후에 수업 없어서 K대 훈남이랑 소개팅 하기로 했거든."

세나에게 검사를 받듯 윤주는 한 바퀴 돌며 모델 같은 포즈를 취했다. 세나는 그제야 공들여 화장한 윤주의 얼굴이 눈에 들어왔다. 뽀얀 피부, 단정한 눈매, 과하지 않은 립스틱 컬러, 아이보리색 실크 블라우스. 이런 애를 누가 클럽 죽순이로 볼까?

"곱네. 고와."

세나의 반응이 흡족한 듯 윤주가 미소 지었다.

"그치? 나 화장 잘 먹었지?"

"속과 겉이 다른 너의 모습을 들키지만 않는다면 언제나 성공이지."

"이거 왜 이래? 남자들이 나의 그런 반전 매력에 확 넘어오는 거라니까?"

윤주의 자신감 넘치는 발언에 세나는 어쩔 수 없다는 듯 고개를 저었다.

"너는 뭐 해? 오늘 알바도 없잖아. 데이트 안 해?"

데이트하고 싶었지만, 섣불리 태성에게 먼저 연락할 수가 없었다.

"바쁜 사람이라."

"아무리 바빠도 그렇지, 이런 좋은 기회에 데이트를 안 하다니."

그때 세나의 핸드폰이 울렸다.

> 나 학교로 가고 있어. 정문에서 기다려.

"누구? 남자 친구?"

기다리고 있으라는 말이 뭐라고 세나의 입가에 함박 미소가 걸렸다. 윤주는 입을 딱 벌리고 환해지는 세나의 얼굴을 쳐다보았다. 오랜 시간 봐왔지만 세나의 이런 모습은 처음이었다.

"너, 그 남자 진짜 좋아하는구나?"

"그런가 봐."

세나의 군더더기 없는 깔끔한 대답에 윤주는 박수를 쳤다.

"너의 그 사랑에 아낌없는 찬사를 보낼게."

"고마워. 잘 받을게."

"오늘 만나자고 해?"

"학교로 오겠대. 바쁜 사람이 뭘 데리러까지."

거만하고 새침하게 말하는 세나를 보며 윤주는 깔깔대며 웃었다.

"너 조금 전에 그거 되게 그럴듯했어."

방금 말투는 윤주의 평소 모습을 흉내 낸 것이었다. 세나의 퍼포먼스가 마음에 든다는 듯 윤주는 신 나서 코치했다.

"조금 더 연습하면 완벽할 수 있어! 제법이야. 이렇게 머리카락도 한 번 뒤로 넘겨줘야지."

윤주가 우아한 손길로 머리카락을 살랑거리며 어깨 뒤로 넘기자, 세나가 이에 질세라 윤주의 행동을 따라했다.

"이렇게?"

"그렇지. 그거야."

윤주와 정신없이 웃으며 걷다 보니 어느새 정문이었다. 세나는 윤주에게 파이팅을 외쳐 보이며, 소개팅 성공을 빌어주었다. 윤주도 데이트 잘하라는 말을 남기고 사라졌다.

"언제 오려나."

세나의 두 볼이 발그레 물들어 있었다. 그게 찬바람 때문인지 아니면 태성 때문인지는 확실치 않았다. 세나는 학교 정문 앞에 서서

도로 쪽을 바라보았다. 한껏 부풀어 오른 마음이 쉬이 가라앉지 않았다.

그러나 금방이라도 볼 수 있을 줄 알았던 태성은 시간이 한참 흘러도 나타나지 않았다.

마음은 이미 도착했는데 몸은 여전히 도로 위였다. 오늘따라 그의 앞길을 막는 차들이 왜 그렇게 많은 건지.

태성의 얼굴에 못마땅한 기색이 역력했다. 러시아워도 아닌데 이렇게까지 길이 막히다니.

세나에게 가는 길은 멀고도 험했다.

가장 빠른 길은 하필 연말을 맞아 도로 공사 중이었고, 다른 길은 백화점 주변이라 빠져나가는 데 시간이 걸렸다.

가는 도중 과속으로 벌금 딱지를 뗐고, 가벼운 접촉 사고도 있었다. 다행히 경미한 사고여서 태성은 상대방 운전자와 명함을 주고받은 뒤 다시 세나에게로 향했다. 상대방 과실이었으니, 자신이 연락하지 않는 한 특별히 문제가 되지는 않을 일이었다.

세나에게 문자를 보낸 지 한참 지났다. 태성은 귀에 이어폰을 꽂고 전화를 걸었지만 세나는 받지 않았다. 시간이 걸릴 것 같아 메시지도 보냈지만 읽었다는 표시가 없었다.

바람이 제법 매서운데 밖에서 자신을 기다리고 있을 세나 생각에 태성은 마음이 급해졌다.

그의 검은색 세단이 매끄러운 곡선을 뽐내며 앞으로 달려 나갔다. 하지만 또 얼마 가지 못해 신호에 걸리고 말았다.

"나 밖에서 얼음 조각상이 될 뻔했어요."

태연하게 차에 올라타는 세나에게 태성은 뭐라고 사과할 타이밍을 놓쳤다.

제법 오랜 시간을 추운 날씨에 밖에서 기다리게 만들었다. 다른 여자들은 이렇게 기다리게 했다면 벌써 열두 번도 더 화를 냈을 텐데. 대체 이 여자는 왜……

"나한테 화를 내야지."

그의 투정에 세나가 웃자 태성은 애가 탔다. 화를 내라고. 웃지 말고.

"일부러 늦은 거예요?"

"그럴 리 없잖아."

"그럼 됐어요."

자신을 보며 예쁘게 웃는 세나의 모습에 태성은 한숨을 쉬었다.

"착해 빠져가지고."

"저 안 착한데요. 지금이라도 화낼까요?"

"화내는 건 조금 이따가 하고, 그 전에 몸 좀 녹여."

태성은 히터를 최대한 높였다. 얼마나 추웠을까? 그는 꽁꽁 얼어붙은 세나의 손을 자신의 손으로 감쌌다.

"늦으면 어디 들어가 있지. 전화는 왜 안 받았어?"

"배터리가 없더라구요. 정문에서 기다리기로 했는데 내가 다른

데 가면 길 엇갈리잖아요. 사람이 조금 늦을 수도 있죠. 기다리면 돼요."

별거 아닌 말도 세나가 하면 특별한 의미로 다가왔다. 그녀가 하는 말은 매번 그의 심장을 꿰뚫었다. 누구도 태성에게 이런 애정을 보여준 적 없었다.

"늦어서 미안해."

태성은 진심을 담아 세나에게 사과했다.

그의 사과에 세나는 놀랐다. 정말 많이 변했네? 전에는 사과하는 걸 어려워하더니. 사람은 이래서 곁에 어떤 사람이 있는지가 중요하다니까. 가르친 보람이 있네.

"많이 미안하면 맛있는 거 사줘요."

"기승전 먹을 거로군."

"다행인 줄 알아요. 까다롭지 않아서. 먹을 것만 주면 되고."

태성은 세나의 머리를 쓰다듬으며 품에 안았다. 아직까지도 차가운 기운이 느껴져 그의 마음이 편치 못했다. 세나도 태성의 가슴에 기댄 채 그의 체온이 주는 따스함을 즐겼다. 역시 이 날씨에 밖에서 오래 기다리는 건 좀 무리였나 보다. 머리가 빙글빙글 돌 정도로 추웠지만 그래도 태성을 만났으니 됐다.

화가 나지 않았던 건 아니었다. 하지만 그것보다 그녀는 오랫동안 오지 않는 태성이 걱정되었다. 그리고 그의 얼굴을 보니 안심되었다. 미안함과 초초함을 가득 담은 태성의 얼굴을 보는 순간, 서운한 감정은 눈 녹듯 사라졌다.

세나는 이해할 수 있었다. 태성이 그녀에게로 오고 있던 중이었으니까. 다른 데 갔다 오는 게 아니라 곧장 오는 길이었는데 시간이 걸린 거니까.

"아직도 추워?"

"네. 좀 그래요."

"그래? 춥단 말이지?"

태성은 세나를 살짝 떼어내어 마주 보았다. 맑고 총명한 기운이 서려 있는 세나의 눈빛은 언제 보아도 그의 가슴을 뛰게 만들었다.

"뭐…… 하려구요?"

갑자기 가까이 다가온 태성의 친밀한 숨결에 세나의 눈이 커다래졌다.

"따뜻하게 해주려고. 추울 때 키스하면 따뜻해지거든."

이 남자가 정말. 세나가 못 말린다는 듯 태성의 가슴을 살짝치자 태성이 그녀의 손을 잡았다. 그의 눈빛을 보아하니 장난으로 내뱉은 말은 아닌 것 같았다.

"오해하지 마. 난 네가 추운 게 싫어서 그런 거야, 윤세나. 결코 다른 의도가 있어서 그런 게 아니야."

순진한 표정으로 잘도 그런 말을! 세나가 단호한 표정을 지어 보였지만 태성은 말을 철회할 생각이 없어 보였다.

"아주 불순한 의도가 느껴지는데요?"

어느덧 가까이 다가온 태성이 싱긋 웃었다.

"눈치챘어?"

세나는 유려한 곡선을 그리는 태성의 입술에서 눈을 떼지 못하며 물었다.

"정말 따뜻해지는 거예요?"

"한번 알아보는 것도 괜찮지 않아?"

세나는 오래 고민하지 않았다. 굳이 거절할 이유가 있을까? 조금 응큼한 이유가 있다고 해도.

"정 그러시다면."

세나가 새침하게 대답하고 눈을 감으려는 찰나, 누군가 태성의 차 유리를 두드렸다. 달콤한 시간을 방해받은 태성의 눈썹이 불쾌감에 치켜 올라갔다.

차창 너머 호진이 상큼한 미소를 짓고 있었다.

"좋은 타이밍이었는데, 제가 너무 눈치 없이 끼어들었네요."

"아니에요. 오랜만이에요, 이 비서님."

자연스럽게 태성의 차 뒷좌석에 올라타는 호진에게 세나가 웃으며 인사했다.

"상냥하시기도 하지. 세나 씨는 누구와 달라서 참 좋네요."

자신을 노려보는 태성의 모습에 호진은 웃음을 삼켰다. 어이쿠, 눈에서 레이저라도 나오겠군.

"전화는 왜 안 받으십니까, 대표님?"

"내가 전화를 안 받은 게, 지금 내 차에 탄 이유야?"

딱딱하게 굳은 목소리, 날카로운 눈빛, 꿈틀거리는 미간. 이 조합은 태성의 기분이 최악이라는 증거였다. 좋은 시간을 방해받은 남자란 무시무시했다.

"대표님 심정을 이해 못 하는 건 아닙니다만, 저라고 좋아서 왔겠습니까?"

호진은 억울한 듯 말했지만, 태성은 호진이 마음속으로 즐거워하고 있는 게 느껴졌다.

"여기 왜 온 건데?"

태성의 인내심이 거의 바닥날 듯 보이자, 호진은 얼른 본론으로 넘어갔다.

"윤 여사님 전화를 안 받으셨다면서요."

오면서 걸려온 몇 통의 전화를 받지 않기는 했다. 운전 중이기도 했고, 받아봤자 좋은 소리를 하실 것 같지 않기도 하고, 결정적으로 윤 여사와 통화할 시간조차 없었다. 추운 날, 밖에서 기다리고 있는 세나에게 와야 했으니까.

"윤 여사가 왜?"

태성이 쏘아보자 호진이 가볍게 웃으며 말했다.

"두 분 다 잡아오라는 명이십니다."

첫눈이 내리던 날

　조용한 저택 마당에 차디찬 바람이 한줄기 스치고 지나가자 처마에 달린 풍경에서 맑은 소리가 울려 퍼졌다.

　고풍스러운 건축 양식으로 지어진 한옥의 환한 거실 한쪽에서 태성은 못마땅한 표정으로 다리를 꼬고 소파에 앉아 있었다. 윤 여사의 갑작스러운 호출. 그것도 세나와 함께. 그런 둘 사이에 호진이 혹처럼 딸려왔다.

　강경하게 밀어붙이는 윤 여사 때문에 세나와의 저녁 시간이 날아가 버렸다. 그녀와 함께하는 일 분 일 초가 아까운데 윤 여사와의 저녁 식사가 웬 말인가?

　윤 여사는 슬며시 세나와 태성을 번갈아 보았다. 아무래도 걱정돼서 마련한 자리였는데, 쓸데없는 기우였나 보다. 저녁 식사 내내 둘을 지켜보고 태성의 표정을 보아도 걱정할 일은 없는 듯했다.

　그래도 혹시나 하는 마음에 윤 여사는 한 비서에게 손짓을 했다. 그러자 한 비서는 서류 하나를 윤 여사의 앞에 내밀었다.

　"이 종이, 이거 뭐다냐?"

윤 여사는 한 비서에게 받은 서류를 내용이 보이도록 테이블 위에 올려놓았다. 태성과 세나가 작성한 연애 계약서였다.

종이의 정체를 확인한 태성은 호진을 향해 날카로운 눈빛을 보냈다. 그러자 호진은 억울한 표정으로 고개를 절레절레 흔들었다. 자신과 세나를 집으로 초대해 저녁을 먹일 때부터 눈치챘어야 했는데, 밥 먹는 내내 시선이 못마땅하시더라니.

윤 여사가 자신과 세나의 연애 계약서를 가지고 있다면 그 출처는 한곳밖에 없었다. 그 출처로 추정되는 호진은 영문을 모르겠다는 듯 억울해 하고 있었지만 눈을 마주치지 못하는 것으로 보아 호진이 확실한 듯했다.

"기밀 관리가 소홀했군요."

호진은 태성의 스산한 목소리에 움찔했지만 아무렇지도 않다는 듯 앞에 놓인 찻잔을 집어 들었다. 그에겐 지금 따뜻한 기운이 필요했다.

"없애버리세요. 상관없으니까."

"없애라고?"

세나는 변명하지 않았다. 그리고 이미 지나간 일, 태성과 자신은 이제 그 종이가 필요한 사이가 아니었다. 세나는 윤 여사를 향해 작게 고개를 끄덕였다.

"네. 없애주시면 감사하겠습니다."

세나의 대답에 윤 여사의 눈빛이 짙어졌다. 태성이 녀석이 이제야 사람 같아지고 있어서 흐뭇해야 하는데, 윤 여사는 마냥 좋아할 수가 없었다. 그래도 둘이 계약서 때문에 만나고 있는 게 아닌 건 확실했다.

"제대로 연애해서 기뻐하실 줄 알았더니, 반응이 떨떠름하시네요?"

"네가 연애한대도 걱정이다, 이놈아."

자신을 보며 생글거리는 세나를 보는 윤 여사의 마음은 복잡했다. 생각보다 세나를 많이 아끼고 있었던 모양이었다. 태성이 놈보다, 저놈 때문에 상처받을 세나가 걱정되었다.

아무리 야무져 보여도 어린 여자애였다. 자칫 잘못하면 제멋대로인 태성이 놈이 할퀴어놓을 수도 있었다. 둘이 떨어져도 걱정, 붙어 있어도 걱정. 나이가 드니 걱정도 늘어갔다.

"너, 저놈 문제가 많은 건 아냐?"

윤 여사의 뜬금없는 발언에 태성이 발끈했다. 문제라니.

"아무 문제없습니다."

그 말에 세나가 코웃음을 치자 태성의 눈썹이 못마땅하다는 듯 위로 치켜 올라갔다. 태성은 윤 여사의 질문보다 세나의 웃음이 더 거슬렸다.

"알죠, 여사님. 잘 알고 있습니다."

호진은 이게 무슨 말일까 궁금해하면서 사태를 관망하기 시작했다. 둘의 연애가 계약과 상관이 없어졌다면 두 손 들고 환영해야 할 일인데, 윤 여사는 무언가 께름칙한 표정을 풀지 않고 있었다.

"나한테 무슨 문제가 있어?"

태성이 어이없다는 듯 항의했지만, 세나의 시선은 윤 여사에게 고정되어 있었다.

태성 씨를 사랑하시는 분. 태성 씨를 걱정하시는 분. 눈에 가득 태성 씨에 대한 애정을 담고 있는 분.

윤 여사가 걱정하는 게 무엇인지 세나는 어렴풋이 알 것도 같았다. 그래서 그 마음이 고마웠다.

"손이 많이 가는 남자잖아요, 한태성 씨."

세나의 대답에 윤 여사는 그제야 웃음을 보였다. 제법 객관적인 세나의 대답이 윤 여사의 마음에 든 모양이었다.

"손이 많이 간다……. 맞어. 그게 정답이여. 손이 가도 보통 가는 놈이 아니제, 저놈. 그런데도 저놈 옆에 있겠다 그 말이지, 시방?"

"손이 너무 많이 가서 다른 사람은 감당하기 힘들 거예요."

"겁나게 힘들 수도 있어."

자신을 걱정해주는 윤 여사의 말에, 세나는 가슴이 따뜻해져왔다.

"그래도 제가 하고 싶어요. 도저히 다른 사람에게는 넘길 수가 없어서요."

세나와 윤 여사가 마주 보며 웃었다. 총명하고 영특한 아이였으니 윤 여사는 세나를 믿어보기로 했다. 자신이 걱정한다고 무언가 바뀔 상황도 아니었으니 그저 믿는 수밖에 없었다.

무언으로 긍정하며 세나의 뜻을 받아들인 윤 여사는 화제를 바꾸었다.

"이제 졸업반인데 워떡할 거냐?"

"취업을 할 생각입니다."

"어디로 갈 생각인디?"

"아직 잘 모르겠어요. 교수님이 대한 그룹 입사 지원서를 주시긴 했어요."

윤 여사가 고개를 끄덕였다. 대한 그룹은 일반적인 재벌들과는 급이 다른 노친네, 반춘식 회장이 세운 회사였다. 그런 곳에서 일하는 건 세나에게도 많은 도움이 될 터였다.

하지만 태성의 생각은 달랐다.

"무슨 소리야? 당연히 우리 회사로 와야지."

세나가 취업과는 상관없이 태성에게 후원을 받게 되었다 해도 그는 당연히 세나가 자신의 회사로 올 것을 믿어 의심치 않았다. 그런데 여기서 왜 대한 그룹이 튀어나오는지 알 수가 없었다.

"한태성 씨 회사는 안 가요."

태성은 소파에서 등을 떼고 세나를 향해 몸을 숙였다.

"연봉이 적을까 봐 그래? 복지도 차이 나지 않잖아."

"알아요. 신입 사원 연봉이야 대한 그룹하고 비슷하겠죠."

"보육원 후원도 우리 회사에서 하고 있는데, 왜 들어오지 않으려는 거지?"

세나는 잠시 태성의 눈을 응시하다가 고개를 흔들었다.

"난 좋아하는 남자랑은 같이 일 안 해요."

젠장. 태성의 입이 저절로 다물어졌다. 좋아한다는 말을 저렇게 마음에 안 들게 하는 여자가 대한민국에 몇이나 있을까? 하지만 원래 윤세나는 순순히 그의 말대로 따르는 여자는 아니었다.

세나와 태성이 투닥거리는 모습을 보던 윤 여사의 입가에 만족스러운 미소가 떠올랐다. 투닥거리다니, 태성이 저놈이 할 짓은 아닌데 세나와는 아주 자연스러웠다. 윤 여사가 보기에 태성에게는 세나가 딱인 것 같기도 하고, 반대로 세나에게는 태성이라는 너무 큰 짐을 지우는 것 같기도 했다.

윤 여사가 그들을 바라보고 있거나 말거나, 태성과 세나의 눈싸움은 진행되고 있었다. 보이지 않는 불꽃이 여기저기 마구 튀었다.

그 모습을 흥미롭게 바라보던 윤 여사와 호진의 눈이 마주쳤다. 호진이 웃으며 눈을 찡긋거리자 윤 여사도 작게 고개를 끄덕였다. 지지고 볶는 모습이 보기에 좋았다. 저래야지. 저래야 사람 같지.

여유로운 호진과 윤 여사와는 달리, 다른 한쪽에서는 그들만의 전쟁이 계속되고 있었다. 치열하게, 한 치의 양보도 없이.

하지만 윤 여사와 호진에게는 그저 관람할 것이 있는 평화로운 저녁 시간일 뿐이었다.

밖으로 나간 세나와 태성이 대문을 몇 발짝 벗어나지 못한 건지, 목소리가 담을 타고 넘어 들어왔다. 정확히 무슨 말인지 들리지는 않지만 좋은 감정으로 하는 말은 아니라는 게 느껴질 만큼의 소리였다.

오랜만에 윤 여사의 집에 머무르기로 한 호진이 여유롭게 소파에 누우며 다리를 뻗었다.

"괜찮을까요? 저 사람들 지치지도 않나? 아까 그렇게 하고 갔으면 됐지, 뭘 또 저기 가서 싸워."

"냅둬라. 싸우는 것도 기운이 넘치니께 하는 거여. 싸우면서 정드는 게지."

윤 여사가 자리에서 일어섰다. 그러고는 호진을 향해 너도 이제 방으로 들어가라는 손짓을 했다.

"행여라도 나갈 생각 하지 말고, 남의 애정 행각은 보는 게 아니여."

호진은 찔린 듯 움찔했다.

"왜요? 싸움 구경 재밌는데."

"저것들이 싸움만 할지, 다른 짓거리도 할지 워찌 아냐? 이 어두컴컴한 골목에서, 한창 혈기 왕성한 것들인디."

"할머니, 너무 앞서 나가신다."

호진이 웃으며 말하자 윤 여사는 엄한 눈길로 호진을 향해 경고를 보낸 뒤, 한 비서를 불렀다.

"한 시간 정도는 CCTV 다 꺼놓고. 이상한 거 녹화되면 곤란한께."

한 비서의 얼굴에 보일 듯 말 듯 미소가 지어졌다. 한 비서는 윤 여사의 뜻을 알아듣고 즉각 실행에 옮겼다. 그 모습에 호진은 아쉽다는 듯 입맛을 다시며 자신의 방으로 향했다.

여전히 의견 차가 좁혀지지 않아서 태성과 세나 사이에 차분하지 못한 목소리들이 오고 갔다.

"가서 입사 지원서 돌려주고 와. 교수한테 가서 필요 없다고 전해."

"싫어요. 아직 작성도 안 했는걸요."

세나의 망설임 없는 대답에 태성이 입을 다물며 그녀를 바라보자 세나도 그 눈빛을 피하지 않고 고스란히 받아냈다. 하지만 고집이라면 태성도 못지않았다.

그들만의 전쟁은 끝날 기미조차 보이지 않았다. 세나는 더 이상의 논쟁을 피하고 싶었다.

"몇 번을 말해요. 아직 제가 대한 그룹에 들어간 것도 아니잖아요. 입사 지원서 낸다고 다 들어가는 거 아니에요. 거기 들어가기가 얼마나 어려운지 알아요?"

세나의 말에 태성은 코웃음을 치며 말했다.

"하나도 안 어려워, 그깟 회사."

"한태성 씨한테나 그깟 회사죠. 거기서 일하는 것도 나쁘지 않아요. 배울 것도 많고."

대한민국에서 가장 네임 밸류 높은 회사가 대한 그룹이었다. 그런데 그런 곳을 그깟 회사라고 하다니.

"내가 반태진보다 일 더 잘해."

대한 그룹 사장의 이름을 들먹이며 난데없이 배틀을 벌이는 태성을 보며 세나는 어이가 없어 웃음이 나왔다. 반칙이다. 싸우다 이렇게 귀여우면 옐로카드를 줘야 하는 건데.

"그거 진심으로 하는 말은 아니죠?"

태성의 침묵에 세나의 마음속에서는 더 큰 웃음이 터져 나왔다. 뭐 이런 남자가 다 있어?

"다른 데도 아니고 대한 그룹이에요. 한국의 청년들이 1순위로 가고 싶어 하는 곳."

"내가 알 게 뭐야. 우리 회사가 비전은 더 크다고."

"비전 이야기가 아니잖아요. 제가 한태성 씨랑 어떻게 회사를 같이 다녀요?"

"왜 같이 못 다니지? 회사에서 마주칠 일도 없을 텐데."

물론 일부러 마주칠 수는 있다. 태성은 뒷말을 삼켰다.

태성이 그렇게 말해도 세나는 내키지 않았다. 비록 대표와 일개 사원이 마주칠 일이 없다 하더라도, 그와 한 건물에 있는 게 신경 쓰여서 일을 제대로 할 수 있을 리 없었다.

"그렇다 칩시다."

어쭈? 칩시다? 태성의 눈썹이 위로 향했지만 세나는 아랑곳하지 않았다.

"입사 지원서만 내보겠다는 거잖아요. 교수님이 추천해주신 거라구요. 그 입사 지원서 받으려고 줄 서 있는 사람이 몇인지 알아요?"

"그럼 그 줄 서 있는 사람한테 주면 되겠군."

세나가 고개를 흔들며 발걸음을 돌려 자신에게 등을 보이자 태성은 세나의 어깨를 끌어당겨 자신의 품 안에 가두었다.

"여기 윤 여사님 집 앞이에요."

"괜찮아. CCTV 안 보이는 곳이야."

"……그런 문제가 아닐 텐데요."

따뜻하고 작은 윤세나가 품 안에 있다는 사실이 태성의 가슴을 벅차게 만들었다. 세나가 멀어지는 것을 그는 용납할 수가 없었다.

세나는 태성의 심장 소리에 귀를 기울였다. 이렇게 별거 아닌 일로 싸우고 있는 순간에도 그녀는 이 남자가 너무 좋았다.

"싸우다 말고 스킨십 하는 건 반칙이에요."

"억울하면 너도 반칙해."

태성의 숨결이 목덜미에 느껴지자, 세나는 움찔하며 몸을 앞으로 뺐다. 하지만 곧 다시 태성의 품으로 잡혀 들어갔다. 태성의 뜨거운 숨결이 세나의 귀를 간질였다. 이어서 태성의 목소리가 들려왔다.

"대한 그룹 안 갈 거지?"

"밤새 싸울까요?"

세나가 깊은 한숨을 내쉬자 태성이 낮게 웃었다.

"남의 집 앞에서 밤새 싸우자는 건 말이 안 되지."

"이제야 이성이 돌아오시나 봐요."

"그러니까 우리 집에 가서 싸우자."

"……뭐요?"

태성이 가식적이게도 순진한 표정을 지으며 바라보자 세나는 그의 품에서 빠져나와 가슴에 팔짱을 끼고 그를 똑바로 쳐다보았다. 자신은 아무것도 모르겠다는 저 뻔뻔한 태도라니.

이미 깜깜해진 지 오래였다. 해가 짧아진 이유가 크긴 했지만 그래도 늦은 시간이었다.

"아직 헤어지기엔 이른 시간이잖아. 집에는 내가 데려다주면 되고."

"그래서요?"

"입사 이야기도 아직 안 끝났고."

"그, 래, 서, 요?"

"그러니 우리 집에 가자."

"이 남자가 사람을 뭘로 보고."

"왜? 집에 가서 싸우자니까 질 것 같아?"

"문제는 그게 아닌 것 같은데요. 제가 왜 한태성 씨 집에 가요?"

"나도 너희 집 갔었잖아."

"그, 그거랑은 다르죠. 거긴 애들도 있고, 또⋯⋯."

태성이 알겠다는 듯 나른한 미소를 짓자 세나는 바짝 긴장했다.

"왜, 뭐 다른 생각 하는 건가? 집에 가서 못 다한 이야기 마저 하자는데 뭘 그렇게 심각하게 받아들이지?"

"그걸 굳이 집에 가서 할 이유는 없잖아요."

"그럼 굳이 안 갈 이유는 뭐지?"

"그거야⋯⋯."

세나가 마땅한 말을 찾지 못하자 태성이 짙은 미소를 지었다.

"거봐, 윤세나. 다른 생각 하고 있었지?"

태성의 도발에 세나는 울컥했다. 내가 뭐. 다른 생각, 뭐!

"가요. 갑시다. 가봐요. 가서 싸우자구요."

앞장서서 태성의 차까지 걸어가는 세나의 뒷모습을 보며 태성의 입가에 은밀한 미소가 걸렸다.

띠띠띠띠-.

단순한 손동작에 너무 쉽게 열리는 문을 보며 세나는 어이가 없었다. 이럴 거면 잠금 장치는 뭐하러 해놓은 걸까? '1'만 네 번 누르는 비밀번호라니.

"이러고도 도둑 안 들어요?"

세나의 물음에 태성은 어깨를 으쓱였다. 좋은 건물이라 그런지 방범 시설이 잘되어 있기는 했다.

"비밀번호 바꿀 생각은 없어요?"

"귀찮거든."

태성이 가볍게 현관문을 열고 세나에게 고개를 까딱거렸다. 세나는 마음의 준비를 미처 끝내지 못한 상태였다.

"저 먼저 들어가라구요?"

"레이디 퍼스트."

"언제부터 신사였다고."

"나야 늘 신사였지. 네가 눈치채지 못했을 뿐. 그나저나 안 들어갈 건가?"

"가요, 가. 간다구요. 그리고 저 눈치 빠른 편이거든요?"

여전히 태성이 기다리자 세나는 마지못해 입을 삐죽거리며 현관문 안으로 들어갔다. 하지만 들어서는 발걸음이 그리 경쾌하지는 못했다.

남자가 사는 집.

남자가 혼자 사는 집.

좋아하는 남자가 혼자 사는 집.

세나의 머릿속에서 '집'이라는 단어 앞에 수식어가 끝없이 추가되고 있었다.

'나는 여기 왜 있는가?' 얼핏 철학적으로 보이는 의문이 그녀의 머릿속에서 계속해서 이어졌다.

도발하는 태성에게 울컥해서 여기까지 오긴 했지만, 세나에게 태성의 집 안으로 들어가는 일이 쉬울 리 없었다.

물론 그와 있는 건 좋았지만, 좋은 만큼 위험부담도 컸다. 내가 왜 그랬을까 싶어 속으로 후회해보지만, 이미 돌이킬 수 없었다.

세나의 상태를 알아챈 듯 태성이 미소 지었다. 용감하고 씩씩하다가도 결정적인 순간에 사랑스러워지는 여자.

더딘 발걸음의 이유를 모를 리 없는 태성은 뒤에서 세나의 어깨를 잡고 살짝 밀었다. 세나는 그에게 백허그를 당한 채 앞으로 나아갔다.

"뭐, 뭐 해요?"

갑작스러운 태성의 행동에 놀라 뒤를 돌아보았다가, 너무 가까운 태성의 입술에 세나는 재빨리 고개를 앞으로 돌렸다.

심장 떨어질 뻔했네.

빨갛게 변한 세나의 얼굴을 본 태성이 그녀의 귓가에 따뜻하고 짓궂은 웃음을 흘렸다.

"그대로 두면 집에 들어가는 데 두어 시간은 걸리겠군."

"들어가려고 했어요."

"나도 알아. 하지만 도와줄게. 밤새 현관문 앞에 서 있긴 싫거든."

"……그 정도는 아니었어요."

세나는 할 수 없다는 듯 작게 한숨을 내쉬었다. 어디 가든 정신만 차리면 된다. 그러면 되는데…… 그럴 수 있을지가 의문이었다. 태성이 옆에 있는데 제정신이면 그것도 이상한 일이었다.

어두웠던 거실에 간접 조명이 켜지며 은은하게 실내를 비추었다.

세련되고 우아한 현대식 거실에는 조금의 온기도 느껴지지 않고 적막이 흐르고 있었다.

"거실 하나가 우리 집 합친 것보다 훨씬 넓어 보이네요."

넓고 좋아 보이는 집이지만, 외롭고 쓸쓸한 분위기였다. 이 남자, 이런 곳에서 혼자 살고 있었구나.

"청소는 누가 해요?"

"아주머니가 오셔. 일주일에 두 번."

하긴, 한태성이 요리를 하고 청소기를 밀고 다닐 리가 있나.

"이런 곳에서 살고 있었군요, 한태성 씨는."

"보시다시피."

사람이 살고 있다고 믿을 수 없을 만큼 차가운 공기가 세나의 몸을 감쌌다. 그러자 그녀의 몸이 절로 움츠러들었다.

돈도 많은 집에서 왜 난방을 안 하지? 아끼고 아껴 써야 하는 보육원보다도 훨씬 추웠다. 집도 주인을 닮았나.

"추워? 난 추위를 안 타는 편이라."

"이렇게나 서늘한데요?"

세나가 옷을 여미자 태성은 보일러 온도조절기 앞으로 갔다. 그가 스위치를 전부 누르자 세나는 고개를 저었다.

"여기 다 돌리려구요? 가스비 많이 나와요. 방 하나만 돌려도 되지 않아요?"

태성은 진지하게 고민을 해야 했다. 방 하나만 돌리자고? 그것 참 현명한 방법이군.

태성의 나른한 얼굴이 세나를 향했다. 의미를 알 수 없는 그의 눈빛에 세나가 반응했다.

"그 눈빛, 뭔데요? 왜요?"

"윤세나, 지금 유혹하는 건가?"

뜬금없는 태성의 말에 세나는 화들짝 놀랐다. 보일러 돌리다가 무슨 유혹?

"한 방에 둘이 같이 있자고 하지 않나?"

세나는 아차 싶은 표정을 지었다. 그게 그런 뜻이 될 수 있겠구나. 전혀 상상하지 못한 일이어서 세나는 난감한 얼굴로 고개를 절레절레 흔들었다.

"절, 대, 아니에요. 무슨 소리를 하는 거예요? 다 돌려요. 몽땅 돌려요. 전부 다 돌려요."

태성은 세나의 반응이 귀여웠다. 물론 그런 뜻이 아니라는 건 알고 있었지만 혹시나 했을 뿐이었다.

"네 반응을 보니 그러고 싶지 않은데?"

"아니에요. 한태성 씨 부자니까 마음껏 돌려도 돼요. 있는 사람이 소비를 해야 경제가 돌아가죠."

재빠르게 숨도 쉬지 않으며 말을 내뱉는 세나를 보는 태성의 눈빛이 부드럽게 풀렸다. 세나의 귓가에 태성의 낮은 웃음소리가 들린 것 같았지만 당황해서 확신할 수 없었다.

태성이 느릿느릿 세나의 앞에 서서 시선을 맞추었다. 긴장되고 숨막히는 공기가 세나의 주위를 감쌌다. 부드러운 표정으로 포장했지만, 그 안에 감춰진 태성의 강렬한 눈빛을 보며 세나는 자신도 모르게 숨을 삼켰다.

"윤세나."

"……네?"

매력적인 허스키 보이스가 자신의 이름을 부르자, 그마저도 섹시하게 들려왔다. 그리고 의미 심장한 태성의 말이 이어졌다.

"다음부터는 책임지지 못할 말은 하지 말도록. 큰일 나겠어. 오늘은 넘어가지만 다음에는 봐주지 않아."

태성의 직접적이고 유혹적인 경고에 세나는 흔들리는 눈빛으로 그저 고개를 위아래로 끄덕였다.

쪽ㅡ.

태성은 열심히 고개를 끄덕이는 그녀의 뺨에 손을 대고 가볍게 입을 맞추었다. 그리고 세나의 이마에 자신의 이마를 잠시 가져다 대었다가 떼었다.

"이 정도로 끝내는 걸 고마워하도록."

"……고마워해야 해요?"

"왜, 아쉬운가? 아쉬우면……."

세나가 고개를 흔들며 아니라는 의사를 확실히 전하자 태성이 쿡쿡 웃으며 떨어졌다.

"커피 마실래? 녹차? 홍차도 있어."

세나는 자연스럽게 주방으로 향하며 의견을 묻는 태성이 얄미웠다. 딱 꼬집어 말할 수는 없지만 여자에게 능숙해 보였다. 언제 시간을 가지고 과거를 한번 캐봐야 하나? 고민하던 세나는 태성을 따라 주방으로 향했다. 정신 차려. 여기는 전쟁터야.

"전 커피요. 제일 진한 커피로 줘요."

정신을 차리는 데는 카페인 함량 높은 게 최고다.

태성이 얼마나 온도를 높여 놓은 건지 얼마 지나지 않아 집 안은 제법 훈훈해졌다.

거실을 서성이고 있는 세나의 눈에 태성의 뒷모습이 들어왔다. 둘만 있어서 그런지 어색하고 미묘한 공기는 쉬이 걷히지 않았다. 물론 세나 혼자서만. 커피를 내리는 태성의 모습은 무척 여유로워 보였다. 쳇, 어른이라 이거지?

"거실에 항상 이렇게 커튼을 쳐놔요?"

세나가 다가와 묻자 태성은 고개를 끄덕였다.

"밝은 걸 좋아하는 편이 아니라서."

"밤이잖아요. 저거 걷으면 안 돼요?"

"윤세나가 원하시는 건 뭐든지."

태성의 과장된 말투에 세나는 피식 웃음이 나왔다.

은은한 불빛이 켜진 거실의 커튼을 걷자 전면 유리창 밖으로 새하얀 눈이 폴폴 날리는 게 보였다.

온 세상이 하얗게 변한 모습을 보며 세나의 가슴이 뛰었다. 평소라면 별 감흥이 없었을 풍경이었지만 오늘은 달랐다.

세나에게 눈은 항상 걱정의 대상이었다. 오늘처럼 낭만적인 게 아니라. 아르바이트 가는 길이 험난하겠구나. 애들은 밖에서 강아지처럼 눈 맞으면서 굴러다니겠지. 어머니가 세탁기 엄청 돌리셔야겠다. 더 추워지겠지? 아르바이트비 받으면 꼬맹이들 옷을 사 입혀야겠다…… 같은 생각들뿐이었는데.

그런데 오늘은 태성이 먼저 생각났다. 올해의 첫눈을 태성과 함께 보는 이 순간이 세나를 설레게 했다. 사람 마음이라는 게 알 수가 없다니까.

"밖에 눈 내려요."

세나는 들뜬 마음으로 태성을 향해 말했다.

"그렇군. 눈이 내리네."

세나에게 커피를 건네는 태성의 눈빛에 그녀에 대한 숨길 수 없는 마음이 녹아 있었다. 그 눈빛에 세나의 심장도 녹아내렸다.

세나는 그동안 착각하고 있었다. 그를 좋아하고 있다고. 바보같이 많이 좋아하고 있다고. 너무 좋아서 심장이 터질 것 같다고.

나는 그를, 한태성을 좋아하는 게 아니었어.

갑작스럽게 깨달은 감정에 세나의 눈빛이 흔들렸다. 가슴 깊은 곳에서부터 웃음이 났다. 어쩌면 사랑하고 있을지도 모르겠다는 생각이 들었다. 겉만 멀쩡하고 속은 아이 같은 이 남자를. 난 이제 어떻게 하면 좋을까?

그녀가 따뜻한 커피를 한 모금 마시며 태성을 향해 웃자 그가 뒤에서 세나의 어깨를 감쌌다. 그러고는 부드럽게 그의 품 안으로 그녀를 끌어당겼다.

그 다정한 스킨십에 그녀는 가슴이 콩닥콩닥 뛰었다. 커다란 창문에 비치는 그들의 모습은, 누가 봐도 사랑에 빠진 연인의 모습이었다.

자그마한 그녀가 자신의 가슴에 쏙 안기자 태성은 만족스러운 미소를 지었다.

하루 종일 그녀가 보고 싶었다. 그는 갑작스러운 호진의 등장에 분노했고, 윤 여사의 호출에 화가 났다.

윤세나의 시간은 온전히 그의 것이어야 했고, 다른 사람들과 그녀를 나누고 싶은 생각 따위는 전혀 없었다.

여러 모로 만족스럽지 못한 하루였는데 이제야 제자리를 찾은 기분이었다. 방해받은 둘만의 데이트를 보상받는 느낌이랄까.

"좋군. 한집에서 눈 오는 것도 보고."

"한집이 좋은 거예요, 눈 오는 게 좋은 거예요?"

"당연히 한집이 좋은 거지."

"순수하지 못하다니까?"

창문에 비친 세나의 모습은 태성의 심장을 뻐근하게 만들었다.

그녀가 사랑스러워서 태성은 자연스럽게, 그리고 다정하게 그녀의 머리카락에 입을 맞추었다.

세나는 마시던 커피를 옆 테이블에 두고 태성의 팔을 잡아끌어 자신의 손과 겹쳤다. 그러자 태성은 세나의 어깨에 머리를 기대고 그녀를 더욱 끌어안았다.

세나의 심장이 세차게 뛰었다. 두근거렸다. 너무 좋아서. 숨 쉬는 것조차 잊을 만큼, 이 남자가 너무 좋았다.

"이렇게 눈이 오면 항상 집 걱정만 했는데 올해는 다른 생각도 들어서 좋아요."

"걱정? 무슨 걱정?"

"한태성 씨는 잘 모를 거예요. 아이들이 많은 집에서 가장 걱정이 많아지는 계절은 겨울이에요. 눈이 오면 그 걱정이 더 커지구요."

"그런 걱정은 해본 적이 없군. 넌⋯⋯ 왜 그렇게 보육원에 신경을 쓰는 거지?"

태성은 전부터 궁금했다.

세나는 보육원에 특별한 애착을 보였다. 자신이 자란 곳에 신경을 쓰는 게 당연하긴 하지만 태성이 보기에 세나는 유별났다.

"당연하죠. 제가 자란 곳인데. 우리 꼬맹이들도 가족이고."

"보육원에서 자란 사람들은 다 너 같은가? 윤세나처럼 그렇게 신경 쓰고 아끼고?"

"글쎄요. 다른 보육원 사람들은 본 적이 없어서 잘 모르겠어요."

태성은 알 수 없는 의무감 같은 걸 세나에게서 느꼈다. 어린 나이에 왜 그런 의무감을 가지고 있어야 했을까?

잠시 정적이 흘렀다.

세나는 이 시간이 좋았다. 그의 체온도 좋았고, 머릿결에 스치는 그의 숨결도 좋았다. 등에서 느껴지는 그의 심장 소리가 자신의 심장 소리와 겹쳐지는 느낌도, 그와 함께 보고 있는 눈 날리는 야경도 좋았다.

완벽한 순간이었다. 눈물이 날 만큼.

세나는 그에게 알려주고 싶었다. 자신이 그를 사랑하고 있을지도 모른다는 사실을.

몸을 뒤로 돌리자 그녀의 어깨에 기대고 있던 태성의 얼굴이 그녀의 눈에 들어왔다. 그의 입술이 가까이 있었다. 숨결이 느껴질 만큼.

세나는 두 손을 태성의 얼굴에 가져갔다. 그녀는 가늘게 떨리는, 자신의 손끝에서 느껴지는 기분 좋은 긴장감에 미소 지었다. 그런 그녀의 행동에 태성은 움찔했지만 피하지 않았다.

"첫눈 기념이에요."

그는 잠시 놀라는 듯하다 이내 입꼬리를 말아 올리며 현기증이 날 만큼 섹시한 미소를 지었다.

그런 태성의 미소에 용기를 얻은 세나는 그에게로 가까이 입술을 가져다 대었다. 그러고는 눈을 감고 부드럽고 달콤한 그의 입술을 음미했다. 자신의 마음이 그에게 전해지기를 바라면서.

태성은 손으로 세나의 허리를 감았다. 그리고 다른 한 손으로 그녀의 목덜미를 부드럽게 감싸 안았다.

창밖에는 하얀 눈이 날리고 커다란 창문 너머 아스라한 불빛이 아름답던 그날 밤, 그들의 달콤하고 애틋한 키스는 계속됐다.

세나는 슬퍼졌다. 간만에 달달한 분위기다 했더니만 결국은 이렇게 되는구나. 그럼 그렇지, 우리 사이에 달달은 개뿔.

"결정해."

"말도 안 돼요."

"말이 안 되는 일은 아니지."

"그거 억지고 횡포예요."

세나가 태성을 노려보았지만 태성은 태연하게 앉아서 눈 한 번 깜빡하지 않았다.

"어려울 거 없지 않나? 난 제안을 한 거야. 횡포가 아니라."

"제안 자체가 이상하다구요. 어떻게 그렇게 연결이 되는 건데요?"

세나의 말에도 아랑곳하지 않고 태성은 거만하게 집게손가락을 폈다.

"하나도 이상할 것 없어. 첫 번째 방법, 대한 그룹에 간다. 그럼 여기서 자고 가."

"자고 가긴 어디서 자고 가요! 독재자. 고집불통."

세나의 외침에 그럴 줄 알았다는 듯 태성이 오만하게 웃으며 가운뎃손가락을 폈다. 주인을 닮았는지 손가락마저 오만했다.

"두번째 방법, 내가 있는 회사로 온다. 그럼 집에 데려다주지. 둘 중에 하나 고르면 되는데 뭐가 어렵나?"

세나는 억지를 부리는 태성에게 항의했지만 그가 들어줄 리 없었다.

차도 끊긴 시각, 태성만 믿고 있다가 발생한 사태였다. 처음부터 작정하고 일을 꾸민 거다. 저 남자의 수를 간파하고 있어야 하는 건데, 자신이 방심했다.

"참고로 택시를 부르면 택시비가 어마어마할 거라는 사실을 밝혀 두지."

"나도 알거든요."

여기는 서울, 세나의 집은 경기도.

그녀가 그 돈을 내고 택시를 타고 갈 리 없다는 사실을 태성은 알고 있었다. 그리고 사실 세나의 마음도 조금 전보다 한결 누그러져 있었다. 꼭 대한 그룹에 갈 필요는 없었다. 아까운 자리이긴 했지만 크게 미련은 없었다.

하지만 태성은 왜 세나를 그의 회사에 입사시키려는 걸까? 어차피 곧 떠날 사람이.

태성은 원래 뉴욕 투자 회사 소속이었다. 한국의 회사를 다른 기업에 매각하기 위해 지금 대표직을 맡고 있는 것뿐이었다.

"임시 대표직이었잖아요. 태성 씨 내년에는 다시 뉴욕으로 돌아갈 거잖아요?"

"맞아. 그랬지."

태연하게 그런 소리가 나와? 그럼 우리는 어떻게 되는 거지?

"그럼 우리 장거리 연애 하는 건가요?"

"서운한가?"

그걸 지금 말이라고? 한국과 미국의 거리가 얼만데. 난 미국에 가고 싶어도 갈 수 있는 형편이 아닌데…….

세나는 태성에게 원망의 눈길을 보냈다.

"멀잖아요, 미국. 지금 이 상황에 그런 말이 나와요?"

"그러니까 서운한 거 맞는 거지?"

발끈하는 세나에게 태성이 웃어 보였다.

"방법이 아주 없진 않아. 네가 나와 같이 미국으로 가거나."

"그건 안 돼요."

"내가 너와 같이 한국에 남거나."

슬슬 분위기가 태성에게 유리한 쪽으로 흐르고 있었다. 아니나 다를까, 세나가 눈을 동그랗게 뜨고는 놀란 표정을 지었다.

"……한국에 있을 거예요? 그게 가능해요?"

"회사를 우리 쪽에서 흡수합병하는 거면 가능하지. 어때? 윤세나가 우리 회사로 들어오면, 고려해보지."

이미 흡수합병해서 결정 난 사안이지만 태성은 현명하게 입을 닫았다.

세나는 안도의 한숨을 내쉬었다. 그와 떨어져 있지 않을 방법이 있다. 이건 누가 봐도 뻔한 싸움이었고, 더 생각해볼 여지조차 없는 일이었다.

"제가 대답만 하면 돼요?"

'자, 이제 어떡할래?' 태성이 눈빛으로 물었다.

세나는 태성처럼 집게손가락을 펴 들었다.

"좋아요. 대신 조건이 있어요. 첫째, 입사 지원서를 낼 거예요. 하지만 절대로 제 합격 여부에는 관여하지 말 것."

세나의 제안에 태성은 고개를 끄덕였다. 자신이 아니더라도 노 전무가 있었다. 관여를 하지 않아도 분명 합격할 게 틀림없다.

그 사실을 모르는 세나는 태성의 긍정적인 대답에 가운뎃손가락도 같이 폈다.

"둘째, 이게 더 중요해요. 합격하게 된다면 우리가 아는 사이인 걸 알리지 말 것. 낙하산 취급 받기 싫어요."

세나의 자존심에 그런 대접은 견디지 못할 일이었다. 실력으로 들어왔어도 그와 아는 사이라면 충분히 낙하산이라는 소문이 퍼질 수 있었다.

그것 역시 동의한다는 듯 태성은 고개를 끄덕였다.

"그리고 셋째, 제가 회사에 들어간 후에도 절대 친한 척하지 말 것."

세나는 이것만은 양보할 수 없다는 듯 팔짱을 꼈다. 그는 고민했지만 일단은 세나를 자신의 회사로 데려오는 게 목표였고, 그녀와의 약속은 그 뒤의 일이었다. 그리고 자신은 대표였다. 무엇이든 마음대로 할 수 있는.

태성은 흡족한 미소를 감추었다.

"좋아. 딜."

태성이 손을 내밀어 악수를 청하자, 세나는 그 손을 망설임 없이 잡았다.

사뿐사뿐 날리던 눈발이 어느새 거세게 휘몰아치고 있었다.

"자, 그럼 이제 집에 데려다줘요."

세나가 자리에서 일어서자 태성이 묘한 미소를 지으며 다리를 꼬아 앉고 무릎 위에 조용히 핸드폰을 꺼내 들여다보았다. 그리고 날씨에 관한 기사들을 보다가 사뭇 진지한 어투로 말을 이었다.

"이를 어쩌지? 오늘 폭설로 도로가 통제됐다는군."

"……뭐라구요? 그걸 지금 믿으라는 거예요?"

믿지 못하는 세나를 위해 태성은 우아한 손동작으로 TV를 켰다. 첫눈임에도 불구하고 폭설이라 통제되고 있는 도로가 보였다. 각종 언론사에서 폭설에 대한 뉴스가 보도되자 세나는 가자미눈을 하고 태성을 노려보았다.

"이거 알고 있었어요?"

"……설마."

"거짓말하지 말아요. 방금 멈칫거렸잖아요."

"이 정도일 줄은 몰랐지."

태성의 여유로운 미소, 승리에 젖은 표정, 거만하게 꼰 다리…….

세나가 익히 알고 있는 모습이었다.

"그럼 지금까지 우리의 협상이 의미가 있나요? 제가 속은 건데요?"

"그건 당연히 아니지. 난 충분히 널 데려다줄 의지가 있었어. 자연재해는 내가 어떻게 할 수 없는 일이지."

"사기꾼."

"내가 눈을 내리게 한 것도 아니잖아?"

"하지만 눈이 내려서 기쁘긴 하죠?"

"눈에 감사하는 중이지."

말아올린 그의 입꼬리가 섹시했다. 웃지나 말지. 망설이는 세나에게 태성이 쐐기를 박았다.

"설마 저 눈 속에 차를 몰고 데려다 달라는 건 아니지? 도로가 통제되었잖아. 위험하다고."

"그래도."

"난 사고 내기 싫어."

세나는 속으로 절규했다. 이건 말도 안 돼! 정말로 여기서 자고 가야 할 상황이라고?

"어, 이 시간에 웬일이야?"

절규하는 세나를 앞에 두고 태성은 전화를 받았다. 자신에게서 눈을 떼지 않고 미소 짓는 태성의 모습을 보며 세나는 왠지 모를 불안감이 솟아올랐다.

"누구예요?"

전화를 끊은 태성의 입에서 나온 인물의 이름은 뜻밖이었다.

"윤성이."

"……누구요?"

태성의 입에 걸쳐진 미소는 사악했다. 세나는 자신의 가방에서 핸드폰을 찾았다.

부재중 5통.

"세나 누나가 아직 집에 안 들어왔다고 걱정하면서 같이 있냐고 묻더군."

"그래서요?"

"같이 있다고 했더니 잘 부탁한다고 하는군. 어머니는 이미 주무신다는데? 걱정하지 말라고 전해 달라더군."

태성의 입가에 보조개가 피었다.

윤성이, 네 이놈!

"오늘 너, 여기서 꼼짝없이 자고 가야겠네."

세나는 말없이 자신의 가방을 끌어안으며 태성에게 경계심 어린 눈빛을 쏘아 보냈다.

그런 세나를 보는 태성의 눈빛은 배고프지 않은 포식자의 눈빛이었다. 곧 배가 고파질 것 같은 이 분위기는 뭔데?

어색한 세나와 여유로운 태성이 대치 상태로 마주 보았다. 그때 태성의 핸드폰이 울렸다. 문자를 보던 태성은 결국 참지 못하고 웃음을 터뜨렸다.

"나, 네 동생 정말 마음에 들어."

불안한 마음에 태성의 핸드폰을 확인한 세나의 얼굴에 부끄러움과 절망이 함께 몰려들었다.

> 매형, 파이팅!!!!!

윤성이 녀석 머릿속에는 도대체 뭐가 들어 있는 걸까? 제발, 윤성아. 누나 너 때문에 부끄럽다고. 뭐가, 뭐가 파이팅이니. 이 정신 나간 놈아!

의미심장한 윤성의 문자에 태성의 눈빛이 변했다.

"파이팅이라는데, 이제 어떡할까?"

"여기서 자."

깔끔하게 정리된 침실.

세나는 속으로 안도의 한숨을 내쉬었다. 태성이 같이 자자고 할까 봐 불안했는데 다행히 그는 그런 속 보이는 제안은 하지 않았다.

"안 들어가나? 나도 같이 들어갈까?"

"사양하겠어요."

태성의 은근한 말투에 세나는 그의 팔을 잡아 밖으로 내보냈다. 복도 하나를 사이에 두고 존재하는 그의 방. 세나는 부끄러워 애써 눈길을 돌렸다.

"내 침실은 바로 맞은편이니, 밤에 무서우면 오도록."

"안 갈 거거든요?"

"추워도 오고, 외로우면 꼭 오도록 해."

"아, 글쎄 안 간다구요!"

두 볼이 빨개진 걸 들키기 싫은 세나는 소리를 빽 지르며 태성의 앞에서 문을 닫았다. 닫힌 문 너머로 태성의 웃음소리가 들려왔다. 내가 가나 봐라. 흥.

"위험할지도 모르니까 방문 꼭 잠그고 자고."

태성의 목소리가 나지막하게 들려왔다. 그의 경고에 세나의 심장이 내려앉았다.

"잘 자, 윤세나."

다정하게 인사를 마친 태성은 잠시 문 앞에 서 있다가 발길을 돌렸다. 그의 인기척이 멀어지고 나서야 세나는 침대에 주저앉았다. 이제야 숨을 제대로 쉴 수 있을 것 같았다.

순간이긴 했지만, 남성적인 태성의 눈빛을 보아서일까? 두근대는 그녀의 심장은 쉽게 가라앉지 않았다. 윤성이 녀석이 문자만 보내지 않았어도 내가 이렇게까지 이상하게 굴지는 않았을 텐데.

아는 사람 집에서 하룻밤 묵어 간다 생각하자. 근데 그 아는 사람이 한태성 씨면 이야기가 다르잖아? 웃어야 하는 건지 울어야 하는 건지.

세나는 늘 동생들과 함께 방을 쓰다가 갑자기 혼자 있으려니 어색했다. 좋은 것 같기도 하고 외로운 것 같기도 하고.

이렇게 넓고 조용한 집에서 항상 혼자 있었을 태성을 생각하며 세나는 침대 위에서 한동안 잠들지 못한 채 누워 있었다.

잠들지 못하는 건 태성도 마찬가지였다.

이렇게 가까이에 있는데 그녀에게 더 다가갈 수가 없었다. 손만 뻗으면 닿을 곳에 세나가 있다는 사실에 그의 피가 뜨거워졌다. 이럴 때 신사답게 구는 일이 얼마나 힘든 일인지 그녀는 알고 있을까?

태성은 피식 웃음이 나왔다.

"그걸 알고 있으면 윤세나가 아니지."

그걸 세나가 알고 있다면 자신이 이렇게 힘들지도 않을 것이다. 어른인 척 굴지 말걸. 신사인 척 굴지 말걸.

태성은 한 팔을 이마에 올린 채 오랜 시간 잠들지 못했다.

늘 같은 꿈이었다. 그를 한입에 삼킨 검은 안개 속에서 길을 잃고 헤맨다. 태성은 숨쉬기 힘들 만큼 갑갑한 검은 안개 속에서 빠져나오려 몸부림친다.

그 여자가 나와서 사랑을 비웃고 연기로 변해 그를 옭아매는, 항상 같은 꿈.

그리고…… 그의 곁에는 아무도 없다.

손을 뻗어도 잡히는 것이 없는 끝없는 공허. 그 갑갑함과 허무 속에서 몸부림치다가 깨는 늘 같은 패턴의 꿈.

그런데 오늘은 달랐다.

갑갑할 만큼 짙은 안개는 검은색이 아닌 회색으로 바뀌어 있었다. 시야가 뿌옇기는 했지만, 그래도 꿈에 나오던 그 검은 안개에 비할 바는 아니었다.

태성은 꿈속에서 발걸음을 옮겼다. 뿌연 시야 사이로 보이는 길을 따라 걸어 나갈 수 있었다.

어디를 향해 이어지는 길일까?

그 여자의 끔찍한 향수 냄새가 아직도 그의 코끝을 맴돌고 있었다. 지독하게 따라와 머리가 아플 지경이었다. 그 냄새로부터 벗어나고 싶었다.

그는 어디로 향하는지 모르는 길을 무작정 걸었다. 얼마나 걸었을까? 라일락 같기도 하고 라벤더 같기도 한 향기가 그의 코끝을 스쳤다.

끔찍한 향수 냄새가 없어진 것도 신기한 일인데, 이런 달콤한 향기라니. 도대체 무슨 일이 벌어지고 있는 걸까?

그때 그의 꿈에 누군가가 초대되어 왔다. 한 번도 없었던 일이었다. 누구지?

태성은 손을 뻗어 안개 사이로 아른거리는 실루엣을 잡아끌었다. 토끼처럼 놀란 얼굴이 그의 눈에 들어왔다. 세나였다.

어떻게 그녀가 여기에 와 있을까?

태성은 세나가 미치도록 반가웠다. 그녀의 몸에서 라벤더 향기가 풍겨와 그는 그녀의 목덜미에 머리를 박고 숨을 들이마셨다. 간질간질한 그녀의 머리카락 감촉이 느껴졌다.

목에서 뛰는 맥박, 작은 떨림, 따뜻한 몸, 하얗고 매끄러운 목덜미, 보송보송한 솜털의 감촉까지 너무도 생생한 그녀가 그의 품 안에 있었다.

그의 꿈속에 그녀가 나타나다니. 태성은 온몸이 뜨거워졌다.

"네가 어떻게 여기에 있는 거지?"

"……괜찮아요?"

꿈이 어느새 달라져 있었다. 뿌옇게 그와 그녀를 감싸고 있던 안개가 걷히고, 배경은 그의 침실, 정확히는 그의 침대 위로 바뀌어 있었다. 그리고 태성의 아래에 세나가 놀란 토끼 눈으로 그를 바라보며 누워 있었다.

세나는 난감했다. 그의 침대 위에 누운 자신의 상황이나 자신의 위에 몸을 겹치고 거침없이 욕망을 드러내고 있는 태성을 바라보는 일이나. 모두 자신이 뜻했던 바는 아니었다.

어쩌다 상황이 이렇게 되었을까?

잠이 오지 않는 밤이었다. 물을 마시려고 그의 방을 지나 주방으로 가는 길에 태성의 방에서 희미한 신음이 들려왔다. 그녀는 지체하지 않고 태성에게 다가갔다.

그가 신음을 내며 몸을 뒤척이고 있었다. 혹시 아픈 걸까 싶어 더 가까이 그의 곁으로 갔다. 식은땀을 흘리며 고통스러워하는 그는 악몽을 꾸고 있었다.

처음 보는 태성의 모습에 그녀의 가슴이 덜컹 내려앉았다.

무슨 꿈을 꾸길래 저렇게 괴로워하는 걸까? 그대로 놔둘 수 없어 그녀는 다급히 그를 흔들어 깨웠다. 그의 얼굴을 쓰다듬으며 손을 잡은 순간 그가 눈을 뜨는가 싶더니, 그의 손이 그녀를 그대로 잡아 끌어 침대에 눕혔다. 초점 없이 탁한 태성의 눈빛이 혼란스러워 보였다.

"네가 어떻게 여기에 있는 거지?"

"……괜찮아요?"

괜찮냐는 그녀의 말에 태성의 눈빛이 점점 선명해졌다. 그리고 거침없는 그의 욕망을 느낀 그녀의 몸이 떨려왔다.

깊은 밤, 그녀가 그의 침실에 들어와 있었다.

막상 이런 상황이 되니 그녀는 온몸이 굳어버렸다. 역시 이론과 실전은 다른 일이다. 마음 같아서는 에로 배우라도 될 수 있을 것 같았는데 실전 경험 부족은 어쩔 수가 없는 모양이었다.

이렇게 친밀한 자세라니. 그와 키스를 할 때도 친밀한 자세라고 생각했었는데 그건 언급할 가치도 못 되었다.

태성의 몸이 그녀의 쇄골부터 다리에 이르기까지 완전히 밀착되어 있어 그의 단단한 몸이 고스란히 느껴졌다.

그녀를 내려다보는 태성의 눈빛에는 통제되지 못한 욕망이 가득 차올라 있었다. 야수처럼 번뜩이며 이글거리는 시선에 세나는 침을 삼켰다. 심장이 뛰다 못해 튀어나올 것 같다. 당황스러웠지만 묘한 흥분이 그녀의 몸속을 타고 흘렀다.

난 어떡하면 되는 걸까? 어떻게 해야 하지?

백지가 되어버린 그녀의 머릿속에는 어떤 생각도 떠오르지 않았다. 그저 뜨거운 그의 몸이 느껴질 뿐이었다.

"······한태성 씨?"

세나를 바라보는 태성의 눈빛이 짙어졌다. 입꼬리를 말아 올린 그
의 나른하고 섹시한 미소에 세나의 가슴이 미친 듯이 뛰었다.

"초대한 적이 없는데 왔어."

그는 기뻤다. 꿈속에서라도 그녀를 자신의 침대에 눕힐 수 있어
서. 현실에 대한 불만족이 꿈을 통해 해소되려는 걸까? 그는 침대에
그녀가 누워 있다는 사실에 흥분했다. 꿈이든, 꿈이 아니든 상관없
었다.

"······그러긴 했죠."

'초대 받은 적이 없긴 하죠. 이런 걸 원한 건 아니었어요. 태성 씨
가 아픈 것 같아 정말 순수한 마음으로 들어왔다구요.' 그렇게 말하
려고 했지만 세나는 더 이상 아무 말도 할 수 없었다. 그의 촉촉한
입술이 그녀의 입술에 닿는 순간, 그가 주는 그 달콤한 느낌과 감미
로운 촉감을 그저 느끼는 수밖에.

꿈에서라도 간절히 원했던 입술, 생생하게 느껴지는 그녀의 감촉
에 그는 이성의 끈을 놓아버렸다.

꿈인데 자제력 따위가 필요할까? 꿈이 아니더라도 지금 이 상황에
서 세나를 고이 보내줄 수는 없었을 것 같았다.

세나의 뜨거운 숨결이 너무나 생생하게 느껴져서 태성의 입에서
거친 신음이 흘러나왔다. 그는 한 손으로 그녀의 가녀린 허리를 감
싸 안고 다른 손으로는 자신의 입술을 피하지 못하도록 그녀의 뺨
을 감쌌다.

깊고 농밀해지는 키스에 세나는 숨을 쉴 수 없었다. 잠시 내쉰 숨

결 사이로 뜨겁게 밀고 들어오는 태성의 부드러운 혀에 그녀의 온몸이 떨려왔다.

그녀의 몸 위를 그의 손이 배회하고 있었다. 허리를 감싸고 있던 그의 손이 그녀의 허벅지 위에 가 있다가 다시 위로 올라가 그녀의 갈비뼈를 쓰다듬었다.

처음 알게 된 감각에 세나는 전율했다.

이런 거였나? 원래 이렇게 짜릿하고 아찔한 기분이 드는 건가?

세나는 두 팔로 그의 목을 감싸 안았다. 그녀의 반응에 태성의 손이 세나의 옷 속을 헤치고 들어갔다. 그 손길에 세나의 입에서 뜨거운 숨결과 함께 탄성이 새어 나왔다.

그녀의 신음에 키스를 하던 태성의 몸이 굳었다. 그는 황급히 고개를 들고 그녀를 바라보았다. 태성의 얼굴에는 당황스러움과 혼란스러움, 그리고 아직 채우지 못한 욕망의 흔적이 고스란히 남아 있었다.

"……네가 여기 왜 있어?"

두 사람 모두 숨을 고르느라 잠시 동안 아무 말이 없었다. 정적이 흐르는 방 안에는 둘의 거친 숨소리만 들려왔다.

"침대로 끌어당긴 분이 하실 말씀은 아닌 것 같은데요."

세나의 말에 태성의 미간이 가늘어졌다. 내가 널 침대로 끌어당겨?

"아냐. 난 그저 꿈을 꾸고…… 이런, 젠장. 꿈이 아니었던 건가?"

태성은 현실로 돌아왔다.

"뭐, 여러 모로 지금 상황이 꿈은 아닌 거 같네요."

태성은 여전히 세나의 위에 올라가 그녀의 몸에 밀착되어 있었고, 세나는 그 밑에서 간신히 숨만 내뱉고 있었다. 움직일 수 없이 밀착

된 자세는 정신을 차리고 보니 그렇게 민망할 수가 없었다.

태성은 아직도 뜨거운 흔적을 지우지 못한 눈으로 그녀를 바라보고 있었다. 태성은 그녀에게 키스했다. 꿈이었건, 아니었건 미치도록 달콤한 키스였다. 현실로 돌아와도 이 상황은 마치 꿈만 같았다.

그는 계속해서 그녀에게 키스하고 싶었다. 하지만 다시 시작한다면 아마도 멈추지 못할 것이다.

태성은 정신을 차렸다. 유혹적인 자태로 자신의 침대에 누워 있는 그녀의 모습에 태성은 낮게 욕설을 내뱉었다. 하지만…… 그녀의 작은 몸이 떨리고 있었다. 키스의 여운인지 두려움 때문인지 알 수 없었다.

"내 방에는 왜 들어와 있는 거야?"

태성이 그녀의 옆자리에 눕자 그의 품에서 벗어난 세나가 깊이 심호흡을 했다.

위험했다. 위험하긴 했는데……. 지금 자신이 느끼는 이 감정이 안도감인지, 아니면 아쉬움인지 알 수 없었다. 확실한 건 무언가 부족하다는 느낌이 든다는 거였다. 나, 생각보다 밝히는 여자인 건가?

세나의 표정이 시시각각 변했다. 태성은 재미있다는 듯 그런 세나를 바라보았다. 태성의 시선을 눈치챈 세나는 황급히 생각을 접고 태성의 질문에 대답했다.

"악몽 꾸는 것 같아서 깨워주려고 들어온 거예요."

"확실히 유혹하러 온 옷차림은 아니군."

"확실히 유혹하려던 의도는 아니에요."

그녀의 대답에 태성은 피식 웃음을 터뜨렸다. 이성이 돌아오는 것 같았다.

"고마워서 몸 둘 바를 모르겠군."

태성의 몸은 아직도 뜨거웠다. 그리고 고스란히 느껴지는 그의 욕망에 세나는 이제 태성의 방에서 나가야겠다는 생각이 들었다. 조금 전 같은 일이 또 일어나지 않으리라는 보장이 없었다.

그런데 조금 전 일은 내가 원하는 일이 아니었던 건가?

"상태가 괜찮아지신 것 같으니, 저는 이만……."

세나가 태성의 침대에서 빠져나가려 하자 태성의 단단한 팔이 그녀의 허리를 감싸 안았다. 그녀의 등 뒤로 태성의 단단한 가슴이 느껴졌다.

"이왕 이렇게 된 거, 같이 자자."

"여기서 같이 자자구요?"

잠이 오겠어? 어? 잠이 오겠냐고!

태성은 세나의 당황하는 모습에 계속 웃음이 나왔다.

"늘 당당하게 굴더니, 지금은 왜 이렇게 수줍은 고양이 흉내신가?"

태성의 웃음기 섞인 목소리가 세나를 자극했다.

"고양이한테 안 긁혀봤죠?"

세나의 말에 태성은 쿡쿡거리며 세나를 더욱 품 안으로 끌어안았다. 그녀에게서 옅은 라벤더 향기가 났다. 그를 악몽에서부터 끌어내주던 그 향기였다.

"같이 자면 악몽 안 꿀 것 같아. ……오늘만 같이 자자."

그의 부드러운 목소리에 애처로움이 묻어났다. 악몽을 안 꿀 것 같다잖아. 세나는 스스로를 납득시켰다.

"오늘만이에요. 잠들면 나갈 거예요."

힘들어하던 그의 모습을 세나는 차마 모른 척할 수 없었다.

태성은 원래 누군가 곁에 있을 때는 절대로 잠들지 않았다. 아니, 잠들지 못했다. 하지만 지금 그런 게 무슨 소용이란 말인가? 단지 지금은 세나를 보내고 싶지 않았다. 그리고 그걸 위해서라면 밤새도록 깨어 있어도 상관없었다.

"가지 마."

"한태성 씨, 애 같을 때가 있네요. 저한테만 그러는 거예요?"

"자꾸 쫑알거리면, 아까 하던 거 이어서 한다."

태성의 경고에 세나는 꿀 먹은 벙어리가 되었다. 그녀의 얌전한 반응에 태성의 미소가 짙어졌다.

"잠이 와요? 기왕 이렇게 된 거, 이야기나 할까요?"

"무슨 이야기가 하고 싶지?"

'당신 악몽이요.' 세나는 그렇게 말하고 싶었지만 참았다. 언젠가 때가 되면 그가 말해주겠지.

"이것저것 이야기해줘요."

"나 잠들어야 하는데, 나한테 이야기하라는 건가?"

"하나씩 궁금한 거 이야기할까요? 아직도 이게 사랑인지 뭔지 잘 모르겠어요?"

태성은 섣불리 대답할 수 없었다. 어려운 질문이었다.

"아직 잘 모르겠어."

솔직한 태성의 대답에 세나는 입을 삐죽였다. '그걸 왜 모르지?' 하며 투덜대는 그녀의 입술은 키스하고 싶을 만큼 사랑스러웠다.

"난 알겠던데. 한태성 씨가 나 엄청 사랑하는 거."

"대체 그런 확신은 어디서 나오는 거지?"

태성이 어이없다는 듯 세나를 향해 물었다.

"한태성 씨가 절 보는 눈빛이요. 그건 아무한테나 보여주는 눈빛이 아니거든요."

내가 너를 보는 눈빛이라……. 그게 대체 어떤 걸까? 이 작은 마녀는 나에게서 무엇을 보고 있는 걸까?

"날 보는 눈빛이 그렇던데요. 완전 예뻐 죽겠다는 그런 눈빛."

그런 눈이 아닐 리 없었다. 그가 항상 하고 있는 생각이었으니까. 그래도 그녀가 눈치챌 만큼 티를 낸 건 아니라고 생각했는데.

"말도 안 돼."

"진짜라니까요?"

웃음기 가득한 세나의 말이 그의 귓가에 기분 좋게 들려왔다. 무엇을 하건 이렇게 예쁘기만 한 게 사랑이라는 걸까?

"그러니까 적당히 하고 이제 그만 인정해요. 오래 기다리지 않을 거예요. 저같이 예쁘고 착한 여자를 만날 수 있을 것 같아요?"

"인내심을 가지라고. 윤세나, 자화자찬이 지나쳐."

세나가 그의 품에 파고들었다. 따뜻해서 자꾸 그의 품 안으로 파고들게 된다.

"진짜 고양이였어?"

"그럼 고양이인 걸로 해요."

이 여자가 겁도 없이, 진짜. 태성은 한숨을 삼켰다. 그녀는 자신에게 끼치는 영향을 전혀 모르는 모양이었다.

"그럼 다음 질문. 윤 여사님은 왜 그렇게 한태성 씨를 좋아해요?"

"그거야 내 매력에 빠져서……."

세나가 태성의 가슴을 팔꿈치로 툭 쳤다. 태성이 아픈 듯 몸을 숙이며 세나를 더욱 깊이 끌어당겨 안았다.

"감사해야겠어요, 윤 여사님한테. 덕분에 당신이랑 만나게 된 거니까."

"그건 아니지. 너와 만난 건 내가 너희 보육원 후원을 끊었기 때문이지."

"자랑이시네요."

"그러니까 내 공로를 잊지 말도록."

도무지 미워할 수 없는 남자였다. 한없이 차가워 보이는데, 조금만 들여다보면 개구쟁이 같고, 그래서 더 매력이 넘치는 남자였다.

"듣고 싶어요, 당신 이야기."

"재미없는 이야기야. 들을 것도 없고."

"그래도 밤은 길고 시간은 많잖아요."

"밤이 길면 다른 방법으로 짧게 보낼 수도 있는데……."

태성의 손이 세나의 허리에서 은밀하게 움직이자 세나가 그의 손을 소리가 나도록 '탁' 쳤다. 그리고 자신의 손으로 깍지를 껴 움직이지 못하게 만들었다.

"오늘은 아닌 것 같으니 이야기나 계속하시죠."

세나의 단호한 태도에 태성은 아쉬웠다. 어디서부터 이야기를 해야 할까?

"윤 여사님은 내겐 할머니 같은 분이야. 어머니가 윤 여사 식모였어. 요새 가사도우미라고 부르는."

세나는 처음 듣는 이야기였다.

"그런 어머니를 윤 여사가 친딸처럼 거둬 키우셨지. 딸이 없으셨거든. 아들만 하나 있고. 그런 상황이다 보니 나도 손자처럼 키우

셨지. 지금도 물론 그렇고. 나 또한 윤 여사를 그렇게 생각하고 있
고."

태성은 잠시 말이 없었다. 이 작은 여자가 대체 뭐라고 자신 안에
깊숙이 감춰놓은 무언가를 건드리고 있는지 알 수가 없었다. 이쯤
에서 그만 접어야 했다. 모든 이야기가 그의 입을 통해 세나에게 알
려지기 전에.

태성의 다정한 눈이 세나를 향했다.

"이제 네가 말할 차례야."

"흠…… 저는 딱히 재미있는 이야기가 없는데요."

세나는 곰곰이 생각했다. 무슨 이야기를 해야 할까?

"어렵게 생각할 거 없어. 프레젠테이션 하는 것도 아닌데 뭘 그리
고민해?"

태성의 핀잔에도 세나는 별다른 생각이 떠오르지 않았다. 누군가
에게 자신의 이야기를 해본 적이 없는 까닭이었다.

윤주에게조차 꺼내본 적 없는 자신의 이야기들.

"그럼 한태성 씨가 물어보는 건 어때요? 윤세나 씨는 언제부터 예
뻤나? 뭐 이런 거?"

세나가 예전에 텔레비전에 나왔던 남자 주인공의 대사를 따라하
며 장난스럽게 말하자, 태성은 과장되게 미간을 찌푸렸다.

"내가 왜 그런 걸 물어봐야 하지?"

태성의 반응에도 아랑곳하지 않고 세나는 할 말을 꿋꿋이 했다.

"전 어릴 때부터 똑똑하고 예뻤어요."

그녀의 거침없는 발언에 태성은 웃음이 났다.

"그렇다 치고."

한 번쯤 인정해주면 어때서. 교묘하게 예쁘다는 말을 피하는 태성을 그녀는 얄밉다는 듯 바라보았다.

"우이씨, 진짠데. 어릴 때 엄청 똑똑하고 예쁘게 잘 컸어요. 책 많이 읽어서 튼튼하게 크기도 했고."

상상 속의 세나는 귀여웠다. 윤성에게 받은 그녀의 어릴 적 사진을 수시로 들여다봐서인지 그 모습이 어렵지 않게 그려졌다.

초등학교 때라······. 앉아서 똘망똘망한 눈빛으로 책을 들여다보고 있었을 어린 세나의 모습이 눈에 선했다.

"책을 많이 읽어서 튼튼해졌다고? 그런 소리는 처음 들어보는군."

세나가 작게 고개를 끄덕였다. 그건 그녀만 아는 이야기였다. 설명을 어떻게 해야 하나?

"원래 책을 좋아하는 편이었는데, 새로 생긴 집에는 책이 없었어요."

새로 생긴 집. 세나는 늘 보육원이라 말하지 않고 그곳을 '집'이라고 표현했다. 세나의 진심이 묻어나는 단어였다. 그곳은 그녀의 집이었고, 그곳의 사람들은 모두 그녀의 가족이었다.

"몇 권 있긴 했었는데, 꼬맹이들이 다 찢어놓고 딱지 접어놓고 해서 사라져버렸어요."

세나는 이미 잠들어 있을 아이들 생각에 절로 엄마 미소가 지어졌다. 고작 하룻밤 보지 못한 것뿐인데도 아이들이 보고 싶어졌다.

"그래서?"

"그래서는 뭐가 그래서예요. 필요한 사람이 도서관 가서 빌려 봐야죠. 책 보는 거 정말 좋아했거든요. 그런데 집에서 도서관까지 멀었어요. 걸어서 한 시간도 넘게 걸렸으니까."

"그 거리를 걸어 다녔다는 건가?"

태성의 놀란 목소리에 세나는 어깨를 으쓱해 보였다.

"차를 안 타고?"

"집에 차도 없었고, 차가 있었다고 하더라도 제가 운전할 수는 없 잖아요? 데려다줄 어른도 없었고."

"버스는?"

"버스비 땅 파면 나오는 게 아니거든요. 그래서 걸어 다녔어요."

태성은 어렸던 세나 곁에 있어 주지 못해서 안타까웠다. 자신이 곁에 있어 줬으면 좋았을걸. 그 생각에 한쪽 가슴 끝이 아려왔다. 아무렇지도 않게 그런 이야기를 하기까지 그녀의 가슴에 얼마나 많 은 생채기가 났을지 상상조차 하기 싫었다. 하지만 그는 애써 담담 히 그런 마음을 감추었다.

"그래서 튼튼해졌군."

"완전 튼튼하게 자랐죠."

"보통 학교에 도서관이 있지 않나? 학교 도서관을 이용하지 왜 거 기까지 갔지?"

학교 도서관이 있었지만 그녀는 3학년 때 이후로는 간 적 없었다. 세나는 머릿속으로 그곳의 그림을 어렵지 않게 떠올릴 수 있었다. 1 학년 3반 교실 옆 양호실, 그 옆에 길게 뻗어 있던 복도, 그리고 그 끝에 있었던 학급 도서관. 교실 하나 크기의 도서관이 있었던 걸로 기억한다.

"거기 자주 갔었는데요. 비가 많이 오는 날이었어요."

그날의 기억. 세나는 세세한 부분 하나하나까지 기억이 났다. 비

냄새, 비가 와서 상쾌했던 공기, 가는 길이 즐거웠던 복도 끝, 그리고…… 엄마 생각에 슬펐던 날이었다.

"그날도 책을 빌리러 도서관에 갔는데 이상한 거예요. 저는 하루에 2권밖에 못 빌리는데, 친구는 혼자 4권을 빌려 가는 거예요."

세나는 이해가 가지 않는다는 듯 고개를 흔들었다.

"그래서 선생님한테 억울한 심정을 말했죠. 저는 두 권밖에 못 빌리는데, 쟤는 왜 4권이나 빌려 가냐고."

세나는 아직도 억울했다.

─쟤는 엄마가 있잖니.

별걸 다 물어본다는 듯 선생님의 말투는 싸늘했다.

"그 친구는 엄마도 같이 도서 카드를 만들 수 있어서 그렇대요. 엄마가 와서 일주일에 한 번, 2시간씩 사서 역할을 하고 가면 걔는 4권을 빌려 갈 수 있는 거였죠. 저보다 공부도 못하고 상도 많이 못 받고 예쁘지도 않았는데. 별수 있나요? 전 엄마가 없는데."

"……"

"생각해보니까 하루에 4권씩 빌려 갈 수 있는 친구가 몇 명 있었던 것 같아요. 제가 무심히 지나쳐서 그렇지."

"그래서 그곳에는 안 가기 시작한 건가?"

태성의 물음에 세나는 고개를 끄덕였다.

"네. 그날부터 시내에 있는 시립 도서관에 갔어요. 그런 곳이 있더라구요. 학교 도서관 같은 건 우스울 만큼 커다란 도서관이어서 너무너무 기뻤어요. 거긴 하루에 5권씩 빌릴 수 있었거든요. 걔보다 많이 빌릴 수 있었어요."

"……"

"별것도 아닌 걸로 차별을 두니까 빈정도 상했고, 그날부터 거기 가서 빌렸어요. 거긴 엄마가 있으나 없으나 똑같이 빌려주니까. 여기까지가 제가 튼튼하게 자란 이유예요. 이제 한태성 씨가 질문 받을 차례예요."

"……"

"……한태성 씨?"

태성의 기척이 느껴지지 않았다. 고른 숨소리가 세나의 귓가에 들려왔다. 세나는 회심의 미소를 지었다. 잠들지 못하는 아이들이 동화책을 읽어 달라고 투정부릴 때 쓰던 방법이었다.

작게, 아주 작은 목소리로 조용조용 말하는 게 효과가 있었던 모양이었다.

"자요?"

새근거리는 태성의 숨소리가 세나의 귀에 음악처럼 들려왔다. 세나는 몸을 돌려 태성과 마주 보고 누웠다. 혹시라도 그가 깰까 봐 숨 쉬는 것마저 조심스러웠다.

잠이 든 게 확실한 것 같았다.

그녀의 바로 앞에 눈을 감은 태성의 얼굴이 있었다. 새삼 심장이 떨려왔다. 잠들었으니 망정이지 이렇게 가까운 거리에서, 이렇게 친밀하게 누운 채로 그의 눈을 바라보는 건 상상만으로도 부끄러운 일이었다.

"무슨 남자가 속눈썹이 이렇게 기냐."

세나는 가만히 손을 들어 태성의 얼굴을 만져보았다. 손끝에서 따뜻하고 부드러운 감촉이 느껴졌다.

잠든 모습이 꼭 소년처럼 순하고 평온해 보였다.

엄마가 없는 이 남자. 그리고 엄마가 없는 나. 똑같이 엄마가 없는데 나는 왜 이 남자가 더 안쓰러울까? 나보다 돈도 많고 사회적 지위도 높고 나이도 많은 이 남자를 자신이 감싸줘야 할 것 같은 이 기분은 뭔지.

세나는 태성의 머릿결을 가만가만 만졌다. 그녀의 손길이 간지러운지 태성의 입가에 희미한 미소가 번졌다. 다행히 괴로워하며 악몽을 꾸는 모습은 아니었다.

"잘 자요. 오늘은 악몽 꾸지 말고 푹 자요."

세나는 고개를 들어 태성의 이마에 살짝 입을 맞추었다. 그리고 그의 품속으로 파고들었다. 따뜻하고 포근했다.

얼마 후, 새근거리는 두 사람의 숨소리만이 방 안에 조용히 들렸다.

태성은 감겨 있던 눈을 번쩍 떴다. 아침 여섯 시 반, 늘 일어나던 시각이었다. 무슨 일이 일어난 건지 태성은 이해가 가지 않았다. 그는 자신의 상태에 놀랐다.

잠이 들었다?

전혀 있어본 적 없는 일이었다.

누군가가 옆에 있는데 잠이 들어버린 건, 거의 이십 년 만의 일이었다. 그런 그가 세나가 옆에 있는데 잠이 들었다는 사실이 믿기지 않았다. 태성은 어이가 없다는 듯 헛웃음이 나왔다.

"하아, 도대체 날 어떻게 만든 거지……?"

작고 사랑스러운 마녀가 자신에게 무슨 마법이라도 부려놓은 듯했다. 오직 그녀만이 부릴 수 있는 마법이었다. 국내외 유명 병원을 다 찾아다니면서도 고치지 못했던 증상이 이렇게 없어지다니.

그는 옆으로 눈을 돌렸다. 어젯밤 품속에 있었던 그녀는 사라져버리고 없었다. 허탈했다. 그녀가 나가는 것조차 알아채지 못할 만큼 깊은 잠이 들었던 모양이었다.

"너 이제 어떡할래?"

말의 내용과는 달리 태성은 세나가 곁에 있는 것처럼 미소를 지었다. 그녀를 놓아주어서는 안 될 이유가 생겨버렸다. 그 사실이 왜 그렇게 기쁘기만 한 건지. 큰일이었다. 그녀에게도, 그에게도.

태성은 다시 침대에 누워 눈을 감았다. 세나의 체취가 아직 남아 있는 듯했다.

유난히 몸을 일으키기 힘든 아침이었다.

질투는 나의 힘

밤새 내린 눈은 포근한 날씨 덕에 녹아 있었다. 덕분에 도로 사정도 좋아져 세나는 어렵지 않게 학교에 도착할 수 있었다.

태성의 품이 포근하고 따뜻해서 빠져나오는 게 너무 힘들었다. 세상에. 남자의 품에서 빠져나오는 게 힘들다니.

일찍 나왔는데도 불구하고 결국 태성 때문에 그녀는 스터디 모임에 지각하고 말았다.

"어머, 세나야. 무슨 일 있었어? 지각을 다 하고 말이야. 걱정했어."

세나는 고개를 들어 자신을 향해 말을 거는 다혜를 쳐다보았다.

"가던 길 가세요, 연다혜 씨."

곁에 있던 윤주가 다혜에게 말하며 눈살을 찌푸렸다.

"걱정돼서 물어본 건데 왜 그렇게 까칠하게 구니? 근데 너희들 취업은 어떻게 됐어?"

"우리 일은 우리가 알아서 할 테니 가던 길 가시라구요."

다혜의 표정만 본다면 그들에게 안부를 물으려 온 거였지만, 윤주는 그게 아님을 알고 있었다. 착한 척하는 가면을 쓰고 세나를 까러 온 거다. 한두 번 당해봤어야지.

"세나 너, 취업은 됐니? LK랑 유림 그룹 입사 지원서 과 사무실에 있다던데, 받았어?"

"입사 지원서 내려고. 합격할지는 모르겠다."

세나의 대답에 윤주와 다혜는 둘 다 놀란 얼굴로 그녀를 바라보았다. 윤주는 뭐라 말을 하고 싶었지만, 세나와 둘이 될 때를 기다려야 한다는 걸 알 만큼 현명했다.

"어디에 냈는데?"

"유승 기업이라고 있어. 중소 기업."

다혜의 안색이 눈에 띄게 변했다. 다혜도 알고 있는 기업이었다.

"너 S&C가 유승 기업을 계열사로 흡수하기로 한 거 알고 있었어?"

다혜의 말에 이번에는 세나가 놀란 표정을 지었다.

"아니. 그건 몰랐는데."

"근데 거기를 간다고? 너 정도면 다른 회사 지원할 줄……."

다혜는 황급히 입을 다물었다. 자신의 입으로 세나를 인정하는 말이 튀어나올 뻔했다.

"우리 보육원 후원해주던 곳이거든."

세나의 대답에 다혜는 입술을 깨물었다. 자신의 아버지가 어렵게 알아낸 고급 정보였다. 지금은 그저 그런 중소 기업에 불과하지만, 이제 곧 S&C에 합병되어 계열사로 거듭나면 웬만한 대기업보다 성장 가능성이 큰 회사였다.

후원해주던 업체라 이거지? 운도 좋은 계집애.

늘 이런 식이었다. 다혜는 세나에게만 찾아가는 행운을 이해할
수 없었다.

"이제 그만 우리 대화에서 빠져줄래? 윤주랑 중요한 이야기 중이
었거든."

꺼져 달라는 이야기에 다혜는 입술을 깨물었다. 세나에게 더 이
상 캐낼 게 없어지자 다혜는 재빨리 사라졌다.

다혜의 뒷모습을 향해 윤주는 가운뎃손가락 하나를 세워 보였다.
그 모습에 세나가 웃음을 터뜨렸다.

"너도 그만 좀 해. 왜 항상 싸우자고 들어."

"저게 맨날 건드리잖아. 오늘도 봐봐. 너 건드리려고 온 거야. 저
여우같은 계집애가."

한 무리의 남자들에게 둘러싸여 걸음을 옮기는 다혜의 뒷모습에
윤주가 혓바닥을 내보였다.

"너는 내가 지킨다."

윤주의 결의에 찬 표정과 말투에 세나는 어쩔 수 없다는 듯 고개
를 저었다. 저 어미 새 본능을 어찌할꼬?

"근데 너 원서는 언제 낸 거야? 어떻게 나한테 이제야 말을 해?"

윤주의 웃음이 심상치 않아 보였다. 세나는 급히 가방을 챙겼다.
오늘 윤주에게 걸리면 기본 세 시간은 괴롭힘을 당해야 할 것이다.

"이제 낼 거니까. 나 어디 좀 가야 해서. 윤주야, 다음에 봐."

"야, 치사하게 도망치냐? 나한테 중요한 이야기 있다며! 오늘 알바
도 없다면서 어딜 그렇게 가는 건데?"

"입사 지원서 내러!"

도망치듯 사라지는 세나의 뒷모습을 보며 윤주는 어쩔 수 없다는

듯 미소 지었다.

⌀

"집에 별일은 없지? 워낙 사건 사고가 많은 집이잖니."

군데군데 멋진 은빛 머리카락을 품은 노신사가 물어보자 세나는 고개를 끄덕였다.

"며칠 전에 뵈었는데 별일은요. 다들 많이 얌전해졌죠."

"전에 비해서 얌전해진 편인 거지."

"저희 집 꼬맹이들이 좀 그렇긴 하죠? 곧 집도 무너질 것 같아요. 꼬맹이들 기운이 넘쳐나서."

"기운이 넘친다니 그건 다행이고. 얼마 전에 보니 집에 가구가 남아나질 않았더구나."

주름진 눈가에 인자하게 피어나는 웃음에 세나도 따라 웃었다. 언제 봐도 늘 다정하신 분. 카페에서 세나와 마주 앉은 노신사는 바로 노길웅 전무였다.

세나는 노 전무에게 봉투를 내밀었다. 봉투 안의 내용물을 확인한 노 전무는 만족스럽다는 듯 고개를 끄덕였다.

"근데 원서를 이렇게 내도 되는 거예요? 인맥 통해서 들어왔다고 나중에 회사에서 왕따 당하는 거 아니에요?"

노 전무가 웃으며 고개를 흔들었다.

"너 정도면 솔직히 우리 회사에서 감사할 인재지. 그리고 특별 채용은 원래 이렇게 뽑아."

"진짜요? 그럼 저 바로 합격할 수 있는 거예요? 면접 같은 건 안 보나요?"

"아주 공정하게 바로 합격할 수 있는 수준이란다. 면접은 아직 정해지진 않았어. 본다 해도 형식적일 테고."

친절한 노 전무의 말에 세나가 감사하다는 듯 웃어 보였다.

추운 날씨에는 생크림을 듬뿍 올린 달달한 카라멜 마끼야또가 최고였다. 세나는 입안으로 흘러들어오는 부드럽고 진한 달콤함에 기분이 좋아졌다. 일년에 몇 번 부릴 수 있는 사치였다. 그러다 문득 낮에 들었던 연다혜의 말이 떠올랐다.

―너 S&C가 유승 기업을 계열사로 흡수하기로 한 거 알고 있었어?

사실일까? 자신이 알기로는 뉴욕에 있는 S&C에서 매수하긴 했지만, 분명 다른 회사로 매각하기 위해서라고 들었는데.

세나의 시선이 서류를 살펴보는 노 전무에게로 향했다.

"근데 아저씨, 궁금한 게 있는데요."

"어, 그래. 뭐든 물어봐."

잠시 머뭇거리던 세나가 입을 열었다.

"지금 이 회사, S&C 계열사가 되나요?"

적당한 용어를 찾지 못한 세나가 직설적으로 묻자, 노 전무의 얼굴에 놀라움이 스쳤다.

"그거 어떻게 알았니?"

"어디서 들었어요. 그런데 그거 진짜였어요?"

"그래. 아직 대외비이긴 하다만, 기정사실이긴 하지."

다혜가 엉터리 정보를 흘리고 다닌 건 아니었다. 진짜란 말이지? 다음 질문이 훨씬 중요했다. 세나는 침을 꿀꺽 삼켰다.

"그럼 그렇게 되면 대표는 누가?"

노 전무가 곤란한 듯 멋쩍은 미소를 지어 보였다.

"한태성 대표가 계속 맡을 것 같구나. 워낙 뛰어난 사람이고, 한국 사람이다 보니 S&C 본사에서 그 사람에게 계속 대표직을 맡길 생각인 모양이야."

"그렇군요. 그게 언제 정해진 거예요?"

"그리 오래된 건 아니다만, 그래도 몇 주 전이긴 했을 거다."

"몇 주 전이라구요?"

이전부터 모든 게 정해져 있었단 소리였다. 완전히 당했다.

―내가 너와 같이 한국에 남거나.

역시 한태성이었다. 아주 인심을 쓰듯 말했었는데, 이미 다 결정 해놓고 그녀를 농락한 셈이었다. 그런 줄도 모르고. 나 원 참. 세나는 태성을 만나면 화를 내야 할지 웃어야 할지 알 수가 없었다.

세나의 낯빛이 바뀌자 노 전무가 조심스럽게 말을 꺼냈다.

"그런데 말이다. 세나 너, 한태성 대표와 아는 사이니?"

오전에 노 전무는 한태성 대표의 호출을 받았었다.

―청솔 보육원 윤세나한테 입사 지원서 받아 오세요.

밑도 끝도 없는 이상한 업무 지시였다. 별다른 설명도 없었다. 노 전무도 세나에게 입사를 권유할 생각이었으므로 이의를 달지 않긴 했지만 이상했다. 한태성 대표가 어떻게 세나를 알고 있을까?

궁금해하는 노 전무의 표정을 보며 세나는 등 뒤로 식은땀이 흘러내렸다. 그녀는 차마 노 전무님에게 '한태성 씨가 남자 친구예요.'라고 말할 자신이 없었다. 그거야말로 대외비였다. 결코 알려져서는 안 되는 극비 중의 극비.

세나의 뇌세포가 빛의 속도로 움직이기 시작했다.

"왜 그러시는데요?"

"한 대표가 직접 너한테서 입사 지원서를 받아오라고 지시하더구나."

이 남자가 진짜! 세나는 속으로 태성을 향해 소리 질렀다.

"전에 후원 문제로 몇 번 뵙긴 했어요. 그것 때문에 미안해서 그러신 거 아닐까요?"

세나의 어설픈 변명에 노 전무는 고개를 끄덕였다. 무슨 바람이 불어서 한 대표가 신경을 쓰는지는 모르겠지만, 나쁜 의도가 있어 보이지는 않았다.

"예전 일인데 뭘 그렇게, 대표님은. 하하하…… 하하……."

"그러게. 의외의 모습이구나. 안 좋은 감정이 있긴 하겠지만, 그래도 능력 있는 사람이니 너무 미워하지는 말았으면 싶구나."

세나의 어설픈 발연기에도 불구하고 노 전무는 별다른 의심을 하지 않고, 오히려 세나를 설득하기 시작했다.

노 전무의 걱정스러운 말에 세나는 싱긋 웃어 보였다.

"아니에요. 이제 그런 거 없어요. 다시 후원도 해주고 계시잖아요."

"그래. 그렇다면 다행이고. 곁에서 지켜보니 아주 뛰어난 사람이야. 인정할 만하더구나. 우리 회사에 들어오면 배울 게 많이 있을 거야. 나도 한태성 대표한테 많이 배우고 있단다."

"네."

세나는 꼭 자신이 칭찬을 받는 것처럼 뿌듯해서 기분이 좋아졌다. 그녀가 가져온 지원서를 마지막 페이지까지 살펴본 노 전무는 서류를 봉투에 다시 넣었다.

"그런데…… 저, 그…… 말이다……."

조심스럽게 말을 꺼내는 노 전무를 세나가 바라보았다.

"저기…… 원장님 말이다."

갑자기 더듬거리는 노 전무의 귀가 빨갛게 물든 것을 보고 세나는 살짝 웃음 지었다.

노 전무는 예전부터 꾸준히 사비로 보육원의 살림살이에 도움을 주고 있었다. 물론 사심이 가득한 도움이었지만. 그건 원장 어머니만 모르고 계실 뿐 윤성과 자신뿐만 아니라 웬만큼 머리가 큰 꼬맹이들까지 알고 있는 공공연한 비밀이었다. 물론 어머니가 정말 모르고 계신지는 의문이긴 했다.

세나는 아무것도 모르는 척, 눈을 동그랗게 떴다.

"어머니요? 어머니가 왜요?"

"오늘은 집에 계시니?"

노 전무님이 지난번 어머니를 만나지 못하고 돌아가셨다는 말을 윤성을 통해 들었다. 그러니까 오늘은 실패하고 싶지 않다는 말씀이다.

"네. 오늘은 계실 거예요. 밖에 볼일 없다고 하셨어요. 요새 피곤하신지 일찍 주무시니까, 9시 전에 가시면 뵐 수 있을 거예요."

"그래? ……그, 그렇구나."

"저희 어머니 안개꽃 좋아하세요. 장미꽃 섞지 말고 안개꽃만 사 가세요. 엄청 많이요."

세나는 웃음을 삼키며 아무렇지도 않게 말하려 노력했지만, 별 소용이 없었다. 당황하는 노 전무의 표정에 결국 세나의 입에서 웃음이 터져 나왔다.

감출 수 없는 세 가지가 있다지? 기침, 가난, 그리고…… 사랑. 누가 한 말인지는 몰라도 아주 정확했다.

노 전무는 헛기침을 했다.

"많이 티가 났니?"

아무렇지 않아 보이려 했지만, 그럴수록 노 전무의 귀는 점점 빨갛게 변하고 있었다.

"네, 아저씨. 아주 많이요."

"그렇구나."

딱히 마음을 숨기지 않는 노 전무님이 멋있었다. 숨기려 했지만 미처 성공하지 못했다라는 표현이 더 맞는 거겠지만, 사랑에 빠진 모습은 노 전무님을 훨씬 더 젊어 보이게 만들었다. 게다가 상대는 어머니라니 이 얼마나 아름다운 커플인가?

세나는 진심으로 두 사람을 응원했다.

"부디 어머니가 얼른 마음을 받아주셔야 할 텐데요."

세나와 노 전무가 마주 보며 웃었다.

"그랬으면 좋겠구나. 원장님은 어떤 음식을 좋아하시니?"

드디어 몇 년간의 짝사랑을 끝내기로 결심하신 걸까? 노 전무는 적극적인 자세로 세나에게 도움을 요청하기 시작했다.

사랑의 힘이란. 세나는 갑자기 궁금해졌다. 나도 태성 씨의 옆에 있으면, 저렇게 티가 많이 날까? 그 남자도 내가 옆에 있으면 저렇게 티가 많이 날까?

세나가 속으로 궁금해하고 있는 사이, 낯익은 실루엣 하나가 그들 가까이 다가왔다.

"노 전무님 아니십니까?"

"아이고, 이런. 팀장님, 회사에 오셨군요."

노 전무가 반가운 기색으로 일어서며 누군가를 맞이했다. 그런데 그 목소리가 낯설지 않았다.

"네. 지나가는데 노 전무님이 보여서 인사드리려고 들렀습니다."

"잘하셨습니다. 같이 차나 한잔하시죠."

"손님이 계신 것 같은데."

세나는 노 전무의 움직임을 시선으로 좇다가 상대방의 얼굴을 보고는 깜짝 놀랐다.

"제가 합석해도 될까요, 세나 씨?"

성현이 그녀 앞에서 환한 미소를 보내며 웃고 있었다.

태성은 길고 긴 한숨을 내쉬었다. 그는 호진이 책상 위에 가져다 놓은 산더미 같은 서류를 보며 짜증이 스멀스멀 올라오는 것을 느꼈다.

"이걸 오늘 다 하라고? 굳이 오늘 다 끝내야 하는 까닭은?"

"요즘 사랑 놀음 때문에 잊고 계신 모양인데, 대표님 원래 엄청나게 바쁘십니다. 주말에 세나 씨하고 데이트하고 싶으시면 미리미리 해놓는 게 낫지 않습니까? 어차피 해야 할 일인데요."

사랑 놀음. 호진이 사무적인 말투로 대놓고 자신을 놀리고 있었다. 태성은 호진의 태도가 마음에 들지 않는다는 듯 코를 찡그렸다.

"자, 선택하십시오. 여유로운 주말 데이트와 촉박하고 감질 나는 평일 데이트 중 어떤 걸 선택하시겠습니까?"

태성의 눈썹이 치켜 올라갔다. 해보자 이거지?

"둘 다 할 수 있다는 걸 보여주지."

"오호."

놀라움과 빈정거림이 함께 섞인 호진의 감탄사를 뒤로하고 태성은 만년필을 집어 들고 서류를 펼쳤다. 그리고 곧 굉장한 집중력으로 일에 몰입하기 시작했다. 오직 세나와의 데이트 시간을 만들기 위해서.

그는 오늘 세나의 얼굴을 꼭 봐야만 했다. 그렇지 않으면 보고 싶어서 미쳐버릴 테니까.

"아, 그런 인연이셨군요."

성현이 입가에 미소를 지으며 세나에게 시선을 두었다. 세나와 노 전무의 사이에 대해 간략한 설명을 들은 후였다.

성현을 대하는 노 전무의 태도가 부드러웠다. 노 전무에게 성현은 호감 가는 청년이었다. 그리고 유승 기업이 S&C 계열사로서 새로운 시작을 하게 될 때, 크게 도움이 될 사람이기도 했다.

유림 그룹의 기술 협력 팀장 자격으로 수시로 유승 기업을 드나드는 성현은 임원들을 비롯해 회사 내에서 제법 인지도를 얻고 있었다. 뛰어난 업무 추진 능력과 더불어 사교성 좋은 성격까지, 많은 사람들이 성현에게 후한 점수를 주었다.

"그런데 두 사람은 어떻게 알고 있는 사이인지?"

노 전무의 물음에 성현은 힐끗 세나를 바라보았다. 마주 보고 있던 세나는 급작스럽게 입을 다물고 노 전무가 눈치채지 못하게 고개를 살짝 흔들었다. 눈치가 빠른 성현은 세나의 제스처를 알아챘다. 한태성의 연인인 건 비밀인 모양이군.

"전에 세나 씨가 저희 기업에 후원 요청서를 보낸 일이 있습니다. 그때 알게 된 인연입니다."

현명한 성현의 대답에 세나는 속으로 박수를 쳐주고 싶었다. 사람이 센스가 있다니까.

"문성현 팀장님이 그때부터 보육원에 아이들 물건을 보내주고 계세요."

"소소한 성의입니다."

노 전무는 새삼스럽게 성현을 다시 보았다.

"그러셨군요. 능력도 출중하신 데다 마음 씀씀이까지 훌륭하십니다."

노 전무의 칭찬에 성현은 가만히 웃었다. 거만하지도, 그렇다고 지나치게 겸손하지도 않은, 몸에 자연스럽게 밴 여유로운 태도였다.

"그럼 세나 씨는 유승 기업에 입사하는 건가요?"

"네. 아마도 다음 주부터는 출근할 것 같아요."

시간을 가지고 일을 배우라는 노 전무의 배려였다. 세나의 대답에 성현의 눈이 반짝거렸다.

"그럼 노 전무님, 세나 씨 저 주시죠."

"네?"

세나는 무슨 소리냐는 듯 성현을 쳐다보았다.

"제가 팀 만들고 있는 거 알고 계시죠?"

"아, 이번에 신제품 프로젝트 팀 말씀하시는 건가요?"

"네. 유림 그룹에서는 저와 연구원 한 명만 참여할 예정이고, 나머지는 유승 기업 쪽 인력으로 팀을 꾸리려 하고 있습니다. 거기에 세나 씨가 함께했으면 합니다."

"그거라면 훨씬 더 경험 많고 능력 있는 사원들이 많이 있을 텐데요."

"새로운 시각도 필요합니다. 윤세나 씨 정도 연령대의 신입 사원이면 좋을 것 같은데요."

"세나를 높이 평가해주시는 건 감사한 일입니다만……."

"어차피 유아 용품이 제일 먼저 출시될 예정입니다. 세나 씨의 노하우가 도움되지 않을까요?"

노 전무가 고개를 끄덕였다. 일리 있는 말이었다. 세나는 노 전무와 성현을 번갈아 보며 생각했다. 저기요, 제 의견은 필요 없으신가요?

"그도 그렇군요. 또 우리 세나가 똑 부러져서 잘할 테고요."

노 전무는 자상한 눈빛으로 세나를 바라보았다.

"제 부탁을 들어주시는 걸로 생각해도 되겠습니까?"

"물론입니다. 많이 가르쳐주십시오."

"이번 주 내로 팀이 정비될 겁니다. 그럼 다음 주부터 세나 씨는 프로젝트 팀 사무실로 출근하면 되겠군요."

노 전무의 눈에는 세나를 대하는 성현의 태도가 후원 때문에 만난 것치고는 무척 수상해 보였다. 성현의 눈빛, 말투, 제스처…… 그모든 것에 세나를 향한 호감이 깃들어 있었다. 자신이 누군가를 대할 때와 비슷한 느낌이었다.

세나와 성현. 제법 잘 어울리는 선남선녀였다. 노 전무는 웃음을속으로 감추며 입을 열었다.

"아, 저는 회사로 들어가 봐야겠군요. 프로젝트 팀 사무실 정리가아직 끝나지 않은 상태라서요."

"바쁜 분을 제가 너무 오래 붙잡고 있었네요. 얼른 들어가세요, 아저씨."

"그러마. 너는 팀장님과 더 있다가 나와."

"아뇨, 저도 이제 가봐야……."

"노 전무님, 저와 저녁 같이하시죠. 물론 세나 씨도 함께요."

성현은 노 전무가 자리에서 일어서자 따라서 일어서려는 세나의의도를 알아채고 노 전무를 불러 세웠다. 이럴 때는 세나보다 노 전무를 공략하는 게 더 훌륭한 전략이었다.

노 전무는 성현의 눈빛을 읽을 수 있었다. 머뭇거리는 세나의 태도에 노 전무가 성현을 향해 긍정의 눈빛을 보냈다.

"그럼 그럴까요? 세나, 저녁에 별일 없지? 오랜만에 같이 저녁이나먹자꾸나. 저녁 먹고 내가 데려다주마."

"네? 아뇨, 아저씨……."

"거절하면 좀 서운할 것 같구나. 내가 너희 집에 가야 하는 이유,

너도 알고 있지 않니?"

자신을 핑계로 원장님을 보고 오겠다는 말이었다. 세나는 환하게
웃는 노 전무의 부탁을 차마 거절할 수가 없었다.

💍

성현이 둘을 데리고 간 곳은 채식 전문 식당이었다. 하나에서 열
까지 모두 다 풀만 나오는 곳.

"세나 씨, 여기 괜찮아요?"

성현의 물음에 세나는 고개를 끄덕였다. 얻어먹는 주제에 음식
타박을 할 수는 없지. 게다가 메뉴판의 그림들이 매우 먹음직스러
운 모습을 하고 있었다.

"아저씨, 우리 뭐 먹을까요?"

세나가 노 전무에게 메뉴판을 건네며 물었지만, 돌아오는 말이 없
었다. 노 전무는 어딘가 이상한 표정으로 성현을 쳐다보고 있을 뿐
이었다. 조금 놀란 얼굴이랄까?

"이거 맛있게 생겼어요, 아저씨."

세나는 가장 맛있어 보이는 메뉴를 손가락으로 가리켰다. 하지만
노 전무는 성현에게서 시선을 떼지 않았다.

"문 팀장님, 여기는 평소 오시던 곳입니까?"

"아니요. 여기 노 전무님 입맛에 맞을지 모르겠습니다."

"그럼 혹시…… 알고 계신 겁니까?"

"오다가다 들었습니다. 노 전무님께 실수한 게 아니면 좋겠는데
요."

성현의 말에 노 전무의 눈빛이 가늘어졌다. 우연히 오게 된 식당이 아닌 모양이었다. 노 전무의 얼굴에 감탄의 빛이 서렸다.

"신경 써주셔서 감사합니다."

저녁을 사주는 게 감사한 일이긴 한데, 세나는 노 전무가 정색하며 성현에게 고마워하자 이상한 듯 쳐다보았다. 그런 세나에게 노 전무가 웃어 보이고는 설명을 시작했다.

"많이 아팠었단다. 위암이었어. 지금은 완치되긴 했는데, 식단에 신경을 쓰고 있는 중이지. 근데 그걸 팀장님이 알아차리셨구나."

세나는 처음 듣는 이야기였다. 암이라니.

"……아프신 거 전혀 몰랐어요."

보육원에 있는 사람 중 아무도 알지 못했다. 아마 원장 어머니도 모르는 사실일 것이다. 세나는 놀라움 반, 걱정 반을 담은 눈빛으로 노 전무를 보았다.

"아는 사람은 거의 없어. 초기였으니까. 수술도 비교적 간단했고, 결과도 좋아 완치되었지. 하지만 아무래도 음식을 가려서 먹게는 되더구나."

완치가 되셨다니 진심으로 다행이었다. 세나는 노 전무의 손을 꼭 잡았다.

"이제 정말 괜찮아지신 거예요?"

"운동도 하고, 식이요법도 잘하고 있으니까 몸도 더 건강해졌단다. 오늘은 큰마음 먹고 외식하려고 나왔는데, 팀장님이 배려를 해주셨구나. 감사하게도."

세나는 새삼 성현을 다시 보았다. 노 전무님이 아팠던 것도 놀랄 일이었지만 성현의 마음 씀씀이도 마찬가지였다.

"제가 다 감사하네요."

"이거 밥 한 끼 사면서 감사를 많이 받네요. 매일매일 사드리고 싶게요."

성현은 부드러운 표정으로 세나를 쳐다보았다. 얼핏 들으면 노 전무를 향해 하는 말 같았지만, 그의 눈은 세나에게 고정되어 있었다. 그 눈빛에 진심이 담겨 있어 세나는 조금 부담스러웠다.

"세나 출근하면 매일매일 사주십시오. 신입 사원이라 월급이 박할 거거든요. 문 팀장님이 신경 써주면 제 마음이 많이 놓일 것 같습니다."

"제가 특별히 신경 쓰도록 하겠습니다, 노 전무님. 걱정 마십시오."

"우리 세나 회사에 잘 적응하도록 부탁드립니다."

"제가 세나 씨한테 잘 부탁드려야지요. 이제 우리 팀에서 중요한 일을 할 건데요."

"하하하, 그런가요?"

노 전무와 성현의 눈빛이 오갔다. 노 전무는 이미 성현에게 마음을 빼앗겼다. 그가 세나에게 마음이 있다면 얼마든지 응원해줄 의향이 있었다.

두 남자의 오고가는 시선과 분위기가 분명 자신을 향한 것이긴 한데…… 세나는 뭐라 말하기가 애매했다.

성현에게 '이러지 마세요.'는 오버이고, 그렇다고 묻지도 않았는데 노 전무님에게 '남자 친구가 있어요.'라고 말하는 것도 웃겼다.

―제가 윤세나 씨에게 호감이 있는 것 같은데요.

언젠가 성현은 그녀에게 이렇게 말했다. 그래서 세나는 이 자리가 편할 수가 없었다. 게다가 이 사실을 태성이 알게 되면 난리가 나겠지. 저절로 한숨이 나왔다.

시시각각 변하는 세나의 얼굴을 보며 성현의 미소가 진해졌다. 눈길을 빼앗는 여자였다. 생각하지 않으려고 해도 자꾸만 그의 머릿속에 떠오르곤 했다. 속으로 복잡하겠지. 하지만 자신도 이제는 돌이킬 수가 없었다. 흘러가는 대로 놔두는 수밖에.

"이제 식사를 주문해볼까요?"

마음이 통한 두 남자와 마음이 불편해진 세나의 저녁 식사가 시작되고 있었다.

"솔직히 말씀드려도 되겠습니까? 미치신 것 같습니다."

"뭐가 어째?"

"대단하다는 표현을 다른 방식으로 말한 거라 이해하십시오."

"나 원래 이래."

마지막 서류에 사인을 하고는 만년필을 집어 던지는 태성을 보며 호진은 감탄했다. 원래 일을 잘하기는 했었지만 그래도 이건 정도가 심했다. 오늘만 해도 그렇다. 원래는 바빠서 세나 씨를 만날 시간이 없는 게 정상이었다. 하지만 어떻게 해서든 만나겠다는 일념 하나로 빠르게 일을 처리해서 시간을 만들어내는 태성의 모습은 경이롭기까지 했다.

남들은 사랑에 빠지면 일에 소홀해진다던데, 한태성에게는 해당

사항이 없는 것 같았다.

"윤세나 씨를 만나고부터는 일을 더 잘하시는 것 같습니다."

태성은 눈을 가늘게 뜨고 호진을 거만하게 쳐다보았다.

"지금 감히 누가 누굴 평가해?"

"제가 대표님 비서 생활이 몇 년인데요. 이 정도는 할 수 있습니다."

"그럼 이제 떠날 때도 되지 않았나?"

"연봉이 너무 후해서요. 도저히 대표님을 놓을 수가 없네요."

"망할 연봉 같으니."

호진의 말에 태성이 얼굴을 찌푸렸다. 파격적인 연봉 인상이었다. 그때 군말 없이 세나가 내미는 핸드폰 줄을 받았더라면, 저 녀석에게 그렇게 많은 연봉을 줄 필요도 없는 일이었는데.

태성은 후회했지만 이미 지난 일이었다.

미친 듯이 일해서 만들어낸 소중한 시간은 모두 세나와 함께 보내기 위해서였으니 시답잖은 대화로 이 귀중한 시간을 흘려보내고 싶지는 않았다.

"이만 퇴근해. 나도 갈 거야."

"어디로 가십니까? 오늘 세나 씨와 약속이 없지 않습니까?"

"전화하면 되지."

태성의 자신만만한 목소리에 호진이 비웃음을 보였다.

"세나 씨가 대표님 전화만 기다리고 있겠습니까? 바쁠 겁니다, 세나 씨도."

"그래도 내가 보고 싶으면 오겠지."

태성의 태연한 말에 호진이 인상을 있는 대로 찌푸리며 양 팔뚝을 손바닥으로 격하게 쓸어댔다.

"제발 제 앞에서는 그런 낯간지러운 말을 삼가주시기 바랍니다."

"억울하면 너도 연애를 하든가."

"저한테 시간을 주면서 그런 말씀을 하시든가요."

"네가 나보다 바쁘진 않잖아?"

결국은 능력 부족이란 소리다. 호진은 못마땅한 듯 입을 다물었다.

"분명 세나 씨 오늘 못 만날 겁니다."

"저주하냐? 네 저주 따위가 통할 리가 있나."

자신만만한 태성의 표정에 호진은 꼴 보기 싫다는 듯 눈살을 찌푸리고 대표실 밖으로 나섰다.

호진의 뒷모습을 보고 태성은 입가에 가벼운 미소를 띤 채 핸드폰을 꺼내 들었다. 못 볼 줄 알았는데 보게 되면 세나가 더 반가워할까 궁금해하면서.

[오늘은 못 만나요. 약속이 있어서 밖이에요.]

모든 건 호진의 저주 탓이었다. 태성은 아까 호진이 나간 문을 째려보았다. 보고 싶어서, 볼 수 있을까 싶어서 미친 듯이 일을 했는데 돌아오는 세나의 대답은 마음에 들지 않았다.

"누구랑?"

[노 전무님하고 같이 있어요.]

태성은 자신이 노 전무에게 내린 업무가 생각났다. 아마도 그 때문에 세나를 만났으리라.

"데리러 갈게. 지금 어딘데?"

[노 전무님이 데려다주신대요. 저 지금 통화 오래 못 해요. 이따

가 통화해요.]

순간 태성의 귀에 젊은 남자의 웃음소리가 들렸다. 그 소리에 태성은 자리에서 벌떡 일어섰다.

"너 지금 남자하고 있는 거야? 노 전무가 아닌데?"

"노 전무님하고, 문성현 씨도 같이 있어요."

"누구? 문성현? 내가 아는 유림 그룹 그 문성현?"

"신경 쓰지 말아요. 곧 집에 갈 거예요. 이따가 전화할게요."

그리고 끊겨버린 세나의 전화에 태성은 멍하니 있었다. 다른 놈도 아니고 시커먼 속내가 있는 문성현과 같이 있는데 신경 쓰지 말라고? 지금 장난해? 내가 이 여자를 진짜!

태성이 그길로 차 키를 들고 문을 열었다. 자신이 미친것 같다는 사실은 알고 있었다. 그래도 끓어오르는 질투심을 자제할 길이 없었다.

태성의 머릿속에서는 이미 노 전무의 존재는 지워져 있었다.

"세나 씨 만나기로 하신 겁니……."

쾅-.

호진의 말이 미처 끝나기도 전에 씩씩대며 나서는 태성을 보며 호진은 회심의 미소를 지었다.

"저주가 통하고 있군. 흥, 꼬시다. 잘하고 있어요, 세나 씨."

"집에서 전화가 왔어?"

조심스레 통화를 마친 세나를 향해 노 전무가 물었다.

"아뇨. 남자 친구예요."

좋아. 자연스러웠어. 세나는 스스로 만족했다. 이 정도면 저녁 식사 내내 자신과 성현을 엮어주려는 노 전무에게 확실한 의사 표현을 한 듯싶었다.

세나의 대답에 노 전무는 놀랐다는 듯 그녀를 쳐다보았다.

"남자 친구가 있었어?"

"네. 얼마 되지는 않았어요."

"그래? 이런, 그럼 안 되는데."

누가 들어도 실망한 티가 역력한 노 전무의 말을 못 들은 척, 세나는 자신의 접시에 담긴 채소를 포크로 찍었다.

뜨거운 성현의 눈길이 세나를 향했다. 고마움, 미안함, 민망함이 함께 섞인 눈빛으로 성현을 마주 봤지만 그는 그저 웃고 있을 뿐이었다. 남자 친구가 있든 없든 상관하지 않는다는 듯이.

"조금 더 드세요, 노 전무님. 여기 디저트도 괜찮습니다만……."

"아닙니다. 문 팀장님 덕분에 잘 먹었습니다."

성현의 말에 노 전무가 시계를 들여다보았다. 오늘 혜영을 만나려면 이제 일어서야 했다. 꽃집에도 들러야 했고. 안개꽃이 남아 있어야 할 텐데.

"디저트는 다음에 제가 사도록 하겠습니다."

노 전무의 정중한 거절에 성현은 이해한다는 듯 고개를 끄덕였다.

"다음에 꼭 사주십시오. 그리고 세나 씨, 잘해봅시다."

성현이 자신을 지목하자, 세나는 놀라서 그를 쳐다보았다.

아, 맞다. 이제 같이 일하게 되었지. 태성이 알면 좋아할 일은 아니었다. 좋아하지 않다뿐인가. 엄청나게 화를 내겠지. 그렇다고 태성 때문에 성현과 같이 일할 수 없다고 노 전무님께 말할 수도 없는 노릇이었다.

성현을 바라보는 세나의 눈빛이 복잡해졌다.

세나는 자신을 태우고 와준 노 전무를 집 안으로 먼저 들여보냈다. 안개꽃을 가득 안고 집 안으로 들어서는 노 전무님의 모습은 사뭇 비장해 보이기까지 했다.

집에 도착하기 전, 세나는 미리 윤성에게 아이들을 통제시키도록 귀띔해놓았다. 오래전부터 노 전무님과 원장 어머니를 응원하던 녀석들은 알아서 꼬맹이들을 데리고 일찍 잠자리에 들었다. 오롯이 두 분만의 시간을 가지실 수 있도록.

세나는 공터에 있는 그네에 자리를 잡았다. 추운 날씨이긴 했지만 집 안에서 태성과 통화하기에는 듣는 귀들이 너무 많았다. 남의 사랑을 응원하는 것도 좋지만 지금은 자신의 사랑을 챙겨야 할 시간이었다.

[왜? 바쁘시다면서.]

퉁명스러운 태성의 목소리가 핸드폰을 통해 흘러나왔다. 그런 그의 목소리에 세나는 절로 미소가 지어졌다. 툴툴거리고 있을 그의 모습이 어렵지 않게 상상되었다.

"아까 통화 제대로 못 했잖아요. 바쁘지만 한태성 씨 목소리 듣고 싶었어요. 보고 싶기도 했구요."

[보고 싶으면 보러 오면 되지 않나?]

"어떻게 그래요. 회사일 때문에 노 전무님이랑 있었는데."

[그래도 내가 보고 싶었으면 나한테 왔어야지. 노 전무가 중요해, 내가 중요해?]

남자는 커서도 애라더니. 이 남자, 점점 어려지고 있는 중인 건가? 이러다가 연애가 아니라 육아를 하게 되는 거 아니야?

"무슨 질문이 그래요? 한태성 씨는 나 안 보고 싶었어요?"

"그래서 왔잖아. 너무 보고 싶어서."

핸드폰을 귀에 대고 땅을 보며 그네 주위를 걷고 있던 세나는 깜짝 놀라 고개를 들었다. 불과 몇 발짝 앞에 서 있는 태성을 보고 세나의 입가에 함박 미소가 지어졌다.

세상에, 진짜로 한태성이다!

세나는 지체하지 않고 달려가 그의 품에 안겼다. 넓고 포근한 태성의 가슴이 느껴졌다.

그의 체취, 익숙한 심장 소리.

그가 맞다.

태성은 달려와 자신을 껴안는 세나를 두 팔로 꼭 끌어안았다. 분명 조금 전까지 좋은 기분은 아니었다. 핸드폰 너머로 문성현의 목소리가 들려 화를 내고 싶었다. 그런데 세나의 미소를 보는 순간, 그는 화를 낼 의지를 상실하고 말았다. 진심으로 자신을 보고 기뻐하는 그녀의 미소에 화를 낼 수가 없었다. 예뻐서, 사랑스러워서, 진심으로 환영받고 있어서.

"어떻게 된 거예요? 오늘 못 볼 줄 알았는데."

"방금 말했잖아. 보고 싶어서 왔다고."

세나는 고개를 들어 태성의 얼굴을 바라보았다. 시큰둥한 척, 시
크한 표정으로 잘도 그런 간지러운 말을 뱉어내다니. 그 언밸런스함
이 한태성이니까 잘 어울렸다. 곧 그녀의 심장이 나비 떼가 날아다
니는 것처럼 간질간질해졌다.

바람도 불고 추운 날씨였는데 집 앞에서 얼마나 기다린 걸까?

"안 추워요? 얼마나 서 있었던 거예요?"

"추운 줄 모르겠어."

세나가 손을 들어 그의 얼굴을 감싸자, 얼음처럼 차가운 피부가
느껴졌다. 이렇게 얼굴이 차가워지도록 자신을 기다리고 있었다니.
태성의 따스한 마음이 느껴져 세나는 비실비실 웃음이 새어 나왔
다.

"따뜻한 차 안에서 기다리지 왜 밖에 나와 있었어요?"

'너 조금이라도 빨리 보려고. 그리고 혹시나 문성현과 올까 싶어
서.' 하지만 태성은 입 밖으로 내뱉지 않았다. 자신이 생각해도 유치
하기 짝이 없는 이유였다.

"지금은 좀 춥네."

태성은 고개를 살짝 까닥했다. 고갯짓한 방향에 태성의 차가 서
있었다. 차 안으로 들어가자는 말이었다.

세나는 힐끗 집을 돌아다보았다. 아직 환하게 켜져 있는 어머니
의 방이 보였다. 지금은 두 분이 같이 담소를 나누는 중이시지만 노
전무님이 언제 나오실지 알 수 없는 일이었다. 혹시라도 마주치면
곤란해지겠지.

더 생각할 것도 없이 세나는 태성의 손을 잡고 그의 차로 향했다.
밀폐된 공간에 둘이 있을 거라는 생각은 미처 하지 못한 채.

혜영은 당황스러움에 노 전무의 품을 바라보고 있었다. 노 전무의 품 안을 가득 채운 하얀 안개꽃. 그 소박한 꽃들이 모여 이루어 내는 화려한 아름다움에서 그녀는 시선을 뗄 수가 없었다.

"이, 이 시간에 어쩐 일로. 게다가 그 꽃은……."

"아, 꽃이요. 좋아하신다기에……."

성큼성큼 다가와 혜영 앞에 수줍게 꽃을 건네는 노 전무의 손끝이 떨리고 있었다.

아내와 사별 후, 홀로 지낸 세월이 이십 년도 넘었다. 아내와의 사이에서는 아이도 없었다. 그래서 시작하게 된 보육원 봉사 활동. 그런 인연으로 만난 보육원 원장 혜영. 그녀의 웃음은 처음 본 순간부터 꽃처럼 아름다웠다.

오랜 시간 떨린 적 없던 그의 심장이 다시 떨려왔을 때도 노 전무에게는 확신이 없었다.

몇 년이나 지난 지금도 여전히 혜영 앞에서 떨리는 자신을 느끼며, 노 전무는 용기를 내기로 마음먹었다.

홀로 암 투병을 하며 결심했다. 이 병이 다 나으면, 깨끗하게 완치된다면, 그리고 더 이상 아프지 않을 자신이 있다면, 그녀에게 꼭 다가가리라.

자신이 내미는 꽃다발을 보기만 할 뿐, 받을 생각이 없는 혜영의 모습에 노 전무는 점점 작아지고 있었다.

"혹시 마음에 안 드시면 버리셔도 됩니다."

꽃을 버리다니, 그럴 수는 없었다. 그러기에는 안개꽃이 너무 예뺐다. 자신의 앞에서 노 전무의 떨림을 따라 미세하게 흔들리는 안개꽃을 바라보며 혜영은 얼굴을 붉혔다.

늦은 시간에 자신이 좋아하는 꽃을 들고 불쑥 방문한 남자. 아무리 눈치가 없고 둔한 자신이지만 이 꽃이 단순한 선물이라고는 생각할 수 없었다. 혜영은 천천히 팔을 뻗어 노 전무의 손에서 꽃다발을 받았다.

"너무 예쁘네요. 제가 정말 좋아하는 꽃이에요."

혜영은 두근거리는 마음을 진정시키며 안개꽃 다발을 얼굴 가까이 가져가 향기를 맡았다.

노 전무는 그저 혜영이 꽃을 받아주었다는 것만으로도 기뻤다. 오늘은 그걸로도 충분히 행복했다. 더 바랄 것 없이. 세나에게 고맙다는 인사를 해야 할 듯했다.

"너무 늦었네요. 이제 그만 주무셔야죠. 늦은 시간에 실례했습니다."

혜영의 웃는 얼굴을 보았다는 만족감을 가지고 돌아서는 노 전무의 발걸음을 그녀의 목소리가 불러 세웠다. 수줍은 듯 어렵게 말을 꺼내는 혜영의 볼이 빨갛게 물들어 있었다.

"여기까지 세나도 데려다주시고, 또 추우셨을 텐데…… 차 한잔 하고 가세요."

"형아, 우리 왜 이렇게 일찍 불 끄고 자? 나 아직 숙제도 못 했단 말이야."

초등학생 민수의 불만 섞인 목소리에 윤성이 조용히 하라는 듯 손가락을 입에 가져다 대었다.

"이건 다 어머니를 위해서야. 어린이들은 모르는 그런 게 있어. 숙제는 내일 일찍 형이 봐줄게."

"이렇게 깜깜하게 있는 게 어머니를 위해서라고? 치, 맨날 어린이들은 모른대. 나도 알 거 다 알거든?"

"이건 진짜 어머니를 위한 일이야. 형이 언제 거짓말하는 거 봤어?"

민수는 의심스러운 목소리였지만, 윤성이 단호하게 말하자 수긍할 수밖에 없었다.

"진짜로 내일 숙제 해줘야 해."

"해주는 게 아니고 도와주는 거, 인마. 자기 숙제는 자기가 하는 거라고."

"싫어. 해줘. 나 형만 믿고 잔다. 숙제 못 하면 다 형아 책임이야."

투덜대던 녀석이 곧 잠에 빠져들었다. 눈치 빠른 중딩 녀석들은 어머니 방 근처에 얼씬도 하지 않았다.

어린 녀석들의 이불을 일일이 챙겨준 윤성은 자기 방으로 돌아가기 위해 거실을 지나쳤다.

두런두런 다정한 대화 소리와 함께 따스한 기운이 어머니의 방에서 새어 나왔다. 살짝 열려진 문틈으로 보이는 어머니의 모습에 윤성의 입가에 미소가 지어졌다.

평생을 어머니라는 이름으로 살아오신 분. 오늘은 어머니가 아닌, 여자의 모습으로 누군가의 앞에 앉아 있는 모습이 더할 나위 없이

아름답기만 했다. 듬직하고 남자다워 보이는 노 전무님의 뒷모습도
보였다.

"진즉에 저렇게 나오시지. 이제라도 적극적이니 다행이라고 해야
하나?"

혹시나 인기척이 날까, 윤성은 소리 나지 않도록 조심조심 어머니
의 방문을 닫고 돌아섰다. 달콤한 시간을 보내실 두 분을 위해.

윤성은 겉옷을 걸치고 현관문을 나섰다. 당연히 세나 누나가 놀
이터에서 매형과 통화를 하고 있을 줄 알았는데, 누나의 모습이 보
이지 않자 윤성은 당황했다.

이 늦은 시간에 어디로 사라진 거지? 방에 들어갔나? 분명 없는
것 같았는데…….

몸을 돌려 집 안으로 향하던 윤성의 눈에 낯익은 차 한 대가 들
어왔다.

노 전무님의 차는 아니었다. 미끈하게 잘빠진 검은색 중형 세단.
한 번 보면 절대 잊을 수 없는 남자들의 로망인 차. 누군지 뻔했다.
아마도 세나 누나는 저 차 안에 있겠지.

"이거야 원. 보육원이 아니라 사랑방이 됐네."

"나 다음 달부터 출근해요."

"잘했어."

은근 자랑스러워하는 세나의 말이 귀여워 태성은 손을 뻗어 세나
의 머리를 쓰다듬었다. 세나는 자신을 강아지처럼 어루만지는 태성

의 손길이 싫지 않은 듯, 눈을 감고 그 손길을 즐겼다.

유승 기업은 태성이 일하는 곳이었다. 설렘 반, 두려움 반. 원래 사회 초년생의 첫 출근이라는 게 그런 마음이겠지만, 그와 같은 건물 안에서 일을 한다는 사실에 세나는 가슴이 두근거렸다.

그러다 문득 낮에 알게 된 사실이 생각나 세나는 밉지 않게 태성을 흘겨보았다.

"근데 나한테 뭐 할 말 없어요? 전부터 한국에 있기로 결정됐던 거죠?"

"아, 그거. 어떻게 알았지?"

"그게 중요해요?"

"그건 중요하지 않지. 너와 내가 같은 땅 위에 있을 수 있다는 사실이 중요한 거지. 내가 한국에 있는 게 싫은가?"

"그런 이야기가 아니잖아요."

씨익 웃는 태성의 얼굴이 악동 같았다. 난 왜 저 얼굴에 약한 걸까?

"그럼 같이 있는 데 의의를 두자고."

장난스러운 웃음이었지만, 태성의 눈빛만큼은 더할 나위 없이 진지했다. 그 눈빛에 세나는 어쩔 수 없다는 듯 말없이 태성의 어깨에 머리를 기대었다.

"이렇게 말 잘 듣는 건, 앞으로 보기 힘들걸요. 즐길 수 있을 때 즐겨요."

"오늘은 왜 잘 듣는 거지?"

"그거야 바쁠 텐데도 얼굴 보러 와줬으니까."

새침한 세나의 목소리에 태성은 웃음을 터뜨렸다.

"다음에는 네가 보러 와. 대표실로."

세나는 태성에게 기대고 있던 머리를 살짝 들어 '콩' 하고 그의 어깨에 부딪쳤다. 회사에서 아는 척하는 건 꿈도 꾸지 말라는 경고였다.

자신의 어깨에 기대 있는 세나에게서 나오는 기운이 서늘했다. 태성은 뒷좌석에서 무릎 담요를 가져와 세나의 다리에 덮어주었다. 포근한 감촉이 그녀의 다리를 따뜻하게 감쌌다.

"차에 이런 것도 있어요?"

태성이 가지고 다닐 만한 물건은 아니었다. 파스텔 톤의 고급스러운 소재의 무릎 담요였다. 세나는 담요를 살짝 들어 자신의 코에 가져다 대었다. 새것 냄새가 물씬 풍겼다.

오는 길에 산 걸까? 가게에서 자신을 위해 담요를 고르는 태성의 모습은 상상이 되지 않았다.

"어디서 난 거예요?"

"주웠어."

길거리에서 주워오기에는 너무 좋아 보이는 물건이었다.

"제대로 말 안 해주면 오해할 건데요? 이거 누가 봐도 여자 취향이잖아요. 다른 여자가 쓰던 거예요?"

"설마."

"그럼 이거 저 주려고 산 거예요?"

흐뭇한 세나의 미소에 태성은 애써 시선을 돌렸다. 쑥스러웠다. 여자 친구에게 선물할 거란 말에 점원이 추천해주는 걸 덥석 사는 게 아니었는데…….

세나의 재촉하는 시선에 태성은 마지못해 입을 열었다.

"그거 윤세나 전용이야."

태성의 무심한 말에 세나는 또 웃음이 났다. 결국 자신을 생각해서 가져온 거란 말이었다.

"접수할게요."

이 남자가 이렇게 다정하고 자상한 면이 있을 거라곤 상상조차 할 수 없던 때가 있었다. 지난여름, 호텔 앞에서 자신을 거지 취급하던 한태성과 지금 이 남자가 동일인물이라는 사실이 그녀는 믿어지지 않았다.

추운 듯 세나가 조금 더 태성의 곁으로 붙어 앉으며 팔짱을 끼자 태성은 자동차 히터 온도를 더 올렸다. 그러고는 그녀의 손을 자신의 커다란 손으로 감쌌다.

"손이 왜 이렇게 차가워? 안 추워?"

"괜찮아요. 한태성 씨가 이렇게 따뜻하게 해주니까."

별거 아닌 그 말 한마디에 태성의 심장이 두근거리며 뛰었다. 이 여자를 어떡하지, 진짜? 무슨 말을 해도 이렇게 예쁘게 들리면 곤란한데.

"그런 말 하지 마."

"무슨 말이요?"

"단둘이 있을 때 키스하고 싶게 만드는 말."

"가, 갑자기 무슨 소리예요!"

태성의 말에 세나의 얼굴이 홍시처럼 달아올랐다. 대체 어디가, 구체적으로 어떤 부분이 키스하고 싶게 하는 뉘앙스가 있는 건데?

당황한 세나가 태성을 향해 항의하려 하자 다정하고 부드러운 태성의 입술이 세나의 입술을 찾았다.

그의 입술이 세나의 입술을 건드렸다. 애틋하게. 간절하게.

세나는 거절의 말을 할 새도 없이 그에게 입술을 빼앗겨버렸다. 그런 그녀의 만족스러운 탄성을 타고 그의 말캉한 입술이 그녀의 촉촉한 입술을 간질였다. 미소를 짓는 그의 입술이 느껴지자, 세나의 입술도 그를 따라 부드러운 곡선을 그렸다.

좋았다. 이 남자가 좋아서 견딜 수가 없었다.

어두운 집 앞의 공터, 따뜻하고 아늑한 차 안, 그리고 어느샌가 하얗게 흩날리는 눈.

세나가 그의 입술을 간질이며 노래하듯 이야기했다.

"그거 알아요? 우리 눈 오는 날이면 키스하는 거."

세나의 말에 태성이 작게 소리 내어 웃었다.

눈 오는 날? 이런 식으로 키스하는 날을 정해버리면 곤란하지. 태성의 눈에 짓궂은 장난기가 흘러넘쳤다.

"다음에는 눈이 안 와도 키스하자."

그의 장난스러운 눈빛에 세나도 하는 수 없이 웃으며 태성을 흘겨보았다. 시선이 엉키고 태성의 입술이 다시금 세나의 숨결을 머금었다.

그녀의 입술을 몇 번이나 탐하면서도 만족하지 못하는 태성 때문에, 세나의 온몸은 짜릿하게 떨려왔다. 뜨겁고 깊은 아찔한 감각에 그녀는 정신을 차릴 수가 없었다.

"……하아……."

세나가 숨이 차서 잠시 입술을 떼어내자 태성이 떨어질 수 없다는 듯, 한 치의 틈도 없이 그녀의 입술에 자신의 입술을 다시 밀착시켜왔다.

그녀는 몇 번이고 계속해서 자신의 입술을 두드리는 태성이 좋았다. 너무나도 그가 좋았다.

따뜻한 차 안에서 그들은 몇 번이고 그렇게 다정한 키스를 나누었다.

나른하고 유혹적인 눈빛이 세나를 향했다. 블랙홀처럼, 빠지면 헤어나올 수 없는 깊고 까만 눈동자가 그녀를 집요하게 바라보았다.

"오늘 같이 있을까? 보내기 싫군."

"어, 제 생각에는 뭔가 의사소통이……."

세나가 입을 벌리고 버벅거렸다. 지금 내가 제대로 알아들은 게 맞는 건가?

"네가 생각하는 그거, 아마 맞을걸?"

아직 키스의 여운이 채 가시기도 전에 태성이 던진 유혹에 세나는 온몸을 경직시켰다. 그의 눈빛에 장난이라고는 전혀 담겨 있지 않아 장난처럼 받아칠 수도 없었다. 아무런 말도 못 하는 세나의 모습을 보며 태성은 핸들에 기대어 피식 나른한 웃음을 지었다.

"그렇게 굳어 있으면, 내가 꼭 나쁜 놈이 된 거 같잖아."

세나는 말을 잇지 못했다. 뭐라 대답할 수가 없는 상황이었다. 같이 있자는 의미……. 심장이 튀어나올 것 같았다. 싫으면 싫다고 대답하면 될 텐데, 그것도 아니었다. 그렇다고 선뜻 그의 의견에 동의할 수도 없었다. 사실은 곤란했다. '싫어요.'라고 말할 수가 없어서.

세나의 눈동자가 흔들리자 태성은 한 손을 들어 그녀의 얼굴을 가만히 쓰다듬었다.

"고민은 되나 보지?"

태성은 다 안다는 듯 웃었다. 그 웃음이 지나치게 섹시해서 세나는 눈을 돌렸다. 저런 웃음을 본 다음에 태성이 유혹하면 넘어갈 것 같았다.

"잊고 있는 모양인데, 나 남자거든. 성인 남자. 본능이 강렬한. 하지만…… 기다려 줄게. 대신 너무 오래 기다리게는 하지 마."

세나는 수줍어하며 고개를 떨구었다. 그의 시선에 그녀의 온몸이 타버릴 것 같았다.

"대신에 같이 밥 먹자. 저녁 말고, 점심. 건전한 사내 연애."

그의 말에 기가 막히다는 듯 세나는 웃음을 터뜨렸다. 회사 대표랑 일개 신입 사원이랑 건전한 사내 연애? 누가 그들을 건전하게 볼 것인가? 한태성하고 사귀는 걸 사람들이 알기라도 하면……

생각이 거기까지 미치자 세나는 몸을 살짝 떨었다. 그리고 단호한 눈빛으로 태성에게 주장했다.

"전, 사내 연애 완전 반댑니다."

"난 완전 찬성인데?"

"어쨌든 점심은 안 돼요. 우리가 사내 연애인 건 맞겠지만 비밀로 하자구요. 제발."

"흐흠, 그렇단 말이지. 정말 안 된다고? 거절이야?"

"네. 거절이에요."

태성이 악동 같은 웃음을 지어 보였다. 그 웃음이 음흉해 보여 세나는 몸을 뒤로 뺐다. 태성의 미소가 짙어지며 볼에 깊은 보조개가 드러났다.

"무슨 생각이에요? 그 웃음, 엄청 수상해요, 지금."

"같이 점심 먹고 싶지 않다며. 그럼 오늘 나와 같이 있던가."

양자택일을 하란 소리였다. 회사에서 소문나게 같이 밥을 먹든가, 오늘 밤을 함께 보내든가.

세나의 등 뒤로 식은땀이 흘렀다.

당황하는 세나의 모습을 못 견디게 귀엽다는 눈빛으로 보며 태성은 대답을 기다렸다. 하지만 세나는 아무 말도 할 수가 없었다. 왜 둘 중 하나를 선택해야 하는 건데?

"다른 보기는 없어요?"

"응. 없어."

"왜 없어요?"

"내 마음이지."

장난스럽지만 단호한 태성의 대답에 세나의 머릿속이 빠르게 회전했다. 어떡하지? 일단, 지금 당장의 위기는 넘기는 게 상책이었다.

"태성 씨 하는 거 봐서…… 저 출근하고 난 다음에, 같이 점심 먹어요."

세나의 대답에 태성이 의외라는 듯 한쪽 눈썹을 치켜 올렸다.

"진짜? 점심을 같이 먹자고?"

"왜, 싫어요?"

"나로서는 아쉬운 대답이긴 하네."

검은 속내를 숨기지 않고 드러내는 태성을 보며, 세나가 코를 찡그렸다.

"둘 중 하나밖에 없으면, 제 대답은 점심이에요, 늑대 아저씨."

늑대 아저씨라는 말에, 태성의 입가가 매력적으로 휘어졌다.

"조금 아쉽지만 어쩔 수 없지. 좋아. 거래 성립. 나중에 딴말하기
없어."

"좋아요. 거래 성립."

태성이 다시 세나의 어깨를 잡고 자신의 품으로 끌어당겼다.

창밖으로 보이는 하얀 눈이 공터를 채워가고 있었다. 태성은 눈
을 보고 생각났다는 듯 입을 열었다.

"곧 크리스마스네. 우리 크리스마스 때 뭐 할까?"

태성의 목소리에 세나가 놀라며 태성을 올려다보았다. 전혀 생각
하지 못한 일이었다. 늘 그랬던 것처럼 그녀의 연말은 이미 쏟아지
는 아르바이트들로 꽉 차 있었다.

크리스마스.

태성 씨와 같이 보내는 게 당연한 일인데, 생각하지 못했다. 내가
남자랑 크리스마스를 보내봤어야 알지.

세나가 살짝 떨리는 목소리로 태성에게 물었다.

"……크리스마스가 무슨 요일이에요?"

"아무것도 안 해?"

호진의 목소리에 불신을 넘어선 경멸이 담겨 있었다.

"안 하는 게 아니고 못 해."

태성은 그답지 않게 작은 목소리로 대꾸했다.

"진짜 안 해?"

다시 한 번 호진이 믿을 수 없다는 표정으로 태성에게 물었지만,

돌아오는 대답은 똑같았다.

"못 하는 거라고."

태성의 눈썹이 불쾌하다는 듯 치켜 올라갔지만, 호진은 그저 고개를 갸우뚱할 뿐이었다.

"아니, 상식적으로 생각을 해봐."

"상식적으로 생각할 상황은 아니지."

태성의 변명 같은 웅얼거림에 호진이 고개를 끄덕였다. 뭐 이해가 되지 않는 상황은 아니었지만, 그래도…….

"상황이 특수하긴 한데……. 그래서 아무것도 안 하고 지나간다고? 둘이 처음 같이 보내는 크리스마스를?"

이제 막 불타오르는 젊은 연인이, 온 세상이 축복하는 그날에 서로 만나지도 못하고 보내야 한다니.

"나 말고도 세나랑 크리스마스 보내고 싶은 사람들이 너무 많아."

"보육원 식구들?"

"일한대. 연말이라 출근 직전까지 아르바이트가 꽉 차 있으시다더군."

호진은 측은하다는 눈빛으로 태성을 바라보았다.

크리스마스에 여자 친구가 없는 자신이나, 크리스마스인데 여자 친구와 함께 보내지 못하는 태성이나 별 차이가 없었다.

더군다나 크리스마스라며 이런저런 이벤트를 준비하던 태성의 모습을 보아온 호진으로서는 더욱 안타깝기 그지없었다. 이벤트는 어마어마한 위약금을 물고 취소해야 했다. 물론 태성과 호진, 둘이 머리를 맞대고 계획한 일들이라 세나는 아무것도 모르고 있었지만.

"그러지 말고 같이 보내지 그래?"

"……세나가 바쁘다고."

태성이 날카롭게 말했지만, 호진은 답답하다는 눈빛으로 태성을 쳐다보았다.

"세나 씨가 아이들하고도 같이 안 보낸대? 그럴 리는 없잖아."

"아이들하고도 크리스마스이브에만 같이 있을 수 있다는군. 좀 늦은 저녁에."

"그럼 거기 껴서 같이 보내는 건 어때?"

태성이 번쩍 고개를 들었다. 아이들과 세나와 크리스마스를 같이 보내라고?

"굳이 둘이서 하루 종일 같이 있을 필요가 있어? 물론 다 큰 성인 남녀가 같이 있고야 싶겠지만, 세나 씨 입장도 있는 거니까 그 정도는 배려해야지. 밤에 아이들 자면 잠깐 시간 내서 둘만 있는 것도 괜찮잖아."

"……그런가?"

태성은 전혀 생각지 못한 해법에 머리가 멍해졌다. 그래. 세나와 함께 있는 게 중요했다. 그리고 자신이 보육원에 같이 있지 못할 이유는 전혀 없었다. 갑자기 태성의 머릿속으로 한줄기 광명이 비치기 시작했다.

아이들과 세나를 공유하는 게 내키지는 않지만, 까짓 거 그렇게 해서라도 세나와 함께 있을 수 있다면 그건 그거대로 제법 괜찮은 일이었다.

간만에 자신을 보는 눈빛에 신뢰감이 어리자, 탄력을 받은 호진의 머리가 더욱 빨리 회전하기 시작했다.

"서프라이즈 한번 해줘. 여자들 은근히 그런 거에 약하거든."

"어떤?"

"그러니까 말이지……."

평소라면 전혀 듣지 않았을 호진의 이야기였지만, 태성은 홀린 듯 그의 계획에 귀를 기울였다.

세나는 깊은 한숨을 내쉬며 핸드폰 종료 버튼을 눌렀다. 그 모습을 지켜보고 있던 윤주가 고개를 흔들며 물었다.

"안 된대?"

"응."

"으이구, 답답아. 그러게 왜 크리스마스에 알바를 잡아놔."

"돈을 더 많이 주니까. 처음이라 크리스마스에 남자 친구하고 같이 보내야 된다는 생각을 못 했을 뿐이야."

윤주가 답답하다는 듯 가슴을 쳤다. 그런 윤주의 모습을 보고 세나가 다시 한숨을 쉬었다. 크리스마스이브와 그 다음날 잡혀 있는 아르바이트를 혹시 뺄 수 있을까 싶어 전화해봤지만, 다들 곤란하다는 대답이었다.

"어떡할 건데? 크리스마스이브 저녁에는 시간 괜찮지 않아?"

"아이들하고 보내야지. 늘 그래 왔으니까."

"그럼 늦게라도 만나자고 해."

"바쁜 사람이라서 말하기가 좀 그래."

크리스마스라고 태성의 일이 줄어들 리는 없었다. 오히려 연말이라 더욱 바쁠 것이다. 그런 상황을 뻔히 아는데, 태성에게 늦게라도 만나자고 조를 수는 없는 노릇이었다.

세나의 입에서 깊은 한숨이 계속해서 흘러나왔다.

"산타 이벤트요?"

뜻밖의 전화에 세나는 수화기를 든 채 영문을 모르겠다는 표정으로 어머니를 바라보았다. 혜영도 모르는 일이라는 듯 고개를 저었다.

"네, 네. 감사합니다."

통화를 끝낸 세나는 이상하다는 듯 혜영에게 물었다.

"업체에서 무료라면서 산타 이벤트를 해주겠다는데요?"

"산타 이벤트?"

"산타 한 분이 와서 선물 나눠주고 갈 거래요."

"그래? 이상한 일이네."

"그쵸? 무료 이벤트라고 해도 어딘가에 당첨되거나 해야 할 텐데."

"윤성이가 신청했나?"

"그랬을까요?"

혜영과 세나는 영문을 모르겠다는 듯 고개를 갸웃했다. 하지만 금방 세나가 활기차게 말했다.

"산타가 직접 와서 무료로 이벤트 해주고 선물도 준다는데, 나쁠 건 없네요. 게다가 우리 애들 그런 거 해본 적 없잖아요."

"아이들이 좋아하긴 하겠다."

항상 집 안에 작은 전구 몇 개, 낡은 트리 하나를 장식하면서 그 소박하게 보내던 크리스마스였다. 선물은 연필이나 공책 같은 것들이었지만, 그것만으로도 아이들은 크게 기뻐하고 즐거워했다. 물론 산타클로스를 믿고 있는 저학년 아이들의 경우였지만. 중학생 이상 녀석들이 정성스럽게 포장을 하고, 밤에 어린 아이들 몰래 머리맡에 선물을 두고 가는 게 유일한 이벤트라면 이벤트랄까.

"크리스마스이브인데, 데이트 안 해?"

방에서 나오던 윤성이 세나를 향해 묻자, 그녀는 고개를 저었다.

"데이트는. 너희들하고 보내야지."

"쯧쯧, 매형이 싫어할 텐데."

"그 사람은 그런 거 다 이해해주거든?"

"겉으로야 다 이해해주는 척하겠지. 그래도 서운할걸?"

윤성의 말에 세나는 코를 찡그렸다. 너무도 흔쾌히 그녀의 크리스마스 계획에 동의해준 태성이었다. 세나가 서운할 정도로 아무렇지도 않게.

"그 사람은 안 그래. 그리고 크리스마스에는 밖에 사람도 많아서 힘들기만 한데 뭐."

"누나 어디 가?"

세나와 윤성이 말하는 사이, 어디선가 승환이 나타나 그녀의 다리에 매달렸다.

"누나 어디 가? 가지 마. 응? 나랑 같이 놀아."

세나의 다리에 매달려 애교를 부리는 승환을 보며 세나는 미소를 지었다.

"아무 데도 안 가. 너희들하고 맛있는 쿠키 먹고 신 나게 캐럴 부를 거야."

"진짜지?"

"응. 진짜."

세나는 승환을 안고 주방으로 향했다. 쿠키가 제대로 구워지고 있는지 확인해야 했다.

호진은 애써 기침으로 웃음을 감추었다. 그래도 역부족이었는지, 입가가 부들부들 떨려왔다. 낭패다. 100% 작전 실패였다.

"아무도 못 알아보겠지?"

"훌륭하십니다."

호진은 뿌듯해하는 태성에게 간신히 고개를 끄덕여 보였다. 이 아이디어를 낸 자신의 목숨이 위태로웠다. 하지만 이미 주사위는 던져졌다. 돌이킬 수 없는 일이었다.

빨간 산타복을 큰 키와 긴 다리로 런웨이에 나오는 모델처럼 소화하고 있는 태성을 보며 호진은 신음을 삼켜야만 했다.

게다가 어설프게 붙인 하얀 턱수염은 누가 봐도 가짜였다. 눈만 봐도 한태성이다. 그의 외모는 어떻게 해도 가려지지 않아 들통날 게 뻔했지만, 호진은 이 모든 일을 세나에게 떠넘기기로 결심했다. 미안해요, 세나 씨. 너무 큰 짐을 지우게 해서. 메리 크리스마스.

호진은 태성이 만족스러운 발걸음으로 차에 선물을 가득 싣고 보육원으로 향하는 모습을 그저 바라보기만 했다. 부디 태성의 분노가 늦게 떨어지기를 간절히 바랄 뿐이었다.

"하, 하, 하, 메리 크리스마스."

어색하기 짝이 없는 태성의 목소리가 방 안 가득 울려 퍼졌지만, 모두 어떻게 해야 할지 알 수 없다는 표정으로 세나만 바라볼 뿐이었다. 하지만 세나는 어떤 대답도 해줄 수가 없었다. 웃음을 터뜨리지 않는 게 세나가 할 수 있는 최선이었다.

"……저 사람, 누나 남자 친구 아니야?"

"준우야, 그냥 모른 척해드릴 수 있지?"

"동방예의지국에서 그게 예의이긴 한데, 세나 누나 남자 친구가 산타에 대한 예의가 너무 없네."

"어릴 때 동화책 안 봤나? 누가 산타 분장을 저렇게 하고 와."

태성의 모습을 알아본 고학년들의 냉정한 반응이었다.

세나는 입가의 경련을 멈출 수가 없어 고개를 돌리고 있었고, 곁에 있던 윤성도 난감한 웃음을 지을 수밖에 없었다. 그래도 지금 이 순간, 윤성은 자신이 할 수 있는 일을 해야 했다. 아직 눈치를 채지 못한 순수한 동심들을 위해서.

"하하하, 얘들아, 산타 할아버지 오셨네?"

애써 웃음을 참는 윤성의 목소리가 거실에 울려 퍼지자, 그제서야 어린 아이들은 경계 어린 눈초리를 풀고 태성에게 조금씩 다가서기 시작했다.

"……근데 산타가 아무리 봐도 이상한데?"

"그치? 동화책에 나오는 그 할아버지랑 달라."

"중국에서 오신 산타 할아버지 아니야? 요새 중국이라는 나라에서 이것저것 비슷하게 많이 만든다던데."

"다이어트 하셨나?"

"근데 어디서 많이 본 얼굴인데?"

"진짜? 너 산타 할아버지랑 아는 사이야?"

"아니, 그건 아니고."

세나의 남자 친구 얼굴을 알고 있는 고학년들은 이미 웃음을 터뜨리기 일보 직전이었고, 그나마 아직 초등학교 입학 전인 아이들과 승환이 태성에게 관심을 가지기 시작했다.

"산타…… 할아버지?"

승환이 미심쩍은 목소리로 태성을 올려다보며 묻자, 태성은 고개를 끄덕였다. 태성의 시선이 세나를 향했지만, 세나는 애써 그의 눈빛을 피했다. 하지만 아까부터 꼭 깨물고 있는 입술로 보아하니 이미 그의 정체는 들킨 모양이었다. 이호진, 죽었어.

"산타 할아버지, 선물 주세요."

태성의 선물 보따리 주위로 아이들이 조금씩 몰려들기 시작했다. 그는 깊은 한숨을 내쉰 채, 보따리를 모두 펼쳐놓았다. 서프라이즈는 개뿔.

"마음에 드는 거 알아서들 가져."

"그래도 돼요?"

시크한 태성의 말이 끝나자마자, 아이들의 초롱초롱한 눈이 그에게로 향했다.

"당연히 되지. 산타가 거짓말하는 거 봤어?"

아이들은 소리를 지르며 벌떼처럼 선물 보따리 안으로 파고들었다. 산타 복장을 한 태성에게는 이미 관심이 사라진 지 오래였다.

"우와, 터닝메카드 에반! 이거 구하기 진짜 힘든 건데."

"이건 미니 특공대 변신 로봇이야! 나 이거 진짜진짜 갖고 싶었는데. 산타 할아버지 대박!"

"형아, 여기 카봇 쿼트란도 있어!"

"시크릿 쥬쥬 화장대다. 이거 진짜 가져도 돼요?"

아이들의 행복한 비명이 여기저기서 터져 나오자, 세나는 고맙고 미안한 눈빛으로 태성을 쳐다보았다.

"산타 아저씨, 제 건 없어요?"

어느새 다가왔는지 윤성이 웃음기 배인 은근한 목소리로 태성에게 선물을 요구했다. 그러자 태성은 영혼 없는 눈빛으로 윤성을 바라보았다.

"너 착한 일은 했냐?"

"이제 할 건데요?"

"이제서? 그렇다면 선물은 없다."

단호하고 냉정한 태성의 말에 윤성은 짓궂게 웃었다.

"세나 누나를 내어드리지요. 어차피 애들 저 장난감 가지고 노느라 누나 없어진 줄도 모를 텐데."

태성의 입에서 작은 탄성이 나왔다. 역시, 보통 녀석이 아니었다. 태성은 고맙다는 눈빛으로 윤성을 바라보며 손에 차 키를 꼬옥 쥐여주었다.

"차에 남은 선물들 다 가져."

태성과 윤성의 눈빛에서 서로에 대한 믿음이 빛나고 있었다. 남자들만의 의리였다.

○

　태성은 선물들을 통째로 넘겨준 뒤, 윤성에게 세나와의 오붓한 시간을 방해하지 않겠다는 진심 어린 맹세를 받아냈다. 소중한 이 시간, 세나가 원하던 화이트 크리스마스는 아니었지만 별빛이 선명한, 세나가 좋아하는 밤 풍경이 펼쳐졌다.

　"산타 할아버지 다리가 너무 긴 거 아니에요?"

　세나의 목소리가 귓가에 들리자, 태성은 미간을 찌푸리며 세나를 감싸 안았다.

　"이호진, 가만 안 둬."

　태성은 자신의 턱에 붙은 수염을 떼어 바닥에 던졌다. 두 번 다시 이런 짓은 하지 않으리라, 굳은 다짐을 하면서.

　"이 비서님 생각이셨구나. 어쩐지."

　"서프라이즈였는데 망했어, 완전."

　"서프라이즈했어요. 산타 할아버지가 변장을 너무 못해서."

　킥킥대는 세나의 웃음소리에 태성이 '끄응' 신음을 냈다.

　차가운 공기가 그들을 감쌌지만, 세나는 춥지 않았다. 자신을 끌어안은 태성의 품이 오늘따라 따뜻했다.

　"선물을 너무 많이 사온 거 아니에요?"

　장난감 매장과 가방 매장, 그리고 아웃도어 매장을 휩쓸다시피 해서 사온 태성의 선물들이 세나는 고맙기도 하고 미안하기도 했다.

　아이들의 장난감뿐만 아니라 겨울 옷에 가방이며 신발까지. 안 그래도 겨울 옷은 많이 부족한 상황이었는데 태성의 마음 씀씀이가 고마웠다.

"호진이 녀석, 그래도 가끔씩 쓸 만한 생각은 하거든."

아이들 겨울 용품을 사 가라는 건 호진의 의견이었다. 그게 들어 먹혔으니 망정이지 그것마저 망했으면, 그야말로 호진은 태성의 인생에서 쫓겨나는 거다.

"고마워요."

세나의 진심 어린 목소리에 태성은 진지한 눈빛으로 세나를 바라보았다.

"고마우면 내년부터는 나하고만 있어. 이런 우스꽝스러운 옷 입게 하지 말고."

엄숙한 태성의 말투에 세나는 웃음을 터뜨리며 그의 모습을 위아래로 훑어보았다. 산타 옷을 입어도 이렇게 섹시한 남자는 전 세계를 통틀어 한태성밖에 없을 거다.

"빨간색이 무척 잘 어울리는데요?"

"……그래?"

세나는 태성의 품 안으로 더 파고들었다. 난생처음 남자와 함께 보내는 크리스마스. 그 남자가 태성이라 세나는 행복했다.

"메리 크리스마스. 올해 크리스마스는 태성 씨 덕분에 특별해졌어요. 진심으로 고마워요."

품에 안겨 사랑스러운 목소리로 속삭이는 세나의 이마에 태성이 가볍게 키스했다.

"메리 크리스마스, 윤세나."

태성이 품에서 상자 하나를 꺼내 들었다. 와인빛 고급 포장지로 정성스럽게 싸여진 선물을 보며 세나는 깜짝 놀랐다. 아이들에게 준 선물만 해도 기쁘고 벅찬 일이었는데…….

"선물이 또 있어요?"

"내가 언제 선물 줬나?"

"……태성 씨가 왔잖아요."

배시시 웃는 그녀의 모습이 사랑스러워 태성의 눈빛이 짙어졌다. 그리고 순간 그의 머릿속에 깨달음이 스쳐 지나갔다. 앞으로도 수 없이 많은 크리스마스를 이 여자와 함께 보내겠구나 하는 운명의 속삭임이었다.

태성에게 선물을 건네받은 세나의 눈빛이 살짝 흔들렸다.

"난 선물을 준비하지 못했는데…… 이렇게 받기만 해서 어떡하죠?"

"주면 되지."

말을 마친 태성의 숨결이 가까이 느껴졌다. 그 말이 의미하는 바를 알아차린 세나의 심장이 미친 듯이 두근대기 시작했다.

"선물, 안 줘?"

그의 나지막하고 부드러운 목소리. 그 감미롭고 달콤한 유혹에 세나는 조금 더 가까이 다가갔다.

"메리 크리스마스, 한태성 씨."

깊고 짜릿한 키스를 이어가는 연인의 머리 위에서 별들이 반짝거리며 그들을 내려다보고 있었다. 그리고 어느샌가 마치 축복이라도 하듯이 하얀 눈송이가 하나둘씩 흩날리기 시작했다.

그대에게 사내 연애를 허락하노라

사회의 구성원으로서 첫 발을 내디딘 회사. 태성과 한 건물에서 함께 일할 수 있는 회사. 아르바이트를 할 때와는 다른 책임감과 설렘이 세나의 온몸에 가득 찼다.

이제는 S&C 간판이 달린, 27층에 자리 잡은 개발팀. 그 개발팀 사무실 한가운데 서 있는 몇 명에게로 사람들의 시선이 몰렸다.

"환영합니다. 앞으로 여러분의 교육을 책임질 이한결 대리입니다."

하얗고 멀끔하게 생긴 남자가 사람 좋아 보이는 웃음을 지으며 자기소개를 했다. 그리고 그 앞에 긴장한 채 서 있는 신입 사원은 세나를 포함해 4명, 그중 여자는 세나뿐이었다.

"학교 다닐 때와는 많이 다를 거라는 거, 다들 알고 오셨겠죠? 특별 채용으로 들어오신 분들이니 만큼 기대가 큽니다."

다들 긴장한 기색이 역력해 보였지만, 눈빛은 열정으로 가득 차 있었다. 그 눈빛이 마음에 든다는 듯 한결이 고개를 끄덕였다.

"제가 가르쳐드리는 대로 따라오시면 금방 적응하실 수 있습니다. 정신 바짝 차리고 잘 쫓아오십시오. 제가 사회생활이 뭔지 제대로 알려드리겠습니다."

호기롭게 외치는 한결의 뒤로 민 부장을 비롯한 사원들의 야유 소리가 들려왔다.

"어이, 이 대리. 벌써 군기 잡는 거야?"

"적당히 해, 적당히."

"민주주의 사회에서 뭐 하는 거냐?"

"너도 못 하는 사회생활을 누굴 가르쳐줘?"

여기저기서 야유를 보내자, 한결이 빽 소리를 질렀다.

"왜들 이러십니까! 제 밑으로 간만에 들어온 신입 사원들인데!"

"그러니까 더 잘해줘야지. 방법이 틀렸어, 인마."

"잘해주려고 이러는 거 아닙니까, 잘해주려고."

세나와 다른 신입 사원들은 웃음이 나오려는 것을 참았다. 한결도, 구박하는 사람들도 서로에 대해 악의 없이 티격태격하는 모습이 유쾌해 보였다. 처음 입사한 회사가 이런 곳이어서 다행이었다.

웃고 떠드는 사이 사무실 안으로 누군가가 들어섰다. 그러자 순간, 사무실 안의 공기가 변했다. 사람들이 긴장한 채 자리에서 일어섰다.

날카로운 눈빛, 조각같이 매끈하게 다듬어진 얼굴, 모델처럼 늘씬한 몸에 회색 슈트가 소름끼칠 만큼 잘 어울리는 남자가 사무실 안으로 들어서고 있었다.

"오늘 신입 사원들 출근했습니까?"

차갑고 담백한 목소리…… 대표 한태성의 등장이었다.

"대, 대표님께서 여기까지 어쩐 일로……."

한 팀장이 버선발로 달려 나가 태성을 맞이했다. 그런 그를 향해 태성은 가볍게 목례를 하고 고개를 돌렸다. 그리고 단 하나의 목표물을 찾아냈다.

단정하게 빗어 내린 머리, 몸에 적당히 맞는 검은색 정장, 하얀 얼굴의 사랑스러운 여자.

한눈에 세나를 찾은 태성의 눈빛이 순간 날카롭게 변했다. 남자들에게 둘러싸여 있는 세나의 모습이 마음에 들지 않았다.

"이번에 들어온 신입 사원들입니까?"

"네, 대표님."

한편 머릿속이 하얗게 변한 세나는 태성과 눈을 마주치지 않으려 고개를 숙였다. 저 남자를 진짜. 안 그래도 이런 상황이 올까 봐 걱정했었다. 혹시나 이럴지 몰라 태성을 붙잡고 몇 번이나 얘기했는지 모른다. 내가 오지 말라고 그렇게 신신당부했는데……. 어쩐지 끝까지 대답을 안 하더라니.

안절부절못하는 세나의 모습에 태성은 웃음을 삼키며 다른 곳으로 시선을 돌렸다.

"신입 담당하는 분입니까?"

"네, 대표님. 이한결 대리입니다."

태성이 자신의 이름을 궁금해하고 있음을 알아차린 한결은 재빨리 태성에게 자기소개를 했다.

"이한결 대리님, 제가 방해가 되었습니까?"

눈빛에서 어마어마한 카리스마가 느껴져 한결은 자신도 모르게 침을 꿀꺽 삼켰다. 멀리서 본 적은 있지만, 한태성 대표를 이렇게 가까이에서 보는 건 처음이었다. 그 압도적인 존재감에 한결은 자신도 모르게 작아지는 느낌이었다.

"아닙니다. 그럴 리가요. 신입 사원들에게 간단하게 업무에 관해 이야기하고 있었습니다."

"그렇군요. 저도 같이 들어보도록 하죠. 신경 쓰지 말고 하던 거 계속 진행하세요."

갑작스러운 한 대표의 방문에 한결은 피가 마를 지경이었다. 대표가 바로 앞에 앉아 있는데 신경을 쓰지 말라니. 어떻게 신경을 안 쓴단 말인가!

한결은 굳은 채 민 부장을 쳐다보았다. 하지만 민 부장 역시 영문을 모르겠다는 표정을 지었다. 그만큼 태성의 방문은 갑작스럽고도 흔치 않은 일이었다.

태성은 자연스럽게 테이블 중앙에 자리를 잡고 앉았다. 세나는 무슨 짓이냐는 눈빛으로 태성을 쏘아보았지만, 그는 세나에게 눈길 조차 주지 않았다.

갑자기 분위기가 가라앉았다. 서로 눈치만 보고 누구 하나 선뜻 말하는 사람이 없었다.

"대표님이 여기 계시면, 신경을 안 쓸 수가 없죠."

보다 못한 호진이 나섰지만, 태성은 눈 하나 깜짝하지 않았다.

"이 비서, 오전에는 스케줄이 없지 않나?"

"네. 오전 스케줄 비어 있습니다."

"잘됐군. 요즘은 소통하는 리더가 성공한다던데. 사원들과의 소통이 필요한 시점이라는 생각이 문득 들어서 말이지. 오전 시간은 개발팀과 보내도 상관없지?"

호진은 더 이상 아무런 말도 하지 않았다. 결국은 오전 시간에 세나 씨 얼굴을 보면서 보내겠다는 이야기였다. 소통 같은 소리 하고 있네. 어디서 핑계 같지도 않은 핑계를.

얼어붙은 분위기는 풀릴 생각을 하지 않았다. 태성은 자신을 쳐다보는 세나의 레이저가 더욱 강력해지고 있음을 느꼈다. 그러거나 말거나 그는 태연하게 앉아 있었다.

"신경 쓰지 말라고 하면, 더 신경을 쓰실 테고……. 혹시 건의할 사항이 있는지 들어볼까요?"

태성의 말에 모두 어리둥절한 표정을 지어 보였다. 갑자기 뜬금없이 무슨 건의?

"이제 재정비된 S&C가 앞으로 나아가기 위해 새롭게 마련되어야 하거나, 없어져야 할 악습 같은 게 있으면 말해도 좋고. 뭐든 하고 싶은 말이 있으면 해도 좋습니다."

태성은 웃으며 긴 다리를 여유 있게 꼬고 뒤로 기대어 앉았다. 그 모습을 지켜보던 사원들이 숨을 들이켜는 소리가 들려왔다. 한태성 대표가 웃는다. 그것도 매우 자연스럽게.

그 모습이 웬만한 배우들은 명함도 내밀지 못할 만큼 세련되고 매력적이라 몇몇 여사원들의 입에서 탄성이 새어 나왔다.

한태성이라는 인물이 대표직에 오른 지 벌써 반년도 넘었다. 회의가 아니면 대표실에서 쉴 새 없이 일하는 태성 때문에 본의 아니게 그를 볼 수 있는 사람들도 부장급 이상으로 제한되어 있었다.

그런 한태성 대표가 친히 신입 사원들의 첫 출근 자리에 나와 웃으며 회사의 건의 사항을 묻는다? 게다가 웃기까지?

태성의 웃음에 긴장되었던 사람들의 분위기가 부드럽게 풀렸다.

"그럼 대표님, 이야기를 하라고 하시니 제가 오늘 들어온 신입들을 위해 총대를 메겠습니다."

한결이 용기를 내며 태성과 시선을 맞추었다.

"편하게 말씀하세요."

"사실 예전 유승 기업이었을 때 암암리에 사내 연애 금지 분위기가 있었습니다."

여기저기서 웃음소리가 터져 나왔다. 초롱초롱한 눈들이 순간적으로 태성에게로 몰렸다. 그 눈빛들을 보아하니 한결의 말이 사실인 모양이었다.

태성도 매우 관심 있는 주제였다. 바로 얼마 전 세나와 나누었던 이야기가 아닌가? 그런 이야기라면 얼마든지 환영이지.

"그래서 감히 말씀드리자면, 그런 분위기를 없애주셨으면 하는 소박한 바람입니다."

'옳소.'라며 한결의 말에 호응하는 소리도 들려왔다. 사내 연애 금지를 없애 달라? 그거야말로 태성이 바라는 바이기도 했다.

"사내 연애가 금지되어 있었습니까?"

"대놓고 금지하신 건 아니었지만, 윗분들 분위기가 그랬죠."

"신입들의 생각이 궁금하군요."

태성의 시선이 신입 사원들을 향했다.

"저는 찬성입니다. 사내 연애가 허용되면, 아주 잘 지킬 용의가 있습니다."

"저 역시 사내 연애를 꿈꾸며 열심히 일하겠습니다."

세나의 옆에 있던 신입 사원들이 기세 좋게 한결의 내용에 동의했다.

"남자 사원들의 입장은 충분히 알겠습니다. 그럼 여자 사원의 대답이 필요하겠군요."

'자, 대답해봐, 윤세나. 사내 연애를 허락해 달라는데?' 눈빛으로 그렇게 말하는 태성을 보며 세나는 머리가 아파왔다. 장난해? 왜 하필 건의하는 내용이 사내 연애란 말인가. 대체 왜? 세나는 속으로 울부짖었다.

태성은 그 절규를 모두 들었다는 듯 희미하게 웃었다. 자신을 바라보는 태성의 눈빛에는 세나만이 알 수 있는 흥미로운 기대감으로 가득 차 있었다.

문제는 태성뿐만이 아니었다. 노골적인 시선들이 세나를 향했다. 대답을 잘하라는 무언의 압박이 가해지고 있었다.

말 한마디에 자신의 회사 생활이 결정 날 판이었다. 여기서 부정적인 말을 한마디라도 했다간……. 결심한 세나는 깊이 심호흡을 했다.

"사내 연애가 나쁘진 않다고 생각합니다."

"나쁘진 않다? 그럼 사내 연애가 바람직하다고 생각합니까?"

"잘 모르겠습니다."

자신을 향한 태성의 짓궂은 눈빛. 세나는 그 눈빛을 자신만 알아볼 수 있다는 사실에 감사할 지경이었다.

"확실하게 하죠. 사내 연애를 찬성하는 건지 반대하는 건지 입장을 분명히 해주면 도움이 될 겁니다."

태성의 입가에 걸린 미소가 짙어졌다. 그것 또한 세나만이 알 수 있는 승리의 미소였다. 이 게임에서는 세나가 질 수밖에 없다는 사실을 그도, 그녀도 알고 있었다. '그래요. 내가 졌네요.' 세나의 표정에 태성은 소리 내어 웃고 싶어졌다.

"사내 연애, 반대할 이유가 있나요……."

"그럼 이렇게 하도록 하죠. 사내 연애 장려."

태성의 시원스런 대답이 떨어지자 한결이 함박웃음을 지었다. 대놓고 지르는 환호성도 들려왔다. 그러다가 곧 서로 이상하다는 듯 바라보았다. 금방 웃음을 지운 한결이 미심쩍다는 듯 태성에게 물었다.

"아무런 조건이 없습니까? 사내 연애를 할 때 일의 능률이 떨어지면 서로 다른 부서로 이동한다거나, 결혼을 하면 한 명은 퇴사를 해야 한다거나 그런 거 말입니다. 굳이 장려까지 하시니 이상해서요."

"그런 조건이 있었으면 좋겠습니까?"

태성의 물음에 사람들이 고개를 절레절레 흔들었다.

"S&C에서는 여러분이 능력을 제대로 발휘할 수 있을 거라 생각합니다. 연애를 하면 원래 없던 능력도 생겨나는 거 아닌가요? 제 경우에는 그렇게 되던데요."

태성의 말에 사람들 사이에서 잔잔한 웃음이 흘러나왔다.

"회사 일에도 그만큼의 열과 성의를 보여주신다면, 여러분들이 연애를 하는 건 상관이 없습니다."

사람들의 환호 소리가 사무실 안을 가득 메웠다. 태성의 가식적인 모습에 호진은 눈살을 찌푸렸고, 세나는 고개를 흔들었다.

한결이 진심으로 고맙다는 표정을 짓자 태성이 의미심장하게 웃었다. 사내 연애는 자신에게도 꼭 필요한 일이었다.

"딱히 이 대리를 위한 사칙은 아니었습니다. 저도 해볼까 합니다, 사내 연애."

태성의 말이 끝나자마자, 사무실 안에 정적이 흘렀다. 다들 지금 무슨 소리를 들었는지 잘 이해되지 않는다는 표정이었다.

'한태성 대표가 뭘 해보고 싶다고? 사내 연애?'

사람들의 시선이 갈피를 잡지 못하고 서로를 향했다.

'우리 지금 제대로 들은 거 맞아?'

"저도 사내 연애를 해보고 싶다고 말했습니다. 아주 재미있을 것 같군요. 제가 솔선수범해야 여러분들도 마음 편히 회사 내에서 연애를 할 수 있지 않겠습니까?"

호진은 피식피식 흘러나오는 웃음을 참느라 곤혹스러웠다. 저런 뻔뻔함은 어디서 나오는 건지 불가사의한 일이었다. 그냥 연애를 한다고 해도 놀랄 판국에 사내 연애라니. 사람들의 벌어진 턱은 다물어질 줄을 몰랐다.

"저도 준수해야죠. 분발하겠습니다."

가볍게 웃으며 말하는 태성 때문에 여사원들의 심장에 핵폭탄이 떨어졌다.

한태성 대표가 사내 연애를 하겠다고 선포했다! 분발을 하겠단다!

갑자기 책상 밑이 분주해졌다. 다들 가방에서 파우치를 찾느라 정신이 없었다. 여직원들은 고개를 숙이고 파운데이션, 립스틱, 마스카라 등을 꺼내 화장을 고치기 시작했다.

그 모습을 보는 세나는 속으로 울화통이 터지기 시작했다. 가만히 있기만 해도 멋있는 남자가 지금 자기 자신을 먹잇감으로 내놓았다. 태성을 보는 여자들의 눈빛이 세나의 신경을 마구 긁어댔다. 저 남자가 내 남자라고 확 말해버려?

그런 상황을 아는지 모르는지 정작 폭탄을 투하한 사람은 별 생각이 없어 보였다.

"다른 건의 사항은 없습니까?"

"다른 게 있을 리가요."

어딘지 모르게 한껏 들뜬 한결의 목소리에 다들 서로를 보며 웃었고 세나만이 굳은 표정으로 태성을 바라보고 있었다. 나 지금 조금 심술 났거든요?

"건의 사항은 아닙니다만, 대표님."

"뭐죠?"

"부탁이 있습니다."

모두의 시선이 세나에게로 향했다. 세나의 말에 태성이 의외라는 듯 한쪽 눈썹을 치켜 올리며 흥미롭다는 표정을 숨기지 않았다.

"말씀하세요."

세나가 목소리를 가다듬었다. 당하고만 있진 않을 거예요, 한태성 대표님.

"점심을 사주셨으면 합니다."

세나의 말에 태성은 헛웃음이 나올 뻔한 걸 간신히 참았다. 점심을 사 달라? 그 은밀하고 사적인 약속을 이렇게 쓰겠다고? 태성의 미간에 살짝 주름이 잡혔다.

"점심 말입니까?"

"네. 대표님께서 이렇게 회사를 위해 신입 사원들을 직접 격려해 주시는 김에 구내식당에서 점심을 사주시면 더욱 힘이 날 것 같습니다."

약속을 이런 식으로 지키겠다 이거지? 태성이 강렬한 눈빛으로 쏘아보았지만, 세나는 전혀 기죽지 않았다. 제가 말했죠? 태성 씨

하는 거 봐서 점심 먹겠다고.

눈빛으로 서로에게 한 마디씩 하고 있었지만, 주위 사람들은 전혀 눈치채지 못한 채, 그저 안절부절못하는 눈빛을 세나에게 보내고 있을 뿐이었다.

"그거, 바람직한 생각이군요. 점심이라. 윤세나 씨만 사드리면 되겠습니까?"

여기저기서 헉, 하고 숨을 들이켜는 소리들이 들려왔지만, 태성은 개의치 않았다. 하지만 세나도 만만치가 않았다.

"아뇨. 그럴 수야 있나요. 저희 팀 모두 사주시면 감사할 것 같습니다."

'너 진짜 이렇게 나올 거야?'

태성이 눈빛으로 묻자, 세나가 그 시선을 맞받아쳤다.

'그러게 누가 권력으로 사내 연애를 권장하래요? 게다가 본인을 매물로 내놔요? 그리고 점심을 꼭 둘만 먹어야 한다는 법은 없잖아요?'

개발팀 사무실로 들어서던 성현은 재미있는 상황을 목격하고 있었다.

한 공간에 있는 태성과 세나.

순간순간 눈빛으로 아는 척을 하는 태성과는 달리 모르쇠로 일관하고 있는 세나의 모습에 그의 마음이 묘하게 통쾌했다.

검은 정장이 단아하게 잘 어울리는 세나의 모습이 그의 눈에 들어왔다. 오늘도 당당하고 반짝거리는 세나의 모습에 성현은 가슴이 뻐근해졌다.

"그렇다면 개발 1팀에게 점심을 사드리면 되겠습니까?"

태성의 목소리에 성현의 눈이 반짝거렸다. 그럴 리가. 회사에서는, 적어도 업무 시간의 윤세나는 한태성이 아니라 자신의 차지였다. 자, 그럼 악역이 등장해 보실까? 태성과 세나가 있는 곳으로 향하는 성현의 발걸음이 경쾌했다.

"아뇨, 신입 사원 중 윤세나 씨는 개발 3팀으로 갑니다. 그리고 저희 팀 점심은 제가 사도록 하죠."

"문성현 팀장님."

삽시간에 굳어지는 태성의 얼굴이 볼 만했다. 회사 안이라 노골적으로 성현에게 적의를 내보이지는 않았지만 성현을 보는 태성의 눈빛이 고울 리는 없었다.

"한태성 대표님, 개발팀에 계실 줄은 몰랐습니다. 대표님께서 신입 사원들에게 신경 쓴다는 이야기는 못 들어봐서 의외입니다."

"신입 사원들이 들어왔다고 해서 이제부터 신경을 써볼까 합니다."

"아하, 그런 건전한 이유로 여기까지 오신 거군요."

명백한 성현의 도발에 태성의 미간이 찡그러졌다. 아침부터 두 남자의 신경전이 벌어졌다. 둘이 마주 보는 시선에서 불꽃이 튀었다. 그 묘한 긴장감은 주변 사람들도 알아차릴 만큼 강렬했다.

"사칙은 저한테도 적용되는 겁니까? 그 사내 연애 장려 말입니다. 무척이나 구미가 당겨서요."

호시탐탐 세나를 노리는 성현에게서 듣기에 기분 좋은 말은 아니었다. 사내 연애는 성현이 아니라 자신을 위해 권장되어야 한다.

"문 팀장님은 유림 그룹 사칙에 따르십시오."

"개발 3팀에 있는 동안은 S&C 소속이라 생각했는데요. 게다가 이렇게 예쁜 숙녀분이 사원으로 있는데 말이죠."

성현의 시선이 세나에게로 향했다. 그런 성현의 말에 태성의 눈빛
이 차갑게 가라앉았다.

개발 3팀은 문성현이 팀장으로 있는, 신제품 개발을 위해 만들어
진 프로젝트 팀이었다. 대략 10여 명으로 이루어진 팀으로, 그중에
신입인 세나도 있었다.

세나가 있는 사무실을 먼발치에서 바라보던 태성의 목이 뻐근했
다. 그는 세나 곁에 서 있는 성현이 신경 쓰였다. 눈을 감고 가만히
한숨을 내쉰 태성이 호진을 쏘아보았다.

"왜 윤세나가 개발 3팀에 있지?"

태성의 차가운 목소리에 호진이 움찔했다.

이미 세나 씨가 이야기한 줄 알았는데, 아니었나? 문성현 팀장이
콕 찍어 세나가 자신의 팀에 들어오길 원한다고 했고, 노 전무도 세
나에게 좋은 기회라 판단해 동의했다고 들었다.

"알고 계신 거 아니었습니까? 노 전무님께 요청했답니다. 문성현
팀장이."

태성이 험악한 표정을 지으며 호진을 노려보자 그의 시선에 호진
은 움츠러들며 생각했다. 세나 씨는 왜 중요한 사실을 말을 안 해
서……. 저 멀리 보이는 세나를 원망해보았지만, 소용없는 짓이었다.

"그래서 노 전무님 마음대로 윤세나를 저쪽 팀으로 보냈다고?"

목소리에 나지막하게 분노가 깔려 있는 태성을 향해 호진은 아이

를 달래듯 부드러운 말투로 말했다.

"개발 3팀 직원들은 모두 문성현 팀장의 권한으로 뽑은 사람들로 이루어져 있습니다."

"누가 그딴 권한을 준 건데?"

"대표님이요. 사인해서 사이좋게 나눠 가지신 계약서에 명시되어 있는 내용입니다."

태성의 이마에 미세한 주름이 생겨났다. 그 빌어먹을 항목이 기억났다. 그래, 그런 내용의 문구가 계약서에 적혀 있기는 했다. 그건 개인적인 감정과는 상관없이 문성현의 능력을 믿었기 때문에 합의한 사항이었다.

물론 그때는 세나가 입사하기 전이었으니 이런 일이 일어날 거란 생각은 조금도 하지 않았다. 중간에서 문성현이 세나를 가로채 갈 걸 미리 예상했어야 했는데. 자신의 실수였다.

"그리고 어차피 세나 씨는 비서실 쪽으로 오기 힘듭니다. 포기하십시오."

세나를 회사에 입사시킨다고 할 때부터 호진은 태성의 속셈을 눈치채고 있었다. 하루 종일 곁에 두고 있기에는 비서실이 딱이긴 하겠지만 그게 쉽게 할 수 있는 일은 아니었다.

"왜 안 되지? 내가 대표인데."

호진은 어이없다는 표정을 지었다. 뭐지, 이 철없는 초등학생 같은 말은? 호진은 인내심을 가지고 한 글자 한 글자 힘주어 말했다.

"아무리 대표라도 절차와 규정을 무시하면 안 됩니다. 대표실 비서 자리가 그리 호락호락 신입 사원에게 넘어갈 리가 없지요. 적어도 과장급 이상은 되는 사람들로만 구성됩니다."

"예외라는 게 있잖아."

"그건 나중에 만들던가 하시구요. 요점은 지금 세나 씨가 비서실에 있을 상황이 아니라는 겁니다."

"그렇다고 윤세나가 저기 있으면 안 되는 거 아닌가?"

"세나 씨에게는 좋은 기회입니다. 그런데 왜 저기 있으면 안 된다고 하시는 거죠? 문성현 팀장, 일 잘하기로 유림 그룹에서도 소문이 자자하답니다. 지금은 팀장이지만 사장이 될 거구요. 그 밑에서 배우면 세나 씨도 금방 자리 잡을 테구요."

태성이 코웃음을 쳤다.

"어디서 일하든 잘해, 세나는."

"네, 네, 오죽하시겠습니까."

팔불출. 호진은 차마 그 말까지 태성에게 할 수는 없었다.

"유치한 질투는 그만두십시오. 보기 흉합니다."

"질투? 웃기지 마. 내가 그런 걸 할 것 같나?"

"그럼 질투가 아니면 뭡니까? 공과 사는 구분하시죠, 대표님."

태성은 더 이상 아무 말도 하지 않고 호진을 노려보았다. 호진은 당당히 그 눈빛을 받아냈다.

호진의 말은 처음부터 끝까지 틀린 게 하나 없었다. 머리로는 이해가 가는데 그의 마음이 받아들이지 못하고 있었다.

자신이 세나를 불러들인 마당에 회사를 그만두라고 할 수는 없는 노릇이었다. 그렇다고 세나를 개발 3팀에서 대표의 지시로 빼온다면 사람들의 이목이 쏠릴 것이고, 그렇게 되면 자신은 세나에게 엄청난 타박을 듣게 되겠지.

그건 또 싫었다. 결국 문성현이 세나 옆에 거머리처럼 붙어 있는 모습을 두 눈 시퍼렇게 뜨고 봐야 한다는 소리였다.

첫날, 사람들 속에서 세나는 유쾌한 듯 웃고 있었다. 태성은 자신이 없는 곳에서 세나가 예쁘게 웃지 않았으면 했다. 물론 지나친 욕심이었지만, 할 수 있다면 자신만 보고 싶었다.

"오늘 운수가 대통할 모양이야. 대표님을 다 보고 말이야."

"우리가 대통은 몰라도 항상 중통 이상은 되지 않겠어?"

경숙이 턱에 꽃받침을 하고 성현에게 눈길을 주었다. 그 모습에 강 대리는 격하게 동의한다는 듯 고개를 쉴 새 없이 끄덕였다. 그녀의 눈이 꿈꾸듯 몽롱했다.

"그러니까요. 문성현 팀장님 진짜 멋지지 않아요?"

"나 여기 뽑혀왔을 때, 완전 설레였다니까? 그래도 난 우리 대표님 편이야."

"대표님도 좀 웃으면 좋을 텐데."

"무슨 소리. 우리 대표님은 그게 매력인데. 얼음덩어리인 거."

"그래도 오늘은 달랐잖아요. 아까 웃는 거 못 보셨어요? 나 이 회사에 들어오길 잘했다는 생각이 마구마구 드는 거 있지."

세나는 가만히 있어도 들려오는 태성의 이야기에 신경이 쓰였다. 여직원들이 자기들끼리 소곤거리며 웃다가, 갑자기 세나를 바라보았다. 새로 들어온 신입 사원의 의견이 궁금한 모양이었다.

"자기는 누가 더 좋아? 팀장님하고 대표님, 누가 더 자기 스타일이냐구."

한결이 내려준 간단한 서류 작업을 하던 세나는 무슨 소리냐는 듯 쳐다보았다. 그러자 여직원들은 뭐가 웃긴지 자기들끼리 꺄르르 웃었다.

"팀장님 쪽이 낫지? 웃는 게 완전 매력 터지잖아."

"무슨 소리. 대표님이 더 멋있잖아. 강력 카리스마. 나쁜 남자의 아주 훌륭한 표본."

"자기가 말해 봐. 누가 더 좋아?"

옆자리에 앉은 경숙의 물음에 잠시 머뭇거리던 세나가 이내 답을 내놓았다.

"저는 대표님이요."

"어머, 진짜? 대표님처럼 나쁜 남자 스타일을 좋아하는구나?"

"세나 씨 의외네. 아직 어려서 그런가?"

어쩔 수 없는 솔직한 심경이었다. 이미 태성에게 하트가 깊숙이 박힌 마당에 문성현 팀장이 잘생기고 멋있어 봤자였다.

예전 같았으면 태성보다는 성현 쪽이 이상형에 더 가까웠겠지만, 그건 말 그대로 예전의 일일 뿐 지금은 아니었다. 이제 태성 외에는 그 누구도 그녀의 눈에 들어오지 않았다.

"저 방금 까인 겁니까?"

세나는 자신의 등 뒤에서 성현의 목소리가 들려오자, 그대로 굳어버렸다. 설마 우리끼리 한 이야기를 다 들으신 건가?

"헙! 팀장님, 분명히 아까 한결 대리랑 이야기 중이셨는데 언제 여기에……."

동그랗게 눈을 뜨고 놀라서 성현을 쳐다보던 두 명의 여직원들은 헛기침을 하며 자신의 자리로 돌아가 업무에 열중하는 척하기 시작했다. 당황한 세나만 희생양으로 남겨놓은 채.

"아니, 저, 그게 아니라……."

"한 대표한테 밀리다니, 이거 분발해야겠는데요."

당황한 세나가 말을 버벅거리자 성현이 웃음을 터뜨렸다. 웃음기 가득한 목소리에 세나는 조금 안심이 되었다. 다행히 기분이 상한 것 같지는 않았다.

성현이 웃으며 세나에게 서류 뭉치를 내밀었다.

"별건 아니구요, 이거 내일까지 정리해주세요. 부탁해요, 윤세나 씨."

서류를 넘겨보던 세나가 믿을 수 없다는 눈빛으로 성현을 바라보 았지만, 그는 태연했다. 사람 좋은 미소를 지으며 성현이 남겨두고 간 서류는 결코 하루 안에 처리할 수 있는 분량이 아니었다. 성현도 아마 알고 있을 것이다.

"첫날부터 찍혔나 봐."

세나가 작게 한숨을 내쉬었다. 의외로 뒤끝이 있는 성현이었다.

첫날부터 야근이었다.

세나는 마지막으로 사무실을 나서며 한결이 지시한 대로 꼼꼼히 점검을 했다. 컴퓨터는 꺼져 있는지, 탕비실 밸브는 잠갔는지, 회의 실 불은 켜져 있지 않은지 등등.

이미 다들 퇴근하고 사라진 건물 안은 고요하고 어두웠다. 세나 는 복도에 울리는 자신의 발걸음 소리를 들으며 출입문을 향해 걸어갔다.

그러다 문득 생각난 듯 가방을 뒤져 핸드폰을 꺼내 들었다. 그리고 실망한 듯 미간을 찡그렸다.

이 시간까지 연락이 없는 태성이 조금 야속하기도 했지만, 이해도 되었다. 생각해보니 성현과 같이 일을 하게 되었다는 걸 그에게 얘기한 적이 없었다. 세나의 의지는 아니었지만, 어쨌든 성현은 세나에게 호감이 있는 사람이었고 태성은 그걸 알고 있으니 기분이 좋을 리는 없을 것이다.

그래서 화가 난 걸까?

"출근 첫날인데, 수고하라고 문자 하나 정도는 해주지. 치사하게."

세나가 작게 중얼거리자, 어둠 속에서 긴 실루엣이 세나의 앞에 나타나 그녀의 허리를 부드럽게 감으며 품에 안았다.

"치사하게? 지금 나보고 하는 소리야? 나 지금 엄청 화났거든?"

퉁명스러운 말투와는 달리, 너무도 따뜻하고 다정하게 그녀를 감싸 안은 남자를 보고 세나는 심장이 튀어나올 듯 깜짝 놀랐다.

이 낯익은 체취. 포근한 느낌. 세나는 갑자기 나타난 이 남자를 모를 수가 없었다.

"퇴근한 거 아니었어요?"

"아까 내가 한 말 못 들었어? 사내 연애, 분발하겠다고."

"그래서, 나 기다린 거예요?"

"어쩔 수 없지. 보고 싶은 사람이 기다리는 수밖에. 왜 신입 사원 첫날부터 야근을 시켜?"

태성의 등장으로 세나의 마음속에 있었던 서운한 감정들이 자취

도 없이 사라져버렸다. 길고 힘들었던 하루였다. 첫날치고는 할 일
이 많기도 했지만, 무척 긴장했기 때문이었다.

모래뿐인 사막에서 오아시스를 만난 것처럼 행복한 마음에, 그녀
는 태성의 허리에 팔을 두르고 그를 끌어안았다. 그의 체온이 닿자
온종일 쌓였던 피곤이 풀리는 듯했다.

세나는 쿡쿡거리며 웃었다. 태성을 보니 자신도 모르게 웃음이
났다.

"사내 연애, 할 만한데요? 스릴 있고."

"그럼. 누가 권장한 건데."

태성은 자신의 품을 강아지처럼 파고드는 세나를 더욱 세게 끌어
안았다. 하루 종일 그녀가 보고 싶었다. 미치도록.

"아직 화났어요?"

태성이 조심스럽게 묻는 세나의 머릿결을 쓰다듬었다. 딱히 세나
에게 화가 난 건 아니었다. 그저 그 상황이 마음에 들지 않았을 뿐
이었다.

"어떻게 하면 풀릴 건데요?"

고개를 한쪽으로 숙이며 태성을 올려다보는 세나의 눈빛이 일렁
거렸다. 세나와 시선을 맞추던 태성은 손을 들어 그녀의 얼굴을 다
정하게 쓰다듬었다.

"왜 그렇게 봐?"

"어떻게 풀어줄까 생각 중이에요."

세나의 두 손이 태성의 두 볼을 감쌌다. 그러자 세나의 허리에 감
고 있던 태성의 팔에 힘이 들어갔다. 그는 코끝을 찡긋거리며 눈에
웃음을 가득 담고 자신을 바라보는 세나가 사랑스러워서 견딜 수가

없었다.

"아직 생각 중이야?"

태성의 목소리가 은밀하게 낮아졌다.

"여기 CCTV 없죠?"

태성이 말없이 웃자, 세나가 발끝을 올려 그의 입술에 부드럽게 입을 맞추었다.

조심스럽게 다가온 세나의 입술.

서툴지만 수줍고 다정한 세나의 입맞춤.

그 짜릿한 달콤함에 태성은 숨이 멎을 것만 같았다.

수줍게 다가선 그녀의 숨결이, 그녀의 체온이, 그녀의 용기가 태성을 미치게 만들었다. 꿈에도 몰랐다. 자신이 이런 진부한 사랑 놀음에 빠져버릴 줄은. 그런 사람들을 보며 비웃던 자신은 이제 사라져 버렸다.

그는 윤세나라는 마녀에게서 헤어 나올 수 없었다.

세나를 보지 않고는 견딜 수 없는 자신을 이 작은 마녀는 알고나 있는 건지. 마음 같아서는 자신만의 공간에 그녀를 가둬놓고 보고 싶었다. 하루 종일 그녀만 보면서 지내도 절대 지겨울 것 같지 않았다. 하지만 자유롭고 독립적인 여자를 새장에 가둬놓으면 분명 생기를 잃어버릴 것이다.

이렇게 안고 있어도, 체취를 흠뻑 들이마시고 있어도 늘 부족했다. 더 이상 웃음조차 나오지 않았다. 세나를 향한 지독한 이기심에 자신조차 숨이 막힐 지경이었다.

세나의 달콤한 입술, 떨리는 눈꺼풀, 자신에게도 느껴질 만큼 두근거리는 그녀의 심장. 그 모든 것이 그만의 것이어야 했다. 그의 손길에 반응하는 작은 솜털 하나까지도.

도대체 어떻게 해야 완벽한 만족감을 느낄 수 있을까? 어떻게 해야…….

태성이 조금 더 세나를 느끼려 다가가자, 실크처럼 부드러운 감촉만을 남기고 그녀의 입술이 사라져버렸다. 그의 입에서 못마땅한 한숨이 흘러나왔다.

그런 태성의 마음을 아는지 모르는지 그녀는 싱긋 웃으며 그의 코앞에 있었다.

사랑스럽게 웃으며 바라보는 눈빛에 그에 대한 애정이 담겨 있었다. 과분할 정도로 쏟아지는 세나의 애정에 불안한 그의 마음이 조금쯤 진정되었다.

아무것도 하지 않아도 그를 들었다 놨다 할 수 있는 유일한 여자. 윤세나, 널 어떻게 하면 좋을까? 그리고 너에게 빠진 날 어떻게 하면 좋을까?

"화 풀렸어요?"

"이 정도로는 어림없지."

부드럽게 풀린 표정으로 퉁명스러운 말을 내뱉는 태성은 어린애 같았다. 그녀만이 볼 수 있는 태성의 다른 모습이었다. 그것이 그녀는 견딜 수 없이 좋았다. 그에게 특별한 사람은 자신뿐인 것 같아서.

세나는 태성의 얼굴을 쓰다듬었다. 그의 얼굴을 부드럽게 매만지는 그녀의 손 위로 그의 손이 겹쳐졌다.

"여기선 더 풀어주려고 해도, 힘들어요. 신성한 회사니까."

"신성하기엔 이미 늦어버린 거 아닌가? 그러면 회사 아닌 다른 곳에 가서는 더 풀어줄 건가?"

태성은 자신의 뺨에 놓여 있는 그녀의 손을 더욱 꼭 잡았다.

"다른 곳 어디요?"

"이를테면, 우리 집 같은 곳."

허스키한 목소리와 헤어 나오기 힘든 짙은 눈빛이 세나를 향했다. 은근한 기대가 담긴 그의 목소리에 세나가 살짝 몸을 떨었다.

"꿈도 꾸지 말아요."

여기까지가 자신이 낼 수 있는 용기의 최대치였다.

태성의 가슴을 살짝 밀어내고 떨어지자 멀리서 반짝이는 빨간 불빛이 보였다. 태성의 등장이 반가워서 미처 발견하지 못했던 불빛에 그제야 세나의 정신이 돌아왔다.

태성이 의미심장한 미소를 짓자 세나는 불안해졌다.

"근데 여기 진짜 CCTV 없어요?"

"내가 언제 없다고 했어?"

태성의 말에 세나는 황급히 뒤로 더 물러섰다.

"그럼 여기 다 찍히고 있어요?"

"이쪽은 어두워서 잘 안 보여. 그저 남자 하나, 여자 하나 이 정도로만 분간될걸?"

그래도 키스하는 모습은 다 나온다는 이야기다. 출입문 쪽으로 가려면, 저 빨간 불빛을 지나가야만 하는데, 이걸 어쩌나?

"우리 지금 저 복도를 지나야 되는데, 거기도 잘 안 보여요?"

"그건 아니지."

세나는 발을 동동 굴렀다. 후회해봤자, 이미 엎질러진 물이었다. 저곳에 CCTV가 있다는 걸 뻔히 알고 있으면서도 아무런 말을 하지 않은 태성이 야속했다.

"일부러 그랬죠? CCTV 없다면서요."

"키스한 건 너야. 난 대답 안 했고."

세나가 눈을 흘겼다. 태성의 말이 맞았다. 그는 웃기만 했지, 없다는 말은 안 했다. 속아 넘어간 자신이 바보였다.

"얼굴 다 찍힐 텐데 이쪽으로 어떻게 가요."

"뭐가 어때서? 지나가면서 손이나 흔들어줘."

이 남자가 정말! 태성을 노려보던 세나는 여유로워 보이는 태성의 얼굴에서 이상한 기분을 느꼈다.

"혹시 지금 경호팀들 자리에 없나요?"

태성은 그저 어깨를 으쓱거렸다. 태성의 거만한 제스처를 보아하니 혹시가 아닌 모양이었다.

"경호팀들 자리에…… 이 비서님이 앉아 있을 것 같은 느낌적인 느낌이 드는데요."

세나의 추리가 마음에 든다는 듯이 태성은 웃음을 터뜨렸다.

"역시, 머리가 좋아. 더 해봐, 추리."

"머리가 좋은 게 아니라 눈치가 빨라진 거죠. 이 비서님이 자청해서 경호팀들 저녁을 먹으라고 보내줬다거나?"

태성의 웃음이 더욱 커졌다. 그리고 기특하다는 듯 긴 손가락으로 세나의 머리를 쓰다듬었다.

"자리 깔아야겠는데?"

"이 비서님 아직 퇴근 못 하신 건가요? 원래 비서직이 그런 자리예요?"

"당연하지. 받는 연봉이 얼만데."

절로 한숨이 나왔다. 어쩌다 한태성 같은 상관을 만나서…… 불쌍한 이 비서님. 전생에 무슨 큰 죄를 지으신 모양이야.

"왜, 너도 해볼래?"

"해맑게 웃으면서 사람 부려먹을 궁리하지 말아요."

"윤세나는 아무것도 안 해도 이 비서 연봉만큼 주지."

"괜찮아요. 사양할게요. 비서, 안 할래요. 됐어요."

세나는 손을 저으며 태성을 남겨둔 채 앞으로 걸어갔다. 빨리 출입문을 나서는 게 이 비서님을 도와드리는 길이었다.

빨간 불빛이 가까워지자 세나는 웃으며 CCTV를 향해 손을 흔들었다. 마치 미스코리아처럼. 홀로 경비실을 지키고 있을 호진에게 사과라도 하듯.

태성은 긴 다리로 여유롭게 따라잡아 세나의 어깨에 손을 올렸다. 그런 친밀한 행동에 세나는 태성을 피해 뛰기 시작했다.

"저 나간 다음에 나와요."

"키스까지 해놓고는 이제 와서 웬 내외?"

뛰어가는 세나의 뒤를 태성이 먹잇감을 쫓는 표범처럼 따라잡았다. 어두운 복도 안에서 난데없이 추격전이 벌어지기 시작했다.

"이제야 퇴근할 수 있겠군."

세나의 예상대로 보안실에는 호진이 자리 잡고 있었다. 자신을 향해 손을 흔들어주는 세나에게 호진도 자리에 앉아 같이 손을 흔들어주었다. 비록 세나가 그 모습을 볼 수는 없을지라도.

CCTV를 바라보는 호진은 달관한 부처님의 얼굴과 별반 다르지 않았다. 하지만 세나의 뒤를 따르는 태성을 보는 순간, 그 평온한 얼굴에 균열이 가기 시작했다. 그러고는 무슨 생각이 들었는지 핸드폰을 집어 들고 세나에게 문자를 보내기 시작했다.

"저 악덕 사장 밑에서 이제는 벗어나야 할 때가 되었는가?"

늦은 시간이라 회사에 사람이 없어서 다행이었다. 그게 아니라면, 이 추격전을 누군가에게 설명해야 할 테니까. 인적이 드문 주차장에 도착한 세나는 태성의 차에 기대 숨을 몰아쉬었다.

구두를 신고 전력 질주해봤자 태성이 못 쫓아올 리 없었다. 운동화였다 해도 다를 것 같지는 않지만.

"왜 그렇게 멀쩡해요?"

"누구와는 달리 매일 아침 두 시간씩 운동하고 있거든."

"일하느라 바쁘면서 운동도 해요? 그럼 잠은 언제 자요?"

"필요할 때."

역시 성공하는 사람들에게는 이유가 있었다. 헉헉대는 자신과는 달리 태성은 숨 소리 하나 흐트러지지 않았다. 생각해보면 억울한 일이었다. 태성보다 한참 어린 자신이 폐가 더 젊을 테고, 아이들을 돌보는 일도 체력을 요하는 일일 텐데. 그런데 이렇게 쉽게 잡혀버리다니.

지잉-.

세나의 가방에서 핸드폰 진동이 울렸다. 발신자를 확인한 세나는 서둘러 확인 버튼을 눌렀다.

경찰에 신고해 드릴까요?

호진의 문자에 세나는 소리 내어 크게 웃었다.
세나는 야무지게 핸드폰을 두드리며 답장을 보냈다.

범죄가 성립되나요?

문자 소리에 태성은 못마땅한 듯 얼굴을 찌푸렸다.
"뭐야, 누군데?"
"젊고 잘생긴 남자요. 상사에게 불만도 아주 많은 분이죠."
태성이 세나의 손에서 핸드폰을 빼앗았다.

24시간 구금 정도는 되지 않을까요?
그럼 하루는 제가 편히 쉴 수 있을 거 아닙니까. 도와주시죠?

문자 내용을 확인한 태성은 통화 버튼을 눌렀다. 몇 번의 신호가
울리고 호진이 전화를 받았다.
[왜요.]
받자마자 퉁명스러운 목소리를 듣자 하니, 태성이 전화할 거란 걸
예상했던 모양이었다.
"오늘만 살기로 결심한 모양이지?"
[카르페 디엠. 그런 유명한 말도 있지 않습니까? 어떤 유명한 사람
이 말했습니다. 현재를 즐기라고. 혼자만 즐기지 마시고 아랫사람도

챙기시지요.]

태성의 낮고 위협적인 목소리에도 호진은 굴하지 않았다.

"연봉 오른 지 얼마나 됐다고, 벌써부터 태도가 이따위야?"

[아, 몰라요. 싫으면 자르시던가요.]

명백한 반항이었다. 이 시간까지 퇴근도 하지 못한 채 태성의 뒤치다꺼리를 해야 하는 호진이 할 수 있는 최대한의 반항이었다.

"너 내일부터 윤 여사 집으로 가."

[내일부터요? 저야 감사하죠. 뉴욕 출장은 알아서 잘 다녀오십시오. 한국에서의 서포트는 필요 없으신 걸로 알겠습니다.]

"출장? 무슨 출장."

호진도 조금 전 받은 연락이었다. 평소 같으면 핸드폰 메일 알람으로 태성이 먼저 알아챘을 텐데, 세나 씨와 사랑의 추격전을 하느라 핸드폰을 확인하지 못한 모양이었다.

[본사에서 메일 왔습니다. 확인해보시죠.]

호진의 말에 태성은 핸드폰으로 메일을 확인했다. 그러고는 곧바로 투덜거렸다.

"갑자기 왜 이렇게 급하게!"

골치가 아파왔다. 긴급한 부름이었다. 태성은 아직 끊지 않은 호진과의 통화를 이어나갔다.

"이호진."

[싫습니다. 분명히 메일에 대표님 오라고 써 있습니다. 저 아니고.]

눈치 빠른 녀석. 심기가 불편해진 태성은 전화를 끊었다.

"내일 본사에 다녀와야 할 것 같아."

투정을 부리는 듯한 태성의 말에 세나는 미소를 지었다.

168

"출장 있으면 다녀와야죠."

"본사가 뉴욕이야. 최소한 4일은 못 볼 거라고."

최소한 4일. 얼마나 더 길어질지 모를 일이었다.

"그렇다고 본사에서 오라는데, 무시해요?"

달래듯 말하는 세나 앞에서 태성은 인상을 썼다. 아무리 차갑고 냉정한 표정으로 자신을 바라보아도, 그녀는 더 이상 그런 표정에 속지 않았다. 그 포커페이스 밑에 깔려 있는 남자의 서운함도 눈치챌 수 있을 만큼 이제는 태성에 대해 잘 알았다. 날이 갈수록 귀여워지는 남자 같으니라고.

"나도 안 갔으면 좋겠어요."

"그러면 가지 말까?"

태성의 대답에 세나는 웃음이 날 지경이었다.

"한태성 씨, 회사 대표시거든요. 가기 싫다고 안 가면 될까요, 안 될까요?"

꼭 보육원 동생에게 말하는 듯한 세나의 말투에 태성의 눈썹이 치켜 올라갔다.

"상당히 불쾌한 말투인데? 내가 어린애야?"

"어린애랑 별반 다르지 않은 것 같아서요."

태성은 못마땅하다는 듯 세나를 노려보았다. 그 눈빛도 그녀에게는 너무나 사랑스러웠다. 자신이 미쳐가고 있는 게 틀림없었다. 한태성이라는 남자에게.

입가에 미소를 띤 채 그녀는 태성의 곁으로 다가가 품으로 파고들었다.

"뭐야."

태성은 퉁명스럽게 말하면서도 세나를 밀어내지 않았다. 밀어내기는커녕, 세나의 어깨를 잡고 더 가까이 끌어당겼다. 세나는 그의 허리에 팔을 두르고 꼭 끌어안았다.

"나도 한태성 씨 못 보는 거 속상해요. 앞으로 이런 일 자주 있을 텐데 사소한 걸로 싸우지 말아요, 우리. 나, 어디 안 가고 기다리고 있을게요."

윤세나의 승리였다. 태성은 깊은 한숨을 내쉬며 세나의 머리에 턱을 올려놓았다.

"가기 싫다, 정말."

태성의 목소리에서 진심이 묻어났다. 그런 그의 마음을 다 알고 있다는 듯 세나는 태성의 허리를 감은 팔에 힘을 주었다.

"보고 싶을 거예요."

"증명해봐. 짐 싸는 것 좀 도와줘. 우리 집에 가서."

이 남자, 지치지도 않나? 세나가 고개를 살짝 들고 태성의 가슴을 콩 찍었다.

"다시 한 번 말하지만, 꿈도 꾸지 말아요."

태성이 키득대며 세나를 다시 자신의 품 안으로 끌어당겼다.

"근데, 내일 가려면 얼른 가서 준비해야 하지 않아요?"

"아까 호진이 녀석이 그러더라고. 현재를 즐기라고."

"언제부터 이 비서님 말을 그렇게 잘 들었다고."

"가끔 듣기도 해."

헤어지기 싫은 두 남녀는 어두운 주차장에서 한참 동안 끌어안은 채 움직이지 않았다.

너에게 해주고 싶은 일

윤 여사가 사람 좋아 보이는 미소를 지으며 세나를 바라보았다. 뜻밖의 호출이었다. 윤 여사로부터 직접 전화를 받는 일은 거의 없었는데.

"몰래 보자 해서 놀랐제?"

"아닙니다, 여사님."

"지난번에 말은 그렇게 했어도 걱정이 돼서 말이제."

쑥스러워하며 웃는 윤 여사의 얼굴에 주름이 곱게 잡혔다. 강한 인상이었지만, 웃을 때는 옆집 할머니처럼 푸근함이 넘쳤다. 특히 태성과 관련된 이야기를 할 때면 윤 여사의 표정은 한결 더 부드러워지곤 했다.

"태성이 놈 없을 때 따로 보는 게 나을 것 같아서."

"네, 여사님."

윤 여사는 호진을 통해 태성이 출장 갔다는 소식을 들었다며, 세나에게 연락을 해왔다. 세나는 태성이 없을 때, 윤 여사가 왜 자신을 보자고 한 건지 짐작 가는 바가 없었다.

마주 앉은 테이블 사이로 침묵이 흘렀다. 윤 여사답지 않게 무언가 머뭇거리고 있었다. 세나는 아무런 말없이 윤 여사가 입을 떼기를 기다렸다.

"어디서부터 어디까지 말을 해야 할지……. 그래도 조금이라도 일러두는 게 낫겠지 싶어서."

"네."

윤 여사는 깊게 한숨을 내쉰 뒤 이내 마음을 굳힌 듯 세나를 바라보았다.

"그놈, 애미가 없는 건 알제?"

"네."

"지 애비 이야기는 하든?"

세나는 고개를 저었다. 태성에게서 아버지에 관한 이야기는 들은 적이 없었다. 윤 여사가 그럴 줄 알았다는 듯 옅은 한숨과 함께 고개를 끄덕였다.

"지 입으로 이러쿵저러쿵 말할 리는 없겠제."

"……어떤 분이셨나요?"

"태성이 애비란 놈은, 우리 집을 드나들던 사람이었어. ……내 죄가 크지."

세나는 말없이 그저 듣고만 있었다. 이런 이야기를 꺼내는 것이 윤 여사에게 쉬운 일은 아니었을 것이다. 오직 태성을 위해서, 큰마음을 먹고 자신을 찾아왔을 것이다.

윤 여사의 얼굴 한가득, 태성에 대한 사랑과 걱정이 넘쳐났다.

"사업하는 사람이었어. 우리 집을 왔다 갔다 하다가 태성이 애미랑 정분이 난 게 화근이었지. 문제는 그 썩을 놈은 결혼을 한 상태였었다는 거여."

세나는 뭐라 말을 해야 할지 알 수가 없어 그저 입술을 꼭 깨물고 있었다.

"태성이 애미는 젊고 이쁘고 살랑거리는 게, 애교가 많았어. 긍께 태성이 애비가 욕심이 났겠제. 그러다가 덜컥, 태성이 놈이 들어섰고."

차분하게 말을 이어가는 윤 여사의 목소리는 주변의 소음을 지나 세나의 귓가에 들려왔다.

"그때부터 태성이 애미가 본색을 드러냈제. 그 집 안주인 자리를 차지하려고 태성이 애비를 볶기 시작하고, 그 안사람한테 못 할 소리도 많이 하고. 그래도 지 뜻대로 안 되니께 태성이 낳고 나서 한동안 아이를 일절 보여주지도 않았어. 그 집 곡간 열쇠 내놓기 전에는 태성이를 못 데려간다고 악다구니를 써댔지."

윤 여사는 자신의 양 손을 잡고 잠시 망설이다 다시 말을 이었다. 그녀의 눈가가 아련히 젖었다.

"애미로서 제대로 된 년도 아니었어. 태성이 놈, 젖 한 번 안 물리고 키웠응께. 그래도, 그렇게 모진 년도 한 번 맺은 인연이라고 내가 감싸고돌았지. 태성이 놈이 안타까워서 내 새끼처럼 키웠고. 결국 제 뜻대로 되지는 못했어. 남자한테만 매달려 살다시피 한 세월이 십 년이여. 말이 십 년이제. 그동안 태성이 놈은 태성이 놈대로 애미 정도 제대로 못 받고 크고. 그러다가 어느 날 가버렸제."

세나는 무슨 말을 어떻게 해야 할지 알 수가 없었다. 그저, 사랑받지 못하고 자랐을 태성의 모습만 눈앞에서 아른거렸다.

"세나야."

"네, 여사님."

"내가 이런 이야기, 왜 하는지 알겠냐? 태성이 놈, 불쌍한 놈이여. 지 애비 얼굴은 제대로 볼라고도 안 하고. 속이 썩을 대로 썩은 놈이다 그거여."

세나는 가만히 윤 여사의 말을 들었다. 오늘따라 윤 여사의 얼굴에 진 주름들이 더욱 선명하게 눈에 들어왔다.

"그냥, 보듬어줘라. 그놈이 뭐라 하건 '어이구 불쌍한 놈.' 하믄서 니가 감싸 안아줘. 니가 나이는 어리지만, 내 보기에 태성이 놈보다 그릇이 훨씬 크니께, 내가 부탁 좀 하마."

윤 여사의 거칠고 투박한 손이 세나의 손을 감싸 쥐었다. 그 손이 따뜻하고 다정해서, 세나는 그저 고개를 끄덕일 뿐이었다.

세나는 멍하니 창밖을 바라보았다.

태성이 없는 한국은 생각보다 허전했다. 그리고 생각보다 아주 많이, 태성이 보고 싶었다. 이렇게까지 그가 보고 싶고 그리워질 줄은 상상도 하지 못했다. 이제 고작 이틀이 지났을 뿐인데, 이틀이 아니라 2주일은 지난 것처럼 시간이 더디게 느껴졌다.

윤 여사를 만나고 나서, 그가 더욱 그리웠다. 이럴 줄 알았으면 가지 말라고 할걸. 마치 남자 친구를 군대라도 보낸 기분이었다.

윤성이 히죽 웃으며 세나의 곁에 앉았다.

"뭐 해?"

"잠이 안 와서."

세나의 대답에 윤성이 콧방귀를 뀌었다.

"잠이 안 온다면서, 지금 커피 마시고 있는 거야? 낭군님 생각에 잠을 이룰 수가 없어? 막 보고 싶어서 미치겠어?"

"또 까분다."

찔린 속내를 드러내지 않으려 세나는 윤성의 머리를 콩 쥐어박았다. 윤성은 억울하다는 듯 아프지도 않은 머리를 과장되게 비벼댔다. 그래도 윤성이가 옆에 오는 바람에 그녀는 현실 세계로 돌아올 수 있었다.

"전화라도 해보지 왜? 안 늦었는데."

다 안다는 듯 능글거리는 윤성의 말에 세나가 밉지 않게 흘겨보았다.

"늦지는 않았지. 너무 빨라서 못 하는 거야. 일 열심히 하고 있는데 방해될까 봐."

밤 11시 40분. 지금은 태성이 한창 열심히 일하고 있을 시간이었다.

어제 미처 시차 생각을 하지 못하고 전화를 했다가 잠자고 있는 태성을 깨웠다. 물론 그는 반가워했지만 그의 잠을 방해한 게 못내 마음에 걸렸다.

"이건 또 뭔 소리래?"

"출장 가 있거든. 뉴욕에."

그제야 윤성은 이해가 된다는 듯 고개를 끄덕였다. 그러고는 세나를 보며 음흉하게 웃어댔다.

"오구오구 그래쪄요? 전화 못해서 마니 속상해쪄요? 그래서 잠도 안 자고 커피 얌얌 하고 있었쪄요?"

"너 안 들어갈래?"

세나는 혀 짧은 소리를 내며 자신을 놀리는 윤성을 보았다. 하지만 윤성의 표정이 하도 우스워 금세 웃음을 터뜨리고 말았다.

"문자라도 보내봐. 일하다가 시간 나면 전화하라고. 남자들 그런 거에 은근 감동한다? 그렇다고 여자가 너무 매달리는 티가 나면 안 되고. 물론 보고 싶겠지만 그래도 꾹 참고 매형한테, 나는 그렇게까지 당신이 보고 싶지는 않다라는 뉘앙스를 풍겨야 한단 소리야."

"그거 한국말 맞아? 뭐라는 건지 통 못 알아듣겠는데? 문자를 보내라는 거야 말라는 거야?"

"이 누나 답답하네. 밀당을 해야지, 밀당을. 자고로 여자는 남자를 애태울 줄 알아야 하는 법이야."

윤성이 집게손가락을 세워 흔들며 세나에게 근엄한 목소리로 말했다. 제2의 윤주 같은 놈.

"너 진짜 안 들어가?"

"내가 누나보다 연애는 한수 위라니까."

"성적은 내가 한수 위지. 너 지금 안 들어가면, 저번 성적표 어머니께 보여드린다?"

무서운 협박이었다. 호환마마보다 무서운 어머니의 성적표 검사. 공부를 잘하라고 혼내신 적은 없었다. 단지 평균은 해야 하지 않겠냐는 잔소리를 세 시간쯤 하실 뿐.

이번에는 윤성이 세나에게 눈을 흘겼다.

"누나는 공부 잘해서 어머니한테 잔소리 들어본 적이 없다 이거지? 간다, 가. 나 참, 치사해서."

"그러게 공부를 하라니까? 그리고 네가 너무 못하는 거야."

"됐어. 난 스트레스 안 받고 즐겁게 학교 다니다 졸업할래. 누나도 얼른 들어가서 자. 너무 늦게까지 깨 있지 말고. 피부 상한다."

"네가 왜 내 피부까지 걱정해? 공부 안 할 거면 얼른 들어가서 푹 자."

"매형한테 내세울 거라고는 나이 어린 거밖에 없잖수? 관리 잘해야지 안 그러면 한 방에 훅 간다. 팩도 좀 하고. 가만 보면 누나는 매형에 대한 예의가 없어, 예의가."

"너 이리 와. 와서 좀 맞자."

세나가 자리에서 일어나 윤성을 쫓으려 하자, 윤성이 혀를 내밀고 몸을 돌려 재빠르게 움직였다.

그러다 윤성의 시선이 창밖에 머물렀다. 창밖으로 보이는 이질적인 물체. 보육원 앞에는 며칠 전부터 신경에 거슬리는 자동차 한 대가 서 있었다.

별 생각 없이 지나쳐왔는데, 생각해보면 세나가 일을 끝내고 들어와 있을 무렵에만 보이는 차였다.

세나는 자리에 앉아 커피를 마시고 있었다. 말을 해야 하나 말아야 하나 고민하던 윤성은 다시 세나의 곁으로 왔다.

"누나, 며칠 전부터 계속 이상했는데…… 저녁마다 밖에 같은 차가 서 있어. 꼭 늦은 시간에."

윤성의 말에 세나가 무슨 말이냐는 듯이 시선을 밖으로 돌렸다. 딴생각을 하느라 미처 발견하지 못한 자동차 한 대가 어두운 공터에 윤곽을 드러내고 있었다.

"매형 차랑 노 전무님 차는 내가 알고 있으니까 저 차를 처음 봤을 땐 어디 다른 데 왔다 잠시 주차한 건가 했는데, 아무래도 이상한 것 같아. 누나가 생각해도 그렇지 않아? 여기 주변에 있는 거라고는 우리 집이랑 비닐하우스밖에 없는데, 이 밤중에 외제 차가 왜 저기 서 있지?"

"너무 의심하는 거 아니야?"

"게다가 우리가 보이는 창 쪽으로 차가 돌려져 있잖아."

세나가 일어서서 창가로 걸어갔다. 이유는 알 수 없지만 불안하고 서늘한 느낌이었다. 밖이 추워서 느껴지는 한기가 아니었다.

윤성의 추측대로 자동차 안에서는 보육원 주방이 환하게 보일 것 같았다. 얼핏 자동차 안에 사람의 윤곽이 보이는 것도 같았다.

세나는 서둘러 커튼을 쳤다. 그러고는 주방의 불을 끄고 윤성과 앉아 눈만 빼꼼히 내밀었다.

얼마간을 더 머물던 차는 밤의 정적을 깨고 시동 거는 소리와 함께 사라졌다.

"신고할까?"

윤성이 께름칙한 표정으로 세나에게 말했지만 그녀는 고개를 저었다.

"집 앞에 차가 서 있다는 이유로 신고를 할 수는 없잖아. 조금 더 지켜보자. 일단은 어머니께 말하지 말고. 괜히 걱정하실라. 우리가 오해하는 걸 수도 있잖아."

"그럼 다행이긴 한데……."

지잉-.

순간, 세나의 핸드폰이 탁자 위에서 몸부림쳤다.

"이 시간에 누구?"

세나는 천천히 테이블로 가서 핸드폰을 들어 문자를 확인했다.

낯선 번호의 문자 내용에 세나는 너무 놀라서 한동안 움직일 수조차 없었다.

> 차 마시는 모습도 이쁘네. 커피 마셨어? 다음에 나도 같이 한잔할까?

조금 전 환한 불빛 속에 앉아 있던 세나의 모습이 그의 눈동자에 선명하게 새겨졌다.

"예쁘게 잘 컸단 말이지."

남자가 비열한 웃음을 지어 보였다. 자신이 보낸 문자를 보고 얼마나 기뻐했을까? 이제는 마음대로 세나를 볼 수 있었다. 그가 몇 년간 얌전히 해외에서 지낸 보상쯤이라고 생각하면 되려나?

이건 어머니가 들이미는 주식이나 경영권 따위보다 훨씬 재미있는 일이었다. 심심하고 무료했던 그의 일상에 새로운 장난감 하나가 생긴 것이다.

"아니, 아니지. 새로운 게 아니라 놓쳤던 장난감."

자신의 아버지 때문에 놓쳐버린 장난감이 다시 눈앞에 나타났을 때의 그 설렘이란.

마지못해 다시 끌려온 한국이었지만 그는 앞으로가 기대되었다. 세나를 지켜보는 건 전혀 지루하지가 않았으니까.

남자가 침을 꿀꺽 삼켰다. 짜릿한 기대감이 그의 온몸을 휘감아 왔다.

"날 얼마나 즐겁게 해줄래? 기대하고 있을게, 세나야."

점심 식사 대신 휴식을 선택한 태성은 호텔 방 침대에 누웠다. 자신을 부려먹는 인간들 때문에 한가할 틈이 없는 나날이었다. 이제 사표를 내야 하나 싶은 마음도 생겼다.

왜? 한태성, 너 좋아했잖아. 미친 듯이 일하는 거.

누구의 손에서든 놀아나지 않을 만큼 강해지고 싶어서 노력했고, 그 노력의 대가로 지금의 자리를 얻었다.

많이 올라왔지만, 아직도 부족했다. 휘둘리지 않기 위해서는 힘이 더 필요했다. 아직 그 힘을 다 가지지는 못했으니, 당연히 더 노력해서 더 큰 힘을 가져야만 했다. 그런데 왜 요즘 들어 다 부질없게 느껴지는 건지 알 수 없었다.

"이래서는 그 여자와 다를 게 없군."

사랑 하나에 미쳐서 모든 걸 팽개쳐버린 그 여자. 태성은 자신의 어머니를 떠올렸다. 아름다웠고 자신만만했으며 차갑고도 메말랐던 자신의 생모. 그 여자를 떠올리자 태성은 기분이 나빠졌다. 이 나쁜 기분을 해결할 수 있는 유일한 사람은 이미 잠들었을 시간이었다.

태성은 손으로 핸드폰을 만지작거렸다. 세나를 생각하면 곤히 자게 놔둬야 했지만 그녀의 목소리를 듣고 싶었다. 그래야 힘을 내서 일을 마치고 돌아갈 수 있을 것 같았다.

그에게 비타민이 되어 줄 세나의 목소리는 포기하기 힘든 유혹이었다. 하지만 한국은 이미 한밤중이었다.

"자고 있겠지?"

> 목소리 듣고 싶어요.

 그의 마음이 들리기라도 한 걸까? 아니면, 세나도 잠을 이루지 못하고 있었던 걸까? 타이밍 맞춰 오는 세나의 문자를 보며 태성은 자신도 모르게 미소를 지었다.

 세나는 손이 하얗게 되도록 핸드폰을 움켜쥐고 있었다. 전에 마주쳤을 땐 이렇게까지 떨리지 않았다. 무시하면 되는 일이었으니까. 하지만 집까지 찾아오는 건 이야기가 달랐다.
 자신 때문에 소중한 가족이 다친다면 견딜 수 없을 것 같았다. 이미 한 번 피해를 입은 일도 있었다.
 그는 그녀를 괴롭히기 위해서라면 그 어떤 일이라도 마다하지 않을 것이다. 잊고 있었던 그녀의 기억들. 제정신이 아닌 인간이었는데, 그걸 잊고 있으면 안 되었는데.
 제발, 제발, 태성의 목소리를 들을 수 있기를.
 세나는 간절히 기도하고 있었다.
 그녀가 문자를 보내고 얼마 지나지 않아 곧바로 핸드폰이 울렸다. 발신자를 확인한 세나는 얼른 통화 버튼을 눌렀다.
 [목소리 대령했어.]
 낮고 허스키한 태성의 목소리에 세나는 눈물이 나올 것 같았다. 떨리는 손이, 몸이, 눈빛이 그의 목소리 하나로 진정이 되는 듯했다.

오늘처럼 그가 곁에 있었으면 하고 간절히 바랐던 날이 있었던가?

"언제 와요?"

[너, 목소리가 왜 그래?]

역시 한태성, 내 남자. 단지 한마디 했을 뿐인데, 그녀의 상태가 이상한 걸 알아채는 사람이었다. 세나는 바로 목을 풀었다. 너무 긴장하고 있었던 나머지 목소리가 굳어 있었던 모양이었다.

"왜요? 제 목소리가 예뻐요?"

그녀는 이제야 제대로 나오는 자신의 목소리에 태성이 만족하기를 바랐다. 조금 전까지 떨고 있었다는 사실을 그에게 알리고 싶지 않았다.

[자고 있었어?]

"그럼 문자를 어떻게 보냈겠어요."

[잠결에 내가 너무 보고 싶어서?]

"잠 안 들고 너무 보고 싶어 하고 있었어요."

[나, 내일 갈 수 있어.]

뜻밖의 말에 세나가 깜짝 놀랐다. 기쁜 소식이긴 했지만 그녀가 알고 있는 내용과는 달랐다.

"진짜요? 이 비서님 말로는 일주일 넘게 걸린다고 했는데요."

[그런 사기꾼 말은 믿지 마. 그런 녀석이 최측근이라니.]

세나는 이제 친밀한 두 사람의 사이를 알 것 같았다. 윤 여사님에게 들은 바에 따르면, 호진은 태성과 함께 자라며 그를 친형처럼 따랐다고 했다. 그래서 지금도 그렇게 형제처럼 거리낌이 없는 거고.

세나가 피식 웃음을 터뜨렸다.

"말로만 그런 거 다 알아요. 엄청 아낀다고 이번에 윤 여사님께

들었어요.

[윤 여사, 건강 검진 받을 때 돼서 그래.]

태성과의 대화로 세나는 마음의 안정을 찾아가고 있었다. 목소리 하나만으로 이렇게까지 위안이 되는 사람이라니. 하지만 역시 목소리만 듣는 것보다는 눈앞에 있는 게 훨씬 더 좋았다. 특히나 오늘 같은 날은.

"내일 몇 시쯤 와요?"

[오후 비행기로 갈 거야. 3시쯤 도착일걸.]

"바로 보기는 힘들겠네요. 근무 시간이 끝나야 만나죠."

태성이 잠시 침묵했다.

[반차 내.]

"아뇨. 그런 거 싫어요."

"저 개발 3팀이에요. 입사한 지 얼마 안 됐는데…… 회사에서 제일 바쁜 곳인 거 알면서. 최대한 빨리 퇴근할게요."

[너 개발 3팀인 거 마음에 안 들어. 그냥 반차 내.]

신제품이 출시되고 개발 3팀이 해산할 때까지 그의 툴툴거림은 계속될 게 뻔했다.

"신입 사원이 일찍 퇴근하는 게 가당키나 해요? 일 끝나는 대로 바로 갈게요. 집에서 편히 쉬고 있어요."

[……집? 약았어.]

'집'을 언급한 자신의 카드가 그에게 먹힌 모양이었다. 태성의 목소리가 조금 누그러져 있었다.

"처세술에 능한 거라고 해줘요. 얌전히 기다리고 있을 거죠?"

[너 얼른 자.]

"한태성 씨도 얼른 일하러 가요."

서로의 숨결이, 목소리가 아쉬웠다. 그렇게 전화를 좀처럼 끊지 못한 채 둘의 대화는 한참 동안이나 이어졌다.

귀국 후 태성은 답답한 듯 넥타이를 풀어 차 안에 집어던졌다. 나흘에 걸친 해외 출장으로 몸도 마음도 피곤했다. 하지만 가장 힘든 건 세나를 보지 못하는 것이었다.

빨리 세나의 얼굴이 보고 싶었다.

의자에 기대 눈을 감은 태성의 귀에 호진의 목소리가 들려왔다.

"여기, 지시하셨던 서류들입니다."

차에 같이 타고 있던 호진은 태성에게 나흘간의 업무 보고를 마치고 서류 하나를 내밀었다. 서류를 넘겨 확인하는 태성의 얼굴에 흡족함이 흘렀다. 출장 가기 전 호진에게 지시했던 일이었다.

"마무리는 잘된 거지?"

호진은 의심스러운 눈빛을 거두지 않은 채 태성을 바라보았다. 이 형님 보게. 무슨 꿍꿍이지? 사적인 업무도 호진이 맡아서 처리하긴 했지만 그 사적인 업무라는 건 늘 이유가 타당하고 필요한 것들이었는데, 이번에는 달랐다. 절대로 한태성이 할 만한 짓이 아니라고나 할까?

"물어봐도 돼?"

"아니."

태성의 거절에도 호진은 아랑곳지 않았다.

"청솔 보육원 땅은 왜 사들인 건데?"

호진은 운전 기사의 귀에 들리지 않게 작은 목소리로 태성에게 물었다. 태성이 지시했던 일은 원래 회사 소유였던 청솔 보육원의 부지를 태성의 사비로 사들이는 것이었다. 이제 청솔 보육원 부지는 회사 소유가 아니라 한태성의 소유가 되었다.

"투자하려고."

"거기가 투자 가치가 있다고? 이런, 이런. 내가 아무리 부동산 쪽에는 문외한이라지만 그쪽으로 투자 가치가 있다는 말씀은 믿을 수가 없는데?"

호진이 생각하는 투자와 태성이 생각하는 투자의 가치는 종류가 달랐다. 하지만 태성은 굳이 호진에게 구구절절 이유를 말하고 싶지 않았다.

"거기 완전 시골이던데. 따로 도시 개발 계획이 있는 곳도 아니고. 근처에 죄다 논밭이고."

"팔 거야."

"누구한테?"

"있어, 살 사람. 비싸게 팔 수 있어."

얼마나 불러야 할까? 어떻게 가치를 매겨야 할까? 태성은 자신의 생각에 흐뭇해졌다.

말을 하는 태성의 입꼬리가 슬며시 올라가 있는 모습을 보자 호진은 더욱더 궁금해졌다. 그 땅을 살 만한 사람, 사고 싶어 할 만한 사람은 그의 주위에 딱 한 사람밖에 없었다.

"세나 씨한테 팔 거야? 여자한테 빠져도 너무 빠지셨네, 우리 형님. 어떻게 여자한테 잘 보이겠다고 땅을 사냐? 스케일이 아주 태평양이십니다. 이래서 남자는 돈이 많아야 돼. 세나 씨는 모르는 거지? 형이 그 땅 산 거."

태성은 침묵으로 긍정을 표시했다. 그럴 줄 알았다는 듯 호진이 고개를 끄덕였다.

"그럼 보육원 부지는 그렇다 치고, 그 옆 땅은 왜 사들인 건데?"

호진의 집요한 질문과 추궁하는 눈빛에도 태성은 흔들림이 없었다. 그 땅에 뭘 할 건지는 아직 그 누구도 알아서는 안 된다.

"알 거 없어."

세나가 입사한 지 일주일이 넘어가고 있었다. 세나에게 입사 선물로 무언가를 사주려고 해도, 한사코 거절당하고 있는 태성이었다. 그래서 오랜 고민 끝에 세나가 거절하지 못할 선물을 생각해냈다.

청솔 보육원.

그걸 세나 명의로 살까 싶기도 했지만, 순순히 받을 세나가 아니었다.

차라리 주는 대로 순순히 받는 여자라면 훨씬 쉬웠을 텐데.

청솔 보육원 땅 문서는 인질 같은 거였다. 세나가 자신의 곁을 떠나지 못할 확실한 방법이랄까?

"사람이 안 하던 짓을 하면 죽을 때가 된 거라던데."

"요새 일이 없지? 일하다 먼저 죽게 해줘?"

호진은 태성의 눈빛을 보니 이제 그만해야겠다는 생각이 들었다. 저 눈빛, 진심이야. 일하다 죽을 수야 없지. 그치만 요즘 이 형님 놀리는 재미가 쏠쏠하단 말이지.

"오케이. 여기까지 합죠. 윤세나 씨에게 흘리지 않겠습니다."

"그건 당연한 거고. 다른 사항 없지?"

"그래도 수고했다는 말 한마디 하면 어디가 덧나십니까? 일단은 집에 가서 쉬시면 됩니다, 라고 말하고 싶지만 집으로 가시진 않겠죠?"

"아니, 집으로 가지."

"회사가 아니라 집으로 가십니까? 왜?"

호진의 물음에 태성은 잠시 침묵했다. 그러고는 자신을 뚫어져라 쳐다보는 호진을 힐끗 바라보고는 이내 눈을 감아버렸다.

"여자 친구가 쓸데없이 성실해."

힘없는 태성의 목소리에 호진이 웃음을 터뜨렸다.

"무슨 소린지 알 만해. 세나 씨라면 뭐."

야근이라고 했다. 지금 가도 세나를 볼 수는 없을 것이다. 아직 퇴근 시간까지 한참 남았으니까.

―신입 사원이 일찍 퇴근하는 게 가당키나 해요? 일 끝나는 대로
  바로 갈게요. 집에서 편히 쉬고 있어요.

세나의 부드럽지만 단호했던 목소리. 보고 싶어서 일정까지 앞당겨 한국에 들어왔건만. 별수 있나. 시키면 시키는 대로 해야지.

시무룩한 태성의 얼굴이 차창에 비치고 있었다.

퇴근 시간이 훨씬 지난 시각, 다른 부서 사람들은 이미 '불금'을 위해 칼 퇴근을 했지만 개발 3팀은 그럴 수가 없었다. 그들은 이제 곧

다가올 신제품 출시를 앞두고 밤낮 없이 일에 매진하고 있었다. 신입 사원인 세나도 예외일 수는 없었다.

그렇게 일하다 보니 퇴근 시간을 훌쩍 넘겨버리고 말았다.

"먼저 가보겠습니다."

"다음 주에 뵙겠습니다."

급한 일들을 적당히 마무리하고 하나둘씩 빠지는 직원들과는 달리, 막내로서 이런저런 잡일들이 가득했던 세나는 끝까지 남아 뒷정리를 하고 나서야 사무실을 나설 수 있었다.

그래도 오늘은 평소보다는 덜 힘들었다. 며칠 동안 해외 출장 가서 보지 못했던 태성의 얼굴을 볼 수 있는 날이었다. 오랜만에 태성을 만날 생각에 부푼 가슴으로 밖에 나온 세나는 눈과 비가 섞여 내리는 날씨에 당혹스러움을 감추지 못했다.

"갑자기 웬 비람."

세나는 시계를 들여다보았다. 빨리 끝낸다고 끝냈는데도, 이미 태성과의 약속 시간이 다 되어가고 있었다. 집에서 기다리고 있을 태성을 생각하니 마음이 급해졌다. 그녀는 핸드폰을 찾아 문자를 보냈다.

늦어질 것 같아요. 기다리게 해서 미안해요. 금방 갈게요.

태성에게 문자를 보낸 뒤 발을 동동거리던 세나는 무언가 결심한 듯 가방을 머리 위로 올렸다.

계속 서 있는 것보다는 비를 조금 맞더라도 버스 정류장이나 택시가 있는 곳으로 가는 게 나을 듯싶었다.

"태워다 줄까요?"

갑작스러운 목소리에 세나는 소리 나는 곳으로 얼굴을 돌렸다. 그 곳에 성현이 부드러운 미소를 지으며 출입문에 기대어 서 있었다.

뜻밖의 등장에 세나가 놀란 얼굴로 성현을 쳐다보았다.

"팀장님, 아직 안 가셨어요?"

"가려고 나왔는데, 비가 와서요."

거친 바람을 동반한 진눈깨비가 점점 거세게 내리고 있었다. 우산이 없으신가? 아니, 우산이 아니라 보통은 차를 가지고 다니실 텐데? 얼마 전, 사무실에서 바쁜 와중에도 직원들이 모여 문성현 팀장의 멋진 차에 대해 이야기를 하는 걸 들은 적이 있었다.

"차 없으세요? 차 타고 가시면 되죠."

"차 있죠. 하지만 세나 씨는 차가 없으니까, 태워다 드리려고 기다리고 있던 거예요."

"저는 앞에서 버스 타면 돼요."

사무실에서 볼 수 없었던 사적인 호의에 세나는 거절의 의사를 밝혔다. 하지만 성현은 물러날 생각이 없어 보였다.

"이런 날 걸어가기는 힘들지 않아요? 버스 정류장도 꽤 멀리 있는데. 거절하시게요?"

"호의는 감사하지만…… 부담스러워서요."

"설마 제가 세나 씨를 새우잡이 배에라도 팔아넘길까 봐 그러는 거예요?"

성현의 농담에 세나의 얼굴이 풀렸다. 세나의 웃는 얼굴을 보며 성현의 미소도 짙어졌다.

어떻게든 가까워지고 싶지만 쉽지 않았다. 세나가 자신을 경계하는 마음을 알기에 그는 최대한 공적으로 세나를 대했다. 조금씩 시간을 가지고 마음을 열 요량으로. 급할 건 없었다. 하지만 느긋하게 있기도 힘들었다. 그러기엔 성현은 세나에게 마음을 너무 많이 빼앗기고 있었다.

"팀장으로서 궂은 날씨에 팀원을 태워주겠다는 건데, 뭘 그렇게 망설여요? 세나 씨가 자꾸 그러면 저만 이상한 사람 되는 거 모르시겠어요?"

팀장과 팀원. 단지 그것만이라면 망설일 이유가 없을 것이다. 하지만 서글서글 웃는 그의 미소 속에는 그녀에 대한 호감이 담겨 있었다.

세나는 곤란했다. 우산은 없었고, 버스 정류장까지의 거리도 꽤나 멀었다. 그렇다고 호의를 덥석 받아들이는 여우 노릇은 사절이었다.

그저 지나가는 사람의 호의가 아니라, 자신에 대한 호감을 표시하는 남자에게 '태워다 주세요.'라고 말하는 건 예의가 아닌 것 같았다. 게다가 태성이 안다면 분명 기분 상할 일이었다. 그런 일을 굳이 만들 필요가 없었다. 그녀는 살짝 흔들릴 뻔한 자신의 마음을 다잡았다.

"말씀은 감사하지만 혼자 갈 수 있습니다."

성현의 설득에도 불구하고 세나의 태도는 단호했다.

"그래도 타고 가시는 편이……."

"타긴 뭘 타."

다시 세나를 설득해보려던 성현의 표정이 굳어졌다. 들려오는 목소리는 틀림없이 한태성의 것이었다. 아니나 다를까, 그의 눈에 무시무시한 살기를 띠며 몇 발짝 뒤에 서 있는 태성의 모습이 보였다.

태성은 운전을 하며 끓어오르는 마음을 가라앉히고 이성적인 목소리를 내려고 애썼다. 이 겁도 없는 여자가 방금 무슨 짓을 하려고 한 건지.

"세상이 어떤 세상인데 남자 차를 덥석덥석 타려고 해? 그것도 문성현 차를."

"안 탔어요. 하지만 살짝 흔들렸어요. 바람이 너무 무섭게 불어서."

"그럼 나한테 전화를 했어야지."

태성의 책망하는 말투에 세나는 전혀 생각하지 못했다는 듯 그를 바라보았다. 한국에 도착한 지 몇 시간 되지 않았을 태성이었다. 시차 적응은 둘째 치고, 일하느라 피곤하고 힘들었을 그에게 데이트하자는 말조차 꺼낼 수 없었다.

그런데 그가 회사 앞까지 그녀를 찾아왔을 줄이야. 당연히 집에 있을 줄 알았는데.

"그래도 되는 거예요?"

"그럼 애인 됐다가 국 끓여 먹을 건가? 어디다 써먹으려고 아껴? 전화 한 통 해서 데리러 오라고 한마디만 하면 되는 걸. 그게 어렵나?"

태성의 툴툴거리는 말투에 세나는 미소 지었다. 애인이라. 그러면 되는 거였나? 그에게 전화를 해서……. 그녀는 어쩐지 부끄러워졌다. '밖에 비 와요. 우산도 없고 집에 가기 힘든데, 나 데리러 와줘요.' 그런 말을 전화해서 어떻게 해?

"겁도 없이 외간 남자 차나 타려고 하고 말이야. 너 어디 가서 안전 교육 받아야 하는 거 아니야?"

"내가 무슨 유치원생이에요? 그리고 탈 생각 없었다니까요."

"됐어. 다음부터는 전화해. 그런 이상한 놈 차 타려는 생각조차 하지 말고. 전화하면 내가 바로 올 테니까."

다른 남자들과는 달리 무뚝뚝한 말투로 다정한 말을 한다. 그게 한태성만의 매력이지. 자신만 볼 수 있는 남자로서의 매력.

"바쁘잖아요. 이런 일이 있을 때마다 매번 전화할 수는 없어요."

다른 여자들과는 달라도 너무 다른 세나의 사고방식에 태성은 한숨을 내쉬었다. 이런 건 다른 여자들과 같았으면 좋겠다. 그에게 무작정 기대고, 의지하고 그러면 얼마나 좋을까?

"넌 그런 걱정 안 해도 돼. 네가 전화하면 언제든지, 그곳이 어디든지 갈 테니까."

태성의 말에 세나의 가슴이 따뜻해졌다. 두근거리는 심장 박동이 빨라졌다.

언제든지. 그곳이 어디든지.

담백한 달콤함.

그의 진심이 느껴지는 한 마디, 한 마디.

"알았어요. 전화할게요."

세나의 말에 태성이 의외라는 듯 바라보았다.

한두 시간은 이 문제로 실랑이를 벌일 줄 알았는데.

"전화를 한다고? 진짜로?"

"전화하지 마요? 금세 마음이 바뀌었어요? 벌써 내가 귀찮아진 거예요?"

귀찮아? 윤세나가? 자신에게 그런 날이 오기나 할까?

"아냐. 전화해. 당연히 전화해야지."

세나의 말에 태성이 미소를 지었다. 고분고분하게 대답하는 세나가 예뻤다. 그는 한 손으로 세나의 손을 잡았다. 차가운 감촉에 속이 쓰렸다. 하다못해 세나에게 차라도 있었으면, 이렇게 추울 때 밖에서 떨지는 않았을 텐데.

"차를 사주면 싫어할 거야? 면허 따면, 차를 사줄게."

"싫어요."

"그럼 기사를 한 명 붙여줄까?"

"그건 더 싫어요."

태성의 미간이 찌푸려졌다. 이렇게 좋지 않은 날씨에 밖에서 혼자 돌아다니게 할 수는 없었다.

"그럼 좋은 건 대체 뭐야?"

"한태성 씨요."

배시시 웃는 세나의 얼굴에 태성의 입에서 한숨과 웃음이 함께 새어 나왔다. 태성은 세나의 차가운 손을 꼭 잡아서 자신의 손으로 깍지를 꼈다.

"저녁은 먹었어?"

"간단하게 먹었어요. 태성 씨는요? 우리 어디 갈까요?"

"가고 싶은 데 있어?"

"저 가고 싶은 데 가도 돼요?"

"좀 불안해지는데."

"어디냐고 안 물어봐요?"

"어딘데?"

태성의 물음에 세나는 그저 싱긋거리며 웃을 뿐이었다.

무지개 빛깔의 수많은 물고기들이 세나의 눈앞에서 우아하게 움직이다 순식간에 사라져버렸다. 세나가 손가락 하나를 들어 유리에 대자, 유리를 사이에 두고 작고 귀여운 아이들이 은색 빛깔을 뿜내며 옹기종기 모여들기 시작했다.

자신의 손가락을 따라 이리저리 떼로 움직이는 물고기들. 그 모습이 익히 알고있는 무엇과 닮아 있어 세나는 웃음이 났다. 밖에서 열심히 뛰어놀고 들어와서는 그녀가 손에 들고 있는 간식을 초롱초롱한 눈으로 바라보던 아이들의 눈빛과 다를 바가 없었다.

"이건, 우리 꼬맹이들."

뒤에서 제법 커다란 물고기가 무지막지한 속력으로 아이들을 향해 돌진하자, 작은 물고기들은 재빠르게 살길을 찾아 흩어져버렸다.

"저 큰 녀석은 윤성이."

그리고 눈을 꿈뻑이며 세나를 힐끗 보고 유유히 사라지는 커다란 물고기 하나.

"저건 노 전무님. 인자하게 생긴 게 닮았어."

신기하고 예쁜 듯, 세나의 눈은 물고기에게서 떨어지지 않고 있었다. 그리고 그 옆에 서 있는 태성의 눈은 세나에게서 떨어지지 못하

고 있었고. 별것도 아닌 물고기를 저렇게 신기해하다니. 참 소박한
걸로 행복해하는 여자였다.

그때 세나와 태성의 머리 위를 커다란 그림자가 지나갔다. 바다
속의 무법자라 불리는 상어였다.

"음, 저건……."

세나는 굳이 말을 마치지 않고 고개를 돌려 태성을 쳐다보며 배
시시 웃었다. 그 모습이 어이가 없어 태성은 그저 팔짱을 낀 채 바
라볼 뿐이었다.

"난 상어야? 다른 사람들은 멀쩡한 물고기고?"

투덜거리는 태성이 웃긴지 세나의 미소가 더 짙어졌다.

"왜요. 상어 멋있는데. 그러니까 닮았다고 하는 거죠."

멋있다는 말에 태성의 표정이 한결 풀어졌다. 상어가 좀 멋있긴
하지. 태성은 옆으로 지나가는 물고기에 시선을 던졌다. 물고기보
다는 상어가 나은 같기도 하고.

"볼 때마다 신기하단 말이지."

"뭐가 신기해요?"

"네가."

기껏 가고 싶은 곳이 아쿠아리움이라니. 태성은 그 말이 하고 싶
은 것 같았다. 세나는 태성의 손을 잡고 이름도 알 수 없는 수많은
물고기들을 본격적으로 감상했다.

"나보단 애네들이 더 신기하지 않아요? 생긴 게 이렇게나 제각각
인데 한곳에 모여서 살잖아요. 원래 살던 데도 아닌데, 사이좋게 지
내면서."

"사람들이 잡아다 넣었으니까."

"내 말에 동의 좀 해주면 어디가 덧나세요?"

"나에게 윤세나보다 신기한 건 없어."

세나는 입을 삐죽이면서도 태성의 말이 싫지 않은지 옅게 웃었다.

"저 아르바이트 다닐 때 늘 이 앞을 지나가야 했어요."

불과 일 년 전의 일이었다. 추운 날씨에 종종걸음으로 화려한 불빛만 보고 지나치기 일쑤였다. 어떤 날은 그 불빛이 너무 유혹적이라 차마 견디지 못할까 봐 눈을 꼭 감고 그 앞을 지나치기도 했었다.

"한 번쯤 들어와 보고 싶었거든요. 늘 학교 끝나면 아르바이트하느라 시간이 없고, 구경하기에는 입장료가 너무 비쌌고, 그래서 매번 아쉬웠어요. 언젠가는 저길 꼭 들어가 봐야지, 하고 생각했었거든요."

세나가 자세하게 말하지 않아도 태성은 머릿속에 그릴 수 있었다. 바쁘게 움직이는 세나, 그리고 스치듯 지나가야만 했던 아쿠아리움. 그곳을 바라보던 세나의 복잡한 표정. 바쁘고 힘든 세나에게 이런 곳에 오는 데 드는 시간과 비용은 사치였을 것이다.

"그런데, 돈 많은 남자 친구 덕에 이런 데를 다 들어와 보고. 좋네요. 정말 고마워요. 나 여기 정말 오고 싶었거든요."

세나는 진심이었다. 그녀의 진심 어린 목소리에 태성은 더 이상 할 말이 없었다. 분명 고맙다고 말하는데, 자신은 왜 이런 기분인건지.

"남자 친구가 돈 많은 걸 알면 더 이용을 하지 그래?"

"이미 이용하고 있잖아요."

'이거보다 뭘 더 어떻게 이용해요?'라는 세나의 눈빛에 태성은 웃어야 할지, 울어야 할지 갈피를 잡지 못했다. 퍽이나. 대체 언제, 어디서, 어떻게 자신을 이용한 건지 궁금할 지경이었다.

"조금 더 크게 욕심을 부리는 건 어때?"

"전 이 정도면 충분하거든요."

욕심이 없는 건지, 아니면 자신에게 바라는 게 없는 건지.

"난 너에게 해주고 싶은 게 많아."

귓가에 들려오는 가라앉은 목소리에 세나는 태성에게 눈을 돌렸다. 자신에게 해주고 싶은 게 많은 남자. 태성이 그런 생각을 하고 있다는 것만으로도 이미 넘치도록, 충분하게 다 받은 것 같았다. 눈앞의 남자는 이해하지 못하는 눈치지만.

"윤세나가 나에게 의지했으면 좋겠어."

그건 세나도 태성에게 하고 싶은 말이었다. 결국 서로에게 같은 걸 원하고 있는 셈이었다.

"저도 그런 사람이 되고 싶어요, 태성 씨한테. 의지가 되는 여자."

그게 그녀의 바람이었다. 이렇게 받기만 하는 거 말고, 그에게 줄 수 있는 뭔가가 있으면 좋겠다는 생각이 항상 그녀의 마음속에 있었다.

태성과 가까워질수록 그에 대해 더 많은 걸 알고 싶었다. 그가 조금 더 마음을 열고 많은 걸 보여주었으면 했다. 그녀가 사랑하는 남자에게 원하는 소박하면서도 어려운 바람이었다.

그때 태성이 말했다.

"나한테 바라는 게 많았으면 좋겠고."

세나는 태성에게 바라는 것이 아주 많았다. 태성의 그 까맣고 멋진 눈동자가 자신만을 바라봤으면 좋겠다고 수도 없이 빌었다. 그의 마음이 절대로 변치 않았으면 좋겠고, 그가 영원히 그녀의 남자였으면 좋겠다고 소망했다. 하지만 그런 말들을 입 밖으로 꺼낸다면, 그는 뭐라고 대답할까?

"저도 태성 씨가 저한테 바라는 게 많았으면 좋겠어요. 늘 주고 싶어 하지만 말고."

한마디도 지지 않는 세나를 보며 태성은 고개를 저었다. 그런 태성을 보며 세나는 그저 웃었다. 마치 태성의 마음을 다 알고 있다는 듯이.

"나도 말이죠 태성 씨한테 해주고 싶은 게 많아요."

"뭘 해주고 싶지?"

"태성 씨가 저한테 해주고 싶은 거, 전부 다요. 태성 씨는 저한테 뭘 해주고 싶어요?"

세나의 물음에 태성은 짙은 눈빛으로 아무런 말도 하지 않았다. 그가 세나에게 해주고 싶은 것. 태성은 할 수만 있다면 세나에게 온 세상을 안겨주고 싶었다. 두 번 다시 아프지 않도록, 누구도 그녀를 다치게 하지 못하도록, 그의 품에 가두고 행복한 웃음만이 피어나게 해주고 싶었다.

세나의 맑은 눈이 흔들림 없이 태성의 눈동자를 마주 보았다. 태성은 마주친 그녀의 눈빛에 빨려 들어갔다.

'나도, 태성 씨한테 그렇게 해주고 싶어요.' 눈빛으로 그렇게 말하고 있는 세나를 보며, 태성의 심장이 뜨거워졌다. 도대체 얼마나 더 자신을 홀려야 만족을 할지.

태성은 세나의 어깨를 끌어당겨 품에 안았다. 며칠 동안 미치도록 그립고 또 그리웠던 여자였다. 품에 안고 영원히 놓고 싶지 않았다. 유유히 헤엄치는 커다란 물고기들이 그들을 힐끔 쳐다보고는 마치 자리를 비켜주듯 제 갈 길로 사라졌다.

물고기가 만들어내는 물결이 태성의 시선을 붙잡았다. 그리고 그의 눈에 무언가가 포착됐다.

유리창에 비친 자신과 세나의 모습. 그리고 또 하나의 실루엣. 순식간에 사라지긴 했지만 분명 그들을 향한 시선이 있었다.

태성의 눈빛이 예리하고 차갑게 변했다.

남자는 차가운 바람에 옷을 여미며 재빨리 자신의 자동차에 올라 히터를 켰다. 따뜻한 바람에 남자가 만족한 듯 차의 등받이를 최대한 뒤로 넘기고 기대어 앉았다.

"남자가 바뀌었네? 아주 제법이야."

정수는 아무것도 보이지 않는 허공을 향해 히죽 웃으며 말을 내뱉었다. 아쿠아리움에서 본 남자는 언젠가 세나와 함께 마주쳤던 그때 그 남자가 아니었다.

세월이 많이 변하긴 했나 보군. 세나는 더 자랐고, 세상에 물이 들었고, 이제 말이 통할 수도 있을 것 같았다. 세나가 그와 말이 통한다면 무슨 일이 생길까? 생각만으로도 가슴이 짜릿했다.

지난번에 봤던 남자도, 오늘 본 남자도 온몸에서 귀족의 아우라가 풍겼다. 그런 당당한 자신감과 분위기는 있는 집안 놈들한테서만 나오는 것이었다.

조만간 세나를 마주할 때가 된 듯했다.

"그런 거라면, 나도 자격은 충분하니까. 우리 세나는 무슨 커피를 좋아하려나?"

슬며시 올라가는 입꼬리가 소름끼치도록 야비했다.

아르바이트를 끝내고 들어온 윤성은 다시 외투를 주섬주섬 꺼내 입었다.

"늦었는데 어디 가?"

태성과의 데이트를 끝내고 집으로 돌아온 세나가 수건을 들고 욕실로 향하다 윤성과 마주쳤다.

"어, 요 앞에 친구가 와 있어서. 금방 들어올 거야. 근처에 왔대."

윤성이 태연히 대답하자, 세나가 시계를 쳐다보았다.

그렇게까지 늦은 건 아니었지만, 고등학생들이 다니기에 적합한 시간은 아니었다. 하지만 친구가 근처에 왔다는데 나가지 말라고 할 수는 없는 노릇이었다. 세나는 고개를 끄덕이며 어서 문을 닫으라는 시늉을 했다.

"추워. 따뜻하게 입고 가. 너무 늦지는 말고."

"어, 알았어. 애들 부탁해."

윤성은 황급히 신발을 신고 나섰다. 그리고 손에 든 핸드폰을 눌러 다시 문자 메시지를 확인했다.

잠깐 나와. 기다릴게. 물론 이건 둘만의 비밀이고.

언뜻 보기에는 비밀 연애라도 하는 것처럼 알콩달콩한 문자였지만, 보낸 사람이 한태성이라면 첩보물이 따로 없을 만큼 스릴 있는 문자였다.

갑작스러운 태성의 호출에 윤성은 허둥지둥 집을 나서면서도 혹시나 세나가 이상하게 생각하지 않을까 싶어 집 앞 놀이터에서 통화하는 척, 잠시 배회하다 나오는 치밀함을 보였다. 다행히도 의심을 사지는 않은 모양이었다.

이미 어두워진 공터 한구석에 태성의 차가 보이자, 윤성이 주위를 둘러보며 차 있는 곳으로 다가섰다.

똑똑-.

윤성이 창문을 두드리자 '철컥' 하고 잠금 장치가 풀리는 소리가 들렸다. 그러자 윤성이 차에 조심스럽게 올라탔다.

"아무도 안 따라왔어요."

"잘할 줄 알았어."

태성은 칭찬을 하며 윤성의 머리를 쓰다듬어주었다. 흡사 좋아하는 연예인을 바라보는 듯한 눈빛으로 윤성이 태성의 옆자리에 정자세로 앉았다.

"매형, 무슨 일 있어요?"

태성의 입에 희미하게 미소가 걸렸다. 매형. 언제 들어도 질리지가 않는 호칭이었다.

세나를 데려다주고 가는 길에 혹시나 싶어 윤성을 불렀다. 확인해서 나쁠 건 없으니까.

"물어보고 싶은 게 있어서. 요새 별일 없어? 세나가 이상하다거나."

윤성이 고개를 갸우뚱거렸다.

"질문이 잘못됐는데요? 누나가 멀쩡해졌다거나 그러면 별일이 생긴 거죠."

윤성의 진심 어린 목소리에 태성이 '쿡' 하고 웃었다.

"미안. 내가 실수했네. 누나 요새 혹시 지나치게 멀쩡해?"

"그럴 리가요. 별일 없어요. 밥도 잘 먹고, 회사에 지각도 안 하고, 꼬박꼬박 집에도 잘 들어오고."

태성의 질문에 윤성이 짓궂은 웃음을 지었다. 혹시나 싶어 물어본 말이었다. 다행이었다. 자신이 예민하게 구는 걸지도 모르는 일이었다.

하지만 태성은 유리창에 비치던 그 눈빛이 잊히지 않았다.

분명 세나를 향한 시선이었다. 세나에 관한 거라면, 그 어떤 사소한 것이라도 흘려보낼 수 없는 일이었다.

"그게 궁금하셨던 거예요? 누나한테 무슨 일이 있는지?"

"조금 걸리는 일이 있어서."

"말해도 되는 건지 잘 모르겠는데…… 저도 걸리는 일이 있긴 하거든요. 별일 아니라고 치면 별일이 아니긴 한데요."

윤성이 조심스럽게 운을 떼자 태성의 눈빛이 날카롭게 빛났다.

"괜찮으니까 다 말해줘."

어머니보다는 태성에게 이야기하는 편이 나을지도 몰랐다. 윤성은 확신 없는 말투로 입을 열었다.

"얼마 전부터 집 앞에 차가 서 있어요. 비싸 보이는 찬데 꼭 누나 일 끝나고 오는 시간에만 보여서요. 차 번호 같은 건 확인을 못 했구요. 흔치 않은 외제 차였어요."

태성의 얼굴이 미세한 변화를 보였다. 세나가 일 끝나고 오는 시간에만 보이는 외제 차라고?

"신고할까 했는데, 누나가 그건 오버라고 해서요."

"오늘도 왔어?"

"아뇨. 오늘은 안 왔어요."

듣고 흘려 넘기기에는 찜찜한 일이었다.

"다음에도 보이면 나한테 연락해. 혹시 모르는 일이니까. 내 명함 가지고 있지?"

윤성은 자신의 외투 주머니에서 당당하게 지갑을 열어 보였다. 반쯤 보이는 자신의 명함을 보고 태성은 고개를 끄덕였다.

수상한 차 한 대. 그리고 수상한 시선.

태성의 머릿속이 복잡하게 돌아가고 있었다.

그녀의 과거 1

집으로 돌아온 태성은 무표정한 얼굴로 창밖을 보고 있었다. 좋지 않은 예감이 계속해서 그의 신경을 긁어댔다. 세나가 잠이 들었을까 생각하던 그는 오래 고민하지 않고 핸드폰을 들어 전화를 걸었다.

그녀의 존재가 그리운 시간이었다. 목소리라도 들어야 쉬이 잠들 수 있을 것 같았다. 몇 번의 통화음이 울리고 세나의 목소리가 핸드폰에서 흘러나왔다.

[집에 잘 들어갔어?]

태성의 질문에 세나는 미소 지었다.

"집 앞까지 데려다주고 무슨 소리예요? 물론 잘 들어왔죠. 아무 일 없이. 현관문 무사히 지나서 제 방까지 왔어요."

세나의 핀잔에 태성은 잠시 아무 말이 없었다. 그러다 세나를 향해 물었다.

[나한테 뭐 할 말은 없어? 불안하다거나, 요새 이상하다거나 하는 거. 아무거라도.]

세나의 머릿속에 순간적으로 정수의 얼굴이 스쳐 지나갔다. 알게 되면 태성은 분명 걱정할 것이다. 아직 무슨 짓을 당한 것도 아니었고, 자신이 해결할 수 있는 일이었다.

"불안하고 이상할 게 뭐가 있어요? 이제 집도 걱정 없고 저도 좋은 회사에 취업했고, 근사한 남자 친구까지 있는데. 앞으로 행복하기만 하면 될 것 같은데요?"

[그래. 알았어.]

"얼른 자요. 대표님이 지각하면 어쩌려구요."

[대표니까 지각해도 돼. 내일 아침에 데리러 갈게.]

"네? 어디를요? 여기를요?"

[준비하고 있어. 집 앞에 가서 전화할게.]

출근을 같이 할 수는 없는 노릇이었다. 세나는 전화기에 대고 고개를 흔들었다. 사람들한테 알려지는 건 둘째 치더라도 태성은 바쁘고 피곤한 사람인데 아침부터 데리러 오려면 자신 때문에 허비해야 할 시간이 너무 많아진다.

"그렇게 되면 태성 씨가 힘들어서 안 돼요."

[너하고 관련된 건 하나도 안 힘들어.]

태성은 마음뿐만이 아니라 실제로도 그랬다.

"그리고 사람들 시선 때문에도 안 되구요."

[내가 보고 싶어서 안 되겠어. 지금 보러 갈까?]

언제쯤이면 태성이 하는 말에 적응이 될까? 전화기 너머로 들려온 말인데도 불구하고, 마치 직접 들은 것처럼 얼굴이 뜨거워지는 느낌이었다.

"조금 전에 보고 헤어졌잖아요."

[그래도 또 보고 싶군.]

"사실 저도 그렇기는 해요."

세나의 수줍은 고백에 태성은 쿡, 하고 소리 내어 웃었다.

[그러니까 내일 아침에 가겠다고. 나 보고 싶다며.]

또 시작이다. 한태성의 억지스러운 귀여운 투정.

[네가 결정해. 내일 나하고 출근을 하든지, 아니면 지금 다시 보든지.]

태성과의 대화는 매번 이런 식이다. 분명 자신에게 선택권을 주는 것 같은데 결국에는 그의 뜻대로 흘러간다.

"순 억지. 매번 이렇게 극단적으로 나한테 결정하라고 할 거예요?"

[너의 의견을 존중하는 중이잖아. 둘 다 싫으면 세 번째 방법도 있어.]

세 번째도 그다지 믿음직스러울 방법일 것 같지는 않았다.

[들어나 봐. 손해 볼 거 없잖아?]

"세 번째 방법은 뭔데요?"

[지금 보고, 내일 아침에도 같이 출근하고.]

못 말리겠다. 이쯤에서 포기해야 했다. 저렇게까지 말할 정도면 이미 마음을 굳힌 상태라는 소리니까.

[지금 갈까?]

다시 들려오는 목소리에 세나는 작게 한숨을 내쉬었다. 그 한숨에 숨길 수 없는 설렘도 함께 깃들어 있었다. 내일은 일찍부터 이 남자의 얼굴을 볼 수 있겠구나, 라는 생각에 절로 찾아온 설렘.

"내일 와요. 오늘은 얼른 자고."

[아침에 보자. 잘 자, 세나야.]

이른 아침부터 세나의 집 앞에 등장한 태성은 회사 근처에 올 때까지 세나와 티격태격해야만 했다.

"회사 앞까지 타고 가."

"그랬다가는 사람들이 다 쳐다봐요. 신입 사원이 대표 차에서 내리면 사람들이 뭐라고 생각하겠어요?"

"대표가 태워줬나 보다 하겠지."

"스스로 생각해도 말도 안 되는 일인 거 알죠?"

"날도 추운데, 타고 가면 어때서."

끝이 보이지 않는 싸움에 아침부터 힘을 뺄 수는 없었다. 세나는 방법을 조금 바꿔보기로 했다.

"어제는 태성 씨 말 들어줬으니까, 오늘은 내 말 들어줘요."

갑자기 부탁하는 어조로 바뀐 세나의 말투에 태성의 눈이 가늘어졌다. 강아지 눈을 하며 시작된 난데없는 세나의 애교 작전에 태성은 흔들리기 시작했다.

태성의 변화를 감지한 세나가 조금 더 애처로운 목소리로 태성에게 부탁했다.

"나 아침부터 태성 씨랑 다투면서 출근하고 싶지 않아요. 오늘 태성 씨가 와줘서 정말 기뻤는데. 이 기분 그대로 가서 일하면, 나 일 진짜 잘할 수 있을 텐데."

"그렇게 혼자 가고 싶나?"

애절한 목소리에 태성은 짧게 한숨을 내쉬며 세나에게 시선을 고정했다. 고개를 끄덕거리며 혼자 가겠다고 고집부리는 세나를 보며 태성은 못마땅한 표정을 지었지만 더 이상 아무 말도 하지 않았다. 회사에서 멀지 않은 거리이기도 하니까 들어가는 모습을 지켜볼 수 있을 것 같았다. 혹시라도 따라붙는 놈이 있으면 자신이 확인할 수도 있고. 태성은 더 이상 고집부리지 않았다.

자신의 승리를 확신한 세나가 생긋 웃으며 차 문을 열고 내렸다.

"저녁에 봐요."

태성은 바로 후회했다. 조금이라도 더 같이 있으려면 세나를 태우고 가야 하는 건데. 그때 세나가 황급히 태성의 차로 돌아왔다. 자신이 탔던 조수석이 아니라 태성이 탄 운전석 쪽으로.

"뭐 놓고 갔나?"

"네. 잊어버리고 갔어요. 이거요."

쪽―.

세나는 창문 안으로 얼굴을 들이밀고 태성의 한쪽 볼에 가볍게 입을 맞추고는 태성의 머릿결을 부드럽게 만졌다. 불만 가득했던 태성의 얼굴이 어느새 부드럽게 풀렸다.

"아침부터 고마워요. 일 열심히 해요."

"너, 여우 다 됐어."

"그래서 싫어요? 어쩔 수 없어요. 내 남자가 한태성이니까. 나도 노력해야죠."

새초롬하게 말하는 세나의 모습은 키스를 퍼붓고 싶을 만큼 사랑스러웠다.

"힘들게 일하지 말고 대충해."

"대충할 거면 안 하는 게 낫죠."

"안 하면 더 좋고."

"그게 대표님이 신입 사원에게 할 소리예요?"

"대표 명령이니까 쉬엄쉬엄해."

목소리에서 진심이 느껴져 세나는 꺄르르 웃음을 터뜨렸다. 태성의 머릿결을 쓰다듬던 그녀의 손가락이 아쉬운 듯 서서히 떨어졌다.

태성 덕분에 일찍 오긴 했지만 이제 그만 출발해야 했다.

세나는 가볍게 손을 흔들고 몸을 돌려 종종걸음으로 회사를 향해 사라졌다.

"평생 가도 윤세나한테는 못 당하겠군."

세나의 모습이 보이지 않을 때까지 그녀의 뒷모습을 보고 있던 태성은 시동을 걸었다. 이제 태성도 일하러 가야 할 시간이었다.

오늘따라 유독 기분 좋은 태성을 보며 호진은 망설였다. 저 좋은 기분을 깨는 말을 하는 사람이 자신이어야 한다는 사실이 내키지 않았다. 하지만 어쩌겠는가? 자신이 한태성 비서인데.

"초대장이 왔습니다."

업무 보고를 마친 호진은 태성에게 운을 띄웠다. 분명 태성이 싫어할 일이지만, 공식적으로 날아온 초대장이기에 보고하지 않을 수 없었다.

"H 그룹 창립 기념 파티가 있답니다."

예상대로 호진의 말을 듣자마자, 태성은 일그러진 표정을 숨기지도 않았다.

"초대장이 어디에서 왔는데?"

"회장실에서 직접이요."

태성은 깊은 한숨을 내쉬었다. 그동안 잠잠하다 싶었더니, 또 노인네의 장난질이 시작되었다.

"초대된 사람들 명단, 공개됐어?"

"네."

"……젠장."

H 그룹 회장실의 초대. H 그룹에서 한국 S&C 대표에게 초대장을 보냈다는 건 업계에서 이슈가 될 일이었다. 기업의 이미지가 업그레이드되는 건 물론, 그들의 주가에도 영향을 줄 만한 일이었다.

응하지 않는다면 틀림없이 사람들의 입방아에 오르내리게 될 테지. 그건 회사에 도움이 되는 일은 아니었다. 그게 H 그룹의 위상이었다.

그가 한국에 있는 한 영향을 받지 않을 수는 없는 일이었다. 태성이 참석을 하던 하지 않던, 그 망할 노인네에게는 즐거운 유희 거리가 될 테고.

"어떡하실 겁니까? 안 가실 겁니까?"

호진의 목소리에 조심스러움이 배어 있었다. 태성은 아무 말 없이 호진을 노려보았다. 그런 태성의 모습에 호진은 공손한 척 손을 앞으로 모았다.

"개인적으로는 안 가시는 게 좋겠지만 충실한 비서의 입장에서는 참석하라고 감히 말씀드리는 바입니다. 한 몸 희생해서 회사의 창

창한 미래에 보탬이 되셨으면 합니다."

"짜증 나는군."

톡톡─.

말투뿐만 아니라, 책상을 두드리는 태성의 손가락에서도 짜증이 묻어났다. 호진의 말이 틀리지 않았기 때문에.

"비겁한 노인네."

"그저 손주가 보고 싶으신 걸 수도 있죠. 참석하겠다고 답신 보내 겠습니다."

"그래."

태성은 가볍게 목을 돌렸다. 아침부터 피곤이 몰려왔다. 세나 덕에 모처럼 상쾌하게 시작했는데.

창립 기념 파티라. 굳이 피할 이유야 없지. 가서 아무렇지도 않게 일할 수 있었다. '축하드립니다.' 하면서 여유롭게 손을 내밀 수도 있었다. 단지 '너 어떡할래? 올래, 말래?' 하며 자신을 가지고 노는 노인 네가 못마땅할 뿐이었다.

한국에서 사업하기로 마음을 먹었을 때 부딪힐 거라 이미 예상했던 일이었다. 오히려 늦은 감이 있을 정도였다.

"그럼 파티에는 세나 씨랑 갈 거지?"

"그래야지."

어쨌든 망할 노인네에게 알려질 관계였다. 이미 알고 있는지도 모를 일이었고. 그럴 바에야 세나의 위치를 확실하게 알려주는 편이 나았다. 그 누구도 세나에게 함부로 손대지 못하도록.

"초대명단 가지고 와."

호진이 명단을 내려놓자, 태성이 재빠르게 훑었다. 회장실에서 직접 초대한 명단에는 유림 그룹의 대표도 기재되어 있었다.

"문성현이 유림 그룹 대표로 오게 될 것 같습니다. 이미 후계자로 알려진 사람이니까요."

S&C로 출근하고 있다지만, 문성현은 엄연히 유림 그룹 사람이었다. 게다가 차기 사장 후보로 거론되는 남자였다. H 그룹의 부름에 가지 않을 리 없다.

태성은 다음 장을 넘겼다. 그건 회장실 직속이 아닌 그룹 차원에서 보낸 사람들의 명단이었다. 그렇다 하더라도 하나같이 한국에서 제법 영향력 있는 사람들로 구성되어 있었다.

"도담 병원?"

분명 모르는 이름이었는데, 낯이 익었다. 어디서 들어봤지?

"병원 이사장이 기업들과 여기저기 친분이 있는 모양입니다. 이사장 부친이 전 국회의원이기도 했구요."

"귀에 익은 이름이군."

"한국에서는 워낙 유명한 병원이라서 그런 거 아닐까요? 종합 병원이긴 한데, 특히 암 전문 병원으로 알려져 있습니다."

태성이 고개를 저었다. 그의 머릿속에서 도담 병원이라는 이름이 맴돌았다. 분명한 건 언론 매체를 통해 들은 게 아니었다.

"아니, 그게 아닌데. 도담 병원…… 의사 김원재……."

태성의 중얼거림을 들은 호진이 뭔가 생각났다는 듯, 손뼉을 짝, 쳤다.

"잠시만 기다리십시오."

호진은 이내 비서실에서 서류를 한 뭉치 가지고 돌아왔다. 그러고는 뭔가를 찾기 시작했다. 태성을 보지 않고 서류를 뒤적이는 호진의 손길이 바빴다.

"제가 예전에 보고 드린 적 있습니다. 도담 병원 의사 김원재. 정확히 그 이름을 보고 받으셨죠."

호진이 태성의 앞에 서류를 내려놓았다. 겉에 쓰인 제목을 보고, 태성의 눈빛이 가늘어졌다.

호진이 들고 온 서류에는 세나와 계약서를 작성하기 직전, 그녀에 대해 조사했던 모든 인적 사항들이 담겨 있었다.

호진은 담담한 목소리로 말을 이었다.

"예전에 세나 씨를 입양했던 사람이거든요."

태성은 세나의 서류를 찬찬히 들여다보기 시작했다.

"세나 씨는 예전에 파양된 적이 있었습니다. 도담 병원 의사인 김원재라는 사람이 입양을 했다가, 두 달 만에 파양했다고 하네요."

왜 파양되었을까? 그가 아는 세나는 누군가에게 미움을 받을 만한 여자가 아니었다. 오히려 사랑을 받았으면 받았지.

그런데 그런 그녀가 두 달 만에 파양됐다라…….

열두 살의 세나에 대해서는 아는 바가 없지만, 그래도 이상한 일이었다. 지금과는 많이 다른 모습이었던 걸까?

"김원재의 부인이 현 도담 병원 이사장인 박지원입니다."

그때는 미처 궁금하지 않았던 일들이 이제는 아주 작은 것, 사소한 것 하나까지도 세나에 대한 것이라면 속속들이 알고 싶었다. 그리고 알아야만 했다. 태성의 손이 천천히 뒷장을 넘겼다. 순간 그의 신경이 곤두섰다.

이복 오빠였던 김정수. 그 이름이 왜 그렇게 눈에 거슬리는지 알수 없는 노릇이었다. 그 외 가족에 대한 다른 사항들은 없었다. 그저 양아버지였던 김원재가 세나가 파양된 지 두어 달 후에 사망했다는 기록이 끝이었다.

"세나 입양 기록에 대해 좀 더 알아봐. 최대한 빠른 시일 내에."

태성은 호진에게 그렇게 지시했다.

"정확히 어떤 부분에 대해 알고 싶으신 겁니까?"

"세나와 같이 살았던 사람들, 살았던 집, 그 집에 있었던 그릇 갯수까지 샅샅이 알아와. 세나와 관련된 건 모두 다."

"네, 대표님."

호진은 알아낼 것들이 기분 좋은 내용들은 아닐 것 같은 예감이 들었다.

호진을 밖으로 내보낸 태성은 눈을 감고 의자에 깊숙이 기대어 앉았다.

세나는 점심 시간이 끝나갈 무렵, 대표실과 연결된 옥상의 작은 테라스에서 태성과 밀회를 즐기는 중이었다.

둘만의 비밀 데이트. 사내 연애를 제대로 즐기기로 마음먹은 세나와 태성이었다.

"또요?"

H 그룹의 창립 기념 파티 이야기를 꺼내자, 예상대로 세나의 눈에 당혹스러움이 가득 찼다.

"왜? 힘들 것 같아?"

"아뇨. 그런 건 아닌데 그날 발이 너무 아팠다구요. 걷는 것도 힘들었고 옷도 불편하고."

"그럼 다른 파트너를 준비하는 게 낫겠어?"

입술을 삐죽이며 투덜대는 세나의 모습에 태성이 승부수를 띄웠다. 태성의 웃음기 어린 목소리에 세나가 눈을 흘겼다. 장난치는 태성을 알았기에 눈을 흘기는 세나의 얼굴에도 웃음이 걸려 있었다.

"다른 파트너 같은 거, 준비하기만 해봐요."

"그럼 어떻게 되는 거지?"

"어떻게 되긴 어떻게 돼요? 저한테 큰일 나는 거죠."

질투하는 모습이 귀여워 태성은 세나의 머리를 쓰다듬었다. 태성의 손길에 세나는 자신도 모르게 살포시 눈을 감았다. 그의 손길은 언제나 그녀를 설레게 만들었다.

"나도 다른 여자는 싫어. 그러니까 같이 가. 발은 좀 아프겠지만."

"이번에는 좀 낮은 걸로 신을까요?"

"그건 마음대로 해. 대신 옷은 내 마음대로 하지."

"중요한 거죠? 꼭 참석해야 하는."

세나의 물음에 태성이 가볍게 고개를 끄덕였다.

"중요한 거지. 직접적으로는 윤세나 연봉하고도 관련되는 건데. 회사가 잘되면 인센티브가 있지 않겠어?"

"제 연봉이요? 좋아요. 언제 가는 건데요?"

"금요일 저녁에. 시간 돼?"

"바쁘지만 시간 한번 내볼게요."

새침한 목소리에 태성은 웃음을 터뜨렸다. 이런 건 도대체 어디서 배워오는 건지.

"뭐 하느라 바쁜지 물어봐도 될까? 이제 아르바이트 안 하는 걸로 아는데."

"회사 다니면서 알바는 다 정리했죠. 여자 친구의 사생활에 대해 너무 많은 걸 알려고 하지 말아요."

태성의 입가에 미소가 짙어지며, 옅은 보조개가 패였다.

"많이 바쁘면 할 수 없고."

"아니에요. 대표님 명령인데. 신입 사원이 힘이 있나요?"

"말 잘 듣는 신입 사원이군. 마음에 들어."

"저야 언제나 대표님 마음에 들려고 노력하죠."

"그 노력, 변치 말도록."

"태성 씨 하는 거 봐서요."

태성이 세나의 어깨를 끌어당겨 자신의 어깨에 세나의 머리를 기대게 했다. 원래 제자리였던 것마냥 자신을 의지하는 세나의 체취를 맡으며 태성은 복잡한 마음을 가라앉혔다.

싸워야 할 상대가 만만치 않았다. 총소리만 나지 않았지 이 파티는 전쟁터와 다름없었다. 태성은 이곳이 전쟁터라는 사실을 부디 세나에게 들키지 않았으면 하는 마음이었다. 물론 그의 뜻대로 될지는 의문이었지만.

역시나 높은 하이힐과 몸에 달라붙는 드레스는 세나의 취향이 아니었다.

"불편해요. 엄청요."

태성은 자신을 올려다보며 투정을 부리는 세나의 어깨를 가까이 끌어당겼다. 세나가 태성의 팔에 팔짱을 끼며 밀착했다.

"이제 익숙해져야지. 평생 입을 일 많을 텐데."

태성과 보조를 맞추어 가던 세나는 미심쩍은 눈으로 태성을 올려다보았다. 지금 내가 뭘 들은 거지? 잘못 들은 건가? 세나는 고개를 갸우뚱했다.

"아니, 조금 전에 한 말, 그거 혹시……."

"조금 전에 뭐?"

태성은 웃음을 삼켰다. '평생'이라는 말이 그녀를 놀라게 한 모양이었다. 진심이 담긴 말이 자신도 모르게 튀어나왔을 뿐이었는데, 용케도 그걸 알아채서 긴가 민가 고민하는 세나의 모습이 귀여웠다. 조금 더 말할까 싶은 마음도 들었지만, 저 작은 머리에서 무슨 결론이 날까 싶어 그만두었다.

"아니에요."

'조금 전에 그 말, 나 어떻게 해석해야 해요?' 차마 그렇게 물어보지 못한 채 세나는 입을 닫았다. 설마 나한테 청혼…… 비슷하게 한 건가 싶은 마음이었는데, 아닌 모양이었다. 너무 앞서 갔어, 윤세나. 스스로 자책하는 걸로 마무리하자. 창피하니까.

갑작스럽게 터질 듯 부풀어 오른 풍선 같은 마음이 금세 바람 빠진 듯 축 늘어졌다.

더 이상 질문하기를 포기한 세나는 체념한 눈빛으로 다시 태성의 팔을 꼭 붙잡고 안으로 들어섰다. 사랑스러워서 어쩔 줄 모르겠다는 태성의 눈빛은 전혀 눈치채지 못한 채.

파티에 등장한 태성의 모습에 예상대로 사람들의 수군거림이 들려왔다.

H 그룹에서 관심을 받는다는 건 이런 거였다. 물론 그가 글로벌 기업인 S&C의 소속이라는 것도 사람들의 흥미를 끌기에 충분했다. 태성은 전혀 반갑지 않은 관심이었지만.

"오늘의 목표는 여기에서 마네킹처럼 조용히 서 있다가 돌아가는 거야. 할 수 있겠지?"

와인 잔을 들고 한쪽 주머니에 손을 넣고 있는 태성이 여유롭게 말했다.

"마네킹은 알겠는데 조용히는 잘 모르겠네요."

"사람들은 신경 쓰지 마."

그럼 그렇지. 세나는 코를 찡긋거리며 태성을 얄밉다는 듯 쳐다보았다. 본인이야 상관 안 한다지만, 자신에게 쏟아지는 질투의 눈길들은 어떡하란 말인가.

세나가 곁에 있음에도 불구하고, 태성을 바라보는 여자들의 눈길이 탐욕스러웠다. 세나는 자신을 질투하는 그 사람들에게 보란 듯이 태성의 팔짱을 꼈다. '내 남자한테 눈길 주지 마!' 하는 경고도 잊지 않았다. 오늘 그녀의 목표는 이 자리에서 무사히 태성을 지키는 거였다. 다른 여자들이 넘보지 못하도록.

"왜?"

세나가 말없이 자신을 바라보고 있자 태성이 가볍게 웃음을 띠며 물었다.

"쓸데없이 멋있어서요."

"그걸 이제 알았어?"

그녀의 투덜거림에 태성이 세나의 얼굴을 가볍게 쓰다듬었다. 오늘 태성의 목표는 그 누구를 만나지 않은 채 조용히 파티에 참석하고 떠나는 거였다.

망할 노인네가 어떻게 나올까? 여러 가지 수를 생각해둬야 했다. 이런저런 생각을 하는 동안 조용히 흘러나오던 음악이 바뀌었다. 갑자기 사람들의 이목이 한곳에 집중되었다.

드디어 주인공의 등장이었다. H 그룹의 회장인 한진섭과 H 그룹의 안주인 역할을 도맡아하고 있는 며느리 미영. 익숙한 둘의 모습에 태성은 자신도 모르게 눈썹을 찌푸렸다.

쇼 타임.

사람들에게 인사를 건네던 진섭과 태성의 시선이 허공에서 부딪쳤다. 그러자 한 회장이 바로 태성이 있는 곳으로 다가왔다. 조용히 떠나는 건 틀렸군. 태성을 보고 만족스러워하는 진섭의 모습에 태성의 눈빛이 차가워졌다.

"이런 곳에서 네놈을 다 보는구나."

쩌렁쩌렁한 목소리. 누가 들어도 친근한 인사에 사람들의 수군거림이 커졌다.

이 망할 노인네가! 태성은 반가운 척하는 진섭에게 최대한 예의를 갖추어 말했다.

"초대해주셔서 감사합니다."

"눈빛은 전혀 감사하지가 않은 것 같은데."

"그럴 리가요."

포커페이스를 유지하는 태성을 보며 진섭의 입가에 오만한 미소가 흘렀다. 저 차갑고 버릇없는 태도는 날 꼭 닮았단 말이지.

"그런데 이 예쁜 아가씨는 누구인고?"

"보시다시피 제 파트너입니다."

이미 다 알고 있는 눈치였는데도 물어보는 걸 보아하니, 오늘 아주 작정을 한 모양이었다. '더 이상은 모르셔도 됩니다.' 태성이 강한 눈길을 보내자, 진섭은 세나에게로 시선을 돌렸다. 그 모습에 태성의 눈썹이 위로 올라갔다. 진섭이 그들의 불문율을 깨뜨리고 있었다. 태성의 눈길이 미영을 향하자, 미영은 그저 난처한 웃음만 짓고 있을 뿐이었다.

"소문보다 훨씬 더 어려 보이는구나."

"제 소문이 회장님께 들어갔다니, 신기한 일이군요."

태성의 마지막 경고였다.

'참아드리는 건 여기까지입니다. 친한 척, 그만하시죠.'

'네깟 놈이 안 참으면 어쩔 셈이냐?'

태성과 진섭 사이에 팽팽한 시선이 오고갔다.

진섭이 세나를 보며 말을 걸었다.

"한태성 대표와 이야기를 나누고 싶은데, 양해를 구해도 되겠습니까?"

세나에게 인자한 할아버지처럼 구는 진섭의 모습에 태성은 기가 막혔다.

"아, 물론입니다, 회장님."

"혼자 있을 수 있겠어?"

태성의 물음에 세나는 고개를 끄덕였다. 묘한 분위기를 감지한 그녀는 얼른 뒤로 물러서며 태성의 소매를 살짝 흔들었다. '다녀와요. 나 여기서 기다리고 있을게요.' 그런 뜻으로. 사업 이야기인지는 모르겠지만 H 그룹의 회장님이라는 사람과 대화가 필요한 건 분명해 보였다.

"부탁드립니다."

태성이 세나를 맡기며 미영을 향해 살짝 고개 숙이자, 미영도 알았다는 듯 가볍게 고개를 끄덕였다.

둘만 남은 세나는 어색했지만, 미영은 그렇지 않은 모양이었다. 탐색하듯 세나를 살피던 미영이 이내 입을 열었다.

"어떤 아가씨인지 궁금했었는데, 여기서 보네요. 반가워요. 세나 씨는 몰라도, 우리 가족은 모두 세나 씨를 알고 있거든요."

친근한 미영의 태도에 세나는 어리둥절했다. H 그룹의 안주인이 자신의 이름을 알고 있다니.

"저를요?"

"놀라운 일인가요?"

세나의 머릿속에 예전 한진섭 회장의 모습이 떠올랐다. 언젠가 윤주가 가지고 왔던 사진 속의 모습. 한 회장이 태성과 무척 닮아 있었던 건 그저 우연이 아닌 모양이었다.

"혹시…… 조금 전 태성 씨 가족이신가요?"

미영은 긍정도 부정도 하지 않은 채, 그저 가볍게 미소를 지었다. 한 회장은 그리 만만해 보이는 인상이 아니었다. 그런데 조금 전 한 회장을 상대하며 기가 죽는다거나 하는 모습 없는, 맑은 세나의 눈빛이 제법 당당해 보였다.

"가족이기도 하고, 아니기도 해요."

알쏭달쏭한 미영의 말에 세나는 잠시 생각하다가 고개를 끄덕였다. 그녀가 모르는 사정이 있는 모양이었다.

"그렇군요."

"그게 끝인가요? 궁금하지 않나요?"

"그건 태성 씨에게 직접 듣는 게 예의인 것 같아서요."

미영의 미소가 짙어졌다. 나이답지 않게 영리하고 현명한 아가씨였다.

"태성이가 아가씨한테 왜 호감을 보이는지 알 것 같군요."

"감사합니다."

호의적인 태도에 세나는 조금 마음이 놓였다.

미영은 중년이라고는 믿어지지 않을 만큼 늘씬하고 고운 외모를 가진 모습이었다. 당당하고 기품 있는 모습에 부드러운 카리스마까지 갖춘 여인은 세나의 감탄을 자아내기에 충분했다.

이런 사람이 H 그룹의 안주인이구나. 세나가 속으로 감탄하는 사이, 미영의 주위로 사람들이 조금씩 몰리기 시작했다. 세나의 뒤에서 누군가 미영에게 아는 체를 했다. 미영의 시선이 세나의 뒤쪽으로 향했다.

"여기 계셨군요. 한참 찾았습니다, 사모님. 오랜만에 뵙습니다."

"이사장님, 오랜만입니다. 별일 없으시죠?"

세나는 말하는 사람을 등지고 있는 건 예의가 아닌 것 같아 뒤로 몸을 돌렸다. 순간, 세나의 눈동자가 흔들렸다.

"인사하세요. 여긴 제 손님이신 윤세나 씨. 세나 씨, 여기는 도담병원 박지원 이사장님."

세나의 눈동자가 차갑게 가라앉았다. 절대 엮이고 싶지 않은 사람과의 만남이었다. 그녀가 여기에 있다면 그도 여기 있을 게 뻔했다. 세나의 시선이 그녀의 뒤로 향했다. 지원의 뒤에 정수가 가식적인 표정으로 세나에게 미소를 보내고 있었다.

지원 역시 당황한 기색이 역력했다. 세나가 그랬던 것처럼, 지원도 세나를 한눈에 알아보았다. 도대체 여길 어떻게 왔을까? 네가 올 수 있는 자리가 아닌데. 대체 네가 어떻게! 입은 웃고 있지만, 떨리는 눈꼬리가 지원이 얼마나 놀랐는지 알려주고 있었다. 하지만 그것도 잠시, 교묘하게 속내를 감춘 지원이 탐색하듯 세나를 살펴보았다.

"어떻게 알게 된 아가씨인지 여쭤봐도 될까요? 못 보던 아가씨인 것 같은데."

지원이 조심스러운 목소리로 묻자, 미영이 가볍게 웃었다. 아직은 뭐라 소개할 말이 없었다. 미영이 제일 무서워하는 사람은 자신의 시아버지도, 남편도 아니었다. 언제나 어렵고 또 어려운 의붓아들 태성이었다.

"아는 사람에게 잠시 부탁을 받아서요."

"아, 네."

미영의 대답에 세나를 향했던 조심스러운 눈빛이 흔적도 없이 사라졌다. 지원에게는 미영의 대답이 세나를 얼마든지 무시해도 된다는 뜻으로 들렸다.

'그럼 그렇지. 네까짓 게. 천한 것이 어떻게 잔챙이 무리에 섞여 여기까지 흘러들어온 모양이지?'

세나는 지원의 눈빛만으로도 그 속마음을 읽어낼 수 있었다. 벌써 오래전 일인데도 생생하게 기억났다. 한때는 사랑을 받고 싶어 매달렸던 싸늘한 눈빛이었다. 하지만 지금은 눈을 마주치기조차 싫어 세나는 다른 곳으로 시선을 돌렸다.

사람은 쉽게 변하지 않는 게 진리인 모양이다. 사람을 깔아보며 무시하는 건 여전했다. 세나를 보며 지었던 비릿한 미소를 감추며 지원이 미영에게 정수를 소개했다.

"여기는 제 아들입니다. 얼마 전에 공부를 끝내고 한국에 돌아왔어요."

지원이 여기 온 가장 큰 목적은 아들의 존재를 만천하에 알리는 일이었다. 자신의 후계자로서 정수를 알리려면, 힘 있는 사람들과의 교류가 무엇보다도 중요했다.

"김정수라고 합니다. 어머니께 말씀 많이 들었습니다. 듣던 대로 굉장한 미인이시네요."

정수의 예의 바른 웃음과 훌륭한 매너에 미영이 반가워하며 악수를 청했다.

"별 말씀을. 소문의 아드님이시군요. 얼굴을 본 적이 없어서 진짜 있나 싶었는데."

"귀국한 지 얼마 안 돼서 인사가 늦었습니다. 공부만 하느라 이런 곳에 익숙지가 않아요. 앞으로 사모님께서 많이 도와주세요."

공부만 했다라……. 세나는 얼굴빛 하나 변하지 않고 거짓말을 하는 지원이 존경스러울 지경이었다.

"아드님이 반듯해 보이고 훤칠한데, 제가 굳이 도울 일이 있을지 모르겠네요."

반듯하고 훤칠한. 김정수가 대외적으로 밀고 있는 이미지인 모양이었다. 하긴 양오빠였던 정수는 마음먹기에 따라서는 얼마든지 멀쩡해질 수 있는 그런 사람이었다. 그의 본래 모습을 알고 있는 사람들은 극소수에 불과했다. 그리고 자신이 그 극소수 중에 속해 있다는 것이 썩 유쾌하진 않았다. 세나는 갑자기 두통이 밀려왔다. 억지 웃음조차 나오지 않았다. 자신이 있을 자리가 아니었다. 어서 저 모자로부터 벗어나고 싶다는 생각뿐이었다.

"저, 잠시 실례해도 될까요?"

세나가 조심스레 미영에게 양해를 구했다. 미영이 세나에게 시선을 돌리고 이내 미안하다는 듯 세나의 한쪽 팔을 쓰다듬으며 사과했다.

"아, 너무 저희 이야기만 했죠? 미안해요, 세나 씨."

"아뇨, 그런 게 아니라 몸이 조금 불편해서요."

세나의 말에 미영이 깜짝 놀란 듯 안색을 살폈다. 세나의 창백해진 낯빛이 피곤해 보였다.

"세나 씨, 아픈가요? 기다려요. 호텔 닥터한테 연락해서 오라고 할 테니."

"아니에요."

소란스러워지는 걸 원치 않은 세나는 미영에게 손을 저으며 거절했다. 그저 머리가 아픈 것뿐이었는데, 의사까지는 필요 없었다. 이곳을 벗어나기만 해도 두통이 가라앉을 것 같았다.

"조금 쉬면 괜찮아질 것 같아요."

"아프면 안 되는데. 내 입장도 생각해줘요. 세나 씨를 맡기고 간 사람이 무서운 존재라서."

쩡긋거리는 미소가 친근했다. '나 태성이한테 혼나요.' 눈으로 그렇게 말하는 미영을 보며 세나는 작게 미소를 지었다.

"바람을 좀 쐬고 오면 나을 것 같은데요."

미영이 고개를 저었다.

"그러지 말아요. 밖에 날씨도 추운데. 부담스러우면 이렇게 해요. 저쪽으로 돌아가면 VIP 휴게실이 있어요. 가요. 데려다줄게요."

"아닙니다. 손님도 계신데요. 혼자 찾아갈 수 있어요."

난처한 웃음을 짓는 세나를 보며 미영이 고개를 끄덕였다. 별것 아닌 자신의 호의가 세나에게는 부담스러울 수도 있었다.

"알겠어요. 그럼 그리로 가서 좀 누워 있어요. 그쪽은 VIP 전용 휴게실이라서 사람이 없을 거예요. 정말 의사한테 보이지 않아도 되겠어요?"

"네. 정말 괜찮아요. 배려 감사합니다."

여전히 걱정스러운 말투의 미영을 세나가 안심시켰다. 세나는 남아 있는 사람들에게 가볍게 목례하고 발걸음을 옮겼다. 한시라도 빨리 벗어나고 싶은 세나의 걸음걸이가 빨라졌다. 그리고 그녀의 뒤를 웃음기 없는 정수의 따가운 시선이 집요하게 좇고 있었다.

시끄러운 음악 소리와 사람들의 웃음소리가 닫힌 문 안으로 작게 흘러들어왔다. 화려하게 장식된 방 안에서 한 회장과 마주앉은 태성은 불편한 심기를 숨기지 않았다.

"대체 뭘 하고 싶으신 겁니까? 장난은 그만두십시오."

"내가 언제는 네놈 좋으라고 장난질을 하더냐?"

"같이 놀아드리는 건 여기까지입니다."

태성의 날 선 목소리에 한 회장이 콧방귀를 뀌었다.

"건방진 놈. 네놈이 그리 차갑게 말한다고 내가 눈 한 번 깜빡할 듯싶으냐?"

"뭘 하시든 상관은 없지만 저는 빼주시죠."

"그럴 수야 있나. 피해자인 척하지 말거라."

씨익 웃는 한 회장의 얼굴을 보며 태성은 골치가 아파왔다.

"여기 참석을 했을 때도, 그리고 네놈이 아무 말 없이 순순히 내 뒤를 따라왔을 때도 이미 머릿속에서 계산이 끝났을 거 아니냐?"

"굳이 변명할 이유는 없습니다. 어차피 사업하는 사람인데, 이용할 수 있는 건 다 해야죠."

그가 참석했다는 사실보다 한진섭 회장과 독대를 했다는 소문이 퍼지는 쪽이 훨씬 더 이슈가 될 터였다. 태성은 그런 좋은 기회를 놓칠 생각이 없었다. 노인네가 마음에 안 들긴 했지만 그가 얻을 이익이 훨씬 컸기 때문이다.

"그러니까 네놈이 날 닮았다는 게지."

진섭의 얼굴에서 흐뭇한 기운이 내비쳤다. 한 회장의 아들인 혁선은 자신과 전혀 닮은 구석이 없었다. 하지만 손자인 태성은 달랐다. 하나부터 열까지 자신을 쏙 빼닮아서 미워하려 해도 미워할 수 없는 녀석이었다.

자신은 녀석이 이뻐 죽겠는데, 태성은 아직 자신과 가족들을 받아들일 준비가 되어 있질 않았다.

시간이 필요할 거라는 며느리의 말을 따르는 게 아니었다. 녀석에게 충분한 시간을 주었음에도 불구하고, 돌아오는 건 냉랭한 태도뿐이었다. 이런 자리가 아니면 코빼기조차 보여주지 않는 녀석이었다. 다 큰 놈을 집으로 오라고 끌고 갈 수도 없는 노릇이고.

기다릴 만큼 기다렸다는 듯, 태성이 한 글자 한 글자 힘주어 말을 이었다.

"다 생략하시고 본론으로 들어가시죠."

"언제까지 밖에서 소꿉놀이 할 셈이냐? 이제 그만 제자리로 돌아와야지."

한 회장의 거침없는 언사에 태성의 주먹에 힘이 들어갔다. 소꿉놀이라.

"풀어줄 만큼 많이 풀어줬다. 이제 적당히 하고 들어와."

"제가 왜 그래야 합니까?"

한 회장의 미소가 짙어졌다.

"네놈이 내 핏줄이니까."

"인정한 적 없습니다."

"네놈이 인정하든 말든, 그건 어쩔 수 없는 사실 아니더냐? 네놈의 의사와는 상관없이 나는 조만간 언론에 후계자에 관한 이야기를 언급할 게다. 그 후계자를 지명할 때, 내 입에서 누구 이름이 나올 듯싶으냐?"

한 회장과 태성의 팽팽한 대립에 방 안의 긴장감은 고조되어갔다.

시끄러운 파티장을 벗어나 한적한 복도에 들어서니 미영이 알려준 장소가 보였다. 커다랗고 고급스러워 보이는 VIP 휴게실 안에는 다행히 아무런 인기척도 느껴지지 않았다. 조용히 혼자 쉬었다 가기에 안성맞춤인 장소였다.

방에 들어서자마자 세나는 커다란 소파에 몸을 기대어 앉았다. 그리고 그녀의 눈에 다시 신지 않으리라 다짐했던 하이힐이 눈에 띄었다. 역시 하이힐 체질이 아니었나 보다. 세나는 하이힐을 벗어 던지고 매끈한 다리를 테이블에 올려놓았다.

뜻밖의 만남이었다. 이곳에서 그 사람들을 만날 줄은 전혀 몰랐다.

"파티는 정말 나하고는 안 맞는 모양이야."

혼잣말인 줄 알았다. 그 방 안에 있는 건 세나뿐이었으니까.

"너하고 맞는 건 파티가 아니라, 나지."

소파에 기대어 눈을 감고 있던 세나가 벌떡 일어섰다. 그녀의 눈이 동그랗게 떠졌다. 놀란 눈동자 사이로 경멸감이 비쳤다. 원치 않는 불청객의 등장이었다.

"여긴 왜 왔죠?"

"네가 있으니까."

문가에 기대서서 음습하고 소름끼치는 미소를 짓는 정수의 모습이 그녀의 눈에 들어왔다.

한 회장과 태성 사이의 숨 막히는 긴장감이 방 안에 가득했다. 덕분에 옆에서 수행하는 사람들만 죽어날 지경이었다.

조용한 방 안에 시계 소리만이 들려왔다.

똑똑똑-.

그 팽팽한 긴장감을 무너뜨린 건 방 안으로 들어선 미영이었다. 미영은 다정하게 한 회장의 어깨에 손을 올리며 태성을 향해 눈을 찡긋거렸다.

"회장님, 자리를 너무 오래 비우시면 보기에 좋지 않아요."

"이야기가 잘 안 풀리는구나."

한 회장은 미영에게 답하면서도 태성을 향한 눈길은 거두지 않았다. 평생을 자신의 의지대로 살아온 양반이었다. 하지만 그의 마음대로 되지 않는 일 단 하나, 그건 바로 태성이었다.

"굳이 여기서 안 하셔도 되잖아요? 밖에 손님들이 많이 기다리세요."

미영이 온화한 말투로 파티 중임을 넌지시 상기시켰지만 한 회장은 신경 쓰지 않는 눈치였다.

"그깟 손님들보다는 저놈이 더 중요하지. 저놈이 내 마음에 쏙 드는 건 아니지만."

서로를 노려보는 그 모습이 얼마나 닮아 있는지, 두 사람은 알고 있을까? 어쨌든 지금은 한 회장이 파티장으로 가서 사람들과 마주해야 할 때였다.

"태성이는 나중에 따로 부르세요."

미영의 눈이 태성을 향하자 그의 눈썹이 꿈틀거렸다.

"주말에 잠시 집에 들를 거지? 네가 대답을 해야 밖에서 피곤해하는 아가씨가 얼른 집으로 돌아갈 수 있지 않을까?"

미영에게 세나를 부탁했는데, 왜 혼자 여기 들어온 거지?

"세나는 어디 있습니까?"

늘 차갑고 어려운 태성이었는데 여자 때문에 흔들리다니, 미영은 태성의 반응이 신선했다.

"머리 아파서 잠시 쉬겠다고 VIP 휴게실로 갔어."

태성이 자리에서 벌떡 일어나 문으로 향했다. 다른 일이라면 몰라도 세나 일이라면 생각하기도 전에 몸이 먼저 반응한다. 게다가 아프다는 소리까지 들은 마당에 더 이상 이곳에 있을 이유가 없었다.

"먼저 가보겠습니다."

그런 태성의 모습을 보던 한 회장과 미영이 서로 눈빛을 교환했다.

"집으로 올 테냐?"

태성은 미간을 찌푸리며 한 회장을 돌아보았다. 집요한 노인네 같으니.

"조만간 가도록 하겠습니다."

말을 마친 태성이 문 밖을 나섰다. 그리고 거침없이 어디론가 향했다. 뜻밖이라는 한 회장의 놀란 얼굴을 뒤로한 채.

"변한 게 없군요. 여긴 여성 전용이니 나가시죠."

"내가 변해야 하나?"

그래. 미친놈이 변해봐야 미친놈이지. 세나는 자리에서 일어서 드레스 자락을 손으로 꽉 움켜쥐고 정수를 노려보았다. 오늘의 만남은 우연이었지만 정수가 그녀의 주위를 맴도는 건 우연이 아니었다.

"저한테 원하는 게 뭐죠?"

정수가 하얀 이를 드러내며 마치 물어봐줘서 기쁘다는 듯이 징그럽게 웃었다.

정수가 자신을 향해 한 걸음씩 다가서자 세나는 그를 피해 뒷걸음질 치지 않으려고 손이 하얗게 되도록 주먹을 쥐었다. 그녀는 열두 살의 자신이 아니었다. 더 이상 겁먹고 싶지도 않았고, 겁먹을 이유도 없었다.

세나의 독기 어린 눈빛을 바라보며 다가오던 정수는 미소 지은 채 세나의 앞에 멈춰 섰다. 그러고는 손가락을 들어 세나의 머리카락을 쓸어내렸다. 그 소름끼치는 감각에 세나는 입을 꾹 다물고 정수를 노려보았다.

"내가 원하는 거라……."

정수의 손가락이 머리카락 끝을 지나 자신의 얼굴로 내려오자 세나는 있는 힘껏 그의 손을 쳐냈다. 그러자 웃음기가 싹 가신 정수의 서늘한 시선이 세나의 얼굴에 머물렀다.

저 눈빛이었다. 미친놈으로 변하기 직전의 그 눈빛. 세나는 속에서 구역질이 날 것 같았다.

"어떻게 하면 내 앞에 나타나지 않을 건가요?"

"이미 알고 있잖아? 내가 원하는 건 하나뿐이야."

정수가 비릿한 미소를 지었다.

"그때 못다 한 일, 마저 끝내는 거."

정수의 말이 끝나자마자 세나는 경멸감과 혐오감으로 뒤섞인 표정을 지을 수밖에 없었다. 그때 못다 한 일이라니. 기가 막혀서 말도 나오지 않을 지경이었다.

그런 세나를 향해 정수가 다시 히죽 웃어 보였다.

"왜, 너무 오래전 일이라 기억이 안 나? 하긴, 내 기억도 오래전이

라 선명하진 않아. 그래도 너보단 나을 테니, 다시 기억나게 해줄
까?"

정수가 다시 손을 들어 세나의 얼굴을 쓰다듬었다.

"나는 말이지, 한 번도 잊어본 적이 없어. 쫓기듯 한국에서 떠날
때도 네 생각이 났었지. 그래서 다시 만났을 때 얼마나 기쁘던지."

정수의 은밀한 속삭임에 세나는 오히려 웃음이 났다. 세나는 잠
시 눈을 감았다. 그러자 먹은 것을 모두 다 게워낼 듯 요동치던 속
이 잠잠하게 가라앉았다.

이 성격, 좀 고쳐야 하는데. 시간이 지나도 변하지 않은 건, 정수
도 지원도, 그리고 자신도 마찬가지였다.

"……그날, 워낙 강렬해서 잊히지 않죠."

세나의 입에서 다정한 목소리가 흘러나왔다. 세나가 감았던 두
눈을 뜨자 흑요석처럼 반짝거리는 눈동자가 정수를 향했다.

세나의 뜻밖의 대답에 정수가 눈을 동그랗게 떴다. 이건 그가 예
상했던 반응이 아니었다.

"잊히지가 않는다고? 기억나? 그날?"

"어떻게 잊을 수가 있겠어요?"

제법 강렬했던 어린 시절의 잊지 못할…… 추억? 추억이라니. 웃
기지도 않지.

"비가 왔고."

여름 장맛비였다. 하늘이 뚫린 듯 쏟아지는 폭우에 잠들지 못하
고 있었던 밤이었다. 비 냄새, 비 소리, 그리고…….

이번에는 세나가 정수를 향해 다가섰다.

"당신이 내 방으로 들어왔고."

늦은 밤이었다. 술 냄새를 풍기던 정수가 그녀의 방에 거침없이 들어왔었다.

노크 한 번 없이 들어오는 그를 보며 얼마나 놀랐던지. 그리고 징그럽게 웃으면서 나에게 술 취한 목소리로 말했었지.

─예쁜 내 동생.

그 말이 어쩌나 듣기 싫었던지. 세나는 미소를 지으며 자신의 뺨을 쓰다듬던 정수의 손을 잡았다. 홀리기라도 한 듯, 정수는 아무런 말도 하지 못했다.

"당신이 날 만졌죠."

그 추접스러웠던 손길.

─네가 내 말을 잘 들어야 보육원에 후원금이 계속 가지 않겠어?

그래, 정확히 그렇게 말했었지. 그날의 기억이 다시금 떠오르자 세나의 온몸이 떨렸다.

"그래, 내가 그랬어. 기억하고 있었구나."

정수의 눈동자가 기쁨에 반짝이고 있었다. 그는 다정한 세나의 목소리에 혼이 반쯤 나가 있는 상태였다. 생각지 못한 세나의 환대에 그의 깊은 욕망이 끓어오르기 시작했다.

"그날 못다 한 일, 마저 끝내자구요?"

"그래."

세나가 그날 끝내지 못했던 일, 오늘은 그 일을 끝낼 수 있을까?

"그날 내가, 당신한테 이렇게 했었죠."

말을 마친 세나는 정수의 손가락을 잡고 이로 세게 물어버렸다. 그날 그랬던 것처럼.

"악!"

어찌나 세게 물었던지 정수가 자신도 모르게 외마디 비명을 지르며 세나에게서 물러났다. 믿을 수 없다는 듯 세나를 보는 그의 눈빛이 변하기 시작했다.

그의 손가락에서 피가 흐르고 있었다. 선명하게 흘러내리는 피를 보며 정수의 두 눈에 광기가 번득였다. 그는 분노에 휩싸인 얼굴로 세나를 향해 손을 들어 올렸다.

"이런 미친년이!"

그날의 일이 다시 재현되고 있었다. 또 맞겠지? 그날처럼. 그럼 난 어떻게 해야 될까? 그날처럼 소리를 지르면서 밖으로 뛰쳐나가면 될까? 밖으로 나가면 누가 도와줄까? 그날은 아무도 도와주는 사람이 없었는데. 그래도 오늘은 한 명은 있겠네……. 세나는 희미하게 미소를 지었다. 그리고 그녀는 날아드는 커다란 손을 보며 움찔하고 눈을 감았다.

퍽-.

분명 소리가 났는데, 자신에게는 아무런 느낌이 없었다. 너무 세게 맞아서 정신을 잃은 걸까? 하지만 멀쩡한 걸 보니 그도 아닌 것 같았다. 눈을 뜬 세나의 앞에는 어찌된 영문인지 피 흘리며 바닥에 누워 있는 정수의 모습이 보였다.

그리고 자신을 강하게 잡아끄는 힘. 세나는 울컥했다.

그녀가 아는 손길, 익숙한 체취.

보지 않아도, 자신을 강인하게 이끄는 손이 누구의 것인지 알 수 있었다. 어떻게 알고 왔을까?

태성이 옆에 서서 그녀를 감싸 안았다.

"어디다 감히 더러운 손을 대."

태성이 베일 듯 서늘한 눈길로 정수를 보고 있었다.

세나를 찾아 나선 태성의 발걸음이 빨라졌다. 걱정하며 미영이 말한 휴게실로 들어서는 순간, 그는 세나의 목소리에 발걸음을 멈추었다.

"……그날, 워낙 강렬해서 잊히지 않죠."

달콤하고 요염하기까지 한 세나의 목소리.

태성은 자신이 잘못 들은 줄 알았다. 그는 문 앞에서 걸음을 멈추고 귀를 기울였다. 태성은 그 안으로 보이는 모습을 이해할 수 없었다. 낯선 남자와, 그 남자에게 지나치게 가까이 다가서는 여자.

목소리의 주인공은 분명 세나였다. 자신이 세나를 제대로 알아보지 못할 리 없었다. 하지만 얼핏 다정해 보이는 모습에 그의 온몸이 굳어버렸다.

이게 무슨 상황이지? 태성의 심장이 불안감에 세차게 뛰기 시작했다. 여러 가지 생각들이 그의 머릿속에 함께 떠올랐다. 이곳에서 옛 연인이라도 만날 걸까?

그녀의 사랑스러운 표정에 태성의 두 주먹에 힘이 들어갔다. 계속되는 세나의 달콤한 목소리가 태성의 귀에 생생히 들려왔다. 그리고 이어지는 세나의 돌발 행동에 그는 깜짝 놀라 걸음을 멈추었다. 세나가 남자의 손을 물어버린 것이었다. 남자의 비명이 휴게실 안을 가득 채웠다.

한 번도 본 적 없는 세나의 차갑고 독기 어린 표정. 무슨 상황인지 생각할 겨를도 없었다. 그저 치켜 올라가는 남자의 손을 보자마자 태성은 이성의 끈을 놓아버렸다. 감히 누구에게! 누구도 세나의 털끝 하나 손댈 수 없다. 그건 태성이 용서할 수 없는 일이었다.

태성이 정신을 차렸을 때는 자신에게 맞아 쓰러져 피를 흘리고 있는 남자와 눈을 질끈 감은 채 두 주먹을 꼭 쥐고 있는 세나의 모습이 보였다.

그런 그녀의 모습에, 태성은 남자에게로 향하던 발길을 멈추고 세나에게로 향했다.

세나가 휘청거리지 않았다면 그녀를 품에 안는 대신, 남자를 다시는 일어서지 못하도록 밟아버리고 싶었다. 태성에게는 그럴 능력도 의지도 충분했다.

태성은 분이 풀리지 않았지만 떨고 있는 그녀를 그대로 둘 수가 없었다. 태성에게는 그 무엇보다도 세나가 우선이었다.

한바탕 소동이 벌어졌다. 비명을 지르며 휴게실에 들어서는 지원의 모습에 태성은 미간을 찌푸렸다. 지원은 아들의 비명을 용케 알아듣고 찾아온 모양이었다.

"이게 무슨 일이야! 정수야, 정수야. 일어나봐."

"괜찮아."

정신까지 잃은 건 아닌 듯, 정수가 지원을 향해 약하게 대답했다. 요란한 지원의 비명에 사람들이 몰려들기 시작했다. 간신히 눈을 뜨고 일어서는 정수와 그를 부축하며 어쩔 줄 몰라 발을 동동 구르고 있는 지원의 모습에 사람들이 웅성거렸다.

세나는 기시감을 느꼈다. 마치 예전에 본 듯한 모습이었다.

얼마나 세게 맞았는지, 정수의 찢어진 입술에서 계속해서 피가 흘러나왔다. 피가 나는 곳은 얼굴뿐만이 아니었다. 정수의 손가락에서도 피가 보였다. 정수의 손을 붙잡고 지혈을 하던 지원이 세나를 노려보며 소리 질렀다.

"또 네년이구나. 또 너야!"

서슬 퍼런 지원의 표정에도 세나는 눈 한번 깜빡하지 않았다. 자신은 더 이상 열두 살 어린 아이가 아니었다. 그리고 자신의 옆에는 태성이 있었다.

"이번에도 실패네요. 아드님 손가락 하나는 정말 튼튼하게 낳으셨어요."

"뭐야? 실패? 지금 뭐라고 지껄이는 거야!"

"이번에는 잘라버릴 수 있을 줄 알았는데."

진짜로 아쉬운 듯 세나가 입술을 깨물며 정수와 지원을 노려보았다.

"망할 년 같으니라고! 내가 가만있을 줄 알아?"

"저도 가만히 있지 않겠습니다."

차가운 세나의 말에 지원은 그녀를 노려보았다. 화가 많이 난 모양이었다. 다른 사람들 앞에서는 절대로 목소리 한 번 높이는 법이 없던 사람이었는데.

"천한 것이 어디서! 네까짓 게 가만히 있지 않으면 어쩌겠다는 거야!"

"아드님이 저한테 무슨 짓을 했는지 낱낱이 세상에 밝혀 드릴까요?"

"헛소리. 너 같은 거 말을 누가 들어줄 것 같아? 박 비서! 당장 경찰에 신고해!"

"경찰에 신고를 하면 아드님도 같이 잡혀 가실 텐데요."

지원의 뒤에서 들려오는 부드러운 목소리에 사람들의 시선이 몰렸다.

유림 그룹의 대표로 참석한 문성현. 그가 등장하자 태성의 미간이 꿈틀거렸다.

"그게 무슨 소리죠? 아니, 그것보다 당신 누구야? 누군데 나서?"

지원이 불쾌하다는 듯 쏘아붙였다.

"저는 목격자입니다. 저 남자가 여자분을 추행하려는 걸 본 목격자요."

성현의 발언에 사람들의 눈이 지원과 정수를 향했다. 웅성대는 목소리가 더욱 커지기 시작했다. '추행'이라는 단어가 주는 파급력은 그야말로 어마어마했다. 그제야 사람들의 시선을 의식한 지원이 목소리를 낮추기 시작했다.

"그, 그게 무슨 헛소리……."

"경찰을 부르시는 건 상관이 없는데…… 저는 본 대로 증언을 할 거라서."

여러 가지로 좋은 상황은 아니었다. 일단 정수의 손가락부터 치료

해야 했다. 고소는 그다음에 진행해도 늦지 않았다. 지원이 사나운
눈길로 성현을 노려보고는 정수를 일으켜 세웠다.

"어서 병원 가자."

"쓰레기는 잘 처리하시죠."

차가운 태성의 목소리에 지원의 눈길이 그에게 향했다. 지금 내
아들을 쓰레기라고?

"너, 네놈도 같이 고소할 거야. 두고 봐. 내가 어떻게 하나 두고 보
라고!"

지원의 악담에 태성이 코웃음을 쳤다. 그의 존재감과 위압감에 눌
린 지원은 입을 닫았다. 태성은 베일 듯 시린 눈빛으로 정수를 쳐다
보았다.

태성과 성현의 눈이 마주쳤다. '여긴 제가 정리하죠. 세나 씨 데리
고 가세요.' 성현이 눈으로 태성에게 그렇게 말하고 있었다.

세나를 위한 배려였다. 굳이 거절할 이유가 없었다.

태성은 성현에게 가벼운 목례를 하고는 세나의 어깨를 감싸 안고
밖으로 나섰다.

태성은 세나를 보육원으로 보낼 수가 없어 자신의 집으로 데려왔
다.

"마셔."

태성은 따뜻한 허브차를 한 잔 가지고 왔다. 그에게서 받은 찻잔
을 세나가 두 손으로 감싸 한 모금 들이켰다.

따뜻한 기운에 몸이 풀리는 것 같았다. 마음이 이제 진정되는 듯했다. 따뜻한 차 때문이 아니라 태성의 존재 때문에 그녀는 안정을 찾아가고 있었다.

괜찮냐는 말 대신 태성은 세나의 옆에 앉아 그녀를 끌어안았다.

"왜 아무것도 안 물어봐요?"

담담한 세나의 말투에 그녀의 어깨를 감싼 태성의 손에 힘이 들어갔다.

"아무 말도 하지 않아도 돼. 아무 말 안 해도 내가 다 알아낼게. 내가 다 알아서 할게."

태성은 반드시 그렇게 할 생각이었다. 오늘은 세나 때문에 녀석을 순순히 보내줬지만 다시 만나면 멀쩡하게 돌아가긴 힘들 것이다.

감히 누구한테! 감히!

"물어봐줘요."

'아무도 물어보지 못했던 이야기. 당신이 나한테 물어봐줘요.'

세나의 눈빛이 태성에게 그렇게 말하고 있었다.

"아까 그 자식. 집 앞에 검은 자동차. 그놈인 거야?"

태성의 물음에 세나는 고개를 작게 끄덕였다

검은 자동차.

자신이 말한 적 없는 일인데 태성은 알고 있었다.집안의 스파이가 미주알고주알 태성에게 모든 걸 말한 모양이었다. 세나의 입술에 미소가 비쳤다. 이제야 웃을 힘이 났다.

"윤성이에요?"

"비밀이야."

"윤성이 녀석, 집에 가면 교육 좀 시켜야겠어요."

"네가 나한테 말해줬어야지."

"······별건 아니었어요."

"너 지금 그걸 말이라고."

태성은 이내 마음을 추슬렀다. 일단 세나가 진정하는 게 우선이었다.

'왜 나한테 말을 안 했어? 왜 나를 믿지 못해? 왜 내게 좀 더 기대지 않아?'

태성은 온몸으로 세나에게 항의하고 있었다. 그의 마음이, 진심이, 사랑이 그녀의 세포 하나하나에 스며들었다.

그는 나를 위해 이렇게 걱정해주는 사람이었다. 내가 모두 이야기하면 그에게 조금 위로가 될까?

"……어릴 때 입양되었다가 파양된 적이 있어요."

차라리 슬픈 목소리였으면, 가슴이 덜 아팠을까? 태성은 더 이상 말하지 말라는 듯 세나를 잡은 손에 힘을 주었다.

"누군가에게 한 번은 말하고 싶었어요."

"힘들면 말하지 마."

"누군가에게 말해야 한다면 그 사람이 태성 씨였으면 좋겠어요. 별 얘긴 아니에요. 그저 유쾌하지 않은 이야기일 뿐이에요."

아직까지 어머니도 알지 못하는 파양된 이유. 어디서부터 어떻게 이야기해야 할까?

세나는 그날의 일을 떠올렸다.

조용한 방 안, 세나의 조곤조곤한 목소리만이 태성의 귀에 들려 왔다.

그 집 사람들 중, 유일하게 세나에게 호의적이었던 단 한 사람. 비록 두 달 남짓한 시간뿐이었지만, 세나는 아빠라고 불렀던 사람의 얼굴을 떠올렸다.

"우리 보육원에 봉사하러 오던 의사 선생님이 계셨어요. 웃는 인상이 선한 분이셨어요. 그런데 어느 날 그러시더라구요. 우리 집에 가서 같이 살지 않겠냐고. 난 열두 살이었고 입양되기엔 많은 나이 였는데도, 같이 가자는 아저씨가 고마웠어요. 우리 보육원에 후원도 많이 해주시던 분이었거든요."

태성이 세나의 허리에 얹었던 손을 앞으로 더 뻗어서 다시 그녀의 손을 잡았다. 따뜻하고 작은 손이 그의 손 안에 쏙 들어왔다.

"좋은 분이셨어요. 커다란 집에 엄마와 오빠가 생겼어요. 물론 아빠도 함께요. 처음에는 다 가진 것처럼 행복했어요. 제가 엄마라고 불러야 했던 분은…… 뭐랄까, 차가운 성격이었어요. 그래서 결심했죠. 예쁨 받는 아이가 되어야겠다고. 엄마라고 부를 수 있는 사람이 생겨서 좋았거든요. 오빠는 저보다 6살, 7살 정도 많았던 것 같아요. 고등학교 교복을 입고 다녔는데, 그땐 잘생긴 오빠한테도 사랑받고 싶었어요."

사랑받고 싶었던 12살의 세나 모습이 그려졌다. 그의 마음이 아려왔다.

"한 달 정도 지났을까? 잘하려고 해도 잘 안 됐어요. 그날도 어떻게 하면 예쁨을 받을까, 잠 못 자고 고민하고 있었던 것 같아요. 그날 빗소리가 너무 좋기도 했고."

"그런데 무슨 일이 있었던 거지?"

"별일 아니었어요. 제가 그 오빠였던 인간을 물어버렸거든요."

세나의 말에 태성은 그녀의 손을 더욱 힘주어 잡았다. 뭘 해? 누굴 물었다고?

―그날 내가, 당신한테 이렇게 했었죠.

아까 그 남자에게 했던 세나의 말은 그런 의미였다. 태성은 아무
런 말도 할 수가 없었다.

"네. 물었어요. 생각나는 게 그거밖에 없었거든요. 손가락을 세게
물었는데 뼈가 보일 정도는 아니었어요. 하지만 피가 철철 났죠."

그날의 기억을 떠올린 듯 세나의 얼굴에 웃음이 스쳐 지나갔다.
지금 생각해도 통쾌했다. 그 집에 머물면서 가장 잘한 일이었다.

"그래서 집이 한바탕 난리가 났어요. 근본도 모르는 여자애가 들
어와서 애지중지 키운 아들을 물었으니 난리가 날 만하죠. 특히 새
엄마가요. 그 날 엄청 무섭게 혼났어요."

그 새엄마가 아까 그 여자일 테지. 세나를 표독스럽게 쏘아보던
그 얼굴을 태성은 잊지 않고 기억했다.

"그래서 파양됐다고? 자기 아들을 물어서?"

"뭐, 결과적으로는 그런 셈이죠. 정말 다행스럽게도."

"왜 물었는데?"

태성의 물음에 세나는 어깨를 으쓱였다.

"그거야 당연히 나쁜 놈이었으니까요. 다들 뛰어나왔어요. 아저
씨도 새엄마도 일하시던 아주머니도 다 뛰어나와서 정신이 없었지
요. 비명이 되게 컸거든요. 제가 아프게 물기도 했고. 그런데 말이
에요, 이상한 건……. 아무도 그 시간에 그 인간이 제 방에서 왜 손
가락을 물린 건지는 다들 신경을 안 쓰더라구요. 새벽 한 시가 넘은
시간이었는데 말이죠."

세나의 말에 태성의 몸이 굳어버렸다.

새벽에, 12살짜리 어린 여자애의 방에.

"그 미친놈이……."

태성은 차마 더 이상 말이 나오지 않았다. 그의 입에서 거친 말이 나오자 세나가 웃었다. 그녀의 웃음에 태성은 어이가 없었다. 웃어? 지금 웃음이 나와? 태성의 미간이 있는 대로 구겨졌다. 아까 죽여 버렸어야 했는데.

태성은 진심으로 후회가 되었다. 화가 나서 견딜 수가 없었다. 태성은 아무 말도 하지 않았지만, 세나는 그의 격렬한 반응을 알아챌 수 있었다. 왜 이런 그의 모습에 웃음이 나는 걸까? 자신은 이 남자의 분노 덕분에 지금 웃을 수 있었다.

"태성 씨 지금 화내는 거예요?"

세나가 웃으며 태성의 손을 더 잡아끌었다. 따뜻했고, 안전했다. 그리고 무엇보다 그의 품이라 좋았다.

"나 너무 기쁜데요. 태성 씨가 화내줘서."

"누구라도 화낼 할 일 아니야?"

"그쵸. 당연히 누구라도 화낼 일이었는데, 그때는 내 편을 들어주는 어른이 없었어요. 다들 일하는 사람들이었으니 편을 들어주긴 힘들었겠지만. 한 명도 없었어요."

태성은 그저 주먹을 꽉 쥐었다. 치밀어 오르는 화를 점점 더 참기 힘들어졌다.

"나 있죠, 지금이라도 태성 씨가 화내줘서, 오래전 일인데도 내 편 들어줘서 기쁜 거 있죠?"

몸이 떨릴 정도로 태성은 분노에 가득 찼지만, 어쩔 수가 없었다. 그저 세나의 몸을 더욱 꽉 끌어안았을 뿐이다. 마치 그때 안아주지 못해서 미안하다는 듯이. 곁에 있어주지 못해서 미안하다는 듯이.

"그렇게 큰일은 아니었어요. 나 12살치고는 꽤 큰 편이었거든요. 내 잠옷을 들춰서 벗기려다가 실패했어요. 술에 취해 있기도 했고, 그래서 내가 인정사정없이 물어버리기도 했고."

"용감했네."

"원래 부모님 안 계시는 아이들이 용감해요. 세상에 나 혼자밖에 없으니까 알아서 용감해져야 하거든요. 어쨌든 그 다음 날 짐 싸서 다시 원래 집으로 돌아왔어요. 아저씨가 미안하다고 하셔서 마음은 좀 풀어졌었고. 그런데 문제는 후원이 끊긴 거예요. 많은 후원금을 내주고 계셨었는데."

"……."

"전에 태성 씨가 그랬죠? 유별난 의무감 같은 게 있다고. 맞는 말일지도 몰라요. 그때 일로 보육원에 타격이 컸으니까. 작은 보육원에서 후원금 끊기면 정말 큰일이거든요. 그래서 그것 때문에 의무감을 가지고 있는 걸지도 모르겠어요."

"……."

"태성 씨에게 처음 말하는 거예요. 어머니께도 말씀 안 드렸거든요. 재미없는 이야기죠?"

"아니. 말해줘서 고마워. 처음 들어서 영광이야."

진심이었다. 말해줘서 고마웠다. 태성의 숨막힐 듯 허스키한 목소리에 세나가 고개를 들고 그의 얼굴을 바라보았다. 그 인간들과 다시 마주치지 않았다면, 꺼내지 않아도 되었을 이야기였다.

"벌써 오래전 일이고, 이제는 아무렇지도 않아요."

"잘 컸네. 씩씩하게."

"그러니까요. 내가 생각해도 잘 큰 거 같아요."

세나를 바라보는 그의 눈에 복잡한 감정이 풀리지 않는 실타래처럼 엉켜 있었다.

분노, 연민, 애정, 사랑…….

하나로 정의할 수 없는 그 모든 감정들이 태성의 눈에 들어 있었다.

사랑. 그녀에 대한 그의 사랑이 그녀는 제일 마음에 들었다.

세나는 미소 지으며 그의 입술에 가볍게 키스했다. 그러고는 그의 품에 파고들었다.

언제나 좋다. 한태성의 품은. 중독되어 가나 봐. 이 따뜻한 품에, 넓은 어깨에, 든든한 가슴에.

말을 마친 후에도 세나는 태성의 품에서 벗어나지 않았다. 아니, 벗어나지 못했다.

"나 이렇게 쉬어도 돼요?"

"항상 말하지만, 내 가슴은 윤세나 전용이야."

태성의 말에 세나는 미소 지으며 그의 품에 더 편한 자세로 안겼다. 한참을 기댄 채로 있던 세나는 따뜻하고 포근한 기운에 잠이 들어버렸다.

자신의 품에서 편안한 얼굴로 잠든 세나를 보는 태성의 표정은 깊이 가라앉아 있었다. 세나를 바라보는 부드러움 속에 끝을 알 수 없는 그의 분노가 감추어져 있었다.

"잘 자, 세나야."

태성은 잠든 세나의 이마에 키스했다. 그날의 세나처럼 잠들 수가 없었다. 힘이 들어간 그의 주먹은 좀처럼 풀릴 줄 몰랐다. 태성은 소파에 앉아 세나를 품에 안은 채, 그녀의 잠든 모습을 바라보고 있었다.

소란스러웠던 파티장을 정리하고 집으로 돌아온 미영은 서재로 들어갔다. 의외의 사건으로 피곤한 하루였다.

"박 여사가 단단히 벼르고 갔어요. 태성이를 고소하겠대요."

한 회장은 반응이 없었다. 미영은 펄펄 뛰던 박 여사의 모습이 눈에 선했다. 지금까지 알고 지냈는데 박 여사의 그런 모습은 처음이었다.

속사정을 알 턱이 없는 미영은 답답했다. 무슨 일이 있는 건지 태성이 말해주면 좋으련만.

"아버님, 어떻게 할까요? 박 여사 성격에 가만있을 것 같지는 않아요."

지원은 모든 수단과 방법을 동원해서 태성에게 타격을 줄 게 뻔했다. 교양 있는 얼굴 뒤에 감춰져 있는 지원의 본색을 모를 만큼 미영은 어리숙하지 않았다.

미영의 귀에 들려오는 지원에 관한 소문들 중에 안 좋은 것도 있었고.

걱정스러워하는 미영을 보고 한 회장이 입을 열었다.

"고소를 하겠다더냐? 하고 싶은 대로 하게 둬야지 그럼."

"네? 하지만 태성이가……."

"마음대로 하게 놔두거라."

박 여사 자체는 문제가 되지 않았다. 문제는 지원의 아버지인 박두건 전 국회의원이었다. 뉴욕에서야 어떨지 모르지만, 이곳은 한국이었고 태성 혼자 상대하기에는 버거운 존재였다. 아버님이 그걸 모르시지는 않을 텐데.

"태성이라면 끔찍이 여기시는 분이 웬일인지 모르겠네요?"

미영의 물음에 한 회장은 입가에 희미한 미소를 지었다.

"놈이 궁지에 몰리면 몰릴수록 좋아."

"그렇게 궁지에 몰릴 정도는 아닌데요."

"그 여자애가 어느 정도냐에 따라 달렸겠지."

"세나예요, 아버님. 그 여자애가 아니라."

"어쨌든, 그 애가 마음에 든다면 태성이 녀석이 가만히 있지는 않을 것이야."

미영은 동의했다. 한 회장의 생각이 무엇인지 어렴풋이 알 듯도 했다.

한 회장이 확신에 찬 목소리로 말했다.

"스스로 오겠지."

"그때까지 두고 보시겠다구요?"

"태성이 놈은 날 닮아서 똑똑해. 찾아오는 데 그리 오랜 시간이 걸리진 않을 게야. 그런 머리는 돌아가거든, 그놈이."

한 회장은 만족스러운 듯 자신의 턱을 쓰다듬으며 자신감 있는 표정으로 미영을 바라보았다.

"그러니 애미야. 아무것도 하지 말고 있거라."

"네, 아버님."

시아버지의 명령이니 자신도 어쩔 수가 없었다. 도와주고 싶어도,

태성의 동의 없이는 도와줄 수도 없는 일이었다.

결국은 아버님, 한 회장의 뜻대로 진행될 것이다. 언제나 그래왔 듯이.

굳은 표정의 성현이 대표실로 들어섰다. 그러자 태성이 기다렸다 는 듯 그를 맞이했다.

"제가 올 걸 알고 계셨습니까?"

"상황이 상황이니만큼."

테이블을 사이에 두고 태성과 성현, 두 남자 사이에 긴 침묵이 흘 렀다.

"박지원 이사장 개인 변호사가 정식으로 연락을 해왔다고 들었습 니다."

오전에 호진의 보고를 통해 들었다. 태성을 향한 선전포고였다. 태성의 얼굴에 냉소만이 감돌았다. 그 변호사는 태성뿐만 아니라 세나까지 고소를 하겠다고 알려왔다.

"세나 씨는 괜찮습니까?"

성현의 얼굴에서 세나에 대한 진심 어린 걱정이 보였기 때문에, 이번만큼은 태성도 성현에게 발톱을 드러내지 않았다.

"다행히. 너무 씩씩해서 탈이지."

성현이 태성의 말에 동의했다. 별일 없다는 듯 출근하는 세나를 보며 성현은 아무런 말도 하지 않았다.

평생을 그렇게 씩씩하게 살아온 여자였다. 그런 여자가 유일하게 결을 내어준 남자, 그게 한태성 대표였다. 그 사실이 성현의 마음을 묵직하게 내리눌렀다. 하지만 지금 그보다 중요한 건 세나의 안전이었다.

"어떻게 할 생각입니까?"

"생각 중이야. 어떻게 해야 제대로 밟아줄 수 있을지."

태성의 한마디 한마디에 살기가 배어 있었다. 그런 태성에게 성현이 서류 뭉치를 내밀었다.

"김정수라는 인간에 대한 자료입니다. 이미 조사를 하셨겠지만 제 쪽 자료가 조금 더 디테일할 겁니다."

서류를 받아 든 태성의 얼굴이 굳어졌다. 정수의 정신과 치료 병력에 대한 서류였다.

"어떻게 이런 걸 조사했지?"

쉽지 않을 조사였다. 호진이 조사한 내용도 이렇게까지 자세하지는 못했다. 태성의 물음에 성현이 한쪽 입꼬리만 올렸다.

"집에 미친놈이 하나 있다 보면, 이 정도 조사쯤은 여러 루트로 가능하니까."

"진짜로 미친놈이었군. 이런 건 어디 갖다 버릴 데도 없을 텐데."

태성은 서류를 넘기며 말했다. 세나의 이야기만 들었을 때에는 그저 쓰레기였는데, 이제 보니 병 걸린 쓰레기였다. 태성에게 성현이 선심을 쓰듯 말을 이었다.

"몇 군데 좋은 장소가 있긴 합니다. 필요하시다면 알려드리죠. 그리고 목격자인 저의 증언도 들어갈 테니 박지원 이사장 마음대로 일이 진행되진 않을 겁니다."

성현을 바라보는 태성의 눈에 이채가 서렸다.

"왜 이렇게까지 도와주는 거지?"

"뭔가 착각하고 계시는군요. 저는 한태성 대표가 아니라 윤세나 씨에게 도움이 되는 일을 하는 겁니다."

문성현, 저 남자도 세나에게 반한 남자였다. 상황이 이렇게 흘러가다 보니, 마치 그와는 적이면서도 동지인 것처럼 되어버렸다.

"그렇군."

"그리고 한 가지 주제넘게 말하자면, 한태성 씨 혼자는 제대로 밟아주기에 무리가 있을 겁니다."

"그럼 문성현 팀장과 함께하는 유림이라면 그 제대로가 가능한가?"

태성이 피식 웃으며 말하자 성현은 고개를 저었다. 진지한 표정이었다.

"김정수 외가 쪽이 정계에 관련되어 있습니다. 그리고 한태성 씨의 입지는 한국에서 그다지 쓸모가 없죠."

솔직하고 객관적인 사실이었다. 그건 태성도 생각하고 있는 바였다. 아무래도 자신의 힘만으로는 무리이긴 했다.

그래서 윤 여사의 힘을 빌려볼까 했다. 세나라면 끔찍이 아끼는 분이니, 도와주실 수 있을 것 같았다. 마음 같아서는 혼자서 밟아버려야 분이 풀리겠지만.

"제대로 힘으로 눌러줄 사람, 한태성 씨 주변에 딱 한 분 계십니다."

태성의 눈썹이 치켜 올라갔다.

"한 회장님께 부탁을 해보시죠."

태성은 순간 자신의 귀를 의심했다. 태성의 위압적인 눈동자가 성현을 향했다. 성현이 옅은 한숨을 내뱉더니 태성의 의심에 쐐기를 박았다.

"H 그룹의 한진섭 회장님 말입니다."

태성은 속내를 드러내지 않으려 했지만, 이미 깨져버린 표정을 어떻게 할 수가 없었다. 놀란 태성의 얼굴이 재미있다는 듯, 성현은 미소 지었다. 윤세나와 관련된 일 말고도 저 포커페이스가 무너지는 일이 있군.

"그분이 나서면, 한태성 씨 마음대로 할 수 있을 겁니다."

"……너, 뭐야."

경계심을 가득 담은 태성의 눈이 날카롭게 빛났다.

"한 회장님은 한태성 씨가 하고 싶은 대로 할 수 있게 도와주실, 단 한 분이죠. 친손주 아니십니까? 비록 적자는 아니지만."

"어떻게 알았지?"

"유림은 사업을 잘해서 살아남은 기업이 아닙니다. 저희 아버지는 정보력이 좋으시거든요. 좋은 능력이죠. 그 덕에 유림이 지금까지 유지되어 온 거구요."

자신의 아버지 덕분에 우연히 알게 된 사실이었다. 그의 아버지가 어떤 방법으로 한태성에 대해 알게 된 건지는 성현도 알지 못했다.

차기 H 그룹의 주인이 될 사람, 성현의 아버지는 태성을 그렇게 불렀다. 그 말을 듣고부터 성현은 태성에게 관심을 가졌다. 그가 뉴욕에서 승승장구하기 시작하면서부터 지금까지 쭉. H 그룹이라는 이름이 주는 존재감은 그만큼 어마어마한 것이었다.

그렇게 태성을 의식하며 조사하다가 알게 된 세나의 존재. 이제는 태성보다 훨씬 신경 쓰이는 그 여자를 위해 성현은 기꺼이 나서고 있었다.

"어디까지 알고 있나?"

"자세한 속사정까지야 알 수는 없죠. 그저 사이가 안 좋다는 정도만 알고 있을 뿐입니다. 그리고 한 회장님이 대표님을 꽤나 아끼고 있다는 것 정도는 알고 있죠. 제가 해드릴 수 있는 이야기는 여기까지입니다. 나머지는 한태성 씨의 몫으로 남겨두죠."

자신이 할 일은 끝났다. 기다리고 있으면 될 일이었다. 한 회장이 직접 움직인다면 쉽게 해결될 테니까. 하지만 끝까지 태성이 자존심을 굽히지 않을지도 모르니, 다른 대비책도 준비해야 했다. 세나가 다치지 않도록.

성현이 자리에서 일어섰다.

"잘 생각하십시오. 어떤 게 더 중요한 일인지. 당신의 얄팍한 자존심을 지키는 일과 세나 씨를 안전하게 지키는 일, 둘 중 하나를 선택하셔야 합니다. 알아서 잘 하시겠지만."

성현은 그 말을 끝으로 태성을 남겨둔 채 대표실 밖으로 사라졌다. 얄팍한 자존심이라. 그게 그렇게 정리가 되는 일이었나?

태성은 헛웃음이 나왔다. 자신과 한 회장은 그렇게 단순한 사이가 아니었다.

문성현은 잘못 짚었다. 단순한 자존심이 아니라 그것보다는 훨씬 더 깊게 얽히고설킨 감정의 문제였다.

"문 팀장 말대로입니다."

문성현의 이야기를 뒤에서 듣고 있던 호진이 태성을 향해 말했다. 예상하고는 있었지만, 상대의 힘은 생각보다 컸다. 태성의 표정이 굳은 채 풀어질 줄 몰랐다.

호진이 작게 한숨을 내쉬었다.

"박두건이라는 사람 자체가 우리가 건드리기엔 벽이 너무 높아. 그 김정수라는 인간, 거의 외국에서 살다시피 했지만, 거기서도 그리 조용히 논 건 아니었던 모양이야. 그리고 간간이 한국에 들어올 때마다 대형 사고가 있었고. 그런데도 이렇게 조용하게 멀쩡히 있다는 건, 뒷배가 어마어마하다는 거지."

애지중지하는 자신의 손주를 위해서 박두건, 그가 움직이고 있었다.

"짜증 나는군."

"잔챙이면 몰라도, 박두건 정도면 거물이거든. 회장님께 부탁해보는 건 어때?"

문성현과 같은 이야기였다. 마치 그것밖에 방법이 없다는 말투였다. 태성의 머릿속이 바쁘게 돌아갔다. 방법이 정말 그것뿐인지 생각 중이었다.

될 수 있으면 피하고 싶은 방법이었다. 자신이 부탁한다면 들어주실 양반이었다. 대가로 뭘 원할지도 불을 보듯 뻔했다.

"세나 씨, 저대로 둘 수도 없잖아. 그냥 둘 일도 아니고. 앞으로 김정수가 또 무슨 짓을 할지도 모르는 일이니까."

더 뾰족한 수는 없을 거라는 걸 태성도 알고 있었다. 한 회장을 찾아갈 마음의 준비가 필요했다.

"통화할 일 없을 텐데요."

끈질긴 전화였다. 세나는 이걸로 끝이라는 사실을 확실히 하고 싶어 전화를 받았다. 하지만 정수는 그럴 생각이 없는 모양이었다.

그는 즐거운 목소리로 말했다. 이해하고 싶지도, 이해할 수도 없는 정신세계였다. 대체 뭐가 그렇게 즐거운 걸까?

[미리 통화를 해야 너한테 무슨 일이 일어날지 알고 대비를 하지.]

"저한테는 아무 일도 일어나지 않아요."

[그래? 확실해? 우리 어머니가 널 고소했다던데? 당연한 거 아니야? 나를 그 지경으로 만들어놨는데.]

정수의 야비한 목소리는 듣는 것만으로도 소름이 끼쳤다. 누가 누굴 고소해? 적반하장도 유분수지. 그녀가 고소를 해도 모자랄 판이었다.

"얼마든지 하라고 하세요. 저도 가만히 있진 않을 테니까."

쿡쿡대는 웃음소리가 수화기 너머로 들려왔다. 그렇게 정수는 한참을 웃어대다가 말을 이었다. 이죽거리는 목소리가 세나의 신경을 긁어댔다

[아, 그래, 그래. 너 말야, 그때도 가만있지는 않았잖아?]

"무슨 말을 하고 있는 거예요?"

[너, 신고했잖아. 우리 집 전화기로. 다급한 목소리가 꽤 귀여웠어.]

세나의 뒷골이 서늘해졌다. 잊고 있었던 기억이었다.

그날도 가만있지는 않았다. 가만히 있는 건 세나의 성격상 맞지 않았다. 학교에서 배운 대로 경찰에 신고를 했고, 그리고 기다렸다. 하지만 아무 일도 일어나지 않았다. 그녀의 신고로 인해 당연히 집으로 경찰들이 들어와서 정수를 잡아갔어야 했다.

그저 제대로 신고가 되지 않은 거라 생각했는데 그게 아닐 수도 있다는 건가?

[근데 아무 일도 없었잖아. 그치?]

핸드폰을 꼭 쥔 손이 부들부들 떨려왔다. 그녀가 당황해서 신고를 제대로 못 한 게 아니라, 신고를 해도 소용이 없었던 거였다. 처음부터 그렇게 공정치 못한 거였다.

"당신들…… 짓이었단 말이군요."

[그러니 이번에도 넌 아무것도 못 할 거야.]

확신에 찬 목소리가 세나를 우롱했다. 세나는 머리가 하얗게 되어서 그에게 반박할 말을 떠올릴 수 없었다.

[아참, 모를까 봐 알려주는 건데, 그 인간, 한태성이던가? 그 중소기업 대표로 있는 같잖은 자식.]

정수의 입에서 태성의 이름이 나오자, 세나는 정신이 번쩍 들었다.

"그 사람은 절대 건들지 마요. 그 사람한테 무슨 일 생기면, 진짜로 가만 안 둘 거야."

[아이고, 무섭기도 하지. 그런데 이를 어쩌지? 어머니가 같이 고소를 하시던데.]

세나는 입술을 깨물었다. 선홍빛 입술이 곧 터질 듯 빨갛게 변했다. 이건 해도 해도 너무했다.

"당신들이 사람이야?"

세나의 목소리가 떨리기 시작하자, 정수의 만족한 목소리가 세나의 귀에 들려왔다.

[물론 내가 그 고소 취하해줄 수도 있어. 네가 내 말만 잘 듣는다

면.]

자신에게 집착하는 이유는 오직 하나였다. 그날의 일을 마무리 짓고 싶은 미친놈의 심정. 그딴 걸 내가 알 게 뭐람?

"헛소리하지 마요."

[방법을 알려주는데, 새겨들어야지. 헛소리라니.]

세나는 더욱더 기가 막혀 말이 나오지 않았다.

"당신이 생각하는 그런 일, 절대로 일어나지 않아."

[그럼 그 남자, 내 맘대로 해도 되는 거지? 너 하기 달렸다니까?]

순간 세나의 손에서 핸드폰이 사라졌다. 태성이 무서운 표정으로 핸드폰을 들고 서 있었다.

"개수작 집어치워. 다신 전화하지 마. 말로 하는 경고는 이걸로 끝이야."

태성은 차가운 분노를 가득 담은 묵직한 목소리로 정수에게 경고 했다.

참아주는 건 끝이었다. 그날 정말 죽여버렸어야 하는 건데. 이렇 게 또다시 세나를 괴롭히고 있을 줄 미리 알고 있었어야 하는 건데. 할 말을 마치고 태성은 전화기를 끊어버렸다.

세나의 안타까운 눈이 태성을 향했다.

"그 인간 말이 사실이에요? 진짜로 고소당한 거예요? 그래요?"

"별일 아냐."

세나가 태성의 두 손을 꼭 잡았다. 그녀의 떨리는 손끝에 태성을 걱정하는 마음이 느껴졌다. 세나는 태성의 눈을 진지하게 바라보았 다.

"절대로, 태성 씨한테 아무 일도 안 생길 거예요. 제가 그렇게 할 거예요."

태성은 피식 웃으며 세나를 품에 끌어안았다. 언제나 세나에게 타이밍을 먼저 빼앗겨버린다. 그녀는 언제쯤 자신을 믿고 온전히 기대올까.

"그건 남자가 하는 대사야, 이 여자야."

"나 때문에……."

세나의 깨문 입술에서 피가 날 것 같았다.

"너 때문이 아니라, 그 인간들이 썩은 거야."

세나는 약한 목소리를 내지 않으려 애썼다. 방법을 생각해내야 했다. 그런 세나의 머릿속을 들여다본 것처럼 태성이 턱으로 그녀의 정수리를 톡톡 건드렸다.

"생각하지 마. 너 머리 굴리는 소리 다 들려. 아무것도 하지 마. 나만 믿고 기다리고 있어. 아무 일도 안 생겨."

자신은 무슨 고민을 하고 있었던 걸까? 이 여자를 지켜줄 확실한 방법이 있는데. 성현의 말대로 진짜 얄팍한 자존심인 건지. 무슨 수를 써서라도 이 여자를 지켜내야 했다. 더 이상 지체할 이유는 없었다.

세나를 집으로 데려다준 후 태성은 본가로 향했다. 그가 올 것을 예상이라도 했다는 듯 여유로운 표정의 한 회장이 태성을 맞이했다.

"예상보다도 빠르구나."

한 회장은 입가의 미소를 숨기지 않았다. 그 표정이 못마땅한 듯 태성은 미간을 찌푸렸다. 자신이 올 거란 사실을 알고 있었을 것이다. 이런 이야기를 한다면, 또 핏줄 타령을 해대겠지.

"도와주실 겁니까?"

앉자마자 본론이었다. 태성의 단도직입적인 질문에 한 회장의 미소가 짙어졌다.

"생각보다 깊은 사이로구나."

"그 여자는 언급하지 마십시오."

세나에게 그 어떤 영향도 끼치지 못하도록 태성은 선을 확실하게 그었다. 이번 일의 대가는 자신뿐이었다. 태성의 말에 한 회장이 동의한다는 듯 가볍게 고개를 끄덕였다.

"좋다. 그럼 뭘 내어줄 거냐?"

"이미 원하시는 게 있지 않습니까?"

"그걸 다 해주겠다고?"

능구렁이 같은 영감. 아무것도 모른다는 듯 뻔뻔한 말투라니. 말꼬리를 늘어뜨리며 승리를 만끽하는 한 회장의 태도가 마음에 들지는 않았지만, 부탁하러 온 건 태성이었다.

"해드리지요. 단, 제가 상식적으로 이해할 수 있는 선에서 하겠습니다. 제가 드릴 수 있는 약속은 거기까지입니다."

태성의 말에 한 회장의 미소가 한풀 꺾였다. 상식적으로 이해할 수 있는 선이라는 의미를 한 회장은 너무도 잘 알고 있었다. 자신의 아들과 손자인 태성의 풀리지 않는 부자간의 갈등. 그건 자신도, 며느리인 미영도 어떻게 해줄 수 있는 문제가 아니었다. 못난 아들 놈 같으니라고.

하지만 그것만으로도 한 회장은 충분히 목적을 달성했다.

"니들 일은 니들끼리 풀거라. 관여하지 않겠다. 난 너와의 일만 풀어갈 테니. 내가 뭘 할지는 알고 있겠지?"

늘 후계자로서 자신을 탐내온 한 회장이었다. 남들에게는 행운처럼 보일지 몰라도 H 그룹 후계자 자리는 자신에게는 맞지 않은 옷처럼 불편한 자리였다.

"1년."

"3년입니다. 흥정을 하는 게 아닙니다."

"……괘씸한 녀석."

한 회장의 말에 태성이 단호히 고개를 저었다. 지금의 일을 3년 안에 정리하고 한 회장의 품으로 들어오겠다는 이야기였다. 한 회장의 눈이 날카롭게 태성을 훑어 내렸다.

"분명 딴말을 하진 않으렷다?"

"두말을 하지는 않겠습니다."

그런 면에서 태성은 믿을 만한 녀석이었다. 결코 허투루 말을 내뱉는 법이 없었다. 그것도 자신을 닮아 있었다.

"오냐. 거래는 성립된 걸로 하마."

"계약서라도 작성해 드려야 합니까?"

태성의 말에 한 회장이 껄껄 웃음을 터뜨렸다.

"그것도 제법 귀여운 짓이다만, 굳이 그럴 필요는 없다. 내가 너를 알고 네놈도 나를 알고 있으니."

"알겠습니다."

한 회장의 확답을 얻었으니, 더 이상 볼일은 없었다. 하지만 뒤이은 한 회장의 한마디가 일어서는 태성을 붙잡았다.

"그래서, 그것들을 어떻게 해주랴?"

한 회장의 말에 태성은 미동도 하지 않은 채 노인과 눈을 마주쳤다. 태성의 눈 속에 들어 있는 짙은 살기가 한 회장의 심장을 파고들었다.

"다시는 일어서지 못하도록 제대로 갚아줘야겠습니다."

"필요한 것들을 보내마."

한 회장이 고개를 끄덕였다. 태성은 고개를 꾸벅 숙이고는 한 회장의 서재를 빠져나갔다.

"뻣뻣한 녀석. 고맙다는 한마디면 되는 것을."

태성의 뒷모습을 보며 한 회장의 표정이 순식간에 바뀌었다. 한 회장은 수화기를 들어 전화 너머 누군가에게 지시했다.

"준비했던 거, 태성이 녀석에게 주도록 해. 그리고 윤세나라는 그 아이. 자료 준비해서 올라와."

이제야 모든 일이 술술 풀리는 것 같았다. 따지고 보면, 이 모든 게 여자 하나 때문에 벌이지는 일이었다. 한 회장은 의자에 기대어 앉아 생각에 잠겼다. 태성이 놈을 변하게 만든 여자에 대해서도 이제 관심을 가질 때였다.

지원은 방금 들은 소리를 믿을 수가 없었다. 교양 있어 보이던 눈매가 본색을 드러내며 매섭게 일그러졌다. 지원은 앞에 서 있는 사람을 다그치기 시작했다.

"뭐? 다시 한 번 말해봐. 지금 뭐라고?"

지원의 찢어지는 목소리가 사무실 밖까지 울렸다.

"일이 제대로 진행되지 않고 있는 것 같습니다. 아직까지 검찰 쪽에서 이렇다 할 움직임이 없습니다."

"검찰 쪽에서? 대체 왜? 유 검사한테 전화 넣어봐."

"검사님 연락이 안 되십니다."

"연락이 안 돼? 부장검사는?"

"부장검사님은 휴가 중이시랍니다."

유 검사까지만 해도 그러려니 했던 그녀의 표정이 부장검사의 부재를 듣자마자 충격에 휩싸인 듯했다. 자신이 알기로 부장검사는 뉴질랜드에 있는 가족들에게 가서 쉬고 온 지 얼마 되지도 않았는데 휴가를 또 갔다고? 상식적으로 말이 안 되는 일이었다. 의도적으로 지원을 피하고 있지 않는 한.

자신을 위해 힘써줄 인간들이 하루아침에 모두 연락이 두절되었다. 이 정도쯤은 아무것도 아니라며 믿고 맡겨 달라던 유 검사까지도 연락이 안 되고 있었다. 어째서, 왜?

지원은 네일 아트를 곱게 받은 손톱을 입에 물고 잘근잘근 씹기 시작했다. 그 연놈들은 원래 계획대로라면 오늘 중으로 검찰에 불려가 조사를 받았어야 했다. 하지만 아무런 일도 일어나지 않고 있었다. 자신이 모르는 무슨 일인가가 벌어지고 있는 것 같았다.

"그것뿐만이 아닙니다, 이사님. 정수 군 앞으로 고소장이 접수되었습니다."

지원의 눈썹이 앙칼지게 올라갔다. 그 정도는 예상했다.

"흥, 윤세나 그년이군. 건방진 것! 그 정도는 알아서 처리하란 말이야. 그런 것까지 내가 일일이 지시해야 해?"

"아뇨, 윤세나 씨가 아닙니다."

"아니라고? 그럼 무슨 고소장이 접수가 돼? 누가 감히 그딴 짓을 해?"

머뭇거리던 비서가 눈을 질끈 감았다. 언제 알아도 알게 될 일이었다.

"한 장이 아닙니다. ……그동안 정수 군이 했던 일들이 모두 터졌습니다, 이사장님."

D병원 이사장 아들, 마약 혐의로 수사 중.

모 유명 병원 이사장의 아들 김모 군이 그동안 해왔던 악행 드러나.

인간의 탈을 쓴 짐승 같은 권력자들의 뒷모습! 그 추잡한 사생활이 폭로되다.

사회에 물의를 일으킨 상류 계층, 전 국회의원의 손자로 밝혀져.

탁─.

태성은 책상 위에 아무렇게나 신문들을 던져놓았다.

"이제 시작이군."

호진은 태성이 내려놓은 신문들을 냉큼 들어 올렸다. 비난 섞인 여론에 호응이라도 하듯, 언론 매체들은 하나같이 정수에 대해 신랄한 비판을 해대고 있었다.

"생각보다 훨씬 더 거지같은 놈이었네."

기사를 읽는 호진은 눈살을 찌푸렸다. 한 회장으로부터 묵직한 서류 뭉치를 넘겨받았을 때부터 호진은 김정수의 악행이 적은 건수가 아님을 눈치챘었다. 한 회장이 태성의 마음을 사로잡기 위해서 무엇을 얼마나 준비했을까?

그 능구렁이 같은 노인네는 태성이 자신을 찾아오리라는 걸 알고 있었다. 그리고 태성을 옭아맬 덫을 튼튼하고 멋지게 만들어놓았다. 군침이 날 만큼 매력적인 덫이었다. 그리고 그 덫을 쓴 만큼 나중에 청구하겠다는 속셈이 뻔했다.

훤히 읽히는 수에도 불구하고 태성은 '적당히' 할 생각은 눈곱만큼도 없었다.

"수위 조절을 할 생각은 없는데 말이지."

어차피 간단히 끝낼 생각이었으면, 한 회장한테까지 가지도 않았다. 금은보화로 지어진 덫으로 걸어 들어가는 일 따위, 기꺼이 해줄 생각이었다.

부족하다면 없는 죄라도 덮어씌울 생각도 있었지만, 다행히도 정수의 과거는 그의 예상보다 훨씬 추접스러웠다. 태성의 기대를 저버리지 않아서 다행이었다. 직접 손쓸 필요 없이 그저 언론에 정보를 넘겨주기만 하면 되는 일이었다.

하루아침에 불꽃놀이처럼 펑펑 터져버린 사건에 놀란 세나는 TV에서 시선을 뗄 수가 없었다. 아무리 보아도 신문과 각종 언론에 도배되고 있는 이야기는 자신이 알고 있는 사람과 관련된 것이 틀림없었다. 인터넷에서는 이미 실명이 거론되며 정수에 대한 거센 비판이 이어지고 있었다.

아직 그녀가 정수를 정식으로 고소하기도 전이었다. 저런 상태라면 굳이 자신까지 경찰의 손을 바쁘게 만들 필요는 없을 것 같았다.

"세나야, 소리 좀 키워볼래?"

노기를 띤 원장 어머니의 목소리가 주방에서 들려왔다. 오전에 얼핏 본 내용으로는 성에 차지 않은 건지 어머니는 제대로 듣겠다며 볼륨을 높여달라고 했다.

도담 병원 정문 앞, 모자이크 처리를 했지만 쉽게 알아볼 수 있는 건물 앞에서, 손에 마이크를 든 기자가 비장한 표정으로 카메라 앞에 서 있었다.

[돈으로 입막음을 했지만, 역시나 진실은 가릴 수가 없었습니다. 유명 병원의 이사장 아들인 김모 씨의 행각에 국민들은 경악을 금치 못하고 있는 상황입니다. 지난 5년 동안 김모 씨의 범죄에 휘말린 사람들이 용기를 내어 그의 범행에 대해 입을 열기 시작했습니다. 계속해서 나타나는 피해자들로 인해 검찰은 아직 드러나지 않은 사건이 더 있을 것으로 보고 본격적인 조사에 착수하기 시작했습니다.]

아이들에게 줄 간식으로 고구마를 찌고 있던 혜영은 고개를 절레절레 흔들었다. 피의자가 누구라고는 전혀 짐작하지 못하는 모양이었다. 하긴 아주 오래전, 김정수가 그의 아버지를 따라 봉사활동을 왔을 때는 지극히 정상적인 모습이었으니까.

"세상에, 저런 몹쓸 인간이 있나."

어머니도 딸을 여럿 둔 입장에서 TV에서 연일 떠들어대는 미성년자 성폭행범에게 분노했다.

"어떻게 어린 애들한테 저런 짓을 하고 얼굴을 들고 다니는 거지? 세상이 어떻게 돌아가고 있는 건지 모르겠구나."

"그러게요, 어머니. 그래도 밝혀졌잖아요."

"그러니 얼마나 다행이니. 우리 애들 근처에도 저런 인간이 있었으면 어쩔 뻔했어."

성추행과 성폭행, 그것도 모자라 납치와 감금까지. 피해자는 대부분 미성년자들이었다. 게다가 김정수는 마약 투여 혐의까지 받고 있어 쉽게 빠져 나갈 수 있을 것 같지 않았다.

하지만 세나가 궁금한 건 저 사건이 어떻게 이렇게 대대적으로 밝혀졌느냐는 거였다. 경찰의 신고조차 막을 수 있는 권력자들이었는데.

몇 년 동안 감추어져 있던 일들이 겨우 하루아침에 속속들이 밝혀지고 있었다.

피해자들이 자발적으로 나서서 고소를 한 건가? 왜 하필 이제 와서 갑자기 단체로 고소를 하고 나선 걸까? 그리고 왜 이 모든 일들이 일어나는 시기가 지금인 걸까?

―아무것도 하지 마. 나만 믿고 기다리고 있어.

지금 벌어지고 있는 일들과 태성이 관련 있는 걸까? 만약 그가 한 거라면, 갑작스럽게 태성이 어떻게 저 많은 피해자들과 증거를 찾아서 고소하도록 만들었을까?

생각이 꼬리에 꼬리를 물고 쉽게 결론이 나지 않았다. 역시나 결론은 하나였다. 그에게 물어보자. 핸드폰을 집어 들던 세나는 멈칫했다.

아까 통화했을 때 태성은 이 일에 대해 어떠한 언급도 하지 않고 그저 호진과 함께 집에서 업무를 보는 중이라고만 했었다.

전화보다는 직접 만나는 게 좋을 것 같았다. 그의 눈을 보며 직접 이야기를 듣고 싶었다.

세나는 지체하지 않고 방으로 들어가 자신의 가방과 겉옷을 들고 밖으로 나섰다.

"아직 김정수 행방은 모르는 거야?"

태성의 물음에 호진은 고개를 저었다. 경찰에서 열심히 찾고 있었지만 그의 행방은 묘연했다. 박지원을 추궁해도 정수에 대한 정보는 나오지 않고 있었다.

양파처럼 까도 까도 계속해서 밝혀지는 정수의 과거에 호진은 어이가 없었다. 그가 저지른 짓들은 사람이면서 어떻게 저럴 수 있었을까 싶은 것들뿐이었다.

"이렇게까지 숨어 있는 거 보면, 지가 한 짓을 알긴 아는 모양이야. 세나 씨한테 연락해봐야 하는 거 아니야?"

"혹시 몰라서 사람들 붙여놨어."

태성의 치밀함에 감탄사가 나올 지경이었다. 호진은 태성이 이렇게까지 세심한 신경의 소유자인 줄 처음 알았다.

태성은 일을 터뜨릴 때부터 세나를 가장 먼저 생각했다. 혹시라도 정수가 해를 가할까 싶어 세나가 눈치채지 못하도록 경호원을 붙여놓았었다.

[고객, 대중교통으로 이동 중. 버스 번호는 12XX번. 차량 번호는 서울XX 사0000. 버스 뒤를 따라가고 있음. 버스 안에 요원 배치.]

자신이 고용한 경호원에게서 온 연락에 태성은 이마를 찌푸렸다. 집에 있지 또 어딜 가고 있는 거야? 태성은 서둘러 세나의 핸드폰으로 전화를 걸었다. 그의 미간이 그녀에 대한 걱정으로 일그러졌다.

한참 통화음이 울린 후, 세나가 전화를 받았다. 그녀의 목소리가 들려오자 그의 눈에 힘이 풀렸다.

[저, 지금 태성 씨한테 가고 있어요. 집에 있는 거 맞죠?]

추운데 그를 만나러 오고 있는 세나의 모습이 눈에 선했다. 그러게 차를 사준다니까. 아니면 자신에게 태우러 오라고 하던지. 참 말 안 듣는 여자였다.

"연락하면 내가 가잖아."

"아니에요. 내가 갈게요. 집에 꼼짝 말고 있어요."

"알았어."

꼼짝 말고 있으라고 하면 자신이 집에 있을 거라 생각한 걸까? 세나의 말에 착하게 대답한 태성은 차 키를 들고 외투를 입었다. 하지만 거침없는 그의 발걸음은 현관문 앞에서 멈췄다.

"이호진. 너, 12XX번 버스. 어디에서 서는지 알아?"

사랑한다는 말

어두운 골목 안에서 남자의 거친 숨소리가 들려왔다.

인터넷에 그의 사진이 돌아다니고 있었다. 누구에게 연락해도 이제는 모두들 그를 피했다. 마치 그를 전혀 모르는 사람처럼.

그와 엮이면 피해가 만만치 않을 거라는 사실을 모두들 알고 있었다.

어머니에게 연락해볼 수도 없었다. 하지만 그의 어머니도 이번에는 역부족이었다. 막아줄 능력이 되었다면 터지기 전에 막았을 것이다. 매번 그랬던 것처럼.

정수가 얼마 안 되는 그의 인맥을 총동원해 알아낸 정보라고는 이 모든 일의 배후가 한태성, 그 새끼라는 사실뿐이었다. 한국에서는 힘이 없을 거라 생각했는데, 아무래도 자신이 그를 과소평가했던 모양이었다.

광기와 분노 어린 눈빛을 한 정수의 품속에 번쩍거리는 날카로운 것이 빛나고 있었다.

"내가 이대로 가만히 있을 것 같아?"

버스 정류장은 태성의 집에서도 한참이나 떨어진 곳에 위치해 있었다. 태성은 차를 가져오려고 했지만, 둘이서 오붓하게 데이트하며 걸어오라는 호진의 말에 미련 없이 차 키를 내려놓고 집을 나섰다. 호진의 모진 타박을 들으며 간신히 찾은 정류장이었다.

태성은 핸드폰을 확인했다.

> 고객, 목적지에 도착한 듯. 내릴 준비 중.

[곧 12XX번 버스가 정류장으로 들어섭니다.]

기계적인 여자의 목소리가 들려왔다. 곧 세나가 탄 버스가 도착할 예정이었다. 쌀쌀한 날씨 탓인지 정류장 근처는 한산했다. 사람이 없는 게 더 마음에 들었다. 세나를 품에 꼭 끌어안고 가도, 그녀가 자신을 뿌리칠 명분이 없을 테니까.

태성은 버스 정류장 기둥에 기대서 노란 헤드라이트를 켠 버스가 들어오는 걸 지켜보았다. 입가에 숨길 수 없는 미소가 번지고 있었다. 태성은 자신의 모습을 한 쌍의 음침한 눈동자가 주시하고 있다는 걸 전혀 알아채지 못했다.

깜짝 놀란 세나를 보며 태성의 입가에 환한 미소가 번졌다. 예상한 것 이상으로 반응하는 세나의 모습이 그를 기쁘게 만들었다.

"여기 어떻게 알고 왔어요?"

세나의 놀란 목소리에는 그에 대한 반가움이 한껏 묻어났다.

"버스 타고 온다며."

"그래서 마중 나왔다구요?"

"당연히 나와야지. 애인인데."

무심한 듯 툭툭 내뱉는 그의 말투 속에 그녀를 향한 애정이 듬뿍 묻어났다. 그리고 '나 잘했지?'라고 말하고 싶어 하는 그의 눈빛에 세나는 자신도 모르게 웃음이 터져 나왔다.

"나 이런 거 해보고 싶었었는데. 버스 정류장 데이트."

호진의 말을 듣길 잘한 모양이었다. 가끔은 차 안이 아니라, 이렇게 둘이서 걷는 것도 괜찮은 데이트 방법인 듯했다. 세나가 팔짱을 끼며 다가오자, 태성이 세나의 손을 잡아 자신의 긴 손가락으로 감쌌다.

"나 정말 놀랐어요. 마중 나와줘서 고마워요."

"뭐 이 정도 가지고."

꼭 어린아이처럼 뽐내는 듯한 그의 말투에 세나의 입에서 미소가 지워지지 않았다. 태성은 쿡쿡대며 웃는 세나의 팔을 더 끌어당겨 자신의 품에 밀착시켰다.

"내용과 말투가 전혀 다른 말을 하고 있잖아요."

"알아차렸으면 다행이야. 그나저나 다 늦은 저녁에 뭐하러 와."

"보고 싶어서요."

세나의 대답에 태성이 사랑스럽다는 듯, 세나의 머리카락을 쓰다듬었다. 그녀가 보고 싶은 건 그도 마찬가지였다.

"보고 싶으면 오라고 하지."

"보고 싶은 사람이 오면 되죠 뭘."

도무지 내숭이라고는 찾을래야 찾을 수가 없는 여자. 있는 그대로 순수하게 애정을 드러내는 세나를 보는 태성은 심장이 뻐근해졌다.

"얼른 같이 살던지 해야지 원."

그의 말에 놀란 세나가 고개를 들어 태성을 바라보았지만, 태성은 무심한 표정으로 앞을 주시하고 있을 뿐이었다. 이상한데? 지난번에도 그렇고 조금 전 말도 그렇고. 굉장히 수상한 말인데 정작 본인은 아무런 반응도 없다. 뭐지? 툭툭 내뱉는 말이 다 그런 건가? 사람 헷갈리게.

문제는 태성이 아니라, 아무렇지도 않게 내뱉은 말 한마디에 심장이 두근두근하는 그녀 자신일지도 몰랐다.

"왜?"

태성의 다정한 눈동자가 자신을 향하자 세나는 아무것도 아니라는 듯 고개를 저었다. 제발 이상한 생각은 그만하고 살자, 윤세나. 스스로를 다잡은 세나는 고개를 들어 주위를 살펴보았다. 아주 추운 겨울은 다 지나간 듯했다. 쌀쌀하긴 했지만 전과는 다른 기운이 그녀의 볼을 스치고 지나갔다.

태성의 집은 예쁜 전원 주택 사이를 지나, 지대가 높은 곳에 위치해 있었다. 그의 집까지 걸어가는 동안 집집마다 켜진 불들이 저마다 은은한 색감을 뿜내며 그들의 앞길을 밝혀주고 있었다. 그에게 잡혀 있는 손이 따뜻했다. 그녀의 작은 보폭에 맞춰주듯 태성의 걸음걸이는 평소보다 느렸다. 그리고 그녀가 팔짱을 낀 채 기대어 있는 그의 어깨는 든든하고 포근했다.

얼마 걷지 않은 듯했는데 벌써 태성의 집 앞이었다. 이대로 시간이 멈춰도 좋을 것 같다는 생각이 드는 조금은 이른 밤이었다. 이 평화롭고 행복한 분위기를 깨고 싶지는 않았지만, 그래도 그녀는 태성에게 해야 할 말이 있었다.

"사실은 물어볼 게 있어요."

"얼마든지."

머뭇거리던 세나는 걸음을 멈추고, 태성과 시선을 맞추었다. 조금 전과는 다르게 흔들리는 세나의 눈동자를 보며 태성은 그녀가 무슨 말을 하려고 하는지 알아차렸다.

"오늘 뉴스를 봤어요. 거기 나온 사람, 그 사람 맞죠?"

세나의 말은 질문이 아니라 확신이었다. 이제부터가 진짜 본론이었다.

"그거 혹시, 태성 씨가 한 거예요?"

"왜 그렇게 생각해?"

"문득 그런 건가 하는 생각이 들어서요."

무슨 대답을 해주어야 할까? 태성은 세나가 아무것도 몰랐으면 했다. 그 미친놈이 잡혀갔다는 소식을 듣고 세나가 안심하며 즐겁게 생활할 수 있다면, 그걸로 족한 일이었다. 그게 태성이 바라는 전부였다. 하지만 그의 대답에 따라 세나는 더 많은 걸 궁금해할 테고, 그러면 그는 한 회장과의 거래를 언급해야 할지도 몰랐다.

그러면 알리고 싶지 않은 자신의 이야기까지 해야 할 수도 있었다. 세나가 언젠가 그 속이 시커먼 노인네와 만나게 될지도 모르지만 지금은 아니었으면 싶었다.

"아니. 내가 무슨 힘이 있겠어? 누가 했던지 간에, 잡혀가면 잘된 거 아닌가?"

태성의 담담한 목소리에 세나는 확인하듯 그의 손을 꼭 잡았다.

"진짜로 태성 씨가 한 일 아니죠? 태성 씨는 아니었으면 해요."

"왜?"

세나의 말에 태성은 의아했다. 그가 했다고 하면 오히려 좋아해야 하는 게 맞는 것 같은데.

"당신, 다칠까 봐요. 그 사람 제정신 아니잖아요. 아직 경찰에서도 그 사람 못 찾은 것 같던데, 무슨 생각을 어떻게 할 줄 알아요. 태성 씨가 혹시라도 다치기라도 하면…… 나는, 나는……."

태성이 세나의 뺨을 부드럽게 쓰다듬었다.

"나는 네 머릿속에 제일 궁금해."

그는 자신을 걱정하는 세나가 사랑스러웠다.

"말해줘요. 당신, 아닌 거죠?"

"아니야."

그가 한 일이 맞았다. 아니라고 말하는 태성의 눈빛을 본 순간 그녀는 알아버리고 말았다.

그 미친 인간이 태성 씨한테 복수라도 한다면? 정수는 태성에게 얼마든지 복수를 할 수 있을 만한 그런 집안의 자식이었다.

그래서 세나는 태성이 얽혀 있지 않았으면 했다. 결국은 그녀의 바람으로만 끝나버리고 말았지만. 하지만 태성은 어떻게 이 모든 일들을 할 수 있었을까?

"내가 전에도 말했지? 너 머리 굴러가는 소리 나한테 다 들린다고."

세나는 태성의 품에 안겨 크게 숨을 들이쉬었다. 이 품이, 이 따뜻한 체온이 지금까지처럼 계속해서 그녀의 곁에 있어주길 바랐다. 그녀가 원하는 건, 그 단 한 가지였다.

그가 했으면 어떤가? 그에게 아무 일도 일어나지 않도록 그녀가 지켜주면 된다. 그리고 곁에서 그를 지키기 위해 그녀가 해야 할 일은 하나밖에 없었다.

"같이 살아요, 우리."

"……뭐?"

뜻밖의 말에 깜짝 놀란 태성이 품에서 세나를 떼어내었다. 입 밖으로 불쑥 튀어나온 말이긴 했지만 후회하지는 않았다. 세나는 태성의 손을 더욱 꽉 잡으며 단호한 의지를 보였다.

"같이 살자구요. 내가 당신 옆에 붙어 있어야겠어요."

"나야 언제나 환영이지. 왜? 왜 같이 살고 싶어졌어? 내가 너무 좋아서?"

태성의 말에 세나는 그의 가슴을 아프지 않게 주먹으로 쳤다. 장난처럼 받아들이는 태성이 얄밉다는 듯, 세나는 눈을 가늘게 뜨고 태성을 노려보았다.

"장난치지 말아요. 나 심각하단 말이에요. 내가 태성 씨 옆에 붙어 있어야겠어요. 누가 해코지 못 하도록."

"내가 다칠까 봐 같이 살아야겠다고?"

"당연하죠. 난, 절대로 당신이 다치는 꼴은 볼 수 없어요."

가슴속에서 끓어오르는 감정에 태성은 세나를 품에 꼭 끌어안았다.

"그래. 너도 절대로 다치지 않을 거고."

그건 스스로에 대한 다짐이기도 했다. 그녀의 털끝 하나 건드리지 못하게 할 거라는 그의 굳은 다짐. 하지만 태성의 말이 끝나기가 무섭게 어두운 그림자가 그들을 향해 다가왔다.

"그게 과연 네 말대로 될까?"

광기 어린 눈빛을 감추지 못한 남자가 금속 물체를 들고 태성을 향해 달려들었다.

어둠 속에서 번쩍이는 물건은 칼이었다. 정수가 칼을 들고 그들에게 달려들었다. 그런 정수를 보자마자 태성은 순식간에 그녀를 감싸 안았다.

그 모습에 놀란 세나는 금세 태성의 품에 파묻혔다.

순식간에 일어난 일이었다.

태성의 품에 안긴 세나는 지금 무슨 일이 일어난 건지 알아차리지 못했다. 자신을 끌어안은 태성의 넓은 가슴 안에서 얼어버린 몸을 움직일 수조차 없었다. 하지만 그 목소리가 누구의 것인지는 알 수 있었다.

쨍그랑–.

조용한 골목 안, 시멘트 바닥에 차가운 금속성 물질이 떨어지는 소리가 울려 퍼졌다.

"이 개새끼! 죽여 버릴 거야! 감히 나를 이렇게 만들어? 넌 내 손으로 반드시 죽여 버릴 거라고! 알아들어?"

악에 받친 정수의 목소리가 들려왔다. 태성은 방패막이 되어 그녀의 몸을 감싸 안고 있었다. 그녀를 감싼 태성의 몸에는 잔뜩 힘이 들어가 있었다.

태성이 어떤 마음이었는지를 알아차리자 그녀의 손이 부들부들 떨려왔다. 그녀는 떨리는 손으로 태성의 얼굴을 쓰다듬었다.

"괜찮아요? 다쳤어요? 어디 좀 봐요. 네?"

다급한 세나의 목소리에도 불구하고, 태성의 표정은 여유로웠다.

"난 괜찮아."

하지만 그녀는 심장이 터질 듯이 떨려왔다.

"그러지 말구요. 좀 보자구요. 저 인간, 칼 들고 있었잖아요. 그렇죠?"

거의 울 듯한 세나의 목소리에 태성은 피식 웃음을 내뱉으며 세나의 어깨에 고개를 묻었다.

"너는 심각한데, 나는 왜 이렇게 웃음이 나올까?"

"웃지 말아요! 어디 다친 데 없냐구요!"

"괜찮다고 했잖아."

세나에게서 몇 미터 떨어지지 않은 곳에 누워 있는 정수의 모습이 눈에 들어왔다.

그녀의 마지막 기억은 김정수가 칼을 들고 난폭하게 태성을 향해 뛰어오던 모습이었는데, 어찌된 일인지 낯선 남자 둘이 정수를 움직이지 못하게 누르고 있었다.

낯선 남자 중 한 명이 태성을 향해 물었다.

"어떻게 할까요?"

정수를 보는 태성의 눈에 한기가 서려 있었다. 자신은 상관이 없었다. 하지만 세나가 다칠 뻔했고, 그건 결코 용서해줄 수 없는 일이었다.

"일단, 숙녀분을 안으로 모셔주세요."

태성의 말에 사람들 중 한 명이 세나 쪽으로 다가와 그녀의 곁에 섰다.

"경찰에 신고해요."

정수를 노려보며 핸드폰을 드는 세나의 손을 태성이 붙잡았다.

"내가 할게. 내가 하도록 해줘."

태성이 고개를 저으며 부드러운 말투로 세나에게 말했다. 태성의 말에 세나는 고개를 끄덕였다.

"먼저 들어가 있어, 세나야. 여기 정리하고 들어갈게."

이 다음에 벌어질 일들은 세나에게 보여주고 싶은 광경이 아니었다. 태성을 바라보는 세나의 눈빛이 흔들렸다. 힐끗 바라보니 저 멀리 반짝이는 칼이 눈에 들어왔다.

"그래도……."

태성이 턱짓으로 정수를 결박하고 있는 사람을 가리켰다.

"금방 따라 들어갈게. 저기 싸움 잘하는 분들도 계시니까, 너무 걱정하지 말고."

태성이 세나의 어깨를 부드럽게 붙잡으며 말을 이었다.

"걱정하지 마. 내가 30분 내로 안 들어가면 호진이한테 신고하라고 해. 알았지?"

말을 마친 태성은 자신의 경호원에게 눈빛으로 지시하며 세나를 부탁했다.

세나가 사건 현장에서 멀어지자 그제야 태성의 시선이 정수를 향했다. 그때까지도 발악을 하며 소리를 지르던 정수는 자신을 노려보는 태성의 눈빛에 기세가 한풀 꺾였다.

태성이 느린 걸음으로 정수를 향해 다가섰다. 태성이 발을 옮길 때마다 태성에게서 느껴지는 살기에 정수는 말문이 막혔다. 잡힌 그를 내려다보는 태성의 얼굴에 희미한 미소가 걸려 있었다.

"풀어드리세요."

태성의 지시에 남자가 정수의 손목을 풀었다. 자유로운 몸이 되자 정수는 다시 태성을 노려보았다.

"감히 나를 엿 먹여?"

태성은 피식 웃었다. 반성을 할 거란 생각은 하지도 않았다. 이렇게 제 발로 걸어와 주다니. 태성의 입장에서는 정수가 고마웠다.

"다행이야. 나한테 먼저 잡혀줘서."

"뭐라는 거야, 이 새끼가!"

정수는 두려움을 떨쳐내려 더욱 소리를 질렀다.

"여기까지 알아서 찾아와 줬는데 손님 접대가 영 엉망이어서 미안하게 됐어."

태성의 말투에 정수는 자신도 모르게 한 발짝 뒤로 물러섰다.

정수는 본능 하나만큼은 뛰어나게 발달된 사람이었다. 그의 생존 본능이 사이렌을 울려대며 태성에게 멀어지라고 경고하고 있었다. 정수는 자신도 모르게 침을 꿀꺽 삼켰다. 그런 그를 바라보던 태성이 미소 지었다.

"이제 제대로 대접해줄 수 있겠군."

"……헛소리하지 마!"

정수가 주먹을 쥐고 태성을 향해 달려들었다. 그리고 그게 정수의 마지막 기억이었다.

내키지 않는 걸음으로 연신 뒤를 돌아보며 세나는 태성의 집으로 갔다. 다시 내려가 봐야 하나? 세나는 태성의 집에 도착해서도 여전히 그를 혼자 두고 올라온 게 불안했다.

집으로 들어서는 세나를 호진이 맞이했다. 그러고는 뒤따라 들어오는 남자를 보며 놀란 표정을 지었다.

"어? 세나 씨? 형은 어쩌고 외간 남자랑 집에 와요?"

외간 남자라는 말에 그제야 세나의 시선이 뒤를 향했다. 칼을 들고 달려들었던 정수 때문에 넋이 빠져 있어선지 세나는 집 앞까지 누군가가 따라온 것도 몰랐다.

"누구세요? 이상하게 낯이 익은데요. 우리 아는 사이인가요?"

"낯이 익으실 수도 있습니다. 윤세나 씨와 조금 전에 같은 버스를 타고 왔으니까요. 저는 윤세나 씨의 신변보호를 위해 한태성 대표님께 고용된 사람입니다."

남자는 세나가 납득할 만한 대답을 내놓았다. 다시 보니 자신과 같은 장소에서 버스를 타고 자신과 같은 장소에서 버스를 내린 남자였다. 세나의 얼굴에 놀라움이 번져나갔다.

잠시 후, 문이 열리면서 태성이 모습을 보였다. 세나는 문을 열고 들어오는 태성에게 뛰어가 안겼다. 그의 멀쩡한 모습에 세나의 속에 쌓인 불안감이 모두 사라졌다. 태성은 그런 세나를 말없이 한참 동안 꼭 끌어안아 주었다.

"경찰서에 신고해."

"이미 했어. 조금 있으면 도착할 거야."

호진은 어깨를 으쓱거렸다. 경호원에게 미리 연락을 받은 호진은 일부러 시간차를 두고 경찰에 신고했다. 태성에게 충분한 시간을 주었어야 했으니까.

"뭐 하다 이제 들어와요?"

세나의 책망 어린 목소리에 태성은 그저 웃어 보였다.

"대화가 필요해서."

"그런 인간하고 무슨 대화를 해요? 바로 경찰에 신고하면 되지."

걱정하는 세나와 달리 호진의 표정은 미묘하게 뒤틀려 있었다. 순진한 세나 씨. 진심으로 형이 김정수와 진지하게 앉아서 눈을 마주보며 대화를 했다고 생각하다니. 호진은 밖에서 무슨 일이 벌어진 건지 설명을 듣지 않아도 알 수 있었다.

"세나 씨가 생각하는 대화는 아닐 것 같네요……."

중얼거리는 호진을 쳐다보는 태성의 눈빛에 날카로움이 묻어 있었다. 그런 태성의 시선에 호진은 말끝을 흐렸다.

태성의 분노 게이지를 생각할 때, 지금 김정수의 상태가 정상은 아닐 거라는 정도는 어렵지 않게 짐작할 수 있었다. 호진은 조용히 속으로 정수의 명복을 빌다 금방 그만두었다. 그런 놈의 명복까지 빌어줄 필요는 없을 것 같았다.

얼마 지나지 않아 사이렌이 요란하게 울리고 정수가 경찰차에 올랐다. 그는 부축 없이는 차에 오를 수 없었다. 경찰들이 보기에, 겉으로 드러난 상처는 없는데도 불구하고 정수는 움직일 때마다 고통스러워했다.

경찰은 정수의 상태가 왜 이런지 궁금해했지만 태성의 경호원은 담담한 말투로 이렇게 말할 뿐이었다.

―정당방위였습니다.

경찰은 형식적인 절차로 몇 가지 질문을 했고, 근처에 떨어진 칼을 증거물로 수집했다. 정수의 많은 죄목 중에 살인 미수가 추가되었다.

그걸로 끝이었다. 앞으로 살면서 두 번 다시 보고 싶지 않은 얼굴이었다. 세나는 태성이 무사하다는 사실 하나만으로 마음의 평안을 얻었다.

한바탕 정신없는 시간이 지나가고 평화가 찾아왔다. 불청객들이 모두 사라진 지금, 그녀는 이 시간이 무척이나 마음에 들었다. 경찰도, 경호원도, 호진도 모두 돌아가고 그녀와 태성 둘만 남았다.

"무슨 이야기 하다 늦게 들어온 거예요?"

세나가 태성의 어깨에 머리를 기대며 물었다. 아까 태성이 늦게 들어온 이유가 궁금했다.

"다시는 네 앞에 나타나지 말라고 했어. 그렇게 하겠다던데."

"진짜요? 그 이야기 하느라 오래 걸린 거예요?"

그녀는 태성의 말을 믿을 수 없었다. 그녀가 알고 있는 정수는 그렇게 고분고분한 인간이 아니었다. 하지만 태성이 그녀에게 거짓말할 이유는 없었다. 그의 이야기가 사실이라면, 태성에게 고마워하면 될 일이었다.

"대답 듣는 데 시간이 걸린 거지."

한 번에 들은 대답은 아니었다. 몇 번의 정중한 대화 속에 얻은 대답이었다. 그 자식이 약속을 어기진 않겠지만, 그래도 일이 마무리될 때까지 주의가 필요했다.

"커피 한 잔 마시고 싶어서요. 태성 씨도 줄까요?"

"앉아 있어. 내가 내려줄게."

태성은 자리에서 일어서려는 세나를 붙잡아 소파에 앉히고는 긴 다리를 이용해 주방으로 사라졌다.

세나는 소파 위에 축 늘어졌다. 너무 큰일이 지나간 탓에 긴장이 풀려버렸다. 그래서 카페인이 필요했다. 이제 다 끝난 거야. 두 번 다시 괴롭힘 당할 일은 없을 거야.

그 사실만으로도 가슴속에 얹혀 있던 무거운 돌덩이가 내려간 듯했다.

소파 팔걸이에 몸을 기댄 세나의 눈에 태성이 걸쳐놓은 재킷이 보였다. 무심코 그의 재킷을 보던 그녀의 눈이 커졌다.

세나는 손을 뻗어 재킷을 들어보았다.

그의 재킷에 날카로운 선이 만들어져 있었고, 그 선 사이로 빛이 흘러들어왔다. 정수의 칼이 그의 옷에 구멍을 뚫은 것이다. ……그렇다면?

거실이 은은한 커피 향으로 물들었다. 손에 커피를 들고 오는 태성을 보던 세나의 눈이 가늘게 변했다. 분명 괜찮다고, 아무렇지도 않다고 했는데.

칼이 스치고 지나간 건 태성의 등 쪽이었다. 확인을 해봐야 했다. 정말 괜찮은 게 맞는지 자신의 눈으로 확인해야 했다.

"벗어봐요."

"뭐?"

무슨 소리를 들었는지 헷갈리는 듯한 태성의 표정을 보며 세나는 한숨을 쉬었다. 그녀는 한 글자 한 글자 힘을 주며 자신이 하고 싶은 말을 분명하게 내뱉었다.

"당신 옷, 벗어보라구요."

세나의 태도로 보아하건대, 그의 상상과 세나의 속내는 다른 게 틀림없었다. 태성의 입가에 은근한 미소가 흘렀다.

"매력적인 제안이긴 한데, 너무 저돌적이라서……."

세나는 태성의 장난에 넘어갈 생각이 없었다. 지금은 장난할 때가 아니었다.

"그런 말은 침실에 가둬놓고 하던지."

세나의 눈초리가 험악해지자 태성이 픽 하고 웃으면서 티셔츠를 들어 올리기 시작했다. 들춰진 옷 아래 군살 하나 없이 매끈하고 탄탄한 복근이 드러났다.

난데없이 거실 한가운데서 벌어진 스트립쇼였지만 정작 세나는 아무 생각이 없었다. 윗옷을 벗어버린 태성의 곁으로 세나가 지체 없이 다가섰다. 세나는 태성을 돌려세우고 몸 이곳저곳을 꼼꼼히 살폈다.

세나의 차가운 손끝이 태성의 몸 이곳저곳을 옮겨 다니며 확인하자 태성의 여유롭던 표정이 조금 굳어졌다.

이 조심성 없는 여자가 또 사고를 치는 중이었다. 언제쯤이면 남자에 대해 알게 될는지.

"너, 생각이라는 걸 하고 있는 거야?"

듣기에 따라서는 기분 나쁠 수도 있는 말이지만, 태성은 도저히 다른 식으로 돌려 말할 수가 없었다.

"가만히 좀 있어 봐요."

아직 검사가 끝나지 않은 듯, 세나의 손끝이 태성의 등에 한참 동안 머물러 있었다. 그의 몸에 별다른 이상이 없어 보이자 세나가 태성을 올려다보았다. 사심 없는 그녀의 맑은 눈빛에 태성은 기운이 빠졌다.

"아픈 데 없어요?"

"없어. 옷만 조금 스친 거야. 걱정하지 않아도 돼."

태성은 자신의 재킷을 보았다. 칼날에 옷이 찢어져 있었다. 티셔츠에도 약간의 흔적이 있었지만, 칼날이 그의 속살까지 오지는 않은 모양이었다.

옷이야 어찌되었건 태성의 몸이 성하다면 다행이었다. 그 칼날이 조금만 더 깊게 들어왔어도……. 세나는 생각만으로도 아찔했다.

태성은 세나의 손을 끌어당겨 자신의 앞으로 데려왔다. 계속 세나가 자신을 만지게 두었다가는 자제할 자신이 없었다.

"이 무신경한 여자 같으니."

태성의 평가에 세나는 발끈했다. 어떤 무신경한 여자가 이렇게 남자 친구 걱정을 한단 말인가?

"뭐라구요! 애인 다친 데 있을까 봐 꼼꼼하게 확인했는데."

뭘 잘못했는지도 모르고 당당하게 말하는 세나의 태도에 태성은 피식 실소를 지었다. 빈정거림과 섹시함의 그 어디쯤 되는 웃음소리에 세나는 그제야 제정신이 들었다.

"두 번만 꼼꼼하다가는 몸에서 사리 나오겠어."

물론 상반신만이긴 했지만, 그래도 실오라기 하나 걸치지 않은 그의 맨몸을 보는 건 처음이었다.

그 사실을 인지하는 순간, 세나의 얼굴이 발갛게 달아오르기 시작했다. 그리고 조금 전까지 마구 그의 몸을 만져대던 자신이 떠올랐다. 난 무슨 짓을 한 걸까?

"……옷 입어요. 이제 입어도 돼요."

"벗으라며."

건조한 목소리로 말했지만, 숨은 웃음기를 모를 리 없는 세나였다. 풀죽은 세나의 작은 목소리에 태성은 끝내 웃음을 터뜨리고야 말았다.

"그 정도 위치면 옷을 들추기만 했어도 됐을 텐데. 벗으라길래 난 다른 상상을 했지."

세나의 입이 벌어졌다. 그 생각은 못 했다. 찢어진 옷의 위치상, 그의 옷을 살짝 들어 확인했어도 될 일이었는데……. 그녀는 유들유들 웃는 태성의 얼굴을 얄밉다는 듯 쳐다보았다. 그의 얼굴이 그녀의 얼굴 가까이 다가왔다.

"다른 상상 뭐요! 뭐! 무슨 상상! 꾸, 꿈도 꾸지 말아요!"

"응큼한 상상. 꿈꾸는 거야 내 마음이지."

태성은 자신의 시커먼 속내를 숨길 생각이 없었다.

"진짜 음흉해요!"

"원래 남자들은 다 음흉해. 몰랐어?"

태성이 세나를 더욱 짓궂게 놀리려 윗옷은 벗은 채 가까이 다가왔다. 세나는 다가온 태성을 밀어내려 두 팔을 앞으로 쭉 뻗었다. 하지만 그게 실수였다. 태성이 웃으며 세나의 두 손을 잡아버리자 세나는 꼼짝없이 그의 가슴에 손을 댄 채 서 있게 됐다.

난생처음 느끼는 남자의 맨몸에 세나는 정신이 혼미해질 지경이었다. 뜨거운 체온, 그 밑으로 힘차게 뛰는 심장, 그리고 단단하고 탄력 있는 몸.

"뭐 하는 거예요!"

당황한 세나가 소리를 빽 질렀지만, 태성은 그만둘 생각이 없었다.

"만져보고 싶다는 뜻 아니었어?"

"아니거든요?"

"아니긴, 무척 적극적이던데."

여전히 장난스러운 태성을 향해 발길질을 하려던 세나는 멈칫하더니 이내 태성의 몸으로 손을 가져갔다. 그녀는 손바닥으로 태성의 갈비뼈 근처를 덮었다.

"이건 뭐예요?"

세나가 굳은 표정으로 태성의 흉터를 매만졌다. 누가 봐도 크고 선명한 흉터였다.

그의 실수였다. 장난을 치느라 세나가 그 흉터까지 볼 수 있겠단 생각을 못 했다. 그조차도 잊고 살았던 흉터였는데.

"어릴 때 조금 다쳤어. ……열세 살 때쯤?"

세나는 새어 나오는 비명을 막으려 안간힘을 써야 했다. 몇 살이라구? 무슨 일이 있어야 열세 살 아이의 몸에 이런 끔찍한 흉터가 남는 걸까?

태성의 손이 부드럽게 세나의 얼굴을 감쌌다. 자신을 바라보게 하고 싶었지만 세나는 고집스럽게 그의 흉터에서 눈을 떼지 않았다.

"왜요? 왜 다쳤어요?"

태성은 적당한 말을 찾기 힘들었다.

"정의를 위해 싸우다가?"

"이렇게 다칠 거라면 정의를 위해 싸우지 마요."

세나가 화난 표정으로 올려다보자 태성은 재미있다는 미소를 지었다.

"그건 평소 너의 생각과 다른데?"

"됐어요. 내 평소 생각 따위는 중요치 않다구요. 절대로, 절대로, 절대로 다치지 말아요. 대답해요, 얼른!"

세나는 절대로를 세 번이나 강조하며 태성을 걱정했다. 그렇게 열을 내며 말하는 그녀가 사랑스러웠다. 이미 지나간 흉터를 보고 자신이 다친 것처럼 아파하는 세나의 모습이 태성의 눈에, 가슴에 가득 담겼다.

"네가 다치지 않는다면."

"이상한 조건 달지 말아요!"

세나는 오늘 무슨 일이 있었는지 새삼 깨달았다. 자신 때문에 그가 이렇게 다칠 수도 있는 일이었다. 똑같은 흉터가 그의 등에 생길 수도 있었다. 태성을 보는 그녀의 눈가가 촉촉이 젖었다. 그녀의 가슴 밑바닥에서 무언가가 울컥 터져버렸다.

간신히 참고 있었는데, 꾹꾹 눌러 참았던 그녀의 감정이 폭발했다. 갑자기 북받쳐 오르는 감정을 억제하지 못하고 그녀의 눈시울이 붉어졌다.

"오늘만 해도 그래요! 다칠 뻔했잖아요? 놀라서 죽는 줄 알았어요! 다시는 나 대신 다칠 생각하지 말아요!"

세나는 생각할수록 미안하고 또 무서웠다. 갑자기 북받친 감정 탓인지 그녀의 목소리가 떨렸다.

"네가 다치면 안 되니까."

"그걸 말이라고 해요? 왜 내 생각은 안 해요? 당신이 다치면 내가 아플 거라는 생각은 왜 안 해요?"

가슴이 아려와 태성은 세나의 머리에 턱을 괴고 묵묵히 자신의 진심을 전했다.

"네가 다치면 내가 더 아파."

그런 그의 말에 세나의 눈물이 기어이 터져버렸다. 자신 때문에 속상해하는 세나를 보며 태성은 깨달았다. 왜 몰랐을까? 모른다고 생각했다. 자신은 죽을 때까지 모를 거라고. 그게 뭔지, 어떤 건지, 알고 싶지도 않았고, 알아서도 안 되는 거라고. 하지만 너무 늦어버렸다. 세나를 처음 봤을 때부터 정해져 있던 것처럼, 그렇게 너무나도 자연스럽게 태성의 심장에 박혔다.

그의 눈동자에 세나만이 담겼다. 울리고 싶지 않았다. 그녀의 눈에서 눈물이 나오게 하고 싶지 않은 그 마음이 무엇인지 태성은 순간적으로 깨달아버렸다.

태성은 손가락으로 세나의 눈물을 닦아주었다.

"울지 마. 네가 울면, 가슴이 아파."

"싫어요. 울 거예요. 내가 우는데, 왜 태성 씨가 아파요?"

단순한 감정이었다. 말하지 않고는 견딜 수 없는, 스스로 통제되지 않는 그런 감정. 이런 감정을 정의할 수 있는 단어는 하나뿐이었다.

"사랑해, 윤세나."

태성의 품 안에서 떨고 있던 세나가 그의 한마디에 거짓말처럼 떨림을 멈췄다. 놀란 눈으로 그를 올려다보는 세나의 눈동자에 믿을 수 없다는 빛이 떠올랐다.

"……뭐라구요? 못 들었어요."

"들었으면서. 안 믿어."

"못 들었다구요. 못 들었어요. 다시 말 해봐요. 얼른."

태성은 부드럽게 웃으며 두 손으로 세나의 얼굴을 감쌌다. 소중한 보물을 다루는 듯한 그의 섬세한 손길에 온몸의 세포가 터질 듯 반응했다.

"사랑해, 윤세나. 진심으로."

조금 더 분명하고 차분한 목소리로 태성은 진심을 전했다. 하지만 세나는 태성처럼 차분할 수가 없었다. 뛰어대는 심장이, 볼에서 느껴지는 그의 온기가, 오롯이 자신만을 향하고 있는 그의 두 눈이 지금 이 순간이 현실이라고 알려주고 있었다.

태성은 미간을 찌푸렸다. 사랑 고백을 했는데 반응이 영 시원치 않았다. 그녀는 아무런 말도 없이 그저 그를 바라보고만 있었다.

"그게 끝이야? 너는 뭐 할 말 없어?"

아이처럼 보채는 태성의 목소리를 듣고 나서야 세나는 제정신이 돌아왔다. 내가 할 말? 그가 기대하고 있는 대답?

세나의 장난꾸러기 같은 미소가 태성의 심장을 간질였다.

"없는데요."

"넌 쉽게 말 안 해준다 그거야?"

"태성 씨 하는 거 봐서요."

입가의 웃음을 숨기지 못한 채 세나는 고개를 살짝 저었다.

"그럼 제대로 보여줄게."

내 심장에 제대로 각인되어 버린 어린 너를, 어떻게 하면 좋니?

태성의 입술이 세나의 이마에 내려앉았다.

세나는 살며시 눈을 감았다.

그의 입술이 이마에, 그녀의 눈꺼풀에, 콧등에 뜨거운 낙인을 찍으며 내려갔다. 너무 소중하다는 듯이, 너무 사랑스럽다는 듯이. 그의 몸짓 하나하나가 그녀에게 그렇게 이야기하고 있었다. 눈물이 날 만큼 그녀는 사랑받고 있었다. 한태성이라는 남자에게.

그 사랑에 보답하고 싶었다. 그 사랑을 온전히 자신의 것으로 만들고 싶었다.

부드러운 그의 입술이 세나의 입술을 달래듯 어루만졌다. 그 은밀한 감촉에 세나의 손이 태성의 뺨을 부드럽게 감쌌다. 세나의 벌어진 입술 사이로 태성이 자연스럽게 찾아들었다. 세나의 그 어떤 것 하나라도 놓치지 않겠다는 듯, 키스는 점점 깊어졌다.

태성은 가까스로 자신을 억제하고 자신의 뺨을 감싼 세나의 손을 잡았다. 조심해야만 했다. 버티기 힘든, 이 간당간당한 자제심이라니.

태성의 입술이 떨어져나가자, 세나는 태성을 올려다보았다. '키스, 더 해주면 안 돼요? 조금 더, 조금 더.' 그녀의 촉촉하게 젖은 눈이 유혹하듯 반짝거리자, 태성은 자제심의 끈을 놓지 않으려 안간힘을 써야 했다.

"너 오늘 힘들었어. 쉬어야 해."

"오늘 많이 힘들었으니까 위로해줘야죠."

태성의 눈빛이 욕망에 물들기 시작했다. 그는 진심으로 세나가 무슨 말을 하고 있는 건지 알고 있는 거였으면 좋겠다고 생각했다.

"윤세나, 앞일 생각해가면서 말해."

태성의 허스키한 목소리가 경고했다. 그게 태성이 할 수 있는 최대한의 배려였다. 태성은 손가락 하나도 움직일 수 없었다. 이대로 그녀에게 손을 뻗어버리면 두 번 다시 돌이킬 수 없을 거라는 사실을 너무도 잘 알고 있기에.

"나 오늘 놀라서 위로가 필요해요. 아아, 애인이 뭐 이래?"

'내가 해줄 수 있는 위로는 조금 다를 수 있어. 아마도 많이 다르겠지.' 하지만 태성은 차마 말을 잇지 못했다. 태성은 자신의 목에서 손을 풀지 않은 채, 귀엽게 도발하는 세나를 어처구니없다는 눈빛으로 바라보았다.

세나는 자신의 말이 뭘 의미하는지 제대로 알고 있는 걸까? 태성은 자신의 한계를 요즘 들어 뼈저리게 깨닫고 있는 중이었다. 이 작은 마녀 윤세나 때문에.

장난스럽게 말아 올린 세나의 입꼬리는 고혹적이었고, 그의 목 뒤를 쓰다듬는 그녀의 손길은 유혹적이었다.

"……내 인내심을 너무 많이 시험하지 않는 편이 좋아."

세나가 태성의 목을 더 가까이 끌어당겼다. 태성과 세나의 입술이 닿을 듯 가까워졌다. 가까워진 거리만큼 느껴지는 숨결이 농밀하고 야릇했다.

"제대로 보여준다면서요."

세나는 그 이상 아무런 말도 할 수 없었다. 달콤한 숨결을 내뱉으며 태성에게 매달리고 있는 수밖에. 처음에는 다정하게 시작된 키스. 그리고 이제 그 다정함은 흔적조차 찾을 수 없었다.

열에 들뜬 듯, 야릇한 숨결을 내뱉는 세나를 태성은 계속해서 괴롭혔다. 매끄럽게 닿는 세나의 입술이 과즙을 담은 것처럼, 짙은 향을 뿜어내며 태성을 유혹했다. 아무리 먹어도 채워지지 않는 갈증에 태성의 긴 손가락이 세나의 몸 위를 배회하기 시작했다.

과일처럼 달콤한 향기가 세나의 몸 전체에서 흘러나오고 있었다. 향기에 흠뻑 빠진 태성은 세나의 목덜미에 입술을 파묻었다. 그의 입에서 배고픈 듯 으르렁거리는 야수의 신음이 흘러나왔다.

세나의 입술에, 하얀 목덜미에, 솟아오른 쇄골에 태성이 찍어놓은 낙인이 불꽃처럼 번져 있었다.

이성을 놓아버린 짐승의 눈빛으로 태성은 마지막으로 세나를 향해 말하고 있었다. 이제 돌아올 수 없다고. 거절해도 소용없다고. 너를 가져야만 하겠다고.

세나가 사랑 가득한 눈으로 자신을 바라보자 태성은 망설이지 않았다. 날 것 그대로의 욕망을 그는 더 이상은 숨길 자신이 없었다.

그의 거침없는 몸짓에 세나의 몸은 아까와는 다른 의미로 떨려왔다.

"난 있죠, 인내심 없는 사람이 좋더라."

"처음부터 인내심 같은 건 없었어."

태성의 입술이 다시 세나의 숨결을 삼킬 듯 뜨겁게 내려앉았다.

뜻밖의 사건

주말이라 다행이었다. 아니었으면 이렇게 여유롭게 침대에서 세나의 얼굴을 보고 있는 건 불가능한 일이었다.

그는 회사를 땡땡이 칠 의향이 있었지만 '쓸데없이 성실한' 그의 애인은 그렇지 않을 것이다. 게다가 왜 깨우지 않았냐며, 그를 타박할 것이 뻔했다.

암막 커튼으로 빛이 차단된 어두컴컴한 침실에 잠들어 있는 세나의 얼굴은 천사처럼 빛났다.

태성은 손을 뻗어 세나의 흐트러진 머리카락을 세심하게 만졌다. 아까워서 쉬이 손댈 수가 없었다. 지난밤과는 또 다른 감정이었다.

조심스러운 그의 손길이 간지러웠는지, 세나는 희미하게 웃으며 몸을 뒤척였다. 그러자 그녀의 몸을 감싸고 있던 이불이 흐트러졌다. 그 바람에 그녀의 눈처럼 하얀 속살이 드러나며 태성의 시선을 붙잡았다.

태성이 밤새 괴롭힌 흔적들이 그 존재를 뽐내고 있었다. 하얀 피부에 열꽃처럼 피어난 붉은 자국들을 보며 태성은 이 모든 것이 현실임을 다시금 자각했다.

작고 가녀린 탐스러운 어깨에 부드럽게 입을 맞추자, 옆에 있는 태성을 느꼈는지 세나가 뒤척이며 그의 품으로 파고들었다. 제 것인 양 꼭 맞는 세나의 몸을 반기며 태성이 그녀를 끌어안았다.

"사랑해."

잠결에도 그의 사랑 고백을 알아들었는지, 세나의 미소가 짙어졌다. 그 미소를 보며 태성도 그녀를 품에 안고 다시 잠에 빠져들었다. 만약 모든 게 꿈이라면 영원히 깨지 않기를 바라면서.

거센 바람이 창문을 때리며 지나갔다. 잔뜩 흐린 먹구름이 금세라도 비를 쏟을 듯 어두운 색을 드러내고 있었다. 나이 지긋한 남자가 건조한 표정으로 창밖에 시선을 두었다.

박두건의 입에서 냉정한 목소리가 흘러나왔다.

"정수는 어떻게 손쓸 방법이 없구나."

"그럼 어떻게 해요?"

지원의 목소리가 떨려왔다.

"손쓰기엔 일을 너무 많이 저질렀어. 쯧쯧."

혀를 차는 박두건의 얼굴에도 복잡한 감정이 드러났다. 지원은 주먹을 꽉 쥐었다. 아버지 입에서 나온 말이다. 그렇다면 정말 방법이 없다는 게 확실했다.

지원이 자신의 머리를 감싸며 테이블에 머리를 대었다.

"갑자기 왜 이렇게 된 건지 모를 일이구나."

박두건의 굵은 목소리에 고개를 번쩍 쳐든 지원의 눈빛이 꼭 제 아들의 그것처럼 번득였다.

"이게 다 그년 때문이에요, 아버지. 윤세나, 그년이요."

독기 어린 지원의 목소리가 사무실에 울려 퍼졌다.

모든 게 그것을 만나고부터 틀어지기 시작했다. 처음부터 그런 것을 집안에 들이지 말았어야 했다. 그래야 모든 게 제자리에 있을 수 있었는데. 그년 때문에!

살기 어린 지원의 얼굴을 본 박두건이 지원의 옆에 자리를 잡고 앉았다. 돌아가는 상황이 수상했다.

갑자기 어디서 튀어나온 중소 기업 대표 녀석이 자신의 손자를 회복 불능으로 망가뜨려 버렸다. 구하기 힘든 증거들이었을 텐데 어찌된 건지 한태성의 손에 들어가 있었다.

모든 걸 알아야 했다. 자신이 손쓸 수 없을 정도로 일이 커진 건, 한태성의 배후에 누군가가 있다는 것이었다. 그게 누구일까? 그 실체를 밝혀내야 했다.

"다 말해라. 하나도 빼지 말고."

자식과 손자에게 벌어지는 일이기도 했지만, 박두건 자신의 명예와 관련된 문제이기도 했다.

지원이 이야기를 끝냈을 때 그의 얼굴에 실소가 떠올랐다.

"그러니까 지금 여자애 하나 때문에 이 사달이 났단 말이냐?"

"고게 말도 못하게 홀리는 년이라니까요. 그러니까 우리 정수도……."

지원은 더 이상 말을 잇지 못했다. 다시 떠오른 정수 생각에 울컥했다. 추운 날씨에 이제 얼굴 보기 힘든 곳에서 생활을 해야 하는 아들이었다.

"내가 후에 조금 더 손을 써보마."

일단 정수가 법의 처단을 받아야 성난 민심이 잠잠해질 것이다. 그래야 훗날 어떤 방법이든 모색할 수 있을 테니.

지원은 손톱을 깨물었다. 그녀의 초초함이 극에 달했다. 대책이 필요한 시점이었다. 그리고 그 일은 아버지가 분명 해줄 것이다. 늘 그래 왔으니까.

"가만히는 못 있어요. 우리 정수 때문이라도."

"가만히 있을 수야 있나. 받은 게 있는데."

박두건이 천천히 턱을 쓰다듬었다. 가장 먼저 해야 할 일은 언론에서 자신들의 이름이 오르락내리락하지 못하도록 막는 것이었다.

"어떻게 한다……."

그의 냉정하고 야비한 눈빛이 창밖을 향했다. 생각을 정리할 시간이 필요했다.

낯선 풍경에 세나는 잠시 눈을 깜빡이며 생각이라는 걸 해내야 했다. 여긴 어디? 나는 지금 뭘 하고 있는 거지? 자신을 꼭 끌어안은 익숙한 남자의 체온이 느껴지자 세나는 마음을 놓았다.

어젯밤, 사랑하는 남자와 뜨겁고 긴 밤을 나누었다는 사실이 떠올랐다. 태성이 얼마나 자신을 괴롭혔는지 몸이 욱신거려왔다. 어젯밤을 떠올리며 세나는 혼자 수줍은 미소를 지었다.

다시 생각해도 아찔한 밤이었다. 태성은 지치지 않는 열정을 가진 연인이었다.

바로 코앞에 잠들어 있는 태성의 얼굴이 들어왔다. 곤히 잠든 태성을 깨울지도 모른다는 생각이 잠시 들긴 했지만 그래도 세나는 그를 만지지 않을 수 없었다.

세나의 손끝이 반듯하고 오똑한 그의 콧대를 따라 내려왔다. 그리고 그의 눈썹으로, 이어 그의 광대뼈를 타고 입술까지 내려왔다. 세나는 미소지으며 그의 입술을 매만졌다. 신기하다는 듯이.

세나의 손길에 잠이 깬 태성이 나른한 표정을 지었다.

"……아침부터 열렬한데?"

"미안해요. 깨우려던 건 아니었어요."

태성의 허스키한 목소리에 세나가 놀라 그의 품에서 떨어지려 했지만, 그녀의 허리를 꼭 잡은 태성의 팔이 그걸 허락하지 않았다. 태성은 그녀의 어깨에 얼굴을 묻었다. 세나가 자신의 옆에 누워 있는 게 꿈이 아니라는 걸 확인하려는 듯이.

"이걸로 됐어."

세나의 얼굴이 살짝 붉어졌다. 둘 다 기본적인 옷차림이어서 여간 민망한 게 아니었다. 그럼에도 불구하고 그의 품 안에서 잠이 깼다는 사실이 세나를 무척이나 황홀하게 만들었다.

아침에 본 그의 얼굴은 아름다웠다. 조각 같은 얼굴이 자신을 향해 애정 넘치는 눈빛을 보내고 있었다. 그 눈에 온전히 자신이 담겨 있는 건, 이루 말할 수 없을 만큼 환상적이었다.

태성은 세나의 손바닥에 입을 맞춘 후 자신의 볼에 올려놓았다. 그 손길이 기분 좋은지 그의 미소가 짙어졌다.

세나는 몸을 돌리며 손을 뻗어 옆에 놓아둔 자신의 핸드폰을 잡으려 했으나, 태성의 손에 더 빨랐다.

"시간 얼마 안 됐어."

"거짓말. 나 엄청 푹 자서 허리가 뻐근하거든요?"

세나의 대꾸에 태성이 묘하게 웃었다.

"그래서 뻐근한 허리가 아닐 텐데?"

그 말의 의미를 깨달은 세나는 입을 다물었다. 그러고는 코를 찡그리며 눈을 감았다. 순식간에 얼굴이 빨갛게 달아오른 세나를 보며 태성이 더 크게 웃었다.

"더 누워 있자."

은근한 태성의 속삭임에 세나의 눈이 동그랗게 커졌다. 태성의 손이 다시금 자신의 몸 위를 배회하기 시작하자 그녀는 태성의 손을 탁 쳤다.

"지금도 많이 누워 있었잖아요. 그리고 나 배고파요."

하지만 태성은 세나의 목소리에도 흔들리지 않았다.

"나도."

태성의 눈동자에 다른 종류의 굶주림이 떠오르자, 그녀의 몸이 다시 떨려왔다. 이 남자가 누구 쓰러지는 걸 보려고 그러는 건지.

"우리 나가서 뭐라도 좀 먹고……."

하지만 세나의 다음 말은 이어지지 못했다. 태성의 입술이 다가오자, 그녀는 자신도 모르게 그의 목에 팔을 둘렀다.

분명 거절하려고 했는데 어째서 그를 열렬하게 맞이하고 있는 건지. 자신도 모르게 그에게 길들여져 가고 있음을 알아차린 그녀의 입에서 작은 탄식이 흘러나왔다. 하지만 탄식과는 달리 그녀의 입가에는 미소가 감돌고 있었다.

뜨거운 연인의 부활이었다.

**모 대기업의 숨겨진 가정사,
이제 그 진실을 폭로한다!**

모범적이라 평가받던 로열패밀리의 모범적이지 못한 뒷이야기.
인터넷을 달구던 유명 대기업, H 그룹으로 밝혀져……
S&C 대표이사, 한국에서 사채업 한 적 있어……

박두건이 TV 전원을 눌렀다.

"이제야 잠잠해졌군."

만족한 미소가 그의 입가에 걸렸다. 정수에게까지는 손을 쓰지 못했지만 그래도 이만하면 자신의 이름이 가려질 만한 스캔들이었다. 지금은 그걸로 만족해야 했다.

"믿는 구석이 있어서 그렇게 건방진 행동을 한 거군요."

지원이 분하다는 듯 입술을 깨물었다.

H 그룹이라는 뒷배가 있으니 한태성이 그리 오만방자하게 굴었던 것이다. 기사를 터뜨리긴 했지만 상대는 한태성 하나가 아니라 H 그룹도 포함되어 있었다. 조사를 하지 않고 한태성만 상대하려 했다면 일이 커질 뻔했었는데.

박두건으로서는 뜻밖의 수확이었다. 그 꼬장꼬장한 한 회장의 얼굴이 떠오르자 그의 이마에 주름이 잡혔다.

"그리도 고고한 척하더니, 털어서 먼지 안 나는 집구석이 있을 리

302

가 없지."

청탁을 몇 번 거절당하다 보니 한 회장에 대한 이미지가 좋을 수
없었다. 한태성을 조사하다 보니, 꼬리에 꼬리를 물고 한 회장이 나
왔다. 월척이었다.

"가만히 있을까요?"

지원의 물음에 박두건은 무표정하게 고개를 끄덕였다.

"한 회장이 직접 나서진 않을 게다. 일이 더 커질 테니까."

조사한 내용을 보아하니, 한태성은 집안에서 내쳐진 게 틀림없었
다. 추후에 한 회장의 보복이 있겠지만 만나서 협상할 여지가 있을
것이다. 박두건은 몸을 돌려 자신의 딸에게 엄한 눈빛을 보냈다.

"바짝 엎드려 있거라."

더 이상의 사고는 없어야 했다. 두 번째 일이 터지면 그게 마지막
이 될 테니까. 조심해서 나쁠 건 없었다.

"이 흉터, 말해줄 수 있어요?"

세나는 도저히 익숙해질 것 같지 않은 그의 흉터를 조심스럽게
매만졌다. 그러자 태성이 세나의 머리를 끌어당겨 품 안에 더 깊이
안았다.

"말해도 되겠어? 질투 날 텐데."

"질투가 왜 나요?"

"말했잖아. 정의를 위해 싸우다 다친 거라고."

태성의 장난스러운 미소에 세나의 눈이 가늘어졌다.

"그 정의에 혹시 여자가 관련되어 있어요?"

"왜 아니겠어?"

"……열세 살 때, 여자를 위해 몸을 던졌다구요?"

기가 막히다는 표정의 세나를 보며 태성이 쿡쿡 웃음을 터뜨렸다.

"듣고 싶어?"

"고민 중이에요."

"이건 훈장 같은 거야. 윤 여사를 지킨 거거든."

"……아."

세나의 입에서 짧은 탄식이 흘러나왔다. 윤 여사님이라니, 상상조차 못 했다.

태성이 세나의 머리카락에 부드럽게 입을 맞추고 말을 이었다.

"어머니가 돌아가시고, 난 내 생부의 집으로 가게 되었지. 하지만 그곳에 있을 수가 없었어. 내 집은 오직 윤 여사와 함께 살던 그곳뿐이었으니까."

"……."

"그런데 윤 여사하고 내 할아버지란 사람하고 무슨 작당을 했는지 몰라도, 윤 여사가 날 외면하더군."

"외면했다구요?"

태성에 대한 애정이 철철 흘러넘치는 윤 여사님이?

"삼 년을 주말마다 윤 여사 집 앞에 찾아갔어. 매번 눈길 한 번 안 주고 매몰차게 문을 닫아버렸지. 어느 날, 잠겨 있던 문이 열려 있는 거야. 이게 무슨 일인가 싶어 안으로 들어갔는데, 웬 남자가 칼부림을 하고 있었어. 윤 여사를 목표로."

세나는 입술을 꼭 깨물었다.

"윤 여사가 그리 평범한 삶을 사는 사람은 아니었거든."

태성의 얼굴에 씁쓸한 미소가 스쳐 지나갔다.

"그다음은 짐작하는 대로야. 워낙 거세가 날뛰어서 경호원이 잠시 그를 놓쳤고, 윤 여사에게 뛰어가는 걸 내가 막아섰지. 사람들은 다들 내가 정의감에 그 칼을 대신 맞은 줄 알지만, 착각이지."

"착각이요?"

"난 제법 머리가 좋아. 그때도 지금도."

"무슨 소리예요?"

"그때 이미 다 예상하고 있었어. 지금 내가 저 칼에 조금이라도 다치면 윤 여사가 두 번 다시 날 외면하지 못하겠구나, 하고. 결국 내 예상대로 되었고 말이야."

그렇게라도 사랑받고 싶었던 열세 살의 태성이 머릿속에 그려지자 세나는 다시 한 번 입술을 깨물었다. 두 번 다시 그를 아프게 하는 그 어떤 일도 일어나지 않게 할 거야. 내가 그렇게 할 거야.

세나는 그에게 우울한 모습을 보이고 싶지는 않았다.

"나…… 배고파요."

세나가 명랑한 목소리로 태성의 품 안으로 파고들었다.

"배 많이 고파?"

세나가 미소를 지으며 고개를 끄덕였다. 태성은 그런 세나가 귀엽다는 듯, 볼을 한 번 잡아당기고는 몸을 일으켜 세웠다.

"예쁜 애인 배고프다는데 가만히 있을 수 있나? 뭐 먹고 싶은 건 있어?"

세나는 태성을 보며 배시시 웃었다. 먹고 싶은 거라……. 세나는 고개를 저었다. 그가 해주는 거라면 뭐든 맛있을 것 같았다.

"아무거나 다요."

"여기서 기다리고 있어."

"이불에서 음식 먹으면 안 돼요. 그게 규칙이에요."

태성의 말에 세나가 고개를 저으며 엄한 말투로 말하자 태성이 웃음을 터뜨렸다.

"여긴 내 집이니까 괜찮아. 꼬맹이들 규칙 안 지켜도 돼. 조금만 기다려. 간단히 먹을 거 만들어 가지고 올게."

세나가 고개를 끄덕이자 태성이 옷을 걸치고 방 안을 나섰다. 그녀는 일어나려 했지만, 몸이 나른하고 힘이 들어가지 않았다. 몇 번 앉아 보려 애를 쓰던 세나는 포기하고 침대에 널브러졌다.

아직 가시지 않은 태성의 체취가 세나의 코를 간질였다. 그 체취를 더 깊이 맡고 싶은 마음에 그녀는 이불을 돌돌 말았다. 금세 빠져나간 태성의 온기를 그리워하는 자신의 모습에 그녀는 어쩔 수 없다는 듯 고개를 흔들었다.

"너 정말 중증이다, 윤세나."

점점 사라져 가는 그의 체취가 아쉬웠다. 그가 없는 침대의 온기도 마음에 들지 않았다. 결국 그녀는 다시 힘을 내서 침대에서 일어섰다. 태성이 혼자서 무얼 얼마나 만드는지 궁금하기도 했고, 자신이 손을 보태야 하는 일이 벌어질 수도 있으니까.

적나라하게 널브러져 있는 옷들을 보고 세나는 빨개진 얼굴로 서둘러 옷을 입었다. 적응되지 않는 아침이었다. 방 밖으로 나서자 고소한 냄새가 풍겨 나오고 있었다. 걱정과는 달리 태성의 뒷모습은 제법 능숙해 보였다.

주방으로 들어서는 세나를 보며 태성이 살짝 미소 지었다.

"이게 뭐예요? 프렌치토스트?"

"누워 있으라니까. 주말에는 간단하게 먹어서 아주머니가 빵만 준비해놓고 가서."

그렇게 말한 태성은 세나를 끌어와 허리를 감쌌다. 세나도 그의 허리를 다정하게 감쌌다.

노릇노릇 구워지는 토스트가 제법 맛있어 보였다.

"이런 것도 할 줄 알아요? 냄새 맡으니까 더 배고파요."

"나야 못하는 게 없는 남자잖아? 거의 다 됐어. 앉아서 기다려."

태성이 한쪽 손으로 토스트를 살피면서, 세나의 정수리에 입을 맞추었다. 앉으라는 말과는 달리 그녀의 허리를 감싼 손에서 힘을 풀지 않는 태성을 보며 세나는 웃을 수밖에 없었다.

쾅쾅쾅쾅–.

그때 갑자기 현관문을 두드리는 소리가 들렸다.

"대표님, 안에 계십니까? 대표님!"

현관문 밖에서 호진의 목소리가 울려 퍼지고 있었다. 아침부터 호진의 방문이 달갑지 않은 듯, 태성이 세나의 입술에 손가락을 가져다 대었다.

"대표님! 야! 한태성! 야! 문 좀 열어봐! 태성이 형!"

"사람이 밖에 있는데, 그러면 어떻게 해요?"

아무래도 무언가 급한 일이 있는 모양이었다. 세나가 태성의 손을 찰싹 쳐내고 현관으로 향하자 태성이 입술을 실룩거렸다.

태성은 방해받은 아침이 매우 못마땅했다.

세나를 향해 살짝 고개를 끄덕이며 현관을 들어서는 호진의 표정이 심각했다.

"일이 생겼습니다, 대표님."

갑작스럽게 들이닥친 호진의 입에서 심각한 목소리가 흘러나오자, 태성이 무슨 일이냐는 듯 눈썹을 치켜 올렸다.

호진의 눈빛이 세나에게 향했다. 뭐라 말할 수 없는 안타까움이 묻어 나오는 호진을 보며 세나의 마음은 불안함에 떨려왔다.

"제가 말로 하는 것보다는 직접 보시죠."

호진이 거실로 들어서며 리모컨으로 TV 전원을 켰다. 세나와 태성, 호진의 시선이 거실 중앙의 TV로 향했다.

[현재 H 그룹에서는 아무런 입장도 표명하지 않고 있는 상태입니다. 한태성 대표와도 연락이 되지 않고 있어 궁금증은 더욱 커져만 가고 있는 상태입니다.]

기자의 목소리에 태성의 표정이 얼음같이 차가워졌다. 여러 뉴스에서 태성의 얼굴이 클로즈업되어 나오고 있었다. 뉴스에서 태성이 H 그룹의 혼외자라는 사실을 온 세상에 퍼뜨리고 있는 중이었다.

"빌어먹을."

낮은 목소리로 욕을 내뱉던 태성이 이내 세나를 의식한 듯 입을 다물었다. 하지만 차가워진 그의 눈빛은 좀처럼 가라앉을 기미가 보이지 않았다.

"형뿐만이 아니야. 세나 씨에 관한 말도 같이 떠돌고 있어. 아직 신상은 밝혀지지 않은 것 같은데 그것도 아마 시간문제일 거야. 아직 검증되지 않은 사실이라 뉴스에는 안 나오지만 인터넷에는 이미 다 퍼졌어."

자신의 노트북을 꺼내 들고 인터넷 페이지를 찾아 태성에게 건네

는 호진의 손끝이 떨려왔다. 내용을 파악한 태성은 분노로 주먹을
꽉 쥐었다.

"무슨 이따위 기사를!"

"무슨 기사인데요? 나도 보여줘요."

옆에 조용히 서 있던 세나가 태성에게 말했다. 태성의 눈이 가늘
게 떨려왔다.

"너는 보지 않는 편이 낫겠어."

"어차피 세나 씨도 금방 알게 될 일이야. 본인이 모르는 건 말이
안 돼."

태성이 고개를 흔들었지만 호진이 말렸다. 태성은 차마 자신의 손
으로 기사 내용을 넘겨줄 수가 없었다. 그의 망설임을 알아챈 세나
는 노트북을 빼앗아 들고 기사를 확인했다.

> **S&C 한태성 대표에 대한 추잡한 의혹들,**
> **하나둘씩 드러나고 있어……**

> 한태성, 가장 핫한 남자로 급부상.
> H 그룹 사생아에 이어,
> 후원하던 보육원생을 성매수한 정황 포착돼……

> **후원을 빌미로 성상납을 강요한**
> **한태성 대표의 이중생활 밝혀져……**

맙소사. 세나는 기가 막혀서 말도 제대로 나오지 않았다. 한태성
씨가 뭘 해? 세나는 눈으로 기사를 보고도 믿을 수가 없었다.

지난여름, 모 호텔 앞에서 한태성의 아이를 가졌다고 주장하는 여자가 목격되었다. 목격자들에 따르면 그 여자는 그 말을 한 직후 한태성 대표에게 끌려갔다고 전해지며······.

"이 빌어먹을 기사는 뭐죠? 어떻게 태성 씨를 이런 사람으로!"

욕이 세나의 입을 통해서 나왔다. 평생 욕이라고는 입에 올려본 적 없었지만, 그녀는 분해서 입술을 깨물었다. 곧 피가 나올 듯 붉어진 입술이 세나의 마음이 어떤지 대변해주고 있었다.

흥분한 세나를 이해한다는 듯 호진은 고개를 끄덕였다. 자신도 기가 막혀서 말이 안 나올 지경인데 세나는 어떻겠는가? 호진은 자책했다. 저쪽에서 태성에 대한 정보를 손에 넣을 줄 몰랐다. 미리 알고 대책을 세워놓았어야 했는데.

"우리가 방심했어요. 박두건 전 의원이 이렇게까지 나올 줄은 몰랐는데."

태성은 자신이 어떻게 되든 상관없었다. 쓰레기가 되었든 뭐가 되었든 그의 온 신경은 세나에게로 쏠려 있었다.

"윤세나, 괜찮아?"

"내가 문제가 아니잖아요. 태성 씨가 지금 말도 안 되는 일을 겪고 있는데. 이게 말이나 되는 소리예요? 세상에······."

세나는 자신보다 태성의 이야기에 더 흥분하고 있었다. 누구도 태성에 대해 이렇게 막말을 해댈 권리는 없었다.

"앉아봐요, 세나 씨. 어떻게 할 건지 상의를 해야겠어요. 할 수 있는 일을 찾아봐야죠."

호진의 가라앉은 목소리에 세나는 크게 심호흡을 했다. 호진의 말대로 상의가 필요했다. 여기서 가장 이성적인 사람은 호진이었다.

"가장 먼저 세나 씨 거처를 옮겨야겠어요."

"저요? 왜요?"

소파에 앉자마자 호진이 진지하고 차분하게 말을 꺼냈다. 세나가 항의했지만 태성과 호진은 이미 같은 생각이었다.

"세나 씨 금방 찾아낼 거예요. 박지원 그 여자, 태성이 형 먼저 무너뜨리고 그다음은 세나 씨 차례예요. 이미 세나 씨 관련 신상명세서는 기자들 손에 있을 거고, 언론에서는 터뜨릴 시기만 엿보고 있을 거예요. 이미 매수한 언론사도 있는 것 같으니 모든 건 시간문제예요."

자신의 뜻대로 흘러갈 수 있는 일이 아무것도 없다는 사실에 그녀는 억울했다. 이렇게 힘없고 나약한 존재였나 싶어 자괴감까지 들 지경이었다.

"그렇다고 이대로 숨을 수는 없어요. 그럼…… 사실이라고 인정하는 것 같잖아요. 태성 씨는 절대로 그런 사람이 아닌데요. 제가 다 거짓말이라고 그렇게 이야기하면 되지 않을까요?"

호진이 씁쓸하게 웃었다. 그렇게 순수하게 해결될 일이라면 얼마나 좋을까?

"언론에서는 그렇게 말하지 않겠죠. 그렇게 나오면 세나 씨를 한 태성 대표에게 붙은 사기꾼쯤으로 몰아갈 거예요. 꽃뱀 같은 거요. 내가 박지원이라면 시나리오를 그렇게 쓰고도 남을 거예요."

가슴이 답답했다. 왜 이런 말도 안 되는 이야기를 사람들이 믿고 있는 걸까? 이미 기사에는 악성 댓글이 수없이 쏟아지고 있었다.

태성은 쓴웃음을 지었다. 호진의 의견에 동의할 수밖에 없었다.

그게 세상이었다. 권력자를 위해서 쓰여지는 기사들은 결코 약자에게 호의적이지 않다. 이번이라고 다를 건 없었다.

태성에게 호의적이지 않은 글들은 언제 어디서나 항상 있었다.

"집에 가는 건 좋은 생각이 아니에요. 여기도 안전하진 않구요. 곧 사람들이 몰려들 거예요. 윤 여사님 댁에 가 계세요. 절대 노출되지 않을 거고 제일 안전할 테니까."

"그럼…… 지금 제가 할 수 있는 일은 없는 거죠? 아무것도."

안타까운 세나의 목소리에 호진은 어떤 말도 할 수 없었다.

세나를 보고 있는 태성의 마음도 편치 않았다. H 그룹과 관련된 자신의 이야기에는 별다른 감정이 없었다. 하지만 세나가 함께 거론되는 상황만큼은 참을 수 없었다.

"나를 위해 할 수 있는 최선의 일은, 네가 안전하게 있는 거야."

"태성 씨는요? 어떻게 할 건데요? 내가 어떻게 했으면 좋겠어요?"

"내가 다 알아서 할게."

태성이 다정하게 그녀의 손을 잡았다.

그녀를 보는 태성의 눈빛에 애절함이 묻어났다.

"절대로 다치지 마. 할 수 있지? 날 위해 그렇게 해줘."

"결국 윤 여사님 댁에 가서 숨어 있으라는 거죠? 회사는요? 회사에 나가야 하잖아요."

"회사는 쉬는 걸로 하자. 내가 안심할 수 있을 때까지."

태성의 말투는 부드러웠지만, 그의 눈빛은 단호했다. 언제 세나의 이름이 거론될지 모르는 상황이었다. 회사에 있다가 무슨 일을 당할지 모를 일이니 그녀의 안전이 우선이었다. 그래야 다음 일을 진행할 수 있었다. 그게 뭔지 이제 호진과 머리를 맞대고 상의를 해봐야겠지만.

"오래 걸리지 않을 거야. 약속할게."

아무 말 없는 세나의 어깨를 태성이 끌어안았다. 서로의 온기가 필요한 시간이었다.

성현의 얼굴이 일그러졌다. 세나와 관련된 여러 가지 글들은 그의 심기를 불편하게 만들었다.

실명이 공개되어 있지 않았지만, 말 그대로 아직까지일 뿐이었다. S&C에서 후원하는 보육원이 공개되는 대로 그곳에서 사람을 찾으면 그만이었다. 거기다 파티에 데리고 다니기까지 했으니…….

"한태성, 어떡할 생각이지?"

이대로 한태성이 무너지면 세나를 차지할 수 있을지도 모른다는 생각이 들었다. 그러다가 이내 쓸쓸하게 고개를 저었다. 한태성이 무너지면 세나가 망가진 그의 곁을 떠난다? 그건 말도 안 되는 이야기였다.

성현은 고민에 잠겼다. 대체 왜? 어째서 자신이 한태성을 위해 이런 일을 해야 한단 말인가?

결국은 세나와 관련된 일이었다. 자신이 아무것도 하지 않고 세나가 다친다면, 그건 그거대로 자신에게도 상처가 될 테니까. 게다가 미운 정이라도 든 건지 다른 사람들을 통해 태성의 악의적인 이야기를 듣는 기분도 별로였다.

"짜증 나는 상황이군."

성현이 자신의 책상 가장 아래 자리 잡은 서랍을 열었다.

봉투 안에 담겨 있는 작은 USB. 성현은 그 USB를 노트북에 연결한 뒤, 전원을 켰다.

💍

늦은 밤, 윤 여사의 집 거실에서는 태성과 호진의 열띤 토의가 이어지고 있었다. 윤 여사는 세나에게 쉬라며 방으로 억지로 밀어넣고 나오는 길이었다.

"세나 씨와의 스캔들은 부정해야 해."

호진이 내놓은 결론이었다. 하지만 태성은 동의하지 않는다는 듯 매서운 눈빛을 보냈다.

"세나와의 관계를 부정해? 내가 왜 그래야 하지? 난 잘못한 게 없어."

호진이 답답하다는 듯, 가슴을 쳤다.

"그럼 뭐라고 말할 건데? 사람들 보기에는 형은 이미 후원을 빌미로 여자를 성매수한 쓰레기가 되어 있다고. 지금은 관계가 없다고 하는 게 제일 나아."

"다른 사람들이 중요한가?"

"수습을 해야 할 거 아니야, 수습을! 지금 회사에서 이사회 소집 중이야. 본사에서도 그다지 호의적인 반응은 아니라고. 이러다 짤리게 생겼는데, 일단 급한 불은 꺼야 할 거 아니야? 그럼 우리 쪽에서도 어떻게든 언론플레이를 할 수 있는 기회가……."

"그건 도움이 안 돼. 세나 데리고 다닌 곳들은 어떻게 할 거지? 파티는?"

"그건……."

호진은 입을 닫았다. 이미 공식석상에 여러 번 자리를 같이한 태성과 세나였다. 그 생각이 들자 호진의 입에서 깊은 한숨이 흘러나왔다. 그들의 관계를 부정한들 소용없는 짓인 것이다.

말다툼이 길어지자 윤 여사가 못마땅한 눈으로 둘을 번갈아 쳐다보았다.

"왜 밥 잘 먹고 쌈박질이여, 쌈박질이. 목소리 키우지 말어. 세나 눈 좀 붙이게. 좀 쉬게 해줘야 할 거 아니냐? 애기가 쓰러질 듯 비실비실하더만."

"윤 여사, 의논하는 중이잖아요."

"그게 의논이냐? 어찌 그리 모지란 소리만 내놓는 겨."

윤 여사가 소파에 자리를 잡고 앉았다.

"그래서, 박 뭐시기가 매수한 회사가 어디냐?"

"S사예요. 박두건 전 의원이 이번에 큰돈을 쓴 모양이더라구요. 아주 미친 듯이 태성이 형을 까는 기사를 써대고 있어요. 먼지를 쌓아서 태산을 만드는 재주가 있는 기자를 매수했나 봐요. 기자가 아니라 소설가에 가깝더라구요."

호진의 대답에 윤 여사가 한쪽 손으로 턱을 쓰다듬었다.

"S사라는 거제."

태성이 허리를 세우고 앉았다. 세나와의 관계에서 어떤 부정적인 발언도 하고 싶지 않았다.

"매수당하지 않은 곳을 찾아봐. 인터뷰 기사 낼 만한 회사 찾아보고."

언론플레이라면 이쪽에서도 할 수 있는 방법이 있을 것이다. 하지만 호진은 부정적이었다.

"인터뷰해서 어쩌게?"

"해볼 수 있는 데까지는 해봐야지. 이대로 앉아 있을 수는 없잖아?"

호진이 끙, 하고 신음을 내었다. 머리가 제대로 돌아가지 않았다. 하루 만에 너무 많은 일들이 터져버린 탓이었다.

"잠시 휴식. 커피 한 잔 마시고 올게. 형도 줄까?"

"아니, 난 됐어."

호진이 주방으로 들어가자, 윤 여사의 눈이 태성을 향했다.

"세나를 위해서냐."

태성의 속마음을 꿰뚫어보는 윤 여사의 물음에 태성이 피식 웃음을 지었다. 자신이 한 회장에게 갔던 게 윤 여사의 귀에 들어간 모양이었다.

"이미 결정된 일이었어요. 그 양반이 어떤 분인지 아시잖아요."

태성의 입에서 인터뷰라는 말이 나왔을 때, 윤 여사는 태성이 마음을 정했음을 직감적으로 알아차렸다. 태성이 한 회장과의 관계를 인정하려는 것이다. 그건 태성에게 절대 쉽지 않은 결정이었다.

"흥, 그 능구렁이 같은 영감탱이."

윤 여사는 못마땅한 눈초리로 한 회장을 떠올렸다. 변변치 못한 아들만이 아니었다면 서로 좋았을 관계였다.

모든 건 한진섭 회장이 그의 아들을 데리고 이 집을 드나들면서 비롯된 일이었다. 그 앙금은 아직도 윤 여사의 가슴에 깊이 남아 있었다.

"그래서 그 핏줄 맞다, 그렇게 인정해버리고 영감탱이 밑으로 들어갈라고?"

"네. 그럴까 합니다. 이번 일 덕분에 회사에서도 아슬아슬하거든요."

윤 여사는 웃고 있는 태성의 분노를 짐작할 수 없었다. 세나까지 관계된 일이다 보니 아마도 좋게 끝내지 못할 일이었다.

"내가 뭘 도와주면 되겠냐?"

"세나만 잘 지켜주세요. 그거면 충분합니다."

태성은 늘 그런 식이었다. 누구에게라도 어리광을 부려도 좋으련만 원하는 게 없었다. 윤 여사는 태성의 애정 표현을 받고 싶어 안달내고 있는 한진섭, 그 능구렁이의 마음이 조금쯤 이해가 되는 듯했다.

"그건 내 확실하게 해주마."

물론 그것만 확실하게 해줄 생각은 아니었다.

윤 여사가 조용히 방문을 닫고 사라진 후, 얼마간의 시간이 지나자 세나는 자리에서 일어나 앉았다.

차가운 바람이 방문을 두드리며 지나갔다. 조용한 마당에 걸린 풍경 소리가 아스라이 울려 퍼졌다. 밖에서 무슨 일이 벌어지건 요새처럼 높은 담장 안은 고요하고 평화로웠다. 마치 태풍의 한가운데 들어와 있는 것처럼.

윤 여사의 배려로 방에 들어와 있긴 했지만 잠이 올 수 없는 밤,

다들 밖에서 어떻게 해야 할지 의논하고 있는 중이었는데 그녀 혼자만 잠들 수 있을 리 없었다. 그렇다고 그들 틈에 껴서 함께 대책을 논의할 수도 없었다. 뭐라 하는 사람은 없었지만 자신이 곁에 있는 게 도움 되지 않을 게 뻔했다.

대신 세나는 걱정하고 있을 원장 어머니에게 전화를 걸었다. 무슨 일이 일어난 건지 말씀 드리는 게 옳았다.

[기사 때문에 그런 거지? 집으로 오지 않길 잘했어.]

세나가 며칠 들어가지 못할 거라고 말하자, 원장 어머니는 곧바로 수긍했다. 걱정스러운 목소리였지만 그게 최선일 것 같다고 세나를 위로해주었다.

"집에 무슨 일 있어요?"

[사람들이 찾아왔었거든.]

이미 세나의 신상이 몇몇 기자들에게 알려진 모양이었다. 박지원의 사주를 받은 사람들이 열심히 뛰어다닌 듯했다.

여러 기자들이 보육원에 다녀갔지만 세나가 없어 기삿거리는 건지지 못한 채 돌아갔다고 들었다. 아이들에게 인터뷰하려는 것을 윤성이 거세게 막았다고도 했고.

[윤성이 녀석이 이리저리 뛰어다니느라 바빴지. 이제 덩치 좀 컸다고 제법 남자 노릇을 하더라고 그 녀석이.]

"죄송해요, 어머니. 이런 일 겪게 해드려서……."

[뭐가 죄송하니? 윤세나, 그게 부모한테 할 소리는 아니지?]

원장 어머니의 정색하는 목소리가 수화기를 통해 흘러나왔다. 그 엄한 목소리에 왜 이렇게 세나의 마음이 안심되는지 모를 일이었다.

[네가 죄송한 건 아무것도 없어. 사랑이 죄는 아니잖니?]

원장 어머니의 말에 세나의 가슴속에서 울컥 뜨거운 것이 치밀어 올랐다. 어머니의 말이 맞았다. 사랑은 죄가 아니다. 그들의 사랑을 왜곡하는 그들에게 죄가 있었지.

세나는 태성을 사랑했다. 그 사실에는 한 점 부끄러움도 없었다.

[우리 걱정하지 말고 그 사람 곁에서 잘 지켜주렴. 그리고 여기는 윤성이 말고도 노 전무님도 같이 계시거든.]

다행이었다. 그녀가 없는 곳에서 어머니와 아이들을 지켜줄 노 전무님의 존재가 너무 감사하고 또 고마웠다. 어머니에게는 그만큼 든든한 지원군이 있었다. 이 모든 일들이 지나가고 나면, 그때는 노 전무님에게 새로운 호칭을 달아드려야 할지도 모르겠네.

"어머니는 그 기사들 믿으세요?"

세나가 걱정스러워하며 물었다. 어머니에게는 태성이 그런 사람이 아니라고 알려드리고 싶었다. 자신이 사랑하는 남자가 어떤 사람인지 가족들만큼은 제대로 알아주길 원했다.

하지만 어머니의 목소리는 단호했다.

[난 그 남자 안 믿는다. 나중에 일이 마무리되면 이 모든 일들에 대한 명확한 설명이 필요할 거야.]

세나는 신음을 내뱉었다. 언론에서 교묘하게 왜곡된 진실과 거짓을 섞어 내보내고 있으니, 어머니의 입장에서는 어디까지 믿어야 할지 의문이 드는 게 당연할 것이다.

[그 남자는 믿지 않지만, 난 널 믿어. 내가 널 제대로 키웠거든.]

잠시의 침묵 후에 내뱉은 어머니의 말에 세나는 말을 잇지 못한 채 핸드폰을 들고 고개를 끄덕였다.

"……네, 그러셨죠."

세나는 웃었다. 눈시울이 붉어졌지만 가슴 안쪽에서부터 웃음이 나왔다. 날 믿어주는 가족들이 있는데 뭐가 더 필요할까?

[밥 든든히 잘 먹고 힘내도록 해. 네가 기운을 차리고 있어야 그 사람도 힘이 날 테니. 이참에 푹 쉰다 생각해. 그동안 너무 무리했어.]

"네, 어머니."

[넌 씩씩한 내 딸인 거, 항상 잊지 말고.]

원장 어머니와의 통화를 끝낸 세나는 마음이 편해졌다.

씩씩한 내 딸. 어머니는 항상 그녀를 믿어주었고, 그녀에 대해 옳은 말만 했다. 그래, 나한테 씩씩한 거 빼고 남는 게 뭐가 있겠어? 이렇게 앉아서 가만히 있는 건 자신의 적성에 맞지 않았다.

세나는 최선을 다해 자신이 할 수 있는 일이 뭐가 있을까 생각했다. 우선 밥을 든든히 먹고 태성에게 힘이 되어주라는 어머니의 말씀을 들어볼 셈이었다.

호진과 태성을 거실에 내버려둔 채, 윤 여사는 자신의 방으로 발걸음을 돌렸다. 방으로 들어온 윤 여사는 곰곰이 생각하다가 자리에서 일어섰다. 그리고 책상에 걸터앉아 두꺼운 안경을 집어 들었다.

푼돈이 아니라 큰 뒷돈이 오가는 일들이다. 분명 꼬리를 잡을 수 있다. 다른 건 몰라도 돈에 관한 걸 이 윤옥분이 모를 리가 없지.

잠시 수첩을 넘겨보던 윤 여사가 한 비서를 불렀다.

"한 비서야, 그 S 뭐시기 하는 언론사 말이다. 호진이가 열 내고 있는 거기 좀 털어봐야 쓰것는디."

윤 여사는 손에 들고 있던 수첩을 한 비서에게 넘겼다. 참고하라는 말이었다. 한 비서가 고개를 끄덕였다.

"네, 여사님."

어떤 경로로든 그녀가 손쓸 수 있는 방법이 있을 것이다. 한 비서는 더 이상의 말을 하지 않고 그대로 물러났다. 늘 자신을 흡족하게 하는 그녀의 업무 능력을 보아하건대 이번에도 윤 여사의 기대에 어긋나지 않는 결과를 가져올 것이다.

무언가를 덮어주는 섬세한 손길에 태성은 슬며시 눈을 떴다. 눈앞에 보이는 세나의 얼굴에 태성은 자신도 모르게 나른한 미소를 지었다. 거실 소파에 눈을 붙이고 누워 있는 태성에게 세나가 담요를 가져와 덮어주던 중이었다.

"왜 안 자고 나왔어?"

세나를 대하는 그의 말투는 너무 다정했다. 이제는 익숙해진 무뚝뚝한 다정함에 세나는 태성의 얼굴을 어루만졌다.

홀로 거실에 누워 있는 태성의 모습에 세나의 마음이 아파왔다.

"우리 애인, 누워 있으니까 더 멋있어 보이는데요?"

세나의 진심 어린 농담에 태성이 피식 웃었다. 이 상황에서도 세나가 있어서 웃을 수 있었다.

"그래? 그럼 증명해봐."

태성은 자신의 옆을 손으로 탁탁 쳤다. 그의 제스처를 알아들은 세나는 배시시 웃으며 그의 곁에 얌전히 누웠다.

"왜 이렇게 말을 잘 듣지?"

"이럴 때도 있어야죠."

세나가 쿡쿡 웃으며 태성의 품으로 파고들었다. 그의 팔을 베고 그의 가슴을 바라보며 그의 심장 소리에 가만히 귀를 기울였다. 내가 사랑하는 남자의 심장은 이렇게 뛰는구나. 심장 뛰는 소리도 멋지네, 우리 애인.

그녀가 해줄 수 있는 일은 고작 이런 거였다.

그의 가슴에 손을 얹어 따뜻하게 데워주는 일.

피곤하고 지쳤을 그를 위로해주는 일.

그녀에게도 꼭 필요한 일이었다.

그런 세나를 태성이 꼬옥 품었다. 깊은 밤, 세나의 체취를 느끼자 조금 전까지 그가 느꼈던 피곤함은 씻은 듯 사라졌다. 호진과 의논하느라 늦은 시간까지 잠들지 못하고 있었다. 내일 홍보팀과도 회의를 해서 조금 더 다듬어야 할 이야기들이었지만, 어느 정도 윤곽이 잡혀갔다.

"내일 호진이가 반박 기사 낼 거야. 그러면 어느 정도 가라앉겠지. 우리 팀, 실력이 좋거든."

"그래요."

세나의 목소리에는 담담하지만 확신이 들어 있었다. 태성이 잘해낼 거라는, 모든 걸 해결할 거라는 믿음. 하지만 세나의 얌전한 대답은 태성에게 의구심을 불러일으켰다.

"윤세나."

변한 태성의 목소리에 세나가 그를 올려다보자, 태성의 마음이 사르르 녹아내려버렸다. 그래도 어디로 튈지 모르는 세나의 행동을 미리 단속하기 위해 말해두지 않으면 안 되는 게 있었다.

"사고 칠까 봐 그러는 거죠? 안 그래요."

태성의 걱정스러운 목소리를 세나가 냉큼 받았다.

"진짜요."

'아직은요.'라는 말을 삼킨 세나는 고개를 숙여 표정을 숨겼다. 자신의 표정을 태성이 본다면 문제를 삼을 게 분명하니까.

태성은 무언가 더 말을 이으려다가 졸린 듯 태성의 품에 얼굴을 비벼대는 세나를 보며 가볍게 한숨쉬었다.

"여기서 자려고?"

"싫어요?"

"그럴 리가."

태성이 세나의 허리를 감싸 안아 자신의 품으로 더 깊이 끌어당겼다. 둘이 자기에 그리 좁은 소파는 아니었지만 세나가 추울지도 모르니까. 태성은 다정하게 세나의 머리에 입 맞추고 잠을 청했다. 그에게도 세나에게도 힘든 하루였다.

하지만 세나는 태성의 품에서 쉽게 잠들 수 없었다. 태성 생각에는 사고지만 그녀의 생각에는 정의였다. 서로의 입장 차이가 있는 문제일 뿐 이건 태성을 속이는 일은 아니었다.

평화로웠던 건 그때뿐이었다. 눈을 뜨자마자 아침 내내 세나는 태성과 전쟁을 치러야 했다. 크고 작은 언쟁이 있었지만 결국은 그녀의 승리였다. 호진과 윤 여사의 덕분이기도 했다.

회사에 출근하지 않는 건 해서는 안 되는 일이었고, 그녀 생각에 숨는다는 건 죄를 지은 사람이 하는 짓이었다.

―문제가 생기면 즉시 대표실로 와.

세나의 고집을 꺾지 못한 태성이 할 수 있는 말은 그게 전부였다. 출근하는 길도 역시나 수월치 않았다. S&C 정문 앞은 기자들로 북새통을 이루고 있었다. 태성을 만나기 위해 많은 언론에서 취재를 위해 모여들었다.

"한태성 대표님, 하실 말씀 없으십니까?"

"지금 본인 스캔들로 시끄러운 거 알고 계시죠?"

"뭐라고 한마디 하고 가시죠!"

"어디까지가 사실입니까? 진짜로 성매수를 하신 건가요?"

"이대로 가시는 겁니까? 해명은 없습니까?"

태성은 이렇게 시끄러운 상황을 예상하고 있었다.

호진은 혹시라도 세나의 얼굴을 알고 있는 기자들의 공격에 대비해, 태성이 미끼가 되어 시선을 돌리는 편이 나을 거라고 의견을 내놓았다.

"조만간 공식적인 입장을 내놓도록 하겠습니다. 오늘은 이만 돌아가 주십시오."

호진의 짤막한 한마디에 플래시 세례가 터져 나왔다. 그리고 그 틈에 세나는 출근을 했다. 경호원들에게 둘러싸인 태성이 회사 안으로 들어가는 것을 보고 나서 세나도 비상구를 통해 사무실로 들어갔다.

"좋은 아침입니다."

세나는 밝은 목소리로 인사하며 사무실로 들어섰다. 그런 그녀를 보고 움찔하는 건 오히려 사무실 사람들이었다.

"어, 세나 씨 왔어? 조, 좋은 아침, 세나 씨."

"하하하, 세나 씨 왔네."

인사를 하고서 슬금슬금 고개를 돌리는 걸 보아하니 이미 회사에서는 소문이 쫙 퍼진 모양이었다.

세나는 웃어버리고 자신의 자리에 앉았다. 사람들이 알아차릴 거라는 생각은 했지만 예상보다 훨씬 더 빨랐다.

"주말에 자, 잘 지냈어?"

어색한 목소리로 세나의 안부를 묻는 강 대리에게 사람들의 시선이 몰렸다. 티를 내지 않고 있었지만 그들의 대화에 귀를 기울이는 모습이 역력했다.

"네, 잘 지냈어요."

생각해보면 나쁠 것 없는 주말이었다. 최악의 기사로 기분이 나빠지긴 했었지만 그건 그녀의 탓이 아니었다.

그녀는 아무 자격도 없는 사람들로 인해 자신의 기분이 좌지우지되는 게 싫었다.

"별일……은 없었고?"

"별일이요? 무슨 별일이요? 없었는데요."

오히려 아무렇지도 않아 하는 세나의 모습에 사람들의 눈에 잠시 이채가 서렸다. 그리더니 한결이 큰 소리로 웃으며 앞으로 나섰다.

"그것 봐. 세나 씨 아닐 거라고 했잖아. 사람들이 말이야. 세나 씨가 어딜 봐서 그런 사람이야?"

한결을 시작으로 사람들의 입에서 안도인지 뭔지 모를 한숨들이 새어 나왔다.

"그치? 세나 씨 아니지?"

세나의 주위로 사람들이 몰려들었다.

회사에서 후원을 해주는 보육원 출신.

모든 게 세나의 조건과 들어맞자 직원들끼리 아침부터 말이 많았나 보다. 아직 이름까지는 밝혀지지 않았나 보네.

"뭐가 제가 아니에요?"

모르는 척 시치미를 떼볼까? 하지만 그건 그녀의 성격에 맞지 않는다.

"아니, 그 한태성 대표 스캔들에 나오는 여자. 우리는 그게 세나 씨인 줄 알고……."

"아, 그거 저도 봤어요. 그 스캔들."

미안해하는 목소리에 세나는 오히려 웃음이 나왔다. 좋은 사람들이었다. 의심하면서도 그녀에 대한 걱정을 놓지 않고 있었다.

"그거, 저 맞아요."

"그치? 그거 세나 씨 맞지? ……응?"

세나와 대화를 하던 강 대리가 무언가 이상하다는 표정으로 다시 세나를 쳐다보았다. 그러자 세나가 아무렇지도 않다는 듯 고개를 끄덕였다. 방금 강 대리가 들은 말이 확실하다는 듯이.

"그거, 저예요. 그 스캔들의 여자."

또박또박 말을 잇는 세나의 모습에 강 대리는 말을 제대로 잇지 못했다. 말을 잇지 못하는 강 대리 대신 한결이 다시 말을 받았다.

"그, 그게…… 세나 씨라고? 한태성 대표랑 그, 기사 난 거?"

세나의 얼굴에 씁쓸함과 함께 담담함이 묻어났다. '어제 그 서류 작성한 거 제가 한 거 맞아요.' 같은 말투에 사람들은 당황할 수밖에 없었다.

"안녕하십니까. 무슨 일이라도 났습니까?"

세나의 뜻밖의 커밍아웃에 멍하게 있던 사람들이 성현의 등장에 황급히 시선을 돌렸다.

구세주가 나타났다. 이 난감한 상황을 해결해 달라는 듯한 시선들이 성현에게로 향했다. 무슨 상황인지 알아챈 성현은 사람들의 바람대로 세나 앞에 멈춰 섰다.

성현을 바라보는 세나의 눈빛에 근심이라고는 보이지 않았다. 그 모습에 성현은 자신도 모르게 웃음이 나왔다. 그래, 이게 자신이 알고 있는 윤세나라는 여자의 매력이었다.

"윤세나 씨."

세나를 부르는 성현의 목소리는 나긋나긋했다. 사람들은 침을 꿀꺽 삼키며 성현과 세나를 주시했다. 슬며시 올리는 성현의 입꼬리에 어딘지 모를 씁쓸함이 묻어나고 있었다.

"밤새 유명해졌던데요?"

사무실 안은 어색한 정적에 휩싸이고 말았다.

예쁘게, 핫하게

조용한 한정식 집에서 윤 여사가 은발의 노신사와 함께 자리에 앉아 있었다. 한 비서가 조용히 그림자처럼 윤 여사의 뒤를 지키고 있었다.

"이리로 오라고 했다고?"

"여부가 있겠습니까? 누구 명령이시라고."

노신사의 굽실굽실하는 태도에는 장난기와 함께 공손함이 서려 있었다. 노신사는 윤 여사에게 제법 친숙한 태도를 보였다.

한 비서 고것이 일처리를 아주 제대로 해왔다. 자신이 준 수첩에서 용케 이름 하나를 찾아왔다. 서형만 사장. 그는 자신에게 커다란 빚을 지고 있는 이름이었다.

─S 신문사는 이한일 사장이 서형만 사장의 돈으로 차린 거랍니다. 서 사장님이 실질적인 대주주인데 전면에 나서지는 않고 계시구요. 실제로 S 신문사는 이한일 사장이 모든 실권을 쥐고 있습니다.

뜻밖의 정보였다. 역시 캐다 보면 나오지 않을 리 없었다. 게다가 서형만이라면 말이 쉽게 통할 수도 있었다. 세월이 흘러 은발이 되었음에도 불구하고 오랜 세월 맺어온 인연 때문에 윤 여사에게 서형만은 한참 어린 햇병아리에 불과했다.

윤 여사의 카랑카랑한 목소리가 조용한 룸에 울려 퍼졌다.

"이한일이, 어떤 놈인데?"

"저하고 일하는 놈들이야 다 비슷하죠. 교묘하게 법에는 안 걸리면서 돈 되는 거면 거의 다 하는."

"흥, 그런 놈이 신문사를 차려? 차라리 땅 놀음이나 하지."

"누님, 요새는 그런 거 차려야 돈이 돼요. 돈 받고 기사 써주는 거, 그게 제법 돈이 되거든요."

그랬으니 박두건 그놈한테 돈을 받고 기사를 그따위로 써댔겠지. 윤 여사가 못마땅하다는 듯 인상을 쓰며 물을 한 모금 들이켰다. 태성을 생각하면 신문사를 아작내고 싶었지만 실질적인 잘못은 박두건이 한 것이었다. 그렇다고 허투루 넘어갈 생각도 없었다.

윤 여사는 다짐을 받으려는 듯 형만에게 못 박았다.

"너, 제대로 못 하면 지금까지 거 몽땅 이자 쳐서 받을랑께."

"어디 누님이 이자를 어설프게 받으실 분입니까?"

윤 여사의 협박 아닌 협박에 형만이 사람 좋은 웃음을 지어 보였다. 형만은 지금보다 젊은 시절, 윤옥분에게 커다란 은혜를 입은 적이 있었다. 그녀에게 받은 건 돈이 아니었다. 그에게는 희망이었고 삶의 목적이었고, 더 나아가서는 그의 목숨이었다.

그때부터 형만은 윤 여사에게 늘 마음의 빚을 지고 살았다.

자신이 빌린 돈을 한사코 받질 않으시더니만, 무슨 일인지 빚을 갚으라고 하기에 형만은 두말 없이 윤 여사의 말에 따랐다.

"내가 이한일이 잡아 족칠 건디. 네가 많이 도와주야 쓰것다."

"누님 일인데요. 제가 뭔들 못 하겠습니까?"

윤 여사가 흡족하게 고개를 끄덕였다.

"아이고, 서 사장님. 저 왔습니다. 웬일로 보자고 하십니까? 어? 손님이 계셨네요?"

기세 좋은 남자의 소리에 윤 여사가 고개를 돌렸다. 풍채 좋은 남자 하나가 형만을 향해 반갑게 인사하며 들어섰다. 혼자일 줄 알았던 형만이 누군가와 함께 있자 남자의 얼굴에 의문이 떠올랐다. 형만이 누군가와 함께 그를 만날 일이 있던가? 새로운 투자자인가 싶어 유심히 살피는 남자의 얼굴에 심상치 않은 기운이 서렸다. 아니나 다를까.

"네놈이 그 화상이냐?"

다짜고짜 서슬 퍼런 눈으로 자신을 노려보는 윤 여사의 얼굴에 한일의 표정이 일그러졌다.

성현의 방 안에서 그와 세나의 시선이 마주쳤다. 성현은 힘들지만 내색 않는 세나가 기특하기도 하고 안쓰럽기도 했다. 어떻게 도와야 할지 밤새 고민했지만 자신이 할 수 있는 일은 많지 않았다.

"하실 말씀이 있으시다고."

"도움이 될지는 모르겠지만 받아둬요."

세나가 입을 열자 성현은 작게 한숨을 내쉬고 세나에게 무언가를 건네주었다. 그가 내민 건 작은 USB 메모리 하나였다.

"가서 보면 알아요. 이걸로 뭘 할 수 있을지는 세나 씨가 알아서 생각해보구요. 제가 해줄 수 있는 일은 여기까지입니다."

"⋯⋯네."

호의에 세나는 두말 않고 성현이 내미는 물건을 받았다. 무엇인지는 몰랐지만, 그래도 받아야 할 것 같았다.

"회사는 계속 출근하실 겁니까?"

성현이 사무적인 어조로 묻고 있지만 그 안에는 그녀에 대한 걱정이 깔려 있었다. 세나는 그의 진심이 고마웠다.

"네, 출근해야죠. 저 돈 벌어야 하거든요. 아시다시피 제가 가족들이 많은 편이라서요."

"쉬어도 되잖아요. 병가 처리해줄게요. 한 대표가 그냥 내보내줬을 리는 없는데."

"병이 난 것도 아닌데 왜 병가 처리를 하나요? 그리고 작은 의견 다툼이 있긴 했지만 잘 극복했습니다."

세나의 대답에 성현이 희미하게 웃음을 지었다. 작은 의견 다툼이라니, 그럴 리가 없다. 아마도 한태성 대표의 속은 썩어 문드러졌겠지. 저 말 안 듣는 여자 때문에. 그래도 세나의 의견을 무시할 수는 없었을 것이다.

성현은 태성이 어쩐지 가엽게 느껴졌다.

"그래요, 알겠습니다. 그리고 혹시 무슨 일이 있으면 팀장실로 들어와 있어요."

밖에 진을 치고 있는 기자들이 회사 안으로 들이닥칠지 모를 일이었다. 성현의 제안에 세나는 풋 하고 웃음을 터뜨렸다.

"오늘 대표실에 팀장실에, 이러다가 제 직함도 바뀌겠네요."

"여론이 나뉘어지고 있어."

호진은 마우스를 쉴 새 없이 움직였다. 여론을 살피는 건 지금 가장 중요한 일 중 하나였다. 홍보팀에서 낸 기사가 화제가 되고 있었다. 과하지 않게, 하지만 여러 가지 정황들에 대해 정확하게 설명하는 기사는 진정성이 있었다.

열심히 기사를 검색하던 호진의 입에서 놀란 숨소리가 흘러나왔다. 그가 급하게 노트북을 들고 태성이 있는 자리로 갔다.

"잠깐만. 한혁선 사장님, 기자회견 하셨는데? H 그룹이 입장 표명에 나섰어."

기사를 훑어보는 태성의 눈빛이 살짝 흔들렸다.

[이례적으로 H 그룹의 한혁선 사장이 직접 기자회견을 열어 S&C 한태성 대표와 관련된 일에 대한 해명을 내놓았다.]

태성도 호진도 전혀 몰랐던 일이었다. 한 사장의 기자회견은 예고 없이 갑작스레 진행된 일이었다.

[한태성은 자립하기 위해서 H 그룹의 후계자임을 숨겨왔고, 그가 하는 어떤 일에도 H 그룹에서 영향력을 끼친 바가 없음을 명확히 해두는 바이다.]

태성의 스캔들 기사가 터지고, 현 S&C의 대표이사 자리에 앉기까지 H 그룹이 개입했다는 비난 기사를 타겟으로 한 직접적인 해명이었다.

[한태성 대표는 본인의 친아들이 맞으며 호적에 올라 있는 소중한 아들이다. 각자 가지고 있는 개인사가 있으나 본인의 잘못이 아닌 일로 비난을 받는 것은 옳지 못하다고 생각한다.]

본인의 잘못이 아닌 일이라……

태성의 표정에 미묘한 변화가 생겨났다.

[후원 관련 스캔들 기사도 악의적으로 조작되었다 생각된다. 직접 본 적은 없지만, 나의 안사람과 한 회장님은 기사에서 언급되는 그 아가씨를 직접 본 적이 있다. 생각해보라. 누가 자신의 가족에게 그런 불미스러운 인연을 소개하겠는가? 언론은 자극적인 보도를 확인 없이 내지 말고, 조금 더 신중해주길 바란다.]

당부로 끝난 한 사장의 인터뷰에 많은 여론들이 들끓고 있었다.

ㄴ뭐야, 확인 사실도 안 하고 무작정 기사를 쓴 건가?

ㄴH 그룹 너무 자기 입장에서만 발표한 거잖아. 그 속을 누가 알아?

ㄴ솔직히 일 잘하는 건 잘하는 거고 사생활은 사생활이지. 한태성 미국 에서 완전 날리던데.

ㄴ여자 문제는 깨끗하게 하고 넘어가야 할 듯.

ㄴ연인인데 돈 받고 몸 파는 여자 같은 걸로 기사 나면 완전 기분 나쁠 것 같음.

비난뿐이었던 댓글 사이에 태성을 옹호하는 글들이 조금씩 올라오기 시작하자 호진의 얼굴에 화색이 돌기 시작했다. 그들에게도 조금씩 희망이 보이고 있었다.

"우리가 낸 기사하고 조금 전에 한 사장님이 기자회견 해주신 덕분에 일이 훨씬 수월하게 되었어."

속이 편치는 않지만 자신의 친부가 도움이 되었다는 사실은 부인할 수가 없었다. 아니, 생각보다 큰 영향을 끼쳤다.

"그래. 안 도와줬어도 되는 일이었는데."

태성이 내뱉은 소리에 호진이 버럭했다.

"이 양반이 배가 불러 터졌지, 지금! 상황이 이 모양인데 안 도와줬어도 돼?"

호진이 태성을 노려보며 다시 말을 이었다.

"속 편한 소리 하고 있다. 지금 얼마나 중요한 시점인지 알아? 일단 좋은 여론이 형성되고 있다 그거지 나쁜 여론이 사라진 건 아니야. 주식도 여전히 곤두박질치고 있고."

호진의 말 대로였다. 태성은 머릿속에서 다음 일을 생각해야 했다. 이제부터 제대로 된 전쟁의 시작이었다.

"버림받은 애송이 놈인 줄 알았더니."

박두건의 입에서 짜증 섞인 목소리가 흘러나왔다. 가만히 있다가 웬 기자회견이란 말인가? 그러자 지원이 맞장구를 쳤다.

"한 사장은 갑자기 왜 툭 튀어나와서."

지원도 못내 분하다는 듯 손톱을 물어뜯었다. 자신의 아들은 여전히 차가운 곳에 감금되어 있는데 한태성은 여전히 밖에서 활개를 치고 다니고 있었다.

하지만 박두건이 보기에 그저 여론이 두 갈래로 갈렸을 뿐 아직 그들의 말에 더 신빙성이 있었다. 여전히 태성은 쓰레기였고, S&C 주식은 하한가였다.

조금 더 강력한 한 방이 필요한 시점이기는 했다.

"아직 끝난 게 아니야. 기다려봐. 연락 넣어놨다. 곧 소식 있을 게야."

"그 신문사, 믿을 만해요?"

"돈이면 다 되는 인간이야. 그리고 내가 들인 돈이 얼만데."

아비의 대답에 지원의 얼굴에 안도의 빛이 흘렀다. 박두건의 얼굴에 야비한 표정이 흘러 지나갔다. 이번에는 조금 더 독한 기사를 쓰도록 해야겠군.

"김 실장, 아직 이한일 사장한테 연락 없나?"

한일은 이마에 흐르는 식은땀을 연신 닦아내며 윤 여사의 눈치를 보고 있었다. 그 덩치에 쩔쩔매는 모습이 측은해 보였지만 윤 여사의 눈빛은 매섭기 그지없었다.

"아이고, 여사님. 그러면 저 박 의원한테 죽어요."

"그래서 못 하것다? 박 의원은 무섭고, 나는 안 무서운가 보네잉?"

이러지도 저러지도 못하고 있는 한일의 심정은 그야말로 죽을 지경이었다. 목소리 하나 높이지 않는 윤 여사의 말투에 한일은 온몸에 칼날이 지나가는 듯 따끔거렸다.

윤옥분이라는 이름을 들었을 때 이미 그는 속으로 망했다고 생각했다.

보통 노인네가 아닐 거란 생각은 했지만, 그 윤옥분이라니. 박두건 그 망할 인간 때문에 자신만 죽어나게 생겼다. 하지만 박두건도 만만히 볼 상대는 아니었다. 전직 국회의원. 그 어마어마한 감투를 자신이 어떻게 감당해낸단 말인가?

"아, 돈 받은 거 받았다고 사실대로 말하면 되는 건데 그가 뭐가 어렵당가?"

"여사님 말씀대로 하면 저희 회사 망합니다. 그럼 저희는 어떻게 합니까?"

윤 여사의 뜻대로 하지 않으면 형만이 그의 회사에 투자한 돈을 모두 회수해 가겠다고 엄포를 해놓았다. 형만은 장난을 잘 치긴 해도 없는 소리를 하는 사람은 아니었다. 그렇게 되면 회사는 망하는 거다.

한일은 머리를 재빨리 굴렸다. 이 노인네가 진정으로 원하는 바를 파악해야 했다. 윤옥분의 비위를 맞추면서 이 위기도 극복할 수 있는 방법이 뭐가 있을까? 그러다 문득, 어제 받아둔 자료 하나가 그의 머릿속에 떠올랐다.

"저, 그러지 마시고. 일단 저희 쪽에서 더 이상의 기사는 내지 않겠습니다."

"아, 글씨, 그걸로는 안 된당께."

한일은 다시 이마에 흐르는 땀방울을 옷깃으로 닦아냈다.

"저희가 영상을 하나 드리도록 하겠습니다. 저희 쪽에서 성의를 보일 테니 여사님께서 도와주십시오. 제발 부탁드립니다."

"뭘 주는지 한번 보고 판단하시죠, 여사님."

머리까지 조아리며 부탁하는 한일의 모습에 형만이 윤 여사를 향해 고개를 끄덕였다. 윤 여사가 한 비서에게로 시선을 돌렸다. 그녀 역시 형만의 의견에 동의한다는 듯 고개를 끄덕여 보였다.

"일단 그럼 그거 가져와 봐. 보고 나서 판단할랑께."

사람들의 심각한 얼굴들이 회의실 안을 가득 채웠다. 갑작스레 소집된 주주 총회였다. 태성은 냉정한 눈빛으로 모인 얼굴들을 훑어보았다. 호진도 굳은 표정으로 태성의 뒤를 지켰다.

"다들 모이신 이유가 뭡니까?"

차가운 목소리가 회의실 안에 울려 퍼졌다. 하지만 진심으로 궁금해하는 목소리는 아니었다. 기세 좋게 시작했지만 대주주 한 명이 이내 고개를 돌리고 헛기침을 해댔다. 태성의 입꼬리가 시니컬하게 올라갔다.

"벌써 이렇게까지 모이실 필요는 없으실 것 같은데요."

"회사 주식이 반 토막이 났습니다. 벌써가 아니라 진즉에 모였어야죠."

확실히 아직 해결을 하지 못해서 주식이 떨어진 게 맞다. 그게 자신의 잘못이라는 걸 태성은 수긍한다는 듯 고개를 끄덕였다.

"거 스캔들 관리 제대로 하시죠? 거론되는 여자 관련해서 정보도 좀 내보내고."

"그래요, 그 아가씨. 어차피 우리 회사 후원을 받고 있는 거면. 꽁

꽁 싸매고 있지 말고."

"그래요. 같이 나와서 해명이라도 해야지. 한 대표 혼자만 해명 기사 내면 뭐합니까?"

스캔들이 진짜이든 아니든 그들과는 관계가 없다는 말이었다. 후원을 받았으니 회사에 좋은 쪽으로 발언을 하라는 그들의 속내를 태성이 읽지 못할 리 없었다. 하지만 세나를 언론에 노출시킬 수는 없었다. 태성의 눈빛이 조금 전보다 훨씬 차갑게 가라앉았다.

태성은 모인 사람들을 한기를 품고 쏘아보았다.

"안 됩니다. 그 사람은 아무런 상관이 없습니다. 이건 제 일입니다."

"회사에 막대한 손해가 나질 않았습니까?"

그깟 돈 몇 푼보다 훨씬 더 소중한 게 세나였다. 감히 어디서 비교를 해?

"그 손해, 제가 반드시 갚아드리죠. 그리고 필요하다면 제가 이 자리에서 물러나겠습니다."

태성의 발언에 모두 놀란 표정으로 웅성거리기 시작했다.

"한 대표, 우리가 한 대표한테 그만두라고 모인 건 아니고……."

그들도 태성의 능력은 전적으로 인정하고 있었다. 무주공산의 회사를 인수하여 이만큼 일으켜 세운 한태성이었다. 그저 그의 의지를 보고자 했던 것뿐인데 갑작스러운 한태성의 선언에 사람들은 당황한 표정을 감추지 못하고 있었다.

"그 여자, 손가락 하나라도 내보여야 하는 날에는 제가 그만두도록 하죠. 미련 없이. 그리고 노파심에서 말씀드리자면, 맹세컨대 그 여자 머리카락 하나라도 손대는 사람이 있다면 각오하시는 게 좋을 겁니다."

그 말을 끝으로 태성은 자리에서 일어서 회의실 밖으로 나갔다. 그 뒤를 호진이 조용히 따랐다.

거침없이 세나의 등짝에 스매싱을 날리는 윤주는 엄청나게 화가 나 있었다. 물론 그 화 아래 어마어마한 걱정이 깔려 있을 것이다.

"어떻게 된 거야? 이 계집애야!"

"미안. 연락이 늦어서."

윤주는 세나가 걱정돼서 죽는 줄 알았다. 이미 학교에서도 난리가 났다. 과 모임 때 세나를 데려갔던 남자의 얼굴을 기억하지 못하는 사람은 거의 없었다.

언론에서 떠들어대고 있는 한태성이라는 남자의 얼굴과 세나의 남자 친구의 얼굴이 일치하자 다들 한마디씩 해대는 통에 귀가 아플 지경이었다.

특히 꼴 보기 싫은 다혜의 비아냥거림에 윤주는 멱살을 붙들고 싸웠다. 그런 데다가 세나까지 연락이 되질 않으니, 윤주로서는 속이 끓지 않을 수 없었다.

"이 망할 계집애 같으니. 너 때문에 내가 제명에 못 죽어, 진짜!"

"걱정 마. 넌 오래 살 거야."

"그걸 지금 말이라고! 이놈무 계집애. 넌 좀 맞아야 해! 이리 안 와?"

세나를 향해 분통을 터뜨리는 윤주를 보며 호진은 쿡, 하고 웃음

을 터뜨리고야 말았다. 호진이 자리에 있다는 사실을 인식한 윤주
는 그제야 얼굴이 새빨갛게 물들었다. 흥분해서 자신을 데려온 이
멋진 남자 앞에서 너무 큰 추태를 보이고 있었다.

"그럼 두 분 말씀 나누세요."

호진이 둘만 남기고 방문을 나서자, 윤주가 세나를 더욱 노려보
았다.

"……너 때문에 망했어."

"뭐가?"

호진이 처음 자신에게 말을 걸 때만 해도 이게 무슨 횡재인가 싶
었다. 세나의 부탁으로 자신을 데리러 왔다는 말을 들었을 때까지
도 윤주는 호진의 얼굴에서 시선을 떼지 못했다.

완벽하게 자신의 이상형에 부합하는 모습. 그랬는데…… 망했어.
하지만 지금은 그게 중요한 게 아니지.

윤주는 자세를 바로하고 세나를 향해 몸을 돌렸다. 생각했던 것
보다 멀쩡한 얼굴에 윤주는 가슴을 쓸어내렸다.

"너 괜찮은 거야?"

걱정하는 그 마음을 알기에 세나는 밝게 웃었다. 윤주 앞에서는
언제나 마음이 놓였다.

"괜찮아. 그런데 일이 좀 있어서."

걱정하고 있을 윤주에게 전화 한 통 하면 될 일이었다. 윤주라면
자신이 아주 잘 있다는 사실을 알아차렸을 것이다. 하지만 굳이 윤
주를 여기까지 부른 건 세나 나름대로 이유가 있어서였다.

"이번에도 네 도움이 필요해. 도와줘."

"내 도움? 내가 도움이 돼?"

"물론."

세나를 위해 무슨 일이든 하겠다면, 지금 이 상황에서 자신이 무슨 일을 할 수 있단 말인가? 세나의 얼굴을 보며 윤주의 머리는 궁금증으로 뒤덮여가고 있었다.

조금은 어두침침한 방 안에서 윤 여사는 심각한 얼굴로 재생되는 영상 하나를 뚫어져라 보고 있었다.

그녀의 집으로 우편물 하나가 배달되었다. S사 사장이란 놈이 자신에게 보낸 선물이었다.

[그 아저씨 진짜로 거짓말쟁이예요.]

[그래? 왜? 무슨 거짓말을 했는데?]

잔뜩 기대감을 담은 기자의 목소리가 화면에서 흘러나왔다. 아이의 잔뜩 찌푸린 얼굴이 클로즈업되었다.

[작년에 우리 보육원에 왔었거든요. 이상한 옷 입고.]

[어, 그런데?]

[산타클로스도 아닌데 막 산타클로스 흉내 내면서 와가지고 선물 줬어요.]

[……응? 산타클로스?]

[그 아저씨 웃겨요. 눈은 이렇게 해가지고 웃는 것도 완전 어색했어요. 세나 누나가 모른 척하라고 했는데 애들이 다 웃었어요. 눈만 보고 우리는 다 알았거든요. 할 거면 눈썹도 붙이고 왔어야 하는데. 하긴, 뭘 하고 왔어도 어색해서 다 티가 났을걸요?]

[맞어. 우리가 세나 누나 때문에 그래도 참아준 거지. 못 봐줄 모습이었다니까.]

그때 그 모습이 다시 생각난다는 듯 아이들은 키득거렸다.

[한태성이 커다란 빨간 주머니에 직접 선물을 넣고 와서 산타클로스인 척했는데, 아이들에게 먹히지를 않았다는 이야기야? 한태성이 크리스마스 날 여기 와서 그런 일을 했다는 게, 우리가 취재할 내용은 아니잖아.]

[야, 이걸 어떻게 써. 까는 거 찾아오랬잖아!]

[다른 애들 찾아보자.]

기자와 카메라맨이 이번에는 다른 아이를 찾아 나섰다. 몇몇 아이들이 공터에서 자신들끼리 웃으며 놀고 있는 모습이 화면에 보이고 있었다. 기자가 그들에게로 슬그머니 다가가 사탕을 건넸다.

[너희들 혹시 한태성이라고 들어봤어?]

기자의 질문에 고개를 갸우뚱하던 아이 하나가 다른 아이를 향해 묻는다.

[한태성? 우리 보육원에 그런 애 없는데? 그런 이름이 있어?]

[아니 없는데? 어디서 들어보긴 했어요.]

[야, 그거 세나 누나 남자 친구 이름 아니야? 나 저번에 들은 것 같은데.]

이때다 싶었는지 기자의 목소리가 상냥하게 흘러나온다.

[그래, 그래. 그 아저씨 맞아. 너네 누나 남자 친구. 그 사람 어때?]

[그 아저씨요? 왜요? 아저씨들 누구세요?]

[우리는 기자야. 그 아저씨가 어떤 사람인지 조사하고 있거든. 혹시라도 너희들한테 나쁘게 대했거나 뭐 그런 일이 있었는지 해서

말야.]

기자라는 말에 소곤거리던 아이들이 입을 열었다.

[우리한테 막 소리 지르고 그랬는데. 그래서 성경이는 울었어요.]

[그래? 소리를 막 질렀어? 아이를 울리고?]

다시금 기대에 찬 기자의 목소리와 함께, 아이 두 명의 얼굴이 클로즈업되어 들어왔다.

[저기 나무에 막 서가지고 우리한테 소리 질렀어요.]

[뭐라고 소리를 질렀는데?]

[목소리가 너무 작아서 세나 누나한테 혼났었는데. 무궁화 꽃이 피었습니다! 그건 목소리가 커야 하거든요. 그 아저씨 술래였는데, 잘 못했어요.]

[무궁화…… 꽃이…… 피었습니다……?]

[네. 우리랑 저기 서서 놀았는데.]

잠시 침묵이 흘렀다. 누군가의 입에서 한숨 소리도 함께 들려왔다.

[……근데 다른 아이는 왜 울었어?]

[성경이가 너무 일찍 잡혀서요. 그 아저씨는 구두 신고서 달렸는데 엄청 잘 뛰더라구요. 성경이가 억울해서 막 울었어요. 자기만 잡혔다고. 걔가 1등이었거든요. 그 아저씨 일등을 잡는 건 줄 알았나 봐요. 술래 되게 못해.]

[그치, 그치.]

제 할 말만 하고 사라지는 아이들의 뒷모습이 카메라에 담겨져 있었다. 그 뒤로 기운 빠진 기자의 목소리가 들려왔다.

[한태성이 여기 와서 애들이랑 놀았단 말이잖아.]

[아, 그럼 안 되는데…….]

[이거 보고 해야 돼 말아야 돼?]

다시 이어진 침묵.

[이 테이프 말고 다른 걸로 갈아. 이건 못 쓸 것 같아.]

[아무래도 그렇겠지?]

기운 빠진 목소리들을 끝으로 카메라가 꺼졌다.

거기까지 화면을 본 윤 여사의 얼굴이 한 비서를 향했다. 도무지 알 수가 없다는 듯이.

"저게 워떻게 태성이한테 도움이 되것냐?"

윤 여사의 물음에 한 비서가 미소 지었다. 아이들의 티 없이 맑은 모습은 한 비서의 포커페이스에도 영향을 미쳤다.

"도움이 될 수 있을 것 같습니다. 세나 씨와의 불미스러운 소문도 잠재울 수 있을 것 같구요."

"네 생각은 워떠냐?"

이번에는 윤 여사의 시선이 호진을 향했다. 멍하니 아무런 말도 없이 서 있는 호진을 향해 윤 여사가 물었다. 그러자 말없이 서 있던 호진의 입가가 서서히 만개하기 시작했다.

"할머니, 대박. 아, 저런 게 있으면 진작 내놓지!"

자신의 할머니를 향해 투정 아닌 투정을 부리는 호진의 모습에 윤 여사의 입가에도 그제야 웃음이 번졌다. 자신의 마음에 흡족하진 않지만, 그래도 성의를 보인 모양이었다. 그럼 일단 신문사는 당분간 놔두는 걸로 하고.

"저 요상한 물건이 도움이 되긴 될랑가 보구먼."

"도움이 되다뿐이에요? 어차피 H 그룹 일은 해결됐으니까, 스캔들만 마무리하면 돼요."

"그랴? 그럼 마음대로 해봐, 어디."

한 비서가 동영상 파일을 건네자 호진의 눈이 반짝거렸다.

"이걸 어떻게 써야 잘 썼다고 소문이 날까?"

"회사 차원보다는 개인 쪽에서 유출되는 게 나을 것 같습니다."

호진의 혼잣말에 한 비서가 조용히 세나 방을 가리켰다. 일리 있
는 지적이었다. 회사에서 내보내면 조작된 동영상이라는 비난이 나
올 수도 있었다.

잠시 머리를 굴리던 호진은 조금 전 자신이 데려온 예쁘장한 세나
의 친구를 떠올리면서 방으로 향했다.

윤주의 얼굴에서 긴장이 풀렸다. 이런 것들이 세나의 오명을 씻는
데 도움을 줄 수 있겠다는 생각이 들었다.

"이렇게 만들어 달란 말이지? 근데 이거 어디서 났어?"

윤주의 물음에 세나가 어색하게 웃었다. '나를 좋아해주던 사람이
자료로 쓰라고 주던데?'라고 말할 수는 없는 노릇이었다.

"누가 줬어."

"이걸? 이런 걸 누가? 누가 봐도 전문가의 솜씨가……."

"세나 씨! 윤주 씨, 저 도와주실 수…… 어?"

갑작스런 노크와 함께 들이닥치는 호진을 보자 세나와 윤주가 당
황했다.

호진은 윤주의 노트북 화면을 보고 그 자리에 멈춰 섰다. 화면을

꽉 채운 무언가를 보는 호진의 눈빛이 조금 전처럼 다시 반짝거리면서 빛이 났다. 오늘 무슨 날인가? 한태성의 운수 좋은 날?

"이 비서님도 모르게 하려고 했는데 들켰네요."

"목표가 대표님인 거죠? 이거 상관한테 보고하면 안 되는 거죠?"

"역시 예리하세요."

태성 모르게 무언가 하려다가 자신에게 딱 걸린 세나의 모습에, 호진이 씨익 웃음을 지었다.

세나는 호진을 향해 코를 찡긋거리며 배시시 웃었다. 세나와 호진이 마주 보며 웃었다.

"태성 씨가 저보고 아무것도 하지 말라고 했거든요."

"하지만 세나 씨가 그럴 성격은 아니지요?"

"이제 우리 공범이에요. 이리 와서 앉아 봐요."

윤주가 이때다 싶어 자신의 옆자리를 툭툭 두드리자, 호진이 사양하지 않고 그들 사이에 끼어 옹기종기 앉았다.

"제가 뭘 가져왔어요. 할머니가 완전 좋은 거 구해오셨더라구요."

호진이 혹시 누가 들을세라 은밀히 목소리를 낮췄다.

"좋은 거요?"

"우리, 대표님 빼고 몰래 같이 볼까요? 같이 올리면 될 것 같은데. 근데 세나 씨는 이거 어디서 났어요?"

호진의 물음에 세나는 조금 전 윤주에게 했던 것처럼 다시 어색하게 웃을 수밖에 없었다. 그렇게 세 명의 작당이 태성 모르게 이루어지고 있었다.

한 회장은 TV를 조용히 껐다. 그러고는 앞에 놔둔 모과차에 손을
가져갔다.

아들의 얼굴을 TV를 통해 보는 건 기억도 나지 않을 만큼 오래된
일이었다. 코끝에 스며드는 모과 향은 달고 그윽했다.

앞에서 같이 차를 마시던 며느리 미영이 찻잔을 내려놓으며 가만
히 웃었다.

"그래서, 어떻게 흘러가더냐?"

"나쁘진 않아요, 아버님."

"그래? 그렇구나."

남편이 자신과 상의도 없이 그렇게 큰일을 치를 거라고는 생각하
지 못했는데. 정말로 뜻밖의 일이었다.

"태성이한테 도움이 된다니까 그렇게 하네요, 저 사람이. 그런 거
싫어하던 사람인데."

"그러니까 말이다. 흠, 지난번에 말했던 건 어떻게 되었는지 궁금
하구나."

한 회장이 깊은 눈빛으로 미영을 응시하다가 천천히 눈을 감았
다. 가볍게 말했지만 무게 있는 진섭의 말에 미영의 목소리에 확신
이 넘쳤다.

"다 준비되었어요."

"그래. 알았다."

진섭의 얼굴에 흡족한 미소가 흘렀다.

"다녀오셨어요?"

세나에겐 이번 일이 터지면서 좋은 게 하나 있었다. 태성과 소꿉놀이 하는 기분이 든다는 것. 세나는 집으로 돌아오는 태성을 반갑게 맞이했다. 바깥세상이야 시끄럽든지 말든지, 이곳은 낙원이었다. 태성과 함께 있으면 어디든 낙원이었지만.

태성은 마치 새색시처럼 옆에 붙어 옷을 챙기는 세나가 사랑스럽다는 듯 그녀의 머리를 쓰다듬었다.

걱정이었다. 자신이 직접 내려가서 세나 곁을 지켜줄 수도 없는 일이라 더욱 마음이 쓰였다. 세나의 얼굴에서 근심을 찾아볼 수 없어서 그나마 다행이라고 해야 하나?

"그래서, 출근은 잘했고?"

"그럼요. 오늘도 일 잘하다 왔어요."

윤 여사가 신경 쓴 덕분에 출근과 퇴근이 수월하다지만, 그래도 회사 안에서 세나에게 무슨 일이 있을지 알 수 없었다. 그게 태성을 불안하게 만들었다.

자신에게 쏟아지는 비난들을 분명 알고 있을 것이다. 그럼에도 세나는 태성에게 웃어 보였다. 아주 예쁘게.

"꼭 나가야 해?"

다시금 시작된 태성의 걱정에 세나는 태성의 커다란 손을 꼭 잡았다. 지금 그녀를 걱정할 때가 아니었는데. 태성 혼자서 감당해야 할 일들이 너무 많은데. 그런데도 지금 그의 신경은 그녀를 향해 있었다.

뭐랄까, 자신은 사랑받고 있었다. 가슴이 벅찰 만큼 아주 넘치는 사랑을.

세나는 태성을 안심시키듯 그의 팔에 매달렸다.

"나가게 해줘요. 그래야 내 마음이 편하니까. 그리고 생각보다 나쁘지 않아요."

그건 사실이었다. 분위기가 어색한 건 사실이었지만, 팀원 그 누구도 그녀를 비난하지 않았다.

성현의 지시가 있기도 했지만, '진짜로 세나 씨가 맞아? 그럼 그거 다 사실은 아니겠네. 그치?' 하며 친하게 지내던 강 대리가 그렇게 말을 건네왔을 뿐이었다.

할 수 없다는 듯 태성은 한숨을 푹 내쉬었다.

"아직 저녁 안 먹었지요?"

"나 배 안 고파. 생각 없는데."

세나는 태성이 놈 밥을 먹일 수 있는 건 세나밖에 없을 거라고 했던 윤 여사의 말이 사실일까 싶은 마음도 들었다.

"난 배고파요."

태성이 시계를 보며 시간을 확인했다. 벌써 9시도 넘은 시간이었다.

"밥, 안 먹었어?"

"오면 같이 먹으려구요."

너무나 당연하다는 말투에 태성은 가슴이 뻐근해져왔다.

"지금이 몇 신데 아직 저녁을 안 먹었어?"

"손 씻고 와요. 오늘 저녁은 제가 만들었으니까 맛있게 다 먹어야 해요."

예쁘게 웃는 세나를 보며 태성은 어쩔 수 없다는 듯 같이 웃음을 짓고야 말았다.

아침부터 세나는 바빴다. 윤 여사에게 출근 인사를 하고 집을 나선 세나는 성현에게는 양해를 구하고 월차를 냈다. 성현이 왜냐고 물으면 뭐라 대답할까 고민한 게 우습게도 그는 너무도 쉽게 그녀의 월차를 승낙해 주었다. 월차가 아니라 연차를 써주겠다고, 푹 쉬었다 오라고도 했다.

쉬는 건 나중에 하겠다는 말을 삼키고 그녀가 향한 곳은 한 포털 사이트 회사 앞이었다.

"왔어?"

미리 와 있던 윤주와 마주친 순간, 세나는 실감이 났다.

건물 안으로 들어서서 세나는 평생 해본 적 없는 화장을 윤주로부터 받고 있었다. 그 모습을 호진이 담담하게 지켜보고 있었다.

호진은 세나를 혼자 뒀다가는 자신이 태성에게 갈기갈기 찢길 거라며 그녀를 에스코트해주고 있었다.

"이게 속눈썹을 붙인 거랑 안 붙인 거랑 화면에 완전 다르게 나온다니까? 기대하고 있어."

세나의 속눈썹 하나하나에 공을 들이는 윤주가 일부러 목소리 톤을 밝게 했다. 자신도 이렇게 떨리는데 세나는 오죽할까?

"알았어. 예쁘게 부탁해. 태성 씨가 반할 만큼 예쁘게 해줘."

"못 말리는 계집애. 완전 예쁘게 해줄게."

화장에는 도가 튼 윤주의 말이니 믿어도 좋을 것이다. 사실 속눈썹 따위는 아무래도 좋았다. 그보다는 자신을 위해 무언가를 해주고 싶어 하는 윤주의 마음을 헤아렸을 뿐이었다.

지금 이 시간에도 아직 태성에게 쏟아지고 있는 비난들은 여전했다. 모두 자신 때문이었다. 그녀는 자신이 앞으로 하려는 일이 부디 태성에게 도움이 되었으면 하는 마음뿐이었다.

태성의 일방적인 해명이 아니라, 세나 본인의 말을 듣길 원하는 사람들이 많이 있었다. 그리고 그건 다행히도 세나가 기꺼이 할 수 있는 일이기도 했다. 하지만 이건 엄청난 용기가 필요한 일이었다.

아직도 떨릴 만큼 긴장한 세나의 마음을 눈치챘는지 윤주가 세나의 손을 꼭 잡았다.

"많이 떨려?"

"응. 조금."

떨리지 않는다면 거짓말이겠지. 윤주가 응원하듯 세나의 손을 더욱 꼭 잡았다. 용기를 낸 친구에게 자신이 해줄 수 있는 일은 그저 묵묵히 곁을 지키는 것밖에 없었다. 그 따뜻한 온기에 불안함으로 걷잡을 수 없이 떨리던 세나의 심장이 조금씩 원상태를 찾아가기 시작했다.

"조금 더 기다리라고 할까? 아이들 동영상은 나가고 있어."

윤주를 보며 세나가 고개를 저었다.

이미 시작된 일이었다. 기다릴 이유는 없었다.

세나는 크게 심호흡을 하고 일어섰다. 그러고는 조금 굳은 표정으로 윤주의 손을 잡았다.

"이제 가자."

"확실히 내 방보다 대표실이 좋아."

태성의 방으로 들어서며 성현이 휘파람을 불었다. 성현이 빈정대며 말을 건네자, 태성의 미간에 주름이 생겼다. 세나만 아니었다면 문성현을 부를 일도 없었다.

"그야 내가 직급이 높으니까. 좋아서 부른 거 아니니까 앉지?"

"그거야 나도 알지만, 그래도 대표실까지 오니까 설레어서 말이지."

언제부터였을까. 성현은 자연스럽게 태성에게 말을 놓기 시작했다. 다른 호칭도 없었다. 그걸 성현도 태성도 의식하고 있었지만 둘 다 그 부분에 대해서 말이 없었다.

"왜 부른 건지는 알 테고."

태성은 설명 없이 바로 본론으로 들어갔다.

이게 한태성 스타일이지. 성현은 피식 웃음이 나왔다.

"결국은 나한테 윤세나 당부할 거잖아. 당신 눈 밖에 있을 때는 내가 보고 있어 달라는 거겠지."

"정확해."

"그럼 부탁하는 사람의 입장으로서 조금 더 공손해보지 그래."

이번에는 태성이 입꼬리를 올렸다. 과연 그럴 필요까지 있을까 싶은 표정이었다.

"내가 말하지 않아도 네가 알아서 세나한테 신경 쓸 거라는 거 알고 있어."

확신에 찬 목소리에 성현의 눈썹이 치켜 올라섰다. 성현과 태성의 시선이 공중에서 부딪쳤다. 한 치의 양보도 없는 눈싸움이 이어지다 태성이 입을 열었다.

"넌 세나를 지나치게 좋아하거든. 짜증 나게."

윤세나라는 여자를 가진 남자의 오만한 말투였다. 하지만 성현은 반박할 말이 없었다. 지나치게 좋아한다라 군더더기 없이 아주 깔끔한 설명이었다.

"그럼 이번 기회에 나한테 넘기지 그래? 당신보다 나을 텐데."

"……그게 된다면 벌써 너한테 넘겼어."

태성도 자신이 아니라 성현이 더 어울릴지도 모른다고 생각했던 적이 있었다. 하지만 머리가 심장을 이길 수가 없었다. 세나에 관해서만큼은.

"당부하고 싶었을 뿐이야. 네 부하 직원 일이니까."

"단호히도 선을 긋는군 그래."

"당연한 거 아닌가? 직장 상사로서 해야 할 일을 부탁하는 것뿐이야."

"아, 그러신가? 그럼 내가 아주 잘하고 있군. 오늘도 선뜻 월차 써주는 상사였으니, 나한테 고마워하라고."

순간 태성이 성현의 말에 고개를 쳐들었다. 태성을 보고 성현은 당황했다. 다 이야기가 된 줄 알았는데, 아니었나?

"월차. 오늘 윤세나 씨 바로 퇴근했잖아? 월차 내고."

"들은 바 없어. ……이 여자가 진짜 겁도 없이."

집으로도 간 게 아닐 것이다. 쉴 생각이었으면 처음부터 출근을 하지 않았으면 될 일이었으니까. 태성의 머릿속이 복잡해졌다. 어딜 간 거야? 윤세나.

그때, 최 비서가 노크를 하고 대표실 문을 열고 들어왔다. 최 비서는 머뭇거리다가 태성과 눈을 마주했다.

"이 비서님께서 연락을 주셨습니다."

호진은 아침부터 코빼기도 보이지 않았다. 어디를 들렀다 오겠다 하고는 감감무소식이더니 비서실로 연락을 해온 모양이다.

"인터넷 방송이 시작될 거라고, 대표님께 알려드리라고 하시던데요."

"인터넷 방송? 무슨 소리야?"

성현의 물음에 아무도 답변을 해줄 수 있는 사람은 없었다. 태성은 집게손가락으로 관자놀이를 눌렀다. 호진이 녀석이 말하지 않고 했던 일 중에 마음에 드는 게 있었던가?

"호진이 녀석, 또 사고치는 모양이군."

"세나 씨는 행방불명되고, 비서는 사고를 치고? 그쪽도 그리 편하지는 않겠어."

"일단 방송을 보시는 편이……."

조심스레 권유하는 게 최 비서가 할 수 있는 최선의 일이었다.

"방송은 나중에 볼 테니, 지금 당장 차 대기시키세요."

지금은 호진이 친 사고를 수습하기보다는 세나를 찾는 일이 더 급했다. 일어서려는 태성을 향해 최 비서가 머뭇거리며 다시 입을 열었다.

"대표님께서 혹시라도 윤세나 씨를 찾으시면, 지금 두 분이 같이 있다고 전해드리라고도 했습니다."

"……이 비서가 세나랑 같이 있다고?"

"사고는 둘이 같이 치고 있었네? 무슨 일들을 꾸미고 있는 거야?"

성현이 어이없다는 웃음을 터뜨렸다. 머리를 꾹꾹 누르던 태성이 성현의 웃음소리를 뒤로하고 인터넷 사이트에 접속했다.

호진, 그리고 세나가 무슨 일을 하고 있는지 알아야 했다.

동영상이 흐르고 있었다. 아이들의 재잘거리는 목소리가 TV와 인터넷을 통해 전국으로 퍼지고 있었다. 포털 사이트에 우연히 들어갔다가 뜻밖의 이름을 보게 된 강 대리는 놀라움을 금치 못했다. 연관 검색어에 세나의 이름이 올라와 있었다.

실시간 검색어. 윤세나. 청솔 보육원. S&C 한태성 대표.

이게 다 무슨 일이래?

"다들 이리들 와봐요. 빨리요."

강 대리의 다급한 목소리에 사람들이 그녀의 자리로 몰려들었다. 강 대리는 자신의 모니터를 사람들 쪽으로 향하게 돌렸다.

"이거, 우리 대표님 관련 영상 같은데요. 세나 씨 이름도 함께 올라와 있어요."

"대표님 동영상?"

"이게 대체 뭐지?"

"아이들이 나오잖아?"

"저 뒤에 청솔 보육원이라는 간판 보이지 않아?"

떠들썩하던 자리에 정적이 흘렀다. 재잘대는 아이들의 목소리만이 사무실 안에 울려 퍼졌다.

[산타클로스도 아닌데 막 산타클로스 흉내 내면서 와가지고 선물 줬어요.]

[무궁화 꽃이 피었습니다! 그건 목소리가 커야 하거든요. 그 아저 씨 술래였는데 잘 못했어요.]

"쟤들이 말하는 게 우리 대표님 이야기야?"

믿을 수 없다는 한결의 목소리에 다들 입을 다물었다. 들으면서 도 믿지 못할 이야기들이 아이들의 입을 통해 전해지고 있었다. 그 티 없이 맑고 깨끗한 목소리에 사람들은 아무 말도 하지 못한 채, 모니터에 집중할 수밖에 없었다.

아이들 영상이 지나가고 이번에는 다른 영상이 올라오기 시작했 다.

세나와 태성의 데이트 장면이었다. 누가 봐도 예쁜 선남선녀의 모 습이었다. 한두 장도 아닌 사진들이 계속해서 올라오자, 태성의 포 커페이스에 균열이 갔다.

"미치겠군."

그 사진들을 보던 성현은 자신도 모르게 헛웃음이 나왔다.

저렇게 로맨틱하게 쓰라고 보내준 사진들이 아니었다. 그저 세나 에 대한 소문을 조금 잠재워줄 수 있지 않을까 싶어 넘긴 사진들이 었다. 태성의 뒤를 캐던 사람들의 손에 의해 성현이 받은 사진들이었 는데, 그때는 사진들이 저렇게 쓰일 거라고는 상상조차 하지 못했다.

"저 사진들은 대체 어디서 난 거지?"

윤 여사 쪽은 아니었다. 저건 계약 연애 시작 후, 한참 뒤의 사진들이었다. 의아해하는 태성을 보며 성현이 의미심장한 목소리로 태성에게 대답했다.

"너무 고마워하지는 마."

성현의 말에 태성이 성현을 노려보았다. 어떻게 저런 사진들이 성현에게 들어가 있었던 거지? 왜? 그가 자신의 뒤를 캔 건가?

태성의 날카로운 의심을 알아챈 성현이 조용히 대답했다.

"빚 청산은 나중에 합시다."

지금 성현보다 중요한 건 세나였다. 태성의 시선이 다시 모니터로 향했다.

새록새록 다시 떠오르는 세나와의 데이트. 공원에서, 남산에서, 파티장에서, 그리고 시장에서 떡볶이를 먹는 모습까지. 잊을 수 없는 세나와의 추억들. 성현에게 고마울 정도로 어느 것 하나 소중하지 않은 순간들이 없었다.

세나는 크게 심호흡을 했다. 이제 곧 결전의 시간이었다.

방송에 나갔어야 할 영상들은 이미 끝나가고 있었다. 자신의 차례만이 남아 있을 뿐이었다.

호진과 윤주가 나란히 서서 파이팅을 하며 손을 들어 보였다. 그 모습에 세나가 웃었다. 저런 작은 응원도 지금은 큰 힘이 되었다.

오로지 태성만을 위해서 결심한 일이었다. 이 일을 하겠다고 나섰을 때, 윤주의 걱정 어린 말이 생각났다.

—평생 잊히지 않을 거야. 네가 원하든, 원치 않든. 그래도 할래?

세나는 망설임 없이 고개를 끄덕였다. 망설일 이유가 없었다. 오랜 세월이 지나도 세나는 지금 이 순간을 결코 후회하지 않을 게 뻔했으니까.

그를 위해서 할 수 있는 일. 그게 뭐가 되더라도 세나는 기꺼운 마음으로 할 수 있다.

"자, 이제 시작합니다. 카메라 돌아갈게요."

스태프 하나가 세나를 향해 나지막이 소리쳤다. 세나는 고개를 끄덕였다.

예고 없이 시작되는 생방송이었다. 방 안에는 호진과 윤주를 포함해 몇 명의 스태프뿐이었다. 하지만 그녀는 안다. 지금부터 그녀를 지켜볼 눈들이 어마어마하게 많을 거라는 걸.

세나는 그들을 향해, 태성을 향해 담담한 이야기를 하기 시작했다.

화면을 지켜보던 태성은 깜짝 놀랐다. 화면 속에 나오는 얼굴이 너무도 익숙한 탓이었다. 세나가 무엇을 하려는지 모르는 태성은 가슴을 졸였다. 무엇을 하든 다칠 가능성이 있는 어떤 것도 세나가 하지 말았으면 했다.

"윤세나를 꽁꽁 싸매고 있는 게 한태성 전략 아니었나? 저 상황은 뭐지 지금? 전혀 합의가 안 된 모양인데?"

같이 있던 성현도 어지간히 놀란 모양이었다. 동영상들만으로도 이미 언론은 태성의 편이었다. 굳이 세나까지 나올 이유가 없었다.

"그렇게 말을 잘 듣는 여자였으면 오죽 좋았을까?"

성현도 태성의 말에 동의한다는 듯 고개를 끄덕였다.

방송을 통해 세나의 목소리가 태성의 귓가에 들려왔다.

자기소개 부탁드릴게요.

질문자의 목소리 대신 자막이 나갔다. 세나는 알았다는 듯 고개를 끄덕인 뒤, 화면에 시선을 맞추었다.

태성은 영상 속의 세나와 눈이 마주쳤다.

세나와 태성은 그렇게 서로를 보고 있었다.

널 어떡하면 좋겠니?

[저 많이 유명해졌는데, 혹시 제가 누군지 알고 계신가요?]

이어지는 세나의 목소리에 태성은 숨을 죽였다. 긴장하지 않은 것 같았지만 태성은 알고 있었다. 저 테이블 밑으로 세나의 손이 가느다랗게 떨리고 있을 것이다.

[저는 요즘 가장 핫한 남자, S&C 한태성 대표의 애인이자, 청솔 보육원에서 가족들과 함께 살고 있는 윤세나입니다.]

세나가 살포시 웃는 모습이 지독하게 예뻤다.

보통이 아닌 여자

S&C 한태성 대표의 여자, 그 입을 열다. 과연 그들이 말하는 진실은?

인터넷 포털 메인 화면에 뜬 영상 링크를 확인한 사람들이 흥미를 가지고 하나둘 접속하더니 시간이 지나갈수록 그 숫자가 기하급수적으로 늘어났다. 실시간 댓글들이 수천 개씩 올라오고 있었다.

생방송으로 자신의 얼굴을 드러낸 세나에 대한 관심은 가히 폭발적이었다.

서버가 느려질 정도로 접속자 수가 늘어나자, 스태프들이 바쁘게 움직였다. 바쁜 움직임 속에서도 세나는 카메라에 시선을 고정시킨 채 미소 짓고 있었다. 저 카메라를 통해 태성이 분명 자신을 보고 있을 텐데, 그에게는 가장 예쁜 모습만 보여주고 싶었다. 힘내자, 윤세나. 난생처음으로 윤주가 눈썹도 붙여줬는데.

속으로 기합을 넣은 세나의 앞에 자막이 올라왔다.

윤세나 씨 본인이 맞으신가요?

세나는 카메라를 보며 고개를 끄덕였다.

"네. 저는 윤세나입니다."

지금 이렇게 생방송을 하게 된 이유를 알려주실 수 있나요?
녹화 방송을 할 수도 있었을 텐데요.

윤주와 호진, 자신까지 셋이서 머리를 맞댄 결과 녹화 방송보다
는 생방송이 나을 것 같다는 결론이었다. 녹화를 했다면 어디서 어
떻게 정보가 샜을지 모를 일이었다. 돈과 권력이 합쳐졌을 때, 언론
은 얼마든지 왜곡될 수 있었다. 그걸 미연에 방지하자는 게 호진의
의견이었다.

그렇다고 지상파 방송에서 벌일 수 있는 일은 아니었다. 가장 편
리하고 빠르게 확산되면서 신뢰성을 지킬 수 있는 포털 사이트의
실시간 동영상. 그게 그들이 택한 방법이었다.

"물론 녹화 방송을 할 수도 있었습니다. 하지만 녹화 방송이라는
게 진정성이 떨어지지 않을까 하는 우려가 있어서, 이렇게 갑작스럽
게 생방송을 진행하게 되었습니다."

녹화 방송과 다른 진정성이라면, 어떤 걸 말씀하시는 거죠?

"화면을 보시면 대화를 나눌 수 있는 창이 오픈되어 있습니다. 궁
금하신 점을 제가 직접 대답해 드릴 수 있다면, 저를 더 신뢰하실
수 있을 것 같아서요."

궁금한 건 뭐든 물어봐도 되는 건가요?

"인신공격이나 수위가 높은 질문이 아니라면 뭐든지요."

질문을 받자고 한 건 윤주의 아이디어였다. 질문에 제대로 대답해낼 수 있다면, 언론에서 악의적으로 흘리는 의혹들이 쉽게 사라질 수 있지 않을까 했다.

익명성이 보장되는 인터넷이라는 공간 안에서 어떤 말들이 오고 갈지 아무도 예측할 수 없었다. 그녀를 비난할 수도, 마구 할퀴어댈 수도 있었지만, 태성에 대한 오해를 풀 수 있는 조금의 가능성이라도 있다면 그녀는 피하고 싶지 않았다.

그까짓 생채기가 좀 나면 어때? 피가 나서 좀 흐르면 어때? 태성 씨에게 도움이 될 수 있는 일인데.

그렇게 다 내려놓자 이상하게도 마음이 편해졌다.

> 저희가 준비한 질문 몇 가지 드리도록 하겠습니다.
> '지금 가장 핫한 남자'라는 한태성 대표와는
> 언제 처음 만나셨나요?

"처음 한태성 대표, 그러니까 제 남자 친구를 만나게 된 건 지난 여름이었습니다."

세나는 그날 처음 봤던 태성의 모습을 지금까지 머릿속에 선명하게 그릴 수 있었다. 잿빛 슈트를 입고 모델처럼 서 있었던 그 남자. 이제는 추억이 되어버린 그날의 상황이 아직도 머릿속에 생생하게 떠올랐다.

> 무슨 일로 만나게 되신 거죠?

"저는 회사 후원을 받는 보육원에서 살고 있었습니다. 그런데 갑작스럽게 후원이 끊겼거든요. 태성 씨가 회사를 합병한 직후였습니다. 자금난 때문에 경영 방침이 바뀐 거죠. 하지만 후원이 끊기면 보육원이 힘들어지니까, 그래서 한태성 대표를 찾아간 게 첫 만남이 되었습니다."

지난여름이면, 이미 윤세나 씨와
한태성 대표 사이가 의심되고 있던 때였는데요.

"아, 그 소문. 제가 한태성 대표 아이를 가졌다고 호텔 앞에서 소리를 지른 일이 언급되던데요."

맞습니다. 적지 않은 사람들의 증언이 있었습니다.
그래서 보육원 후원을 빙자한
성매매가 아니냐는 추측이 나오기도 했죠.

언제 들어도 불쾌했다. 성매매라니. 감히, 내 남자한테.
세나는 자세를 바로 잡고 앉았다. 어느새 그녀의 얼굴에서 미소가 흔적도 없이 사라졌다.
"그건 말도 안 되는 추측입니다. 절대로 태성 씨는 그런 사람이 아닙니다. 정확히 기억하는데, 제가 그날 태성 씨에게 한 말은 '우리 아이가 울고 있어요.'였습니다. 오해의 소지가 다분하긴 했죠. 하지만 오해일 뿐입니다."

당시 상황 설명을 해주실 수 있나요?

"그때는 제가 정신이 없었어요. 후원 때문에 태성 씨를 찾아갔었는데, 만날 수가 없는 거예요. 매번 경호원들에게 막혀서. 그래서 어떻게든 만나고 싶어서 급하게 소리를 질렀는데 말이 그렇게 나오더라구요."

소리 지른 문장이 애매하네요.

"제가 생각해도 그래요. 마음이 급하니까 머릿속에 하고 싶은 말들이 실타래처럼 꼬여 있던 상태였어요. 사실 원래 하려던 말은 '보육원 후원을 끊으시면, 우리 아이들이 배고파서 울어요.' 정도였는데 말이죠. 호텔 주변에서 저와 태성 씨를 보신 분들은 오해하실 만했어요."

그렇군요. 그게 인연이 되어서 연인이 되신 건가요?

"네. 그게 인연이 되어서요. 제가 태성 씨한테 짧지만 강렬한 인상을 남겼거든요."
스태프의 손이 모니터를 가리켰다. 엄청나게 많은 질문들이 세나에게 쏟아지고 있었다. 세나는 선명하게 보이는 여러 가지 질문들을 훑어보기 시작했다.

태성의 방 안에는 정적만이 흘렀다. 화면에 나오는 세나에게 모두의 시선과 신경이 쏠려 있었다.

"잘도 웃네. 뭐가 좋다고."

태성의 목소리가 깊이 가라앉아 있었다. 어떻게 화면을 향해 저렇게 예쁘게 웃고 있을 수가 있는 건지.

세나에게 화를 내야 하는 상황이 맞았다. 이야기도 하지 않고 자신을 저렇게 노출시킨 일에 대해 태성은 화를 내고 싶었다.

"보통 여자가 아닌 줄은 알았지만, 저 정도까지 할 줄이야."

성현의 입에서 기가 막히다는 목소리가 흘러나왔다. 그는 세나에게서 눈을 떼지 못하고 있었다. 한태성을 위해 저렇게까지 할 수 있는 여자였다. 자신이 상처받는 것 따위는 전혀 두렵지 않다는 저 당당한 태도, 처음부터 진 게임이었던 거다. 성현은 입술을 깨물며 미간을 찌푸렸다.

"내가 고른 여자가 보통 여자일 리는 없지."

눈썹 하나 까딱하지 않고 냉정한 얼굴로 자랑질하는 태성 때문에 성현은 배알이 더욱 꼴렸다. 굳이 태성이 말하지 않아도 잘 알고 있었다. 세나는 반짝반짝 빛이 나는 여자였다.

씁쓸하지만 인정해야 했다. 자신은 윤세나라는 여자를 갖기에 너무 늦었다.

"당신 정말 짜증 나."

숨기지 않는 성현의 감정에 태성의 입꼬리가 말려 올라갔다. 이 심각한 상황에서도 왠지 모르게 웃음이 새어 나왔다.

그들에게 결코 지워지지 않을 꼬리표가 생겼다.

한태성의 여자 윤세나. 윤세나의 남자 한태성.

"어쩔 수 없지."

안타까움과 부러움, 그리고 세나가 사랑받고 있다는 안도감. 그

복잡한 감정들 때문에 성현의 굳은 얼굴은 풀릴 줄 몰랐다. 게다가 지금 화면 속 세나의 웃는 얼굴에서 시선을 떼지 못하는 자신이 못마땅했다.

"다행이다. 사랑받고 있어서. ……하필 또 저렇게 예쁠 건 뭐야."

"평소랑 똑같이 예쁘네."

태성은 화면에서 시선을 떼지 않고 자신의 뒤에 대기하고 있던 최 비서를 불렀다.

"최 비서님, 지금 저 영상 어디서 나오고 있는 건지 알 수 있나요? 바로 확인 부탁드립니다."

태성의 부탁에 최 비서는 알았다는 듯 빙긋 웃었다.

"네, 대표님."

세나가 열심히 질문에 대답하는 동안 호진과 윤주도 함께 바빴다. 호진은 기자들과 간단히 통화 중이었다.

이제 언론도 그들을 향해 돌아서고 있었다. 빠르면 이 방송이 끝나자마자, 태성에 관한 추잡한 소문들은 씻은 듯이 사라질 게 분명했다.

"네, 네. 정 기자님. 그렇게 해주시면 좋죠."

[그럼 지금 바로 올리겠습니다.]

통화를 끝낸 호진이 세나를 바라보았다. 밝은 조명 아래 뽀얗고 앳된 얼굴, 깊고 맑은 눈빛이 인상적이었다. 호진은 잘해내고 있는 세나가 대견했다.

그러다 호진은 문득 곁에 있는 윤주에게로 시선을 옮겼다. 집중해서 살며시 튀어나온 윤주의 입술이 귀여웠다. 매력적이기도 했고.

"기사 지금 올리신대요?"

열심히 자판을 두드리고 있던 윤주가 쳐다보지도 않고 질문을 해오자, 호진은 재빨리 윤주의 입술에서 시선을 거두며 대답했다. 내가 뭘 하고 있었던 거지? 호진은 정신을 차리려는 듯 고개를 흔들었다.

"네? 아, 네. 다들 호의적으로 기사를 써주겠다고 하네요. 내일 신문에는 아마 '세기의 로맨스'란 제목의 기사들로 도배되지 않을까요?"

"세기의 로맨스? 우와, 그거 제가 써도 돼요?"

윤주가 초롱초롱한 눈빛으로 호진을 돌아보자, 호진은 자기도 모르게 고개를 끄덕였다. 내일 화려하게 장식될 신문 일면의 기사 제목이었지만, 뭐 어떤가? 저렇게 간절한 눈으로 부탁하는데.

호진의 승낙을 받은 윤주의 손길이 바빠졌다. 윤주는 자신의 블로그와 SNS에 조금 전 올라왔던 세나와 태성 관련 링크를 열심히 퍼서 홍보하는 중이었다.

"좋았어. 반응 좋고."

"제 친구의 로맨스를 소개합니다?"

호진이 가까이 다가가 소리 내어 읽자 윤주가 부끄러운 듯 웃었다.

"제가 세나 러브 스토리를 간략하게 써놨어요. 세나가 제 친구라고 밝히기도 했구요."

호진은 말없이 윤주를 바라보았다. 전혀 다른 타입이라고 생각했는데, 친구라서 그런가? 둘이 닮은 구석이 있다. 용감한 건지, 무모

한 건지 모를 행동이랄까?

"그래도 괜찮겠어요? 윤주 씨도 같이 노출되는 거잖아요."

"거짓말하는 거 아닌데요. 이게 세나에게 도움이 될 거라구요."

자판을 두드리는 윤주의 손길이 경쾌하게 보였다. 대화를 하면서도 세나를 위해 무언가 열심히 하고 있는 윤주에게서 호진은 시선을 떼지 못했다.

기지개를 쭉 펴던 윤주는 옆에 있던 호진의 얼굴과 부딪힐 듯 가까워지자 놀란 눈으로 호진을 쳐다보았다.

"일단은 여기까지."

윤주는 황급히 팔을 내리고 다시 모니터를 돌아봤다. 갑작스레 귓가에 닿은 호진의 숨결로 그녀의 얼굴은 이미 터질 듯 빨갛게 변한 후였다. 그 모습을 지켜보던 호진은 피식 웃음을 터뜨렸다. 내 취향은 아닌데, 귀엽네?

"세, 세나가 생각보다 잘하고 있네요. 그렇죠?"

뭐야, 얼굴이 왜 빨개지냐고. 풋내기처럼! 고작 남자 얼굴이 가깝다고 얼굴을 붉히다니. 이게 말이 돼? 속으로 자책하던 윤주는 여전히 자신을 보고 있는 호진에게서 세나에게로 관심을 돌렸다.

"그러게요. 세나 씨가 대표님한테 기죽지 않아서 강심장인 건 알고 있었는데. 대표님을 처음 보면 눈빛 때문에 주눅 들게 마련이거든요."

윤주가 고개를 끄덕였다. 그래야 우리 세나답지. 호진과 윤주는 스태프들의 뒤에서 꾸준히 세나에게 힘을 주고 있었다. 열심히 각자 최선을 다하면서.

태성의 추문을 씻고자 만들어진 자리였다. 그런데 언제부터인지 세나에게 쏟아지는 질문들은 무언가 포인트에서 벗어나고 있었다.

기억에 남는 키스는 언제였나요?

세나가 환하게 미소 지으며 화면을 응시했다. 대부분의 댓글이 태성과 세나가 연인이라는 가정하에 올려지고 있었다. 좋은 징조겠지?

"이건 너무 사적인 질문 아닌가요?"

댓글

ON 자동 업데이트   9초 후 ↻

알려주세요!
1분 전 | 신고

알려줘. 알려줘. 구체적으로.
1분 전 | 신고

대답을 하면 연인. 아니면, 알죠?
1분 전 | 신고

기억에 남는 키스라. 이걸 뭐라고 대답해야 할까?

"이 질문에는 이렇게 대답해야겠네요. 기억에 남지 않는 키스가 없었다고."

댓글

ON 자동 업데이트   9초 후 ↻

헐, 대박. 남자가 키스를 잘하나?
1분 전 | 신고

이거 공개 인터뷰가 아니라, 사랑 고백이잖아.ㅋㅋㅋ
1분 전 | 신고

이런 거 세세하게 다 대답하는 거 보면,
S사에서 완전 쓰레기 기사 냈었던 게 맞네.
1분 전 | 신고

이벤트 중이네.
1분 전 | 신고

여자가 용감. 급 남자가 부러워짐.
1분 전 | 신고

아, 뭐야. 사랑 놀음이야.
1분 전 | 신고

남자 친구랑 헤어지면 연락하셈. 제 번호는······.
1분 전 | 신고

　대화창을 보던 세나는 놀란 듯 한곳을 응시하다가 이내 두 손으로 얼굴을 가린 채, 테이블 위로 엎어졌다.

　갑작스러운 세나의 태도에 현장 스태프들은 물론, 윤주와 호진도 당황하기 시작했다. 잘 버티고 있는 것 같았는데 무슨 일이지? 엎드려 있는 모습이 영락없이 우는 것 같았다. 두 손으로 얼굴을 가린 채 세나가 테이블에 얼굴을 박고 어깨를 들썩거렸다.

댓글

ON　자동 업데이트　　　　　　　9초 후 ⟳

뭐야, 갑자기 우네.
1분 전 | 신고

누가 댓글 이상한 거 달았나?
1분전 | 신고

인간적으로 이제 욕은 그만해라. 사랑하게 두지?
1분전 | 신고

그러게. 딱 봐도 스폰 아니네.
1분전 | 신고

"가봐야 할 것 같아요."

걱정스러운 목소리로 윤주가 자리에서 일어서자, 호진이 윤주의 어깨를 살짝 눌렀다.

"있어 봐요. 세나 씨 우는 거 아닌 것 같은데요."

세나가 두 손으로 감싼 얼굴을 들고 손가락으로 눈꼬리 끝을 훔쳤다. 눈가가 촉촉하긴 했지만 펑펑 울고 있었던 건 아니었다.

"아, 잠시만요. 죄송해요."

세나는 눈물을 흘리면서 웃고 있었다.

댓글

ON 자동 업데이트   9초후 ⟳

우는 거 아니네. 웃네.
1분전 | 신고

갑자기 왜 웃지? 그렇게 좋았나?
1분전 | 신고

아하, 키스하던 거 생각나서?
1분전 | 신고

"올려주신 글 중에 너무 와 닿는 말이 있었어요. 저는 이게 지금까지 제 남자 친구의 명예를 지키기 위한 일이라고 생각했거든요."

세나의 얼굴에서 빛이 났다. 그녀의 더없이 환한 표정이 카메라에 잡혔다.

"그런데 그게 아닌 걸 알았어요. 이 모든 건 아까 어느 분 말처럼 남자 친구를 위한 이벤트 같네요. 제가 하고 싶었던 건, 그 사람을 위한 변명 같은 게 아니었나 봐요."

세나가 더할 나위 없이 진지한 눈빛으로, 하지만 정말로 사랑스러운 표정을 지은 채, 카메라를 응시했다. 앞에 그 누군가가 있는 것처럼, 세나의 심장이 떨렸다.

처음 방송을 시작할 때와는 전혀 다른 떨림이었다. 다른 건 다 필요 없었다. 세나는 오직 이 말만을 하고 싶었다. 너무도 간절하게.

"한태성 씨, 당신을 사랑합니다."

세나가 있는 곳에서는 숨소리조차 들리지 않았다. 세나의 달콤한 고백으로 인해 서버가 마비될 지경에 이르렀다. 찰나의 정적이 지나가고 윤주와 호진은 서로 바라보았다.

"세나 씨가 사고 쳤네요."

"그러니까요. 진짜 대형 사고네요."

세나는 눈물을 멈출 수가 없었다. 그를 너무 사랑해서, 이 넘치는 감정을 주체할 수가 없어서. 그녀의 행복해하는 웃음과 붉어진 눈시울, 울먹이는 목소리에는 웃음이 섞여 있었다.

세나를 보는 스태프들의 시선에도 따스함이 들어 있었다. 스튜디오 안 모든 사람들의 입가에 잔잔한 미소가 걸렸다.

"울고 있는데도 예쁘지 않아요, 우리 세나?"

"그러게요. 세나 씨 너무 예쁘네요."

윤주는 울지 않으려 꾹 참았다. 하지만 한 사람을 향한 세나의 마음이 너무 예뻐서 눈물이 났다. 그런 윤주의 마음을 이해한다는 듯 호진이 말없이 그녀에게 손수건을 건넸다.

"어떡하죠? 저 완전 사고 친 건가요?"

댓글

ON 자동 업데이트 　　　　　　　　　9초 후 ↻

사고 확실합니다. 근데 사고가 너무 로맨틱해.
1분 전 | 신고

네, 사고입니다.
1분 전 | 신고

남자는 전생에 지구를 구한 건가?
1분 전 | 신고

다음 생에는 내가 그 남자가 될게요.
1분 전 | 신고

서로 마주 보며 웃던 윤주와 호진은 순간 누가 먼저랄 것도 없이 놀랐다.

윤주는 두 손으로 눈을 비비고 다시 시선을 들었다. 그리고 동의를 구하듯 호진을 바라보았다. 호진도 놀란 기색이 역력했다.

"저기 제 눈에 보이는 사람이 제가 생각하는 그 사람일까요?"

"……아마도 그런 것 같은데요."

인터뷰를 하고 있는 세나의 반대편에서 태성이 모습을 드러냈다. 눈가는 촉촉한데 그녀의 입은 환하게 웃고 있었다. 그런 세나의 모습을 태성이 말없이 지켜보고 있었다. 화면을 통해서 본 세나보다 눈앞에 보여지는 세나가 훨씬 더 아름다웠다. 그녀의 온몸에서 빛이 나고 있었다.

울고 있는데도 반짝거리는 여자.

오직 태성만을 위해 큰 결심을 행동으로 옮긴 세나를 보며, 그가 발을 한 걸음 떼었다. 아직도 자신이 온 것을 모르고 웃고 있는 세나를 이제 가까이에서 볼 시간이었다.

"안타깝겠지만, 다음 생에도 윤세나의 남자는 제가 될 것 같군요."

예상치 못한 곳에서 들려오는 낯익은 목소리에 세나는 깜짝 놀라 뒤를 돌아보았다. 여기서 들릴 리 없는 목소리가 들려오고 있었다. 지금 내가 뭘 보고 있는 거지?

세나뿐만 아니라, 자리에 함께 있던 스태프들도 어리둥절해하다가 그가 누군지 깨닫고 소스라치게 놀랐다.

"저거 한태성 대표 아니야?"

"S&C 한태성? 그 사람이 여기 왔다고?"

"야, 이거 제대로 대박이다. 카메라 더 가지고 와. 빨리!"

"밖에 있는 오디오 기사랑 조명 스태프 전부 여기로 집합하라고 해. 장비 제대로 갖춰서. 움직여. 어서!"

빛의 속도로 분주해지는 스태프들과는 달리 세나는 미동도 없이 한태성에게서 시선을 떼지 못하고 있었다. 눈으로 보고 있지만, 믿을 수 없는 현실이랄까? 환영인가 싶었지만, 그러기에는 태성의 모습이 너무도 생생했다.

"……태성 씨?"

태성은 마치 처음부터 거기 있었던 사람처럼 너무도 자연스럽게 세나의 옆에 서 있었다. 분주하던 카메라들이 어느새 자리를 잡고 그들을 화면에 담아내고 있었다.

이제는 태성과 세나의 모습이 전 세계에 방송되고 있었지만, 태성은 신경 쓰지 않았다. 그에게 중요한 건 오직 세나, 눈앞에 있는 이 여자 하나뿐이었다.

놀라움과 반가움을 담고 있는 세나의 눈동자를 바라보며, 태성은 가슴이 터질 듯 부풀어 올랐다. 이 여자가 주는 사랑이, 과분하게 넘치도록 받고 있는 이 사랑이 좋아서.

"윤세나, 여기서 뭐 하고 있어?"

그의 까맣게 빛나는 눈동자를 보며, 세나는 뭐라고 말해야 좋을지 몰라 입이 떨어지지 않았다.

여러 가지 생각들을 많이 했었다. 하지만 그건 모두 이 일이 끝나고 나서의 일이었다. 생방송 중에 태성을 만날 거라고는 상상조차 하지 못하고 있었다.

자신을 보고 당황해서 아무런 말도 하지 못하는 세나의 얼굴을 보며 태성이 다정하게 손을 들었다. 그리고 아직 세나의 눈에 맺혀 있는 눈물을 닦아주었다.

태성은 세나의 앞에 무릎을 꿇고 앉아 세나와 눈을 마주했다. 그리고 세나의 붉어진 눈에 따뜻하게 입맞춤을 했다. 그 두근거리는 스킨십에 세나는 눈을 감았다.

"나 없는 데서 울고 있지 마."

태성은 세나가 슬퍼서 운 게 아닌 걸 알고 있었지만, 그래도 그녀의 눈에 눈물이 나는 건 마음에 들지 않았다.

"나 없는 데서 혼자 힘들어하고 있지 말고. 사랑 고백은 둘이 있을 때만 하는 걸로."

태성의 말투와 눈빛에 세나는 또다시 눈물이 쏟아질 것만 같았다.

"여긴 어떻게 왔어요?"

"네가 있는 데를 내가 모를 리가 있나?"

긴장감에 아직도 떨리는 세나의 차가운 손을 태성은 자신의 따뜻한 손으로 감쌌다.

"……너 때문에 미치겠다. 말도 안 듣고, 사람 걱정하게 만들고. 내가 얼마나 놀랐는지 알아?"

앞으로 흘러내린 세나의 머리카락을 태성은 손가락으로 부드럽게 쓸어 넘겼다.

"……미안해요."

세나가 웅얼거리며 사과하자, 태성은 미간을 찌푸렸다.

"그거 말고. 미안하다는 말 말고 다른 말 듣고 싶어. 조금 전에 했던 말, 다시 해줘. 그럼 용서해줄게."

유려하게 휘어지는 입술 곡선이 세나를 미소 짓게 만들었다. 이 남자, 이렇게 어린아이처럼 굴 때가 너무 좋다. 그의 개구쟁이 같은 표정에 담긴 진심을 알아차릴 수 있는 건, 오직 그녀 하나뿐이었다.

다시 한 번? 그런 건 열 번이고 백 번이고 말할 수 있었다. 세상을 향해, 당신을 열렬히 사랑하고 있다고.

세나는 환한 얼굴로 미소를 지었다. '세상에서 그에게 제일 예쁜 얼굴이게 해주세요.'라고 작은 소원을 빌면서.

"사랑해요, 한태성 씨. 당신을 많이 사랑해요."

세나의 망설임 없는 목소리와 눈빛에 태성의 심장이 다시 뻐근하게 조여왔다.

언제나 생각했지만 다시 한 번 더 깨달았다. 나는 이 여자를 정말 놓을 수가 없겠구나.

태성은 두 손으로 세나의 얼굴을 감쌌다. 세상에서 가장 소중하다는 듯, 그렇게 섬세하고 부드럽게.

"윤세나, 내가 너를 더 미치도록 사랑해."

태성의 낮고 허스키한 목소리가 세나의 귀를 촉촉하게, 그리고 감미롭게 적셔왔다. 애달픈 진심이 담긴 나지막한 목소리로 말을 마친 태성은 세나에게 깊게 키스했다.

그 대담하고 황홀한 키스에 세나 또한 태성의 목에 팔을 감고 열렬히 키스를 돌려주었다.

그 모든 모습들을 가감 없이 생방송으로 내보내고 있던 포털 사이트의 서버는 그날 결국 마비되었다.

뜨겁다 못해 활활 타오르는 애정 행각을 펼친 스캔들의 주인공들은 정신이 들자마자 자리를 떠났다. 정확히는 세나 쪽에서 크게 당황하며 태성을 뒤로하고 도망친 거였지만, 그 뒤를 바로 태성이 쫓아갔으니 둘이 퇴장한 시간은 비슷했다.

그리고 이후 뒤처리를 도맡아 한 건 윤주와 호진이었다. 없어진 세나와 태성을 대신해서 대화창에 열심히 대답해야 했고, 그 결과 늦은 시간이 되어서야 자리를 뜰 수 있었다. 힘들었지만 즐거운 하루였다. 윤주는 여전히 꿈에서 깨지 못한 표정이었다.

"드라마 같은 장면이었어요. 어쩜 타이밍이 그랬을까? 한태성 대표님 완전 왕자님 같지 않았어요?"

예상치 못한 태성의 등장으로 뜻밖의 장면이 연출되긴 했지만, 그 것만큼 확실한 홍보 효과가 없었다. 이럴 줄 알았으면, 처음부터 태성과 세나를 함께 내보낼 걸 그랬나? 아니지. 그랬으면 오늘처럼 극적인 장면이 연출되지는 못했을 일이었다.

사랑하는 사람을 지키기 위해 용기 있게 고백하는 여자. 그런 여자의 고백에 자석처럼 이끌려온 남자. 그 둘의 키스는 그 어떤 배우들도 할 수 없는 리얼리티와 감동을 담아낸 아름다운 장면이었다.

"전에 봤을 때도 멋지셨는데, 오늘은 더 멋있었어요. 한 대표님 운동 뭐 하세요? 비서신데 그 정도는 알고 계시죠?"

그건 윤주 혼자만의 생각이 아니었다. 대화창은 물론, 윤주의 SNS와 블로그까지 온통 세나와 태성의 이야기로 도배되어 있었다. 그중 한태성 대표의 찬란한 외모가 특히 부각되어 있었다.

처음 그들이 방송을 내보낸 이유는 이미 사라진 지 오래였다.

하긴, 한태성은 요새 난다 긴다 하는 꽃미남 배우들과 비교해도 전혀 꿀리지 않는 외모인 데다가 로맨틱하기까지 했으니 당연한 반응인지도 몰랐다.

"저는 언제 한태성 대표님 같은 남자를 만날까요? 내 인생에 그런 남자를 만날 수나 있을까요?"

호진이 묘한 눈빛으로 윤주를 바라보고 있었다.

"……누구와 대화를 하는 건가요?"

무언가가 마음에 들지 않는다는 듯이 호진의 미간에 주름이 생겼다. 말없이 윤주를 응시하던 호진은 한숨을 한 번 내쉬고는 윤주보다 앞서 걸어가기 시작했다.

구시렁대는 나지막한 목소리가 들려왔지만, 윤주는 제대로 알아들을 수 없었다. 일도 잘 끝났는데, 불만스러워 보이는 호진을 이해할 수 없다는 듯 그녀는 고개를 갸우뚱거리며 호진의 뒤를 쫓았다.

"같이 가요, 이 비서님."

그녀의 목소리에 호진은 대답하지 않고 윤주가 곧 따라잡을 수 있을 정도의 속도로 걸어가기 시작했다.

"한태성보다는 내가 훨씬 나은데. 보는 눈이 없네."

윤주에게는 결코 들리지 않는 작은 목소리였다.

집으로 돌아가는 차 안에서 세나의 머릿속에는 온통 한 가지 생각만이 가득했다.

나는 지금 무슨 짓을 하고 돌아가는 길인가?

태성과의 열렬한 키스가 끝나자마자 돌아왔던 정신은 다시금 집을 나가버렸다. 전 세계 사람들이 보는 앞에서 태성과 키스했다. 그것도 딥 키스를. 세상에. 평소 이성적이고 냉철하며 사리분별이 뚜렷하다고 자부하던 자신의 행동이라고 생각할 수 없는 일을 해버렸다. 어떡해!

세나의 모습에 태성은 웃음이 나왔다. 세나는 키스를 마치고, 눈앞에서 카메라가 돌아가고 있다는 사실을 깨닫고 난 뒤부터 계속 저 상태였다.

아무런 말도 하지 않고 묵묵히 앞만 보고 운전하고 있었지만, 이제는 태성이 세나에게 말을 걸어야 할 시간이었다.

태성의 차가 그녀의 집에 도착했다.

언제나 그녀의 집까지 오는 시간은 너무도 짧았다. 출발지가 어디가 되었건.

"집 앞에 다 왔어."

태성의 말에 세나가 고개를 돌려 태성을 바라보았다. 저 남자는 저렇게 당당한데 부끄러움이란 건 왜 나에게만 해당되는 사항인가?

"괜찮아요? ……하긴 한 명이라도 괜찮아서 다행이에요."

"뭐가? 우리 키스한 거? 아니면 우리 키스가 전 세계에 생중계된 거?"

"말하지 말아요. 키스에 '키' 자만 꺼내 봐요. 가만 안 둘 거예요."

귀여운 투정 같은 협박에 태성은 기어이 소리 내어 웃고 말았다. 대답하는 걸 보니 가출했던 정신이 다시 돌아온 모양이었다.

"집에 들어가기 걱정스러우면 우리 집으로 갈까?"

태성의 다정하지만 음흉한 목소리에 세나가 태성을 노려보았다. 가긴 어딜 간단 말인가? 인터넷 강국의 힘은 대단했다. 영상이 끝남과 동시에 세나와 태성의 추문은 사라졌다.

인터넷의 힘이 대단한 게 아니라 적나라한 애정 행각이 대단한 걸지도 몰랐다. 이건 그녀가 원했던 게 아니었다. 사람들이 알아야 할 건 태성과 자신의 명예였다. 그들의 키스 실력이 아니라.

"모두 다, 당신 탓이에요. 대체 거길 왜 온 거예요?"

세나의 가늘어진 눈이 태성을 향하자, 태성이 어깨를 으쓱였다. 주인을 닮아가지고는 몸이 전부 다 거만해. 세나는 입을 다물었다. 태성의 입술 곡선을 보니 그는 매우 흡족하고 기분이 좋은 상태였다.

"내가 뭘? 그럼 너의 뜨거운 고백을 화면으로 보고만 있었어야 했나?"

"몰라요. 나, 갈 거야. 다 망했어요."

세나가 무안한지 새빨갛게 물든 얼굴로 태성의 차에서 내렸다. 태성이 얼른 세나를 따라 내려 빠른 걸음걸이로 그녀를 따라잡았다.

"집에 들어가야 해요. 어머니 기다리세요."

며칠 만에 오는 집인지. 고작 며칠이었지만, 심적으로는 몇 년 만에 고향으로 돌아온 기분이었다.

태성이 세나의 어깨를 끌어당겨 품에 가두었다. 자신의 집으로 데려가 밤새 그녀를 품에서 놓아주고 싶지 않았지만, 걱정하고 있을 세나의 가족들을 생각해서 큰 결심을 하며 데려다주는 길이었다.

"가서 푹 쉬어."

태성의 말에 세나는 코웃음을 치다가 한숨을 내뱉었다.

일단 집 안으로 들어서면 윤성이 가장 먼저 자신을 반길 것이다. 그 능글능글한 얼굴에 한가득 음흉한 웃음을 띠고서. 그러고는 운을 떼겠지. '그래서 전 세계 사람들이 보는 앞에서 키스해본 소감이 어떤데?' 그 말을 시작으로 줄줄이 따라 나올 녀석의 질문이 하나둘씩 떠올랐다. 상상만으로도 머리가 지끈거렸다.

"쉬긴 뭘 쉬어요? 이제부터 시작인데."

평소라면 그녀의 근엄한 말 한마디로 제압이 가능하겠지만, 오늘은 그럴 수가 없었다. 가족들에게 애정 행각을 들킨다는 건, 위엄과 체면 따위가 모두 깊은 지하 바닥으로 곤두박질쳤다는 것과 같은 말이었다.

태성이 알 만하다는 듯 세나의 등을 토닥거렸다. 세나는 태성의 가슴에 머리를 기대었다. 여기서 충전하고 가면 좀 덜 힘들지 않까?

"내일 회사에서 봐요."

"출근하려고?"

"제가 유명해지긴 했는데, 아직 돈을 벌어들일 만큼은 아니라서 요."

자포자기한 듯한 세나의 말투에 태성이 귀여워 어쩔 줄 모르겠다는 듯 그녀의 머리를 쓰다듬었다.

"내일 봐. 아침에 데리러 올게."

"오지 말아요. 혼자 갈 거야."

"유명인사가 됐는데, 대중교통을 이용할 수 있겠어?"

놀리는 태성의 얼굴이 얄미워 가슴을 한 대 치려던 세나의 손이 그에게 잡혔다. 태성은 작고 가녀린 세나의 손목을 자신 쪽으로 끌어당기고 그녀의 입술에 가볍게 키스했다.

"조심히 들어가고."

아쉬워 헤어지기 싫은 티가 역력한 태성을 뒤로하고 세나는 발걸음을 옮겼다. 세나도 태성과 헤어지는 게 싫었지만 오늘은 어쩔 수 없었다. 가족들도 자신을 애타게 기다리고 있을 테니까.

터덜터덜 집으로 향하는 세나의 뒷모습을 태성이 아쉬운 듯, 아련하게 바라보고 있었다.

세나는 지친 몸을 이끌고 방으로 들어갔다. 몸도 마음도 너덜너덜해진 상태였다.

집 안으로 들어선 순간부터 세나는 들짐승 같은 녀석들의 공격을 받아야만 했다. 어머니의 저지에도 불구하고 공격을 그치지 않는 아이들의 짓궂은 놀림을 참다 폭발한 세나는 녀석들을 제압하고 방으로 들어갔다.

자신이 저지른 일이 하도 커서 참아보려 노력했건만, '적당히'라는 단어를 모르는 녀석들이었다. 하긴. 혈기왕성한 아이들에게 적당하길 바란 건 그녀의 잘못이기도 했다.

언제 날 잡아서 정신 교육을 다시 시켜야겠어.

작은 결심을 하며 세나는 침대에 몸을 뉘었다.

아침부터 저녁까지 알뜰하게 피곤한 하루였다. 24시간을 240시간처럼 보낸 하루라고 해야 할까? 많은 일들이 있었지만 결국 그녀가 한 일은 단 한 가지였다.

태성을 향한 거침없는 고백.

그 낯 뜨거운 고백이 떠올라 세나는 다시 깊은 한숨을 내쉬었지만, 이내 그녀의 얼굴에는 미소가 피어올랐다.

"한 번쯤 해볼 만하네, 이벤트."

부끄러웠지만, 세나와 태성에게 두고두고 잊지 못할 추억이 될 것이었다. 아, 맞다. 회사 사람들도 모두 봤겠지?

"내일 출근 어떻게 하지?"

팀원들의 반응이 예상되자, 세나의 한숨이 더 깊어졌다.

태성은 텅 빈 집 안으로 들어섰다. 매번 익숙하게 들어섰던 공간인데, 묘하게 낯설었다. 있어야 할 무언가가 빠진 듯한 느낌에 태성은 절로 실소가 났다. 세나가 이 집에 머문 건 잠깐의 시간이었다. 그런데 이렇게까지 크게 느껴지는 빈자리라니.

태성은 익숙한 어둠을 헤치고 서재로 발걸음을 옮겼다. 조용한 집 안에 그의 발걸음 소리만이 들렸다. 그의 책상 앞에서 태성이 천천히 서랍을 열어 상자 하나를 꺼냈다.

손 안의 작은 상자를 깊은 눈빛으로 바라보다 뚜껑을 열자 짙은 어둠 속에서 영롱한 빛을 발하는 반지가 주인의 부름을 기다리고 있었다. 모든 일이 마무리되고 나면 오래전부터 결심했던 일을 행동으로 옮길 것이다.

어두운 서재에서 태성은 반지를 손에 쥐고 한참 동안 서 있었다.

"안녕하십니까."

두려움 반, 긴장감 반으로 출근한 세나는 사무실로 들어서며 어색하게 인사를 건넸다. 큰 소리로 씩씩하게 인사하고 자리에 앉았지만, 마음은 편치 않았다.

그런 세나의 주위로 음흉한 미소를 띤 무리가 다가섰다.

"어이쿠, 이게 누구십니까? 윤세나 씨, 출근하셨습니까?"

한결의 장난스러운 말을 시작으로 여기저기서 세나를 짓궂게 놀리는 말들이 이어졌다. 세나가 출근하기 전부터 그녀의 이야기로 모두 한마음이 되었다는 친절한 설명과 함께 시작된 악의 없는 이야기에 세나는 입을 꾹 다물고 아무런 말도 할 수 없었다.

"이 대리, 큰일 나고 싶어? 윤세나 씨가 뭐야, 윤세나 씨가."

"그럼 윤세나 씨를 윤세나 씨라고 부르지 뭐라 부릅니까?"

"이런 사람하고는. 그러니 자네가 진급을 못하는 거야. 이렇게 눈치가 없어서. 이제 사모님이라고 불러야지."

"아, 이런. 제가 큰 실수를 했네요."

능청스러운 한결의 연기에 팀원들이 소리 내어 웃었다. 세나도 같이 웃었다. 지나친 관심이 부담스럽긴 했지만, 그녀에게 다가와 웃어주는 사람들이 오히려 고마웠다. 이런 사람들이 곁에 있어서 다행이었다.

"아침부터 활기차시네요."

성현이 사무실로 들어서자, 한참 동안 세나를 놀리던 사람들이 자리로 돌아갔다. 성현은 세나에게 시선을 던졌다.

화면보다는 역시 실물이 더 좋았다. 어떤 면에서는 더 좋지 않기도 했고. 심란한 마음을 감춘 채 성현이 세나에게 말했다.

"윤세나 씨는 따라 들어오세요."

세나도 성현에게 해야 할 말이 있었다. 자리에서 일어서 팀장실에 들어서자, 성현은 능숙하게 원두커피를 한 잔 내려 세나를 마주 보고 앉았다.

딱히 할 말은 없었다. 성현은 그저 가까이에서 세나의 얼굴을 제대로 보고 싶었다. 앞으로 그럴 기회조차도 없애버리기로 마음먹었으니까. 그러니까, 이게 마지막이었다.

"익숙한 사진들이 떠돌아다니더군요."

성현이 세나에게 준 사진들에 관한 이야기였다. 인터넷이라는 넓은 바다 속에서 그들의 사진이 얼마나 떠다니고 있는지 지금은 가능할 수조차 없었다.

"감사합니다."

세나는 성현에게 꾸벅 인사를 했다. 그러자 성현은 씁쓸한 미소를 지었다.

"세나 씨한테 도움 되라고 주긴 한 건데, 주고 나서 후회했어요."

"후회하시면 안 되죠. 다 잘 해결되었는데요."

웃는 모습이 너무 예뻐서 성현은 한숨이 절로 나왔다. 마지막인데, 예쁘지나 말았으면. 살짝 입술을 깨문 성현이 참지 못하고 입밖으로 말하고야 말았다.

"꼭 한태성 대표여야 해요?"

성현의 물음이 어떤 걸 의미하는지 모를 리 없었다. 세나는 아무런 말도 하지 않은 채 가만히 미소 지으며 깊은 눈빛으로 성현을 바라보았다. 그 눈빛에 성현은 씁쓸한 웃음이 났다. 그는 확인하고 싶었다. 세나가 태성을 얼마나 사랑하는지, 그들의 사랑이 얼마나 깊은지.

세나의 눈동자는 성현이 읽어낼 수 있는 수준의 깊이가 아니었다. 괜히 말했다는 후회만 밀려왔다.

"나한테 빚진 거예요. 알죠?"

"네, 팀장님. 알아요."

"그럼 앞으로 내 앞에서 웃지 말아요. 그게 나한테 빚 갚는 길이니까."

"그래도 많이 감사해서 제대로 된 밥이라도 한번 사드리고 싶은데요."

성현의 얼굴이 굳어졌다. 세나가 조금만 더 부탁하면 금방 넘어갈 것 같았으니까. 굳게 먹은 마음이 이렇게 흔들리는 걸 보니, 자신도 어이가 없었다. 이렇게 나약한 심지를 가진 사람이 아니었는데, 어쩌다가 이렇게 됐을까?

"윤세나 씨, 아무것도 하자고 하지 말아요. 제발 부탁이니까."

무뚝뚝한 말투에 묻어나는 성현의 진심에 세나는 고개를 끄덕였다. 그의 말대로 따라주는 것, 그게 성현에 대한 배려라는 생각이 들었다.

"그럼 인사로 대신하겠습니다. 감사합니다, 팀장님."

세나는 다시 한 번 고개를 깊이 숙여 감사 인사를 전하고 팀장실을 나섰다. 사라진 세나의 뒷모습을 확인하고 나서야 굳어 있던 성현의 얼굴이 조금 풀렸다. 바보처럼 굴지 말고 마음을 추스를 때였다.

"혼자 술이나 마셔야겠군."

어딘지 모르게 애처로운 그의 목소리가 조용히 사무실 안에 울려 퍼졌다.

오늘은 여기까지

　호진은 태성과 마주 앉아 상황 보고를 시작했다. 태성을 향해 비난을 쏟아내던 여론은 자취도 없이 사라지고, 이제는 태성의 찬란한 업적과 능력, 그리고 카리스마에 대한 이야기를 쏟아내고 있었다.

　특히, H 그룹의 후계자로 밝혀지자마자 쏟아지는 아부성 기사에 태성은 어이가 없다는 듯 시니컬한 웃음을 터뜨렸다.

　그리고 가장 걱정이었던 S&C 주식은 오전에 시장이 열리자마자 천정부지로 치솟기 시작하더니 매일 상한가를 쳤다. 주식 차트를 보는 호진은 연신 싱글벙글 웃음꽃을 피웠다. 그리고는 음흉한 눈빛으로 태성을 힐끔거렸다. 이 양반, 키스 한 번에 벌어들인 돈이 도대체 얼마란 말인가? 덕분에 자신의 자산도 불어나는 중이었다.

　"이건 진심으로 드리는 말씀인데요, 방송 한 번 더 나가실래요? 세나 씨랑 키스 한 번 더 하시면, 주가가 하늘을 뚫을 수도 있겠는데요."

　태성이 어이없다는 눈빛으로 호진을 바라보았다. 입이 귀까지 걸려 있는 호진의 미소를 보며 태성은 어렵지 않게 그게 진심이라는 걸 알아차릴 수 있었다.

"네가 갑자기 일이 너무 없어졌지?"

"일이 없어지다뇨. 아직 해결해야 할 일들이 산더미인데요."

"그럼 이쯤에서 입을 다물 타이밍이라는 걸 깨달아야 할 텐데."

예사롭지 않은 태성의 눈빛으로 보아하니, 장난은 아니었다.

"이쯤 하겠습니다."

요 며칠 미친 듯이 뛰어다닌 호진이었다. 그는 이 평화가 부디 지속되길 누구보다 간절히 원했다. 뭐, 아직 시간은 많으니 천천히 후일을 도모해도 될 일이었다.

잠잠해진 호진을 보고 태성이 입을 열었다.

"어제 지시한 일은 어떻게 됐어?"

"검찰 쪽에서 검토 중에 있답니다."

태성이 집게손가락으로 팔걸이를 톡톡 건드리기 시작했다.

"기자들, 다시 한 번 연락하고."

"이미 준비했습니다."

태성은 지난번 한 회장에게 받은 자료를 모두 검찰 쪽에 넘겼다. 자신을 담보로 받은 서류에는 박두건의 각종 비리와 협박에 관련된 자료들이 넘쳤다. 그것만으로도 박두건은 꼼짝없이 징역을 살아야 할 판이었다.

"그런데 박지원 쪽은 조금 더 확인이 필요하답니다."

사뭇 진지한 호진의 목소리에 태성도 고개를 끄덕거렸다.

그 사건을 어느 검사가 맡느냐에 따라 그들의 처벌 수준이 결정될 테니까. 게다가 박두건 전 의원에 관한 자료는 제법 명확한 증거들이 넘쳐났지만, 박지원 이사장에 관한 건 미미했다.

"아, 그리고 한 회장님 쪽에서 연락이 왔습니다. 한번 들러야 하지 않겠냐고 하시던데요?"

태성의 미간이 꿈틀거렸다. 반갑지 않은 소식이었다.

"바빠 죽겠는데 어딜 들러."

"세나 씨도 데리고요."

"노인네가 꿈도 야무지군."

태성은 코웃음을 쳤다.

"어쨌든 전 연락 분명히 전했습니다."

자신에게 불똥 튀게 하지 말라는 호진의 당부를 태성은 한귀로 흘려들었다.

태성은 한 회장의 장단에 맞춰 춤을 추고 싶은 생각이 없었다. 굳이 그렇게 하지 않아도 얼마 뒤 한 회장이 준 총알을 태성이 아낌없이 쏟아 부은 걸 알면 한 회장 본인이 직접 어깨춤을 추게 될 일이었다. 태성을 제대로 그물에 잡아놨으니 한 회장에게 그보다 즐거운 유희 거리가 또 어디에 있을까?

태성은 굳이 그 시간을 앞당기고 싶지 않았다.

그 후로도 비서실로 한 회장의 전화가 여러 통 걸려왔지만, 태성은 비웃으며 받지 않았다. 그 영향이 세나에게 전해질 거라는 생각은 하지 못한 채.

세나에게 걸려온 전화 한 통, 그녀는 잠시 누구에게 전화가 걸려

온 건지 생각해야 했다.

"누구시라구요?"

세나는 혹시 잘못 들은 건가 싶어서 재차 물었다. 나지막한 웃음 소리는 세나가 착각한 것이 아니었음을 확인시켜 주었다.

[나 기억나요?]

"사모님?"

[고마워요. 기억해줘서.]

나긋나긋 교양 있는 목소리가 수화기 너머로 들려왔다. 목소리의 주인공은 다름 아닌 미영이었다. H 그룹의 안주인이자 태성의 새어머니인 그녀. 세나는 당황스러웠다. 대체 무슨 일일까?

가볍게 안부를 묻던 미영이 이내 난처한 목소리로 세나에게 본론을 꺼냈다.

[회장님이 세나 씨를 보자고 하시는데, 괜찮아요? 곤란하면 거절해도 돼요.]

말은 그렇게 하지만, 그게 그렇게 간단히 결정할 일은 아니었다. 한 회장님은 H 그룹의 총수이기도 하지만 세나에게는 애인의 할아버지였다. 태성의 가족이 그녀를 보자는데 쉽게 거절할 수 있는 상황은 아니었다. 게다가 제일 큰 어른이 부르시는데.

그리고 그녀가 가지 않으면 미영이 난처해질 수도 있지 않을까 하는 생각도 들었다. 망설이던 세나는 결심을 굳힌 듯 입을 열었다.

"갈게요, 사모님."

[진짜요? 올래요? 고마워요, 세나 씨.]

세나의 대답이 믿기지 않는다는 듯 미영이 재차 확인했다.

"네, 그렇게 할게요. 몇 시까지 어디로 가면 될까요?"

[지금 회사에 있죠? 조금 일찍 나올 수 있어요? 차를 보낼게요. 사실 회장님이 태성이 몰래 보고 싶어 하시는 거라서.]

태성과 함께 가는 자리였다면 세나에게 직접 연락하지 않아도 될 일이었다. 세나는 태성 없이 혼자 가는 자리라는 게 부담스럽긴 했지만 가지 못할 이유도 없었다.

"네. 알겠습니다."

통화를 마친 세나는 잠시 서 있다가 핸드폰을 들었다. 태성에게 연락을 하고 회장님 댁에 가야 하지 않을까? 하지만 이내 고개를 절레절레 흔든 세나는 자신의 자리로 돌아가 앉았다.

그리고 퇴근 시간, 세나가 검은색 자동차에 올라타는 모습이 호진의 눈에 목격되었다.

"다시 봐서 반갑다는 말은 못 하겠군."

노인의 차가운 목소리에 세나가 당당한, 그러나 공손함을 잃지 않은 태도로 대답했다.

"저는 다시 뵙게 돼서 반갑습니다, 회장님."

세나의 밝은 목소리에 한 회장의 눈썹이 꿈틀거렸다. 그 모습이 태성과 너무도 흡사해 세나는 웃음을 터뜨렸다.

"왜 웃는 게냐?"

그러나 한 회장의 예리한 눈초리에 걸린 모양이었다.

누가 봐도 태성은 한 회장님의 핏줄이 틀림없었다. 그래서인지 한 회장님이 저런 표정과 말투로 자신을 대하면 자꾸만 태성의 모습이 겹쳐 보여 세나는 전혀 무섭지 않았다.

"태성 씨가 회장님을 닮아서요. 태성 씨도 그렇게 눈썹을 움직이거든요."

"흠, 흠."

미영은 슬며시 미소를 지었다. 한 회장은 태성과 닮았다는 말을 무척이나 좋아했다. 세나가 뭘 알고서 계산한 행동은 아니겠지만, 아버님의 표정을 보아하니 방금 그 말이 마음에 든 게 틀림없었다.

솔직한 세나가 미영은 마음에 들었다. 자신의 전화 한 통화에 아무것도 묻지 않고 와준 것도 고마웠고. 부담스러웠을 텐데, 직접 전화를 건 자신을 배려해서 와준 게 분명했다. 아버님이 어떻게 대하든, 세나가 현명하게 대처해줬으면 하는 게 미영의 바람이었다.

한 회장은 세나를 유심히 살폈다. 파티장에서 스치듯 지났을 때는 이렇게 어릴 줄 몰랐다. 그래도 거기서는 여자 태가 제법 났었는데 영락없는 어린애였다. 화장을 하지 않은 수수한 차림새가 한 회장의 눈에 태성과는 전혀 어울리지 않아 보였다.

"태성이 녀석, 정신이 나간 게냐?"

"……아버님."

한 회장 옆에서 세나를 유심히 살펴보던 중년의 남성이 놀란 목소리로 입을 열었다. 한 회장과는 닮은 곳이 없어 보이지만, 부드러운 인상을 풍기는 중년의 남자. 저분이구나. 세나는 한눈에 태성의 아버지를 알아볼 수 있었다.

"이쁘장하게 생긴 것 빼고는 볼 것도 없는데, 태성이 녀석 도대체 무슨 생각인 게야?"

지난번 파티장에서 한번 봤을 때와는 사뭇 다른 한 회장의 모습이었지만, 세나는 당황하지 않았다.

"제가 전화해서 부른 아가씨예요. 아버님, 저를 난처하게 만들 생각이세요?"

"태성이 여자라는데 내가 가만히 있을 수는 없는 노릇 아니냐? 온 세상에 소문이 다 퍼진 마당에."

미영이 부드럽게 한마디 거들었지만 한 회장은 들은 척도 하지 않았다. 세나는 가만히 미영과 한 회장의 대화를 듣고 있었다. 그런 그녀를 바라보는 태성의 친부, 혁선이 미안한 듯 세나를 향해 미소 지어 보였다.

"몹쓸 녀석. 그렇게 내가 여자 소개해주는 걸 거절하더니 결국 고른 애가 쟤란 말이지?"

"그만하세요, 아버님. 손님을 불러놓고 이러시면 어떡합니까?"

혁선은 한 회장의 반응에 당황하고 있었다. 게다가 그가 아는 한 회장은 어리다고 해서 이렇게 행동하는 사람이 아니었다. 그런 분이 세나를 보며 유독 무례하게 구는 것을 혁선은 이해할 수 없었다. 태성이 알면 분명 좋아하지 않을 일인데, 어쩌자고 저러시는 건지.

"이름이 뭐냐?"

"윤세나입니다."

"고아라지?"

한 회장이 세나를 향해 못마땅한 기색을 역력히 표하면서 묻자, 세나가 최대한 공손한 어조로 대답했다.

"네, 어르신. 그렇습니다."

"어린 데다가 고아구나. 네 입으로 대답해봐라. 태성이와 네가 수준이 맞는다고 생각하는 게냐?"

한 회장의 서슬 퍼런 눈빛과 세나의 담담한 눈빛이 서로 마주쳤다. 한 회장의 질문에 세나가 잠시 생각하더니 입을 열었다. 자신을 못마땅해하는 한 회장에게 기죽을 이유가 없었다.

"어울리지 않을 까닭을 모르겠습니다, 어르신."

세나의 대답에 한 회장의 눈썹이 위를 향해 치켜 올라갔다.

"내가 조금 전에 읊어주지 않았더냐? 고아에다가 나이도 어리다고. 어린것이 귀라도 먹은 게야?"

한 회장의 타박에도 세나는 흔들림이 없었다. 모든 사람이 자신을 좋아할 수는 없다. 그건 이미 오래전에 깨달은 사실이었다. 그 말이 태성의 의견이 아닌 이상, 자신이 상처를 받을 이유도 없었다.

"고아에 어린 게 이유라고 하셨습니까? 그중에 하나라도 제 잘못이 있으면 지적해주십시오. 그럼 고치겠습니다."

세나는 평정심을 잃지 않고, 공손하지만 뼈가 있는 말투로 한 회장의 말에 대답했다. 그런 세나의 태도에 한 회장은 재미있다는 듯 입가를 씰룩거렸다.

"……지적을 해주면 고치겠다?"

"고아인 것은 제 잘못이 아닙니다. 사실 그 누구의 잘못도 아니죠."

세나의 당찬 대답에 한 회장의 눈빛에 이채가 서렸다. H 그룹의 총수인 한 회장은 결코 호락호락하지 않았다. 그의 카리스마는 늘 다른 이들을 압도했고, 그건 모든 사람들이 흔하게 겪는 일이었다.

그런데 저 어린것이 자신에게 기죽지 않고 말대답을 해오자 흥미가 생겼다. 사람들은 그의 얼굴을 보며 제대로 말을 하기까지 꽤나 오랜 시간이 걸렸다. 그것도 그가 허락을 했을 때만.

세나가 또 한 번 한 회장을 보며 말을 이었다.

"그리고 나이가 어린 건 시간이 지나면 해결될 일입니다. 다른 이유를 짚어주십시오. 새겨듣겠습니다."

한 회장의 입가에 삐딱한 미소가 생겨났다.

"다른 이유라? 그래, 다른 이유를 가져다 대면 태성이에게서 떨어질 테냐?"

대놓고 태성을 포기할 거냐고 묻는 한 회장의 질문에 세나는 잠시 고민했다. 하지만 곧바로 마음을 다잡았다. 태성을 포기하다니, 이제 그럴 수가 없었다. 스스로 납득할 만한 이유가 있는 게 아니라면 절대 있을 수 없는 일이었고, 납득이 되는 이유가 있다 하더라도 태성과 헤어지는 건 상상조차 싫었다.

게다가 태성과 세나, 둘 사이의 일이다. 다른 사람이 나서서 포기해라 마라 말하는 건 아무리 생각해도 옳지 않았다.

"아니요. 어떻게 해서든 헤어지지 않을 다른 이유를 만들어보겠습니다."

세나의 대답에 미영의 보조개가 깊이 파였다. 역시, 태성이가 사람 보는 눈은 제대로다. 그리고 저렇게 짓궂게 구는 걸 보면, 아버님도 세나가 마음에 든 것이었다. 안절부절못하고 있는 자신의 남편은 눈치채지 못한 모양이지만.

"어린것이 제법 당돌한 구석이 있구나."

"칭찬 감사합니다."

누가 들어도 비꼬는 말에 세나의 입에서 감사 인사가 나오자, 한 회장에게서 실소가 흘러나왔다.

스쳐 지나가듯 말고, 한 번쯤 제대로 보고 싶었다. 이 큰 사달이 난 것은 모두 저 세나라는 아이 때문이었다. 그럴 가치가 있을까 싶었는데, 태성이 저 어린애의 어디에 끌린 건지 알 것도 같았다.

눈이 초롱초롱 맑은 것이 꽤나 사람의 마음을 끌어당기는 부분이 있었다. 일부러 생채기를 내보았는데 마음이 단단하게 잘 단련되어 있는지 별 흔들림이 없어 보였다. 심지가 굳은 아이였다. 하긴, 태성이 고른 아이인데 어련할까?

"까칠하니 고분고분한 구석이 없구나. 태성이한테도 그리 구는 게야?"

"태성 씨는 고분고분한 여자를 좋아하지 않습니다."

세나의 대답에 한 회장은 절로 웃음이 터져 나왔다. 자신을 빼다 박았으니, 그런 것도 닮았겠지. 한 회장의 눈에 만족스러운 빛이 흘렀다.

태성이 거칠게 현관문을 열었다. 망할 영감탱이 같으니라고. 자신에게 연락이 되지 않자, 세나를 낚아채 갔다. 호진이 아니었다면 절대 알지 못했을 일이었다.

굳은 표정으로 들어서는 태성을 미영이 맞이했다.

태성답지 않게 꽤나 서두른 모습이었다. 늘 본가에는 완벽한 정장 차림으로 오곤 했는데, 오늘은 누가 봐도 급하게 나온 티가 역력했다. 미영이 부드럽게 미소를 지었다.

"세나 지금 어디에 있습니까? 여기서 뭘 하고 있는 겁니까?"

"다들 서재에 있어. 회장님이랑 세나. 그리고 네 아버지도. 저녁 먹고 이야기 중이야."

"세나, 여기는 왜 온 겁니까?"

"회장님이 방송 보고 나서 세나를 찾으셨어. 어떤 아이인지 궁금하다고. 세나가 마음에 드시나 봐."

혹시라도 세나에게 나쁜 짓이라도 했을까 봐 날이 서 있는 태성의 목소리에 미영이 안심하라는 듯 태성의 팔을 살짝 두드렸다. 태성은 발걸음을 재촉해 서재 문이 보이자 그 앞에 서서 손잡이를 돌렸다.

열린 문 사이로 들려오는 한 회장의 호탕한 웃음소리에 태성이 흠칫, 하고 멈춰 섰다. 옆에서 간간히 혁선의 웃음소리도 들려오는 것 같았다.

이게 무슨 일인가 싶어 조용히 방문을 열고 들여다본 풍경은 태성을 어이없게 만들기에 충분했다.

차를 타고 오면서 별의별 상상을 다 했지만, 그중에 세나와 한 회장의 다정해 보이는 모습 같은 건 없었다. 다정한 모습이라니. 한 회장은 누구에게도 그런 모습을 보여주는 사람이 아니었다. 타인의 속을 긁으며 거만하게 조롱하는 게 더 어울리는 사람이었다.

세나를 향해 웃어 보이던 한 회장은 문 쪽으로 시선을 돌렸다. 그리고 언제 그랬냐는 듯 미소를 감췄다. 그런 한 회장의 모습에 태성이 어이없다는 듯 그를 바라보았다.

"어? 태성 씨 왔어요?"

평소 같은 세나의 목소리에 태성은 일단 마음이 놓였다. 능구렁이 같은 노인네가 세나에게 혹시라도 모진 소리를 했을까 싶어 조마조마하며 달려왔는데 제 집마냥 편안한 세나의 모습에 태성은 기분이 묘해졌다.

"너, 여기서 뭐 해? 집에 간다며."

맥이 풀린 태성의 목소리에 세나가 배시시 웃었다. 연락이 되지 않으면 걱정할 게 뻔했고, 그렇다고 '한 회장님 뵈러 가요.' 하고 말하면 다녀오라고 할 것 같지도 않았기에 그녀는 태성에게 간단한 문자만 남겼었다.

> 나 먼저 집에 가요. 나중에 전화할게요.

"거짓말은 아니잖아요? 태성 씨 집이니까."

"볼일 다 봤으면 가자."

태성의 시선은 세나에게 못 박혀 있었다. 하지만 세나는 웃으며 고개를 흔들었다. 그녀의 얼굴을 보며 태성은 화를 낼 의욕을 상실했다.

세나가 태성을 곁으로 불렀다. 그녀의 손짓 한 번에 강아지마냥 세나의 곁으로 가는 태성을 한 회장이 흥미로운 눈으로 지켜보았다. 저놈 보게? 한 회장에게는 단 한 번도 그런 모습을 보인 적이 없는 태성이었다.

"사모님이 만드신 모과차가 있대요. 그것만 먹고 가면 안 돼요?"

"……차 한 잔만 먹고 일어나자. 알았지?"

"고마워요."

세나의 반짝이는 눈망울을 보며 차마 단호히 거절할 수 없었던 태성은 세나의 옆에 털썩 앉았다.

세나의 눈이 반달 모양으로 휘어졌다. 기뻐하는 세나를 보며 태성의 입가에도 희미하게 미소가 스쳤다. 자신이 여기서 차 한 잔 먹고 가는 게 뭐 그리 좋은 일이라고.

태성이 자리에 앉자마자 서둘러 서재 밖으로 나섰던 미영이 쟁반에 차를 가지고 돌아왔다. 우아한 자태로 테이블로 향하던 미영은 문득 자신도 모르게 입술을 깨물었다.

근 이십 년간 한 번도 본 적 없었던 장면이었다. 자신의 시아버지와 남편, 그리고 태성이 한 테이블을 두고 앉아 있는 모습은 미영에게 기적에 가까운 일이었다. 아, 이러면 안 되는데. 미영은 깊게 숨을 들이마셨다 내쉬었다. 이 평화로운 분위기에 눈물이 나다니 주책이었다.

미영이 테이블에 조심스레 찻잔을 올려놓는 동안 뉴스에서는 박두건 전 의원과 박지원 이사장에 관한 이야기들이 나오고 있었다.

[박두건 전 국회의원에게 구속영장이 발부되었습니다. 박 전 의원이 현직에 있을 당시 S 기업으로부터 거액의 뒷돈을 받고 공사를 허가해준 의혹이 사실로 밝혀졌습니다. 박 전 의원이 허가해준 건물은 3년 전 부실공사로 인해 건물 외벽이 무너져 사상자를 내었던 아울렛 매장인 것으로 알려졌습니다. 이 외에도 검찰은 박 전 의원에 대한 여러 가지 혐의들에 대해서도 수사를 진행 중에 있는 것으로 확인되었습니다.]

"S 기업, 타격이 크겠네요."

미영이 남편의 곁에 앉으며 담백한 목소리로 진섭에게 말을 건네자, 진섭이 콧방귀를 뀌었다.

"원래 부실했던 놈들이니 버틸 힘이 있을 리가 없지."

[박지원 도담 병원 이사장이 비자금 의혹에 대해 정확한 출처를

밝히지 못하자, 검찰 측은 박지원 이사장의 자택 수색영장을 발부했습니다. 익명의 제보자로부터 비자금 관련 서류를 넘겨받은 검찰은 많은 돈이 아버지인 박두건 전 의원의 해외 계좌에 입금되었다는 정황을 포착, 이에 대한 집중 조사를 시작했습니다.]

조용한 방 안에 찻잔이 달그락거리는 소리만이 들려왔다. 다들 아무런 말도 없었지만, 기자의 말에 신경을 곤두세우고 있었다. 세나도 숨을 죽이며 화면을 지켜보았다.

[서울지검 이은성 검사는 기자회견에서 단 한 조각의 의혹 없이 최선을 다해 수사할 것을 국민들에게 다짐했습니다.]

기자의 말에 태성이 의아하다는 표정을 지었다. 박지원에 관한 자료는 미흡한 상태였다. 그럼에도 불구하고 더 이상은 미룰 수가 없어 자료를 넘겼다. 하지만 태성이 넘긴 자료에는 박두건의 해외 계좌 같은 정보는 들어 있지 않았다. 어찌된 일일까?

"박지원에 관한 자료는 미흡하던데요."

태성이 한 회장을 바라보자, 한 회장이 여유롭게 모과차를 한 모금 입에 머금었다.

"혹시 더 가지고 계신 게 있었던 겁니까?"

태성의 물음에 한 회장이 아니라는 듯 어깨를 으쓱였다.

"내가 가진 건 네게 준 게 전부였다. 나머지는 네 애비가 구해왔더구나."

순간 태성은 자신의 친부인 혁선을 바라보았다. 태성의 시선에 혁선은 앞에 놓인 찻잔으로 시선을 돌렸다.

"……어쩌다 보니 그런 게 있더구나. 별건 아니었어. 지인한테 얻었다."

혁선은 말을 아꼈다. 태성에게 조금이라도 도움이 될까 싶어 여기 저기 뛰어다닌 끝에 모을 수 있었던 자료들이었다. 하지만 태성에게 는 밝히고 싶지 않았다.

혁선의 말에 태성은 어떤 표정을 지어야 할지 알 수 없었다. 그 자 료는 대가 없이 얻을 수 있는 게 아니었다. 태성은 뭐라 표현할 수 없는 표정으로 혁선을 바라보았다. 자신에게는 평생 관심도 없던 사람이라고 생각했었는데.

"저 사람들 죗값을 제대로 받을 수 있을까요?"

세나의 걱정스러운 눈빛이 태성을 향했다. 자료가 있다 해도 담 당 검사가 한통속이면 제대로 수사하지 않는 상황이 발생할 수도 있었다.

"얼마 전에 회장님이 검찰청장님과 담소를 나누셨어."

미영이 우아한 손놀림으로 찻잔을 테이블에 내려놓았다. 태성의 눈썹이 꿈틀거렸다.

"검찰청장님과요?"

세나가 놀란 목소리로 말하자 미영이 고개를 끄덕였다.

"작은 부탁을 하나 드렸지. 박 의원을 제대로 수사해줄 사람을 뽑 아 달라는 지극히 평범한 부탁이셨거든."

청장이 시원하게 웃으며 내놓은 카드는 이은성 검사였다. 그들은 청장이 추천한 젊은 검사가 일을 어떻게 처리할지 지켜보기만 하면 될 일이었다.

태성은 자신의 앞에 놓인 찻잔에 손을 뻗었다.

"맛이 좋군요."

태성의 무뚝뚝한 칭찬에 미영이 이를 드러내며 진심으로 기쁜 듯

환한 미소를 지었다. 무겁지 않은 분위기 속에서 그윽한 모과 향이
서재 안을 가득 채웠다.

"차 돌릴까? 내릴 생각이 없다면, 난 진심으로 환영이야."

태성의 장난기 섞인 말을 듣고 나서야 세나는 정신이 들었다.

이미 집 앞에 도착했지만, 머릿속의 여러 가지 생각으로 인해 알
아채지 못했다.

"내릴 거예요."

여전히 밍기적거리며 차 안에서 내리지 않는 세나를 보며 태성은
웃음 지었다. 그리고 손으로 세나의 머리카락을 부드럽게 매만졌다.
이대로 보내기 아쉬웠는데 더 같이 있겠다면 마다할 이유가 없었
다. 하지만 세나의 표정이 평소와는 달라 태성은 걱정스러웠다.

세나는 오늘 한 회장의 집에 다녀온 뒤로 줄곧 생각에 잠겨 있었
다.

"이 작은 머리로 무슨 생각을 하고 있는 거야?"

"태성 씨 생각이요."

세나가 복잡한 눈으로 바라보자, 그는 그녀와 시선을 맞추었다.

"나 가기 전에 노인네가 뭐라고 했어?"

"아뇨, 모두 잘 대해주셨어요."

태성은 불경스러운 말투였지만, 세나는 웃음이 나왔다.

한 회장님과 태성의 사이는 생각만큼 나쁜 편이 아니었다. 서로
으르렁대고 있었지만, 진심으로 서로를 싫어한다면 나올 수 있는 행

동이 아니었다.

태성이 미영을 대하는 태도도 마찬가지였다. 서로 친근하게 대하는 건 아니었지만 배려와 존중이 있었다. 세나의 머릿속을 계속해서 맴도는 건, 혁선과 태성의 모습이었다.

"아버지와 원래 그렇게 지내요?"

태성과 혁선 사이에는 마치 물과 기름처럼 섞이지 않는 그런 불편함과 거리감이 있었다. 그녀가 태성의 입장을 이해할 수는 없겠지만, 그래도 마음이 편치는 않았다.

특히, 태성을 향한 혁선의 눈길을 보고 나서는 더욱 그랬다. 혁선에게는 감출 수 없는 애틋함과 사랑이 담겨 있었지만 태성은 전혀 알아차리지 못했다. 어쩌면 알고 있지만 외면하는 것일 수도 있었다.

세나가 그의 아버지를 언급하자 태성은 표정이 굳었다. 그는 깊은 한숨을 내쉬었다.

"사이가 좋을 거라 생각한 건 아니잖아? 잊고 있나 본데, 난 사생아야."

씁쓸함이 섞인 담담한 목소리에 세나는 말없이 태성을 바라보았다. 그녀의 눈빛에 태성이 입을 열기로 했다. 그의 불편한 진실을 세나는 알 자격이 있었다.

"내 생모는 자살을 했어. 자신이 낳은 아이 따위는 신경을 쓸 겨를이 없었지. 아버지에게 사랑을 받지 못했거든. 오직 그 이유 하나로 자살을 한 여자야."

태성의 담담한 고백에 세나는 새어 나오려는 비명을 가까스로 숨겼다. 생각조차 할 수 없었던 충격적인 사실이었다. 자살……이라니. 아이를 둔 어머니가? 자살을 했다고?

세나의 가슴이 꽉 막혀왔다. 감정 없이 말하는 태성의 목소리가 더욱 아프게 다가왔다. 얼만큼의 상처를 만들고 나서야, 저 단단한 껍질을 뒤집어쓸 수 있었을까? 그 심연에는 얼마나 많은 상처가 자리 잡고 있는 걸까?

세나는 숨을 쉴 수 없을 만큼의 가슴 찢어지는 통증을 느꼈다.

"그리고 아버지는, 내게서 어머니란 여자를 빼앗아간 사람이지. 어린 마음에는 그랬어."

그에게 사랑을 주었건 혹은 주지 않았건 하나밖에 없는 어머니였다. 어린 태성이 원망할 사람이라고는 그의 아버지밖에 없었다. 이제는 건드릴 수조차 없이 커져버린 미움. 그걸 뭐라고 설명해야 할까?

"어머니가 자살을 한 후부터는 옆에 누가 있으면 잠을 못 잤지."

"옆에 누가 있으면 잠을 못 잤다구요?"

"……죽은 줄도 모르고 그 옆에서 잠이 들었었거든. 아침이 되어서야 알아차렸지. 몸이 얼음장처럼 차갑더라."

맙소사…… 대체 그는 무슨 일을 겪은 걸까?

그런 세나의 소리 없는 안타까움을 달래주듯, 태성이 세나의 뺨을 부드럽게 쓰다듬었다. 입 밖으로 꺼낼 수조차 없는 이야기였는데, 그런 이야기가 세나의 앞에서는 자연스럽게 흘러나왔다.

그녀 옆에서 잠들 수 있다는 것, 그녀 옆에서는 편히 쉴 수 있다는 것이 스스로도 놀랄 일이었다. 오직 세나니까 가능한 일이었다.

"네가 처음이야. 어머니가 죽은 이후로 누군가의 옆에서 잠이 들수 있었던 건."

세나는 자신의 뺨을 어루만지는 태성의 손을 감싸며 머리를 기대었다. 따뜻한 온기가 세나의 볼을 타고 흘러들어왔다.

"그래서 네가 특별해. ……오직 너만이 나에게 특별해."

달콤한 고백과 함께 순간 태성의 까만 눈동자가 세나의 심장에 박혔다. 세나의 가슴이 터질 듯 부풀어 올랐다. '나도 그래요. 오직 당신만이 나에게 특별해요.' 세나도 눈으로 그렇게 답했다. 세나와 태성은 그렇게 서로를 사랑으로 바라보았다.

"잠잘 수 있어서요? 숙면을 취하게 해주니까?"

사랑스러운 대꾸에 태성은 웃음 지을 수밖에 없었다. 늘 자신을 웃게 만들어주는 여자. 그것도 세나뿐이었다.

"그럼 옆에서 잠들 수 있는 다른 여자가 나타나면, 그 여자한테 갈 거예요?"

눈을 부릅뜨며 혼내듯 묻는 세나의 볼을 태성이 다정하게 쓰다듬었다. 귀여운 질투까지도 사랑스러워서 견딜 수가 없었다.

"그럴 기회를 주긴 하는 건가?"

"어림도 없어요. 꿈도 꾸지 말아요. 절대 안 돼요."

세나가 코를 찡긋거리며 경고하자 태성은 기어이 소리를 내며 웃고야 말았다.

그에겐 쉽지 않은 이야기였다. 그 어떤 여자에게도, 그 누구에게도 할 수 없었던 이야기가 세나에게는 어렵지 않았다. 그리고 그런 이야기를 하고도 이렇게 웃을 수 있을 거라 생각해본 적이 없었다.

세나는 태성에게 기적이었다. 다시는 찾아오지 않을, 그에게 일어난 단 하나의 기적.

"그럼 오늘 같이 있을까? 내가 다른 여자한테 갈지도 모르잖아?"

"아뇨. 태성 씨는 절대로 안 그럴걸요. 당신한테는 나밖에 없으니까."

자신만만하게 웃는 세나를 보며 태성은 아무런 말도 하지 못했다. 뭐라 반박하고 싶은 마음도 들지 않았다. 그런 태성을 보며 세나가 의기양양하게 고개를 치켜들었다.

"내 말이 맞죠?"

"맞긴 한데, 뭔가 억울하군."

태성이 작게 머리를 흔들자, 세나가 짙은 미소를 지으며 태성의 옆으로 가까이 다가왔다.

"제가 조금 덜 억울하게 해줄게요."

사랑스럽게 말을 하며 세나는 태성의 입술에 가볍게 입맞추고는 반짝이는 눈으로 태성을 올려다보았다.

"이 정도로 풀릴 억울함이 아니야."

세나의 입술이 태성의 숨결을 조금 더 붙잡았다. 그 달콤한 입맞춤에 태성의 입가가 저절로 환한 미소를 지었다.

"그럼 이건 어때요? 이제 됐어요?"

새침하게 묻는 세나를 태성이 더욱 가까이 잡아당겼다. 그는 늘 목말랐다. 만족하는 날이 없었다. 태성이 고개를 저으며 나지막이 세나의 귀에 속삭였다.

"아직 멀었는데."

"욕심쟁이."

세나의 장난 섞인 투덜거림은 이내 태성의 뜨거운 입맞춤에 묻혔다. 세나에게 키스를 퍼부으며 태성의 머릿속에는 오직 한 가지 생각만이 떠올랐다.

이제는 한계였다. 더 이상 미룰 수도, 미뤄서도 안 되었다. 오래도록 준비해온 그의 계획을 이제 세나에게도 보여줘야 할 때였다.

봄이 왔다.

결국 박두건 전 의원과 박지원 이사장에게 징역형이 선고되었다.

결과에 반발한 박 전 의원이 변호사를 통해 항소했지만, 증거들이 명확한 데다가 여론도 좋지 않아 항소는 기각되었다.

꼼짝없이 나란히 감옥행이었다. 그전까지 세나와 태성의 이야기로 도배되어 있던 기사들은, 새로운 먹잇감을 찾아 옮겨갔다. 그 전부터 수감되어 있는 김정수의 이야기까지 더해지면서 세상은 온통 그들의 이야기로 뒤덮였다.

질긴 악연의 고리가 끊어져 나갔다고 생각하자 세나는 가슴에 뭉쳐 있던 응어리가 모두 풀리는 느낌이었다. 이 모든 걸 그녀에게 선물해준 태성. 이렇게 따뜻한 날에, 태성 씨는 어딜 간 건지. 세나가 코를 찡그리며 그를 떠올렸다.

오늘 같은 날 데이트하자고 하면 얼마나 좋아?

> 오늘 출장가야 해. 미안.

태성에게선 전화도 없고 짧막한 문자 한 통이 전부였다. 그답지 않은 행동이었지만 바빠서 그러려니 넘어갔다. 서운하지만 어쩔 수 없는 일이지. 출장이라는데 뭐.

"여기서 뭐 해? 아직 쌀쌀한데."

보육원 테라스에 앉아서 커피를 마시던 세나가 고개를 들었다. 원장 어머니였다. 봄처럼 화사한 니트를 입은 어머니의 모습을 보며 세나가 미소를 지었다. 얼마 전 노 전무님이 선물해주신 옷이었다. 아까워서 못 입으시더니 오늘 햇살이 따뜻해서 꺼내 입으신 모양이다.

"바람이 많이 좋아졌어요."

볼을 스쳐 지나가는 바람이 예전과 많이 달라져 있었다. 정신없이 보낸 날들 탓에 성큼 다가온 계절의 변화를 알아차리지도 못했던 모양이었다. 며칠 전만 해도 차가운 기운에 코끝이 시렸는데 이제 완연한 봄이었다.

"전무님은요? 날씨도 좋은데 두 분 데이트하세요."

"데이트는 무슨. 오늘은 조금 늦으신데."

나름 정색을 한다고 하는 어머니의 얼굴에 이미 붉은 기운이 감돌았다. 세나가 알 만하다는 듯 고개를 끄덕거렸다. 세나와 태성이 큰일을 겪으면서 그 여파가 보육원에까지 미치자, 노 전무님이 적극적으로 나서서 보육원을 지켜주셨다.

막무가내인 기자들과 언성을 높이기도 했고, 언론에 노출된 아이들의 등하교를 책임지시기도 했다고 들었다.

그 일이 모두 지나간 지금도, 노 전무님은 여전히 보육원으로 출근 도장을 찍고 계셨다. 그리고 노 전무님이 회사에 사직서를 제출하셨다.

빚을 졌다 생각한 태성은 두말 않고 노 전무님을 회사에서 놓아드렸다. 두둑한 퇴직금과 함께.

노 전문님은 매일매일 밥 먹을 사람이 없다는 핑계로 원장 어머니를 끊임없이 찾아와 구애를 하고 있는 중이었다.

"어머니, 여자가 너무 튕기면 매력 없대요."

의미심장한 말에 원장 어머니가 밉지 않게 세나를 흘겨보았다. 하지만 이내 난처한 미소를 지으며 소매를 매만졌다.

"어떻게 해야 좋을지 모르겠어."

"어떻게 할 게 뭐가 있어요. 노 전무님께 '나도 좋아요'라고 한마디만 하시면 되는데요."

"그게 그렇게 쉬운 일은 아니잖니?"

세나는 원장 어머니의 말을 이해할 수 있었다. 여자로서의 삶은 포기한 채 어머니로서 살아온 세월이 너무 길었다.

어머니는 남자와 여자로 만나서 감정을 나누고 인연을 나눈다는 게, 낯설고 어려운 일일 것이다. 두렵기도 할 테고. 하지만 세나에게 이런 이야기를 꺼내는 것 자체가 이미 마음이 넘어갔다는 증거였는데, 아직 본인만 모르고 계신 듯했다.

"노 전무님 싫으세요?"

혜영은 고개를 저었다. 그럴 리가. 아이들 앞에서 내색할 수는 없었지만, 매일매일이 설레고 새로웠다. 주책인 자신의 모습이 스스로 낯설 뿐, 절대로 노 전무님이 싫은 건 아니었다.

"나에게는 과분한 분이지. 넘칠 만큼."

세나가 다정하게 원장 어머니의 손을 잡았다. 이렇게 고우신데, 이렇게 예쁘신데.

"용기를 내세요. 우리 어머니, 멋진 분이잖아요. 저를 이렇게 훌륭하게 키우셨는데 뭐가 무서우세요?"

자화자찬으로 기운을 주는 세나를 보며, 혜영이 따스한 웃음을 터뜨렸다.

"근데 오늘 왜 이렇게 조용해요?"

아까부터 이상하다 생각했더니, 하루 종일 꼬맹이들이 보이질 않았다. 지금쯤 놀이터에서 비명을 지르면서 놀고 있어야 했는데, 다어딜 갔지? 세나의 물음에 혜영의 표정이 약간 굳었다.

"오늘 학교에서 체험 학습이 있다고 했던 것 같은데……."

"주말에 학교에서 체험 학습을 한다구요?"

세나가 이상하다는 듯 말하자, 혜영은 아차 싶었다.

"아니, 그건 어제였고, 오늘은 윤성이가 데리고 어디 간다는 것 같던데?"

"윤성이가요? 애들을 다 데리고요? 어디로요?"

"……글쎄다. 나도 잘 모르겠구나. 참, 밥 앉히고 나왔는데 내 정신 좀 봐."

혜영이 허둥지둥 자리를 뜨자, 그 모습을 세나가 의아하다는 듯 바라보았다. 아이들의 행방을 어머니가 모르실 리가 없는데.

아이들이 없는 집은 조용하기도 했고 평화롭기도 했다. 익숙하지 않은 풍경이었다. 윤성이가 데려갔다면 별다른 일은 없을 테니 이 평화를 즐겨볼까?

세나는 의자에 자리를 잡고 책을 손에 들었다. 그러다 문득 시선을 돌렸다.

"저걸 물어본다는 걸 깜빡했네."

세나는 보육원에서 얼마 떨어지지 않은 곳에 지어진 커다란 건물에 대해 어머니에게 물어볼 생각이었다. 꼬맹이들 말이 다 제각각이라 누구 말이 사실인지도 궁금했다.

　주택이라기에는 너무 컸고, 펜션 같은 게 들어서기에는 주변에 아무것도 없었다. 그렇다고 정부와 관련된 건물이 들어올 리도 없었고, 학교나 병원도 아니었다.

　"도대체 저게 뭐지?"

　고개를 갸우뚱거리던 세나는 다시 보던 책으로 눈길을 돌렸다.

　세나가 평화로운 오후를 즐기고 있는 그때, 정체가 모호한 그 건물 안에서는 사라진 아이들이 모두 바삐 움직이고 있었다.

　"호진 씨, 그거 이쪽에 놓으시면 안 돼요. 저기 더 옆으로요."

　윤주의 질타에 호진이 분주하게 촛불의 위치를 옮겼다.

　"여자한테 이벤트 안 해보셨어요?"

　"안 해봤거든요?"

　투덜대는 호진 몰래 윤주의 입가에 음흉한 웃음이 흘러나왔다. 여자한테 이벤트를 해준 적이 없다 이거지?

　"이건 어디다 놔야 해요?"

　호진이 돌아보자, 윤주가 언제 그랬냐는 듯 웃음을 싹 감추었다.

　"그건 저쪽으로 돌아가야 해요. 그리고 윤성이 너, 애들 다시 한 번 체크하고."

　"넵."

　윤성은 재빨리 아이들 쪽으로 향했다. 모든 계획이 착착 진행되고 있었다. 윤주의 얼굴에 만족감이 흘렀다. 이제 쇼 타임이었다.

읽고 있던 책이 거의 끝나갈 무렵, 누군가 세나 곁으로 다가왔다. 오후 내내 보이지 않았던 현정이었다.

"언니."

현정이 웃으며 세나를 부르자, 그녀는 눈을 동그랗게 뜨고 현정에게 물었다.

"너희들 어디 갔다 왔어?"

현정이 손으로 가리킨 곳은 집에서 얼마 떨어지지 않은 곳에 지어진 바로 그 건물이었다.

"저기? 저기서 놀다 왔어?"

세나의 물음에 현정이 고개를 끄덕였다.

"언니도 같이 가서 놀자. 다들 저기에 있어."

윤성이 녀석, 애들 데리고 어딜 갔나 했더니 주인 없는 건물에 애들을 데리고 가서 놀고 있어? 주인이 알면 어쩌려고.

"윤성이도 저기에 있어?"

"응. 윤성이 오빠랑 다 같이 있어. 언니도 빨리 가자."

말을 마친 현정이 팔을 흔들며 뛰어가자 세나가 일어나 뒤를 쫓아갔다. 현정이 자꾸 뒤를 돌아보며 세나가 오는지 확인했다.

건물 안으로 들어서는 문에 다다르자, 현정이 세나를 향해 싱긋 웃어 보인 뒤 혼자 안으로 쏙 들어가버렸다.

저렇게 막 들어가도 되는 걸까? 걱정스러운 마음에 세나의 발걸음이 빨라졌다. 유리창 너머로 승환의 모습이 비쳤다. 세나가 문을 열자, 승환이 세나에게 장미꽃 한 송이를 건넸다.

"이게 뭐야?"

"누나 주래."

"이걸? 누가?"

승환은 대답 없이 손을 잡고 세나를 이끌었다. 무슨 영문인지 몰라 승환을 따라가던 세나는 뜻밖의 광경에 말문이 막혔다.

그녀의 앞에 촛불이 길을 만들고 있었다. 그리고 그 옆으로 나란히 서 있는 아이들이 보였다. 모두 승환처럼 빨간 장미를 한 송이씩 들고 있었다. 세나를 보는 얼굴에 싱글벙글 웃음이 담겨 있었다.

"……너희들 다 여기서 뭐 하고 있어?"

녀석들은 서로 시선을 주고받으며 웃기만 할 뿐 대답은 하지 않고 어서 빨리 받으라는 듯이, 손에 들린 꽃을 흔들었다. 이게 대체 무슨 일일까?

걸음을 옮겨 아이들의 곁으로 다가설 때마다, 세나의 손에는 장미가 한 송이씩 늘어났다. 계속 무슨 일이냐 물었지만, 누구 하나 속 시원히 대답해주는 녀석이 없었다. 그리고 2층으로 향하는 계단 앞에서 마지막으로 윤성이 세나를 맞이했다.

"자, 누나."

윤성이 건네는 장미를 받아 든 세나의 얼굴이 하얗게 질렸다. 맙소사, 이 상황은…….

"안 돼. 이윤성, 정신 차려! 난 네 누나야."

세나의 단호하고 날카로운 말투에 윤성의 표정이 일그러졌다.

"무슨 헛소리야! 나도 누나 싫거든? 어디 넘볼 사람이 없어서 나처럼 매력 터지는 영계를 넘봐?"

버럭 하는 윤성의 말에 세나는 당황했다. 그녀가 우려했던 최악의 상황은 아니었던 게 다행이긴 하지만, 여전히 무슨 일인지 알 수 없었다.

"그럼 이거 다 뭔데?"

"이상한 소리 하지 말고 빨리 올라가기나 해. 우리도 뭐 좋아서 이러고 있는 줄 알아?"

윤성의 손가락이 2층을 가리키자, 세나의 시선이 위로 향했다.

"혹시 위에 태성 씨 있니?"

"아, 몰라. 오글거리는 건 여기까지."

윤성이 빨리 가보라는 듯 등을 떠밀자, 어리둥절한 표정의 세나가 한 걸음씩 계단을 오르기 시작했다.

전면 유리로 저녁노을이 들어오고 있었고 노을을 배경으로 한 세나의 모습은 현실이 아닌 것처럼 아름다웠다. 태성은 장미꽃 한 다발을 들고 세나를 기다리며 서 있었다. 그곳에서 자신을 향해 한 걸음씩 다가오는 세나의 모습을 오롯이 가슴에 새겨 넣었다.

평생 떨리고 긴장되는 일이 없었는데. 세나 앞에 서 있는 지금, 태성의 심장이 떨려왔다. 코앞까지 다가온 세나는 눈을 반짝거리며 태성을 올려다보았다. 입가에 환한 미소를 띠고서.

"출장이라면서요?"

"여기로 출장 왔어."

태성이 세나에게 꽃을 내밀자, 세나가 수줍게 손을 내밀어 꽃을 품에 안았다. 달달하고 오글거리는데도 행복에 겨워 그녀의 심장이 튀어나올 것 같았다.

"나 이벤트 해주려고 그런 거예요?"

"나만 사랑 고백을 받을 수는 없잖아. 나 성공했어?"

태성의 미소가 가슴이 아리도록 예뻤다. 세나는 벅찬 마음에 아무런 말도 할 수 없었다. 전혀 예상하지 못했던 일이었다. 더군다나 앞에 있는 남자는 한태성이 아닌가? 그가 이런 일을 할 거라 누가 상상이나 할 수 있었을까?

"이벤트 대성공이에요."

세나는 그의 품에 안겼다. 태성은 세나의 허리를 감싸 안고 그녀의 이마에 입을 맞추었다. 태성도 자신에게 이런 면이 있는 줄은 몰랐다. 이런 낯간지러운 건 절대 못 할 줄 알았는데. 윤세나한테 미쳐도 단단히 미친 게 틀림없었다.

"근데 이걸 왜 여기서 해요? 남의 건물에서 이래도 돼요?"

세나의 걱정스러운 물음에 태성이 피식 웃음을 터뜨렸다.

"이거, 내가 지은 도서관이야."

태성의 대답에 놀란 세나는 그를 올려다보았다. 태성이 지었다는 것도 놀랄 일이었지만, 이 건물이 도서관이라는 사실에 더 크게 놀랐다.

"왜 도서관이에요?"

"글쎄, 왜일 거 같아?"

태성의 알쏭달쏭한 미소에 세나의 눈빛이 흐려졌다.

"……혹시 그때 안 자고 있었던 거예요?"

"눈 감고 있으니까 네가 술술 다 이야기하던데."

씨익 웃는 그의 모습이 너무 매력적이었다. 뻐기는 듯한 그 웃음에 세나는 가슴이 메어왔다.

"그렇다고 여기에다가 도서관을 지어요?"

세나의 어이없어하는 표정에 태성이 어깨를 으쓱였다.

"선물이야. 네가 가지고 싶어 할 것 같아서."

"……세상에 어떤 남자가 도서관을 선물로 지어줘요."

"나만 줄 수 있는 있는 특별한 선물이지."

세나가 기가 차다는 듯 태성을 올려다보았지만, 그는 웃으며 세나를 바라볼 뿐이었다.

도서관은 동화에 나오는 숲속의 요정 집 같았다. 빨간 버섯 지붕과 나무가 그러져 있는 벽화, 창틀에 걸터앉아 바깥 풍경을 볼 수 있도록 만들어진 창문, 아이들의 보폭에 맞춰진 계단과 화장실, 그리고 옹기종기 모여 있는 책장들까지.

세나의 마음에 들지 않는 것이 없었다. 그의 통큰 선물에 세나는 그저 웃음만 나올 뿐이었다.

"도서관을 선물로 받으면 난 태성 씨한테 뭘 해줘야 해요? 내가 해줄 수 있는 게 있긴 해요?"

세나의 물음에 태성의 눈빛이 짙어졌다. 오직 세나만이 그에게 해줄 수 있는 일이 있었다. 그리고 그 일을 위해 이 모든 걸 준비했다.

"네가 해줄 수 있는 일이 있지. 너만 해줄 수 있는 일이야."

이제부터가 중요했다.

태성은 살며시 세나를 품에서 떼어놓고 그녀의 손끝을 잡았다. 그리고 시선을 떼지 않은 채, 한쪽 무릎을 꿇고 세나를 올려다보았다. 태성의 뜻밖의 행동에 세나가 진심으로 놀란 듯 눈을 동그랗게 떴다.

"내가 이제부터 무슨 말을 할 거야. 너는 알았다고 하면 돼. 할 수 있지?"

태성이 온 마음을 그의 눈 속에, 몸짓에 모두 담으려 노력했다. 그가 가지고 있는 그녀에 대한 깊은 사랑을, 꾸밈없는 진심을 세나가 알아주었으면 했다.

"나는 제멋대로야. 잘난 척도 많이 하는 편이지."

"……알아요. 그렇죠."

태성의 자기 비하에 세나는 웃음이 나왔다. 제멋대로에 잘난 척하는 남자. 한태성이라면 세나는 아무 상관없었다.

"널 힘들게 해서 미안해. 아끼고 사랑하는데, 제대로 표현하지 못해서 미안해."

이어지는 태성의 고백에 세나에게서 서서히 미소가 사라졌다. 대신 그녀의 가슴속에서 무언가가 울컥 올라왔다.

"그래서 말인데. 살면서 너에게 다 갚아주고 싶어. 그렇게 하고 싶어, 세나야. 그래도 될까?"

태성의 말에 세나가 숨을 멈추고 그를 바라보았다. 붉은 노을빛이 그의 얼굴에 그림자를 만들어내고 있었다. 세나를 향한 그의 진심 어린 모습이 마치 조각처럼 아름다워서 그녀는 눈물이 나올 것만 같았다.

"……살면서 어떻게 갚아줄 건데요?"

세나의 떨리는 목소리에 태성이 품 안에서 작은 상자를 꺼냈다. 반짝거리며 자신의 존재를 뽐내는 아름다운 반지가 보였다. 태성은 크게 심호흡을 했다. 그러고는 담담하게, 진심이 묻어나오는 목소리로 조심스럽게 말을 이었다.

"결혼해줘, 윤세나. 평생 행복하게 해줄게."

태성의 청혼에 세나가 돌처럼 굳어버렸다. 그런 세나의 반응을 어떻게 해석해야 할지 몰라 태성은 불안했다. 세나의 흔들리는 시선은 반지에 닿았다가 다시 태성을 향했다.

"내가 방송해서 그래요? 혹시 그거 때문에 사람들이 다 알게 됐으니까 책임감 느껴서 그러는 거예요?"

떨리는 세나의 목소리에 태성의 미간에 주름이 잡혔다.

"내가 그렇게 착한 사람이야? 책임감 때문에 너에게 청혼할 만큼?"

세나가 태성의 손을 잡아 일으켰다. 그리고 확인하려는 듯 그와 눈을 마주했다.

"진짜로 나하고 결혼하자는 거예요? 진심으로요?"

"어. 너하고 하고 싶어, 결혼. 더할 나위 없이, 진심이야."

힘주어 말하는 태성의 진심에 세나의 입가가 서서히 풀리기 시작했다. 환해지는 세나의 얼굴을 보며, 태성도 긴장이 풀린 듯 미소를 지었다.

"그럼 이제 이 반지, 너한테 끼워도 돼?"

세나가 대답 대신 고개를 끄덕였다. 세나의 네 번째 손가락에 맞춘 것처럼 들어가는 반지의 자태가 아름다웠다.

"너무…… 예뻐요."

태성이 세나를 품에 안았다. 이제 평생 곁에서 그녀를 아끼고 지켜줄 수 있다는 사실에 그는 행복했다.

"사랑해. 사랑해, 세나야."

나지막한 달콤한 고백이 세나의 귓가를 간질였다. 간질거리는 건 귓가뿐만이 아니라 심장도 마찬가지였다. 이렇게 좋은데 눈물을 흘리고 싶지 않았지만 눈물은 그녀를 배반하고 기어이 볼을 타고 흘러내렸다. 정말 기뻐서, 정말 행복해서 흐르는 눈물이었다.

태성이 다정하게 그녀의 눈가를 닦아주었다. 눈물 가득한 눈으로 세나가 웃었다.

"……언제까지 날 사랑할 건데요?"

"영원히."

세나의 장난스러운 물음에 태성이 진지하고 경건한 어투로 대답했다.

"진짜요? 진짜 영원히 날 사랑할 거예요?"

"화석이 돼서도 사랑할게."

세나는 이 뒤틀린 유머 감각을 가진 남자가 좋았다. 심장이 아플 만큼 그가 좋아서, 이제 돌이킬 수가 없었다.

태성이 다정하게 세나의 얼굴을 두 손으로 감쌌다.

"고마워. 거절하지 않아줘서. 평생 행복하게 해줄게."

"고마워요. 나한테 청혼해줘서. 내가 평생 행복하게 해줄게요."

태성의 고백에 세나가 그의 목에 팔을 두르고 더욱 가까이 다가섰다. 그리고 그녀는 입술을 태성의 입술 가까이 가져갔다. 그러다가 무언가 생각난 듯 멈췄다.

"잠깐만요. 처리할 게 좀 있어서."

태성에게 양해를 구한 세나가 웃으며 숨을 크게 들이마셨다. 이거, 미성년자들의 시청 수위를 준수해야 했다.

"거기 꼬맹이들! 눈 감아라!"

세나의 호통에 키득거리는 소리들이 건물 안에 들려왔다.

그 틈에 호진과 윤주가 끼어 있다는 걸 세나는 눈치채지 못하고 있었다. 그들이 숨어서 조용히 사진을 찍고 있다는 것도.

혹시 세나가 다른 소리 하지 못하도록 증거를 남겨 달라는 태성의 치밀한 부탁이 있었다. 거절할지도 모른다는 사실은 염두에 두지 않은 부탁이었다. 호진과 윤주는 기꺼이 그의 계획에 동참했다.

"우리 눈 감았어요."

누군가의 대답에 세나가 만족한 듯 고개를 끄덕였다. 그러고는 다시 그에게 가까이 다가갔다.

"기다리게 해서 미안해요."

"별말씀을."

미소를 짓는 태성의 숨결이 세나의 숨결과 섞였다. 사랑을 약속한 연인의 키스에 여기저기서 야유하는 소리가 들려왔지만, 그들은 개의치 않았다.

세나에겐 태성, 태성에게는 세나……. 지금 이 순간 존재하고 있는 건 오직 둘뿐이었다.

달콤하고 애틋한 키스가 아쉽게도 끝이 나고 세나와 태성이 서로 마주 보았다.

"관객이 많으니까, 오늘은 여기까지."

"오늘만 여기까지."

세나와 태성이 서로 이마를 대고 함박 미소를 지었다.

마주 보는 눈빛에 흐르는 사랑.

함께 있다는 사실 하나만으로도 벅차오르는 가슴.

아무런 말도 없이 마주 보고 웃기만 해도 행복한 연인이었다.

Epilogue_ 딸기야, 사랑해

태성은 꿈을 꾸었다. 세나와 결혼을 하고 나서는 한 번도 본 적 없던 어머니가 다시 그의 꿈속에 나타났다. 하지만 이번은 매번 꾸었던 악몽과는 달랐다.

온몸을 조여오던 연기도, 잡아먹을 듯 일렁이던 검은 수렁도, 그 건조하고 메마른 괴기한 웃음소리도 없었다. 고요하고 평화로운 공간 속에서 그와 그 여자만이 존재하고 있었다.

일그러진 모습 하나 없이 눈부시게 하얀 원피스를 입고 그를 향해 미소 짓는 그녀의 모습. 그 모습이 너무 생소하고 낯설어서 태성은 찬찬히 그녀를 살폈다. 늘 보아오던 악몽 속의 모습과는 달리, 어머니는 평온해 보였다.

"이거 가져다줘."

태성은 가벼운 걸음걸이로 다가와 그에게 커다란 딸기 바구니 두 개를 건네는 여자의 행동을 이해할 수가 없었다. 난데없이 나타나서 딸기를 먹으라고? 그의 생각을 읽기라도 한 듯, 그녀가 웃으며 고개를 흔들었다.

"너 말고, 그 아이에게 가져다주라고."

태성은 자신의 손에 들린 바구니를 물끄러미 내려다보았다. 금방 밭에서 따온 듯 싱싱하고 먹음직스러운 딸기가 그의 양손에 들린 바구니에 흘러넘칠 듯 가득 들어 있었다.

"너에게는 충분하진 않았겠지만, 내 방식대로 사랑했어. ……그래서 미안했어."

태성의 뺨을 스치듯 만진 여자는 무언가 더 말하려는 듯했으나, 이내 하얀 연기가 되어 사라졌다. 그 모습이 너무 홀가분해 보여서 태성은 꿈속인 걸 알면서도 연기가 되어 사라진 그녀가 있던 곳을 한참 동안 바라보았다.

S&C 대표이사 비서실.

윤 여사는 열린 문틈 사이로 조심스럽게 고개를 들이밀었다. 굳은 표정으로 책상에 앉아 있는 호진이 보였다.

윤 여사가 온 줄도 모르고 호진은 정신없이 서류에 몰두해 있었다.

"많이 바쁘냐?"

호진은 윤 여사를 보자마자 그 커다란 눈에 촉촉이 물기가 맺혔다.

"할머니……."

강렬한 호진의 반응에 윤 여사는 움찔했다. 윤 여사가 아니라 '할머니' 소리가 나오는 걸 보니, 진짜 힘든 모양이었다. 윤 여사는 다크

서클이 지하를 뚫고 내려갈 기세인 호진을 보며 웃음을 참았다.

"얼굴이 왜 그렇게 삭아부렀다냐?"

"왜 이런지 모르겠어요? 정말 몰라서 물어보는 거예요?"

꽉 다문 입술 사이로 말을 내뱉는 호진의 모습은 어쩐지 처량하고 귀여웠다. 윤 여사는 그 마음을 다 이해한다는 듯 고개를 끄덕거렸다.

"대충 알 만하다마는……."

태성은 제대로 트레이닝을 시킨다는 명목하에 한눈에 보기에도 어마어마하게 많은 양의 일을 호진에게 시키고 있었다. 호진에게 일을 시킨다는 건, 그만큼 태성 자신도 많은 일을 해내고 있다는 증거였다.

그래서 태성과 자신의 퇴근 시간이 현저하게 차이가 나도 호진은 속으로만 부글부글 끓고 있는 중이었다. 아직은 자신의 실력이 부족하다는 증거였으니까.

그래도 그동안 태성이 밑에서 꾸준히 일을 제대로 배워온 덕분인지, 호진은 불만을 토해내면서도 일을 제대로 처리해 나가고 있었다.

"부셔버릴 거야, 한태성! 기필코 부셔버리고 말겠어요."

한이 서린 호진의 목소리에 윤 여사는 고개를 절레절레 흔들었다.

"그런 짓 했다간, 네 애인이 가만 안 둘 텐데?"

"그러니까 내가 찍소리도 못 하고 여기 앉아 이러고 있지, 할머니."

호진은 애인인 윤주의 얼굴을 떠올리며 슬픈 표정을 지어 보였다.

태성을 부셔버리면 태성의 아내인 세나가 슬퍼할 거고, 그걸 본 자신의 애인이자 세나의 '절대 베프'인 윤주는 결코 그를 용서하지 않을 것이다. 먹이 피라미드의 최하층에 자리한 힘없는 존재의 비극이었다.

"그리고 네놈이 아직 능력도 안 되는 거, 알고는 있제?"

"할머니, 불난 집에 부채질 하러 온 거 아니지?"

"니 능력 키운다 생각하고 열심히 혀. 어디 이런 기회가 흔하디?"

"이런 기회 필요 없다고! 능력 따위 안 키워도 된다고!"

"니 애인한테 그렇게 말해보든가."

히죽 웃으며 내뱉는 윤 여사의 말에 호진은 금방 시무룩해졌다.

세나는 자연스럽게 회사에 사표를 냈다. 태성과 결혼을 하게 된 이상, 같은 회사에 다닐 수가 없었다. 세나는 아무렇지 않더라도 사람들이 그녀를 부담스러워할 게 분명했다.

대표의 아내가 같은 사무실에서 일한다는 게, 서로에게 좋은 영향을 주기 어려울 거라는 건 너무도 당연한 사실이었다. 대신 세나는 태성의 권유로 대학원에 진학해서 마음껏 하고 싶은 공부를 하는 중이었다. 거기까지는 아무래도 좋았다. 문제는 그다음에 터지고야 말았다.

태성은 아주 열심히 일했다. 이런저런 사건들이 있었던 터라, 수습해야 할 일이 많은 건 사실이었다. 남들이 보기에는 그게 무슨 문제냐 싶겠지만, 호진은 직감적으로 알 수 있었다. 한태성 때문에 나는 일에 깔려 죽을 수도 있겠구나.

불길한 예감은 결코 호진을 비켜가지 않았다.

그 망할 트레이닝을 제대로 시작해야 할 때가 되었다는 게 태성이 해준 설명의 전부였다. 그 짧은 설명 안에는 뒷말이 나오지 않도록 S&C의 기반을 제대로 잡아놓고, 3년 안에 H 그룹으로 옮겨가야 하는 태성의 상황이 고스란히 녹아 있음을 호진도 알고 있었다.

한 회사를 제대로 자리 잡게 하는 일은 말처럼 쉽지 않았다. 하지만 그 쉽지 않은 일을 태성은 해내고 있었다. 덕분에 자신은 아직도 일을 하는 중이었다. 이 불타는 금요일 저녁에.

"트레이닝? 웃기는 소리 하지 말라 그래. 날 괴롭히는 게 행복할 뿐인 거야, 그 인간은. 반드시 복수할 거야, 한태성. 할머니, 두고 봐. 내가 부서버리고 말 거야!"

호진의 그런 모습을 보던 윤 여사는 슬금슬금 자리에서 일어섰다. 잘하고 있는가 싶어 들렀다가 괜히 자신에게 불똥이 튈 것 같았다. 다행히 때마침 걸려온 한 비서의 전화 덕분에 윤 여사는 자리를 피할 핑계가 생겼다.

"일은 다 마쳤냐? 오냐, 내려가마."

"할머니 어디 가? 나 도와주러 온 거 아니었어?"

"아닌디."

"그럼 왜 온 건데?"

"근처에 왔다가 네놈 잘하고 있나 보러 왔제."

"……할머니."

반짝거리는 호진의 눈을 윤 여사는 매몰차게 외면했다. 여기서 더 지체하기에는 시간이 아까웠다.

"나 바뻐. 나 이제 노안이여. 한 개도 안 보여."

"할머니, 일하는 거 좋아하잖아. 아니, 사랑하잖아."

"안 보인당께. 나 바뻐. 지금 회의하러 가봐야 혀."

"……나도 데려가."

"넌 일해야제."

호진의 눈을 피하며 대답하는 윤 여사의 수상한 행동에 호진의 눈에서 불이 났다.

"할머니, 일하러 가는 거 아니지? 그치? 어디 가는 거야?"

"세나 보러."

멋쩍은 윤 여사의 웃음에 호진은 어이가 없었다.

아까 윤주도 친구 집에 간다고 했다. 금요일이라서 오랜만에 늦게까지 놀고 올 거라고. 그래서 데이트할 수 없다고 냉정히 말하고는 그를 버렸다.

"혹시 한 회장님, 사장님, 사모님 다들 거기 있어?"

"한 회장이 사업상 의논할 게 있다고 저녁에 온다고는 했다만."

"왜 사업상 회의를 태성이 형 집에서 하냐고! 그게 말이 돼?"

"아, 몰러. 수고혀. 너도 일 끝나면 오던가."

"일이 끝나면 오라고? 일이 끝날 거 같아?"

"능력껏 해보랑께. 난 이만 간다."

윤 여사는 자기 할 말만 하고는 재빨리 내뺐다. 닫힌 문 안에서 호진의 절규가 들려왔다.

"한태성! 윤 여사! 각오해! 모두 다 부셔버릴 거야!"

태성과 윤 여사는 놀라운 눈으로 세나를 바라보았다. 벌써 딸기를 세 팩이나 먹는 세나의 모습이 새로웠다. 더 먹을까 말까 고민하는 모습도. 저 작은 체구에 그게 다 어디로 가는 걸까 싶어 태성은 웃음이 났다.

"……한 팩 더 먹을까?"

태성은 사랑하는 사람이 먹는 것만 봐도 행복하다는 말이 무슨 뜻인지 이제는 정확하게 알 수 있었다. 지금 자신이 세나를 보는 기분이 딱 그랬으니까.

"천천히 먹어. 많이 있어."

태성의 말에 세나가 배시시 웃었다. 쌓여 있는 딸기 상자들이 세나를 행복하게 만들었다. 손이 큰 남편을 만나 정말 다행이야.

"고마워요. 이렇게 많이 사줘서."

세나의 말에 태성이 다정한 미소를 지으며 세나를 바라보았다.

아직 한 회장과 태성의 가족들이 오기 직전이었다. 눈치없이 '저녁 드시러 오세요.'라는 세나의 말에 거절 한마디 없이 오는 게 태성은 못마땅했지만, 세나 때문에 싫은 내색을 못 하고 있는 중이었다.

동네 사랑방도 아닌데, 왜 다들 자신의 집으로 모이는지 모르겠다고 투덜거릴 무렵, 윤 여사가 들이닥쳤다. 태성은 시도 때도 없이 찾아오는 윤 여사도 못마땅했다.

"근데 아까 왜 그랬어요? 내가 딸기 사 달라고 하니까 이상한 표정으로 웃었잖아요. 입 요렇게 해가지고."

자신의 입술 모양을 미묘하게 따라 하는 세나를 보며 태성은 웃음이 터져 나왔다. 어쩌면 뭘 해도 이렇게 사랑스러운지. 세나가 딸기를 사달라고 했을 때, 태성은 뜻밖의 우연에 자신도 모르게 난처한 웃음을 지었었다.

"어젯밤 꿈이 생각나서. 어제 꿈에 딸기가 나왔거든."

"진짜?"

세나는 놀라서 태성을 쳐다보았다.

간밤의 꿈에 제대로 모습을 드러냈던 어머니.

"조금 더 구체적으로 말하자면, 딸기를 들고 있는 어머니의 꿈이었지."

"태성 씨 어머니가 딸기를 들고 있었어요?"

"딸기 두 바구니를 내 손에 쥐여주더군. 나 말고 그 아이에게 가져다주라고 했는데, 그게 너였나 봐."

세나가 먹던 딸기를 내려놓고 그에게 집중했다. 그가 하는 말은 매우 중요했다. 자신에게도, 태성에게도.

"네 애미가 꿈에 나왔다고? 그리고 딸기를 줬어?"

태성의 입에서 아무렇지도 않게 생모의 이야기가 나오자, 윤 여사도 놀라움을 감추지 못했다. 예전 같으면 입에 담지도 않았을 이야기였다. 그뿐만 아니라 혁선을 대하는 태도도 많이 달라졌다. 여전히 거리감이 있고 데면데면했지만 예전의 냉랭함은 아주 조금씩 엷어지고 있었다.

세나를 만난 후, 태성은 많이 변했다.

"뜬금없이 딸기를 주길래 이상하다 했었죠."

"갸가 딸기를 무척이나 좋아했었제."

윤 여사의 눈빛이 차분해졌다. 어쩌면 그녀가 자신이 좋아했던 걸 주면서 태성에게 용서를 받고 싶었는지도 모르겠다는 생각이 들었다.

"그랬나요?"

태성은 모르는 일이었다. 윤 여사가 입가에 옅은 미소를 지었다.

"겨울이면 딸기가 냉장고에 가득가득 차 있었구먼. 늘 쟁여놨었어. 태성이 너 가졌을 때는 쌓아놓고 먹었었제. 그리고 네놈도 딸기 엄청시롱 좋아했었는디. 언제부턴가는 안 먹드만. 니 애비가 너희 모자 먹으라고 냉장고에 한가득 매일 딸기를 사다 날랐었제."

"……그랬던 것도 같네요."

그의 기억 한편에 어렴풋이 남아 있는 혁선의 모습. 그가 너무 미워서, 자신의 어머니가 너무 미워서 묻어버린 채 살았던 어린 날의 기억 한 조각이 태성의 머릿속에 떠올랐다. 양손 가득, 자신을 위해 딸기를 사 오던 혁선의 모습이 기억 속에 희미하게 남아 있었다.

"여사님, 같이 드세요. 태성 씨도 먹어요."

"너 많이 먹어."

태성이 세나에게 딸기를 더 가져다주었다. 세나가 배시시 웃으며 사양하지 않고 집어먹었다.

"나 꿈 이야기 더 해주면 안 돼요?"

"아까 말한 게 다야. 딸기 두 바구니 주면서 가져다주라고. 그래서 손에 받아 들었어."

"두 바구니요?"

세나가 고개를 갸우뚱거렸다.

"태성 씨도 딸기 좋아했다면서요."

"어렸을 때지. 커서는 안 좋아했어. 그런데 너 지금 먹는 거 보니까 맛있을 것 같기도 하네."

태성이 장난꾸러기처럼 웃으며 딸기를 하나 집어 베어 물었다. 달달하고 새콤했다.

"그럼 우리 아이는 태성 씨를 닮았나 봐요. 난 딸기 안 좋아했거
든요."

아무렇지도 않게 툭 던지는 세나의 말을 태성은 알아듣지 못한
모양이었다.

"안 좋아하긴. 너 지금 엄청 먹어대고 있는데?"

세나가 깊게 한숨을 내쉬었다. 아무리 눈치가 빨라도, 머리가 좋
아도 한태성도 남자인 거다. 저 답답이. 한 번 말했을 때 딱 알아들
으면 얼마나 좋아? 윤 여사님처럼. 힐끗 바라본 윤 여사님의 눈은
이미 동그랗게 커져 있었다. 세나가 눈을 찡긋거리자, 윤 여사의 입
이 함박만 해졌다.

"우리 아이가 태성 씨 어머님을 닮았나 봐요. 딸기가 이렇게 땡기
는 걸 보면. 그런데 태몽이 딸기면, 딸인가?"

세나가 태성을 향해 상큼하게 말하고 딸기를 집어 들고는 입에 오
물거리며 먹었다. 그런 그녀의 눈에 혼이 빠져나가 있는 듯한 태성
의 얼굴이 들어왔다. 태성이 손에 들고 있던 딸기 하나가 식탁 아래
떨어져 바닥을 굴러다니고 있는 중이었다.

"태성 씨? 한태성 씨?"

"……어?"

"내 말이 그렇게 충격적이에요?"

태성은 말을 잇지 못한 채, 그저 세나의 얼굴만 바라보고 있었다.
태성의 반응에 세나는 점점 불안해져왔다. 혹시, 아이를 갖고 싶지
않았던 건가?

"뭐라고 말 좀 해봐요."

"……좀 전에 뭐라고……?"

"우리 아이는 태성 씨 어머님을 닮은 것 같다구요."

"……우리 아이? ……너하고 내…… 아이?"

"네. 태성 씨하고 제 아이요. 지금 딸기 엄청나게 먹어대고 있는 뱃속의 아이요."

세나는 이런 바보 같은 태성의 모습은 처음이었다.

멍하니 세나를 보고 있던 태성은 당황했는지 어설픈 손놀림으로 허둥지둥 주머니를 뒤져 핸드폰을 찾았다. 그리고 이내 전화를 걸었다.

"출발하셨어요? 그럼 차 돌려서, 어, 그러니까 일단 김 박사님 모시고 같이 오시구요. 백화점에 가서 딸기를 제일 크고 싱싱한 걸로 다 사 오세요. 제일 예쁜 걸로요. 지금 설명할 시간 없으니까 링거랑…… 몸에 좋은 그런 거 있잖아요. 일단은 김 박사님부터 빨리 수배해주세요."

전화 내용을 듣고 있던 윤 여사가 깔깔대며 웃음을 터뜨렸다. 전화 내용을 들어보니, 한 회장 며느리에게 전화한 거구면. 무슨 상황인지 몰라 당황하는 기색이 수화기 너머까지 느껴졌다.

"살다 살다 태성이 놈 멍청한 모습을 내가 다 보네 그려."

세나도 웃음이 같이 터져 나왔다. 이 남자 뭘 하나 싶었는데, 바보 짓을 하는 중이었다. 우여곡절 끝에 통화를 끝낸 태성이 세나의 손을 잡고 마주 보았다. 손끝이 약하게 떨리고 있었다.

"고마워. 고마워, 세나야. 너무 기쁜데…… 하아, 이걸 어떻게 표현해야 하지?"

세나는 웃음이 나왔다. 이렇게 떨고 있는 이 남자가 한태성이 맞나 싶었다.

"사랑해, 세나야. 너무 사랑해. 우리 아이가…… 맙소사. 우리 아이라니. 그럼 이제 어떻게 해야 되는 거지?"

웃음기가 느껴지는 태성의 떨리는 목소리에 세나는 뿌듯했다. 그는 진심으로 기뻐하고 있었다.

"일단, 안아줘야죠. 나를."

세나의 요구에 태성이 머뭇거렸다. 그리고 걱정스러운 목소리가 들려왔다.

"그래도 돼? 그게, 그러니까 조심해야 하는 거 아니야?"

이 남자를 어떻게 하면 좋을까? 세나는 웃으며 두 팔을 크게 벌렸다.

"안아줘요."

태성은 세나를 조심스럽게 품에 안았다. 그녀를 감싼 그의 팔이 안전하고 다정해서, 자신을 소중하게 안아주고 있어서 세나는 가슴이 벅차올랐다. 아가야, 이 멋있는 남자가 네 아빠야.

"전에는 한 번도 경험하지 못한 일이라, 사실 아직 얼떨떨해."

"전에 경험한 일이었으면, 가만 안 둬요."

"그건 내가 맹세할 수 있지. 이번이 처음이야."

태성이 소리 내어 웃으며 세나를 꼭 끌어안았다. 이 품 안에 그녀와 그의 소중한 아기가 있다니. 믿을 수가 없었다. 태성은 연신 웃으며 세나의 이마에 키스를 퍼부었다. 사랑한다는 말을 끊임없이 세나의 귀에 속삭이면서.

뒤에서 윤 여사가 흡족한 웃음을 지으며 애정 넘치는 눈빛으로 그들을 바라보고 있었다.

"아버님! 거기 밟으시면 안 된다구요!"

진섭은 며느리의 호통에 움찔하며 발을 옮겼다. 오늘만 벌써 몇 번째 잔소리를 듣는 건지 모를 일이었다.

"내가 거기 딸기가 있는 줄 알았나 뭐……."

태성은 보육원에서 얼마 떨어지지 않은 곳에 세나를 위한 집을 지었다. 그리고 입덧으로 딸기밖에 먹지 못하는 세나를 위해, 그 일 대의 딸기 밭을 사들였다. 이후 그 옆쪽의 밭은 한 회장의 소유가 되었다.

태성이 산 딸기 밭만으로도 충분했지만, 한 회장과 태성의 가족에 게는 태성의 집에 방문할 구실이 필요했다. 그래서 매일 신선한 딸 기를 수확해서 세나에게 주었다. 그러더니 얼마 후, 태성의 집과 얼 마 떨어지지 않은 곳에 있는 집을 사들여 별장이라는 이름을 붙여 슬그머니 그곳에서 생활하기 시작했다.

그때부터였다. 늘 '네, 네.' 하며 조용하기만 하던 미영이 변했다. 목소리가 커지고 서슴없이 하고 싶은 말을 하는 며느리의 기세에 혁선과 진섭을 요새 기도 펴지 못하고 살고 있었다.

한 회장을 살피던 혁선이 슬며시 말을 걸었다. 혁선도 벌써 여러 번 아내에게 잔소리를 들은 후였다.

"옆에 하우스로 옮길까요?"

"그러자꾸나. 어멈이 신경이 날카롭구나."

슬금슬금 몰래 도망치려는 진섭의 등 뒤로 날카로운 미영의 목소 리가 들려왔다.

"가긴 어딜 가요! 여기 있는 거 다 따야 저녁에 세나 딸기 케이크 만들어줄 수 있다구요. 당신! 그쪽 바구니 들고 이리로 와요. 아버님도요."

혁선은 아내의 호통에 군소리 없이 바구니를 들고 그녀 옆으로 향했다. 그 모습을 보던 진섭도 아들의 뒤를 소리 없이 따랐다.

사람들이 보면 깜짝 놀랄, H 그룹 회장과 사장의 사적인 모습이 었다.

ㅇ

세나는 기지개를 켜며 눈을 떴다. 요즘 들어 쏟아지는 잠을 이겨 낼 재간이 없었다. 거실에서 책을 보고 있었는데 쏟아지는 햇살이 너무 따뜻해서 자신도 모르게 잠이 든 모양이었다.

태성의 꿈속에서 딸기가 두 바구니였다더니, 아이도 둘이었다. 그래서 두 배로 더 졸린 걸지도 몰랐다. 아직 성별은 밝혀지지 않았지만, 존재만으로도 소중하고 감사한 아이들이었다.

충분히 낮잠을 즐기고 행복한 미소를 지으며 눈을 뜨는 세나 앞에 태성의 얼굴이 보였다. 다정하고 따뜻한 눈길이 자신을 향하자, 세나의 미소가 더욱 짙어졌다.

"거기서 뭐 해요?"

"자는 게 예뻐서 보고 있었어."

서슴없이 나오는 낯간지러운 말에 세나는 부끄러워졌다. 남편이란 호칭이 아직 낯설고 설렜다.

"배가 나왔는데 예뻐요?"

"배가 나와서 더 예뻐지고 있는 중이야."

태성의 대답이 마음에 든다는 듯 세나가 두 팔을 벌리자, 태성은 세나를 가볍게 안아 들었다. 그러고는 사랑스러워 견딜 수 없다는 듯 세나의 이마에 가볍게 키스했다.

"더 먹어야겠다."

"살 많이 쪘어요. 어머님이 매일매일 맛있는 거 많이 만들어주셔서."

밖에서 사온 것들은 입덧 때문에 먹을수 없었는데, 희한하게도 미영이 해준 음식들은 모두 먹을 수 있었다. 덕분에 태성은 미영에게 감사함을 전하며 세나의 음식을 부탁했다.

그 부탁에 늘 진섭과 혁선이 세트처럼 미영의 뒤에 붙어 따라다녔다. 태성은 못마땅했지만, 세나의 부탁과 미영의 부드러운 웃음 때문에 그들을 쫓아낼 수도 없었다. 그리고 예전만큼 그들이 불편하지도 않았고.

"조금 이따 윤주 씨랑 호진이도 온다고 연락 왔어. 우리 둘이 오붓하게 지내려고 이사 온 건데, 사람들이 증식하고 있어."

"사람 많으면 좋은데요 뭐. 우리 아이들도 뱃속에서 사랑받는 거 다 알고 있을 거예요."

"그래서 다 안 쫓아내고 참고 있는 거라고."

태성이 못마땅한 듯 투덜대자 세나가 키득거리며 웃었다. 그리고 태성의 목을 팔로 감싸 안았다.

"알아요. 그래서 당신한테 고마워하고 있어요."

"얼마나 고마워? 그럼 대가를 지불해야 하지 않겠어?"

세나가 태성의 입술에 쪽, 하고 입을 맞추었다.

"이만큼?"

"이걸로는 어림도 없어."

이번에는 조금 더 길게 입술에 입을 맞추었다. 아쉬운 입맞춤에 태성의 눈썹이 꿈틀거렸다.

"그럼 이만큼?"

"감질나서 안 되겠어. 내가 알아서 받아 갈게."

"서방님 뜻대로."

태성이 웃으며 세나를 조금 더 끌어당겨 안았다. 따뜻한 햇살 아래 세나와 태성의 달콤한 키스가 시작되었다.

밖에서는 어느새 태성의 집에 도착한 호진과 윤주의 웃음소리가 들려오고, 간간히 며느리의 호통에 구시렁대는 진섭의 작은 목소리도 끊임없이 이어지고 있었다.

따뜻한 봄날의 행복한 오후 풍경이었다.

Epilogue_ 평범한 그들의 하루

거실 가득 은은하게 퍼지는 원두커피 향을 윤주가 눈을 감고 음미했다.

커피를 좋아하는 세나를 위해 얼마 전 바리스타 자격증을 딴 태성이 직접 원두를 갈아 대접하는 중이었다.

얼마나 시간이 흘렀을까? 태성이 커피가 든 쟁반을, 그리고 그 뒤를 호진이 다과상을 들고 뒤따랐다. 티테이블 위에 가지런하고 정갈하게 놓여지는, 군침이 절로 도는 다과들을 보며 윤주는 태성을 감탄 어린 눈빛으로 우러러보았다.

"이거 향이 너무 좋은데요?"

"괜찮아? 이번에 새로 구입한 원두야. 세나가 지난번 거는 시큼한 맛이 강하다고 해서, 조금 더 마일드한 걸로 구입했어."

믹스 커피 예찬론자였던 세나는 요 몇 달 부쩍 커피 향에 관심을 보이기 시작했다. 그러자 태성은 열 일을 제쳐놓고 사랑하는 와이프의 관심사에 지대한 열정을 보이기 시작했고, 그 열정의 결실이 바리스타 자격증이었다.

"어머, 어쩜. 자상하기도 하셔라."

"이 정도 가지고 뭘."

부드러운 미소를 짓는 태성의 모습을 호진은 못마땅하다는 듯 쳐다보았다. 이중인격자. 자신과 윤주를 대하는 태도가 판이한 태성을 보며 호진은 실소를 금할 수가 없었다. 자신에게는 늘 악마 같은 모습이면서 대체 저 말도 안 되는 파스텔 톤 앞치마는 무슨 설정이란 말인가?

회사 홈페이지나 SNS에 올릴까 했지만, 이내 곧 그 생각을 접었다. 지난번에도 태성이 딸과 함께 요리하며 바보같이 웃는 모습을 몰카로 찍어 회사 SNS에 올렸지만, 상황이 호진의 의도대로 흘러가지 않았다. 그 동영상을 올린 이후로 눈에 띄게 회사 매출이 늘었는지 아직도 알 수 없는 일이었다.

태성은 세나와 결혼 후, 3년의 시간이 흐르자 한 회장과 약속한 대로 H 그룹으로 들어갔다. 호진은 그때의 일을 떠올리며 미간을 찌푸렸다. 그때 끝냈어야 하는 인연인데. 그때가 아니면 기회가 없었는데.

호진이 정신을 차렸을 때는 너무도 자연스럽게, 그리고 당연하게 태성과 함께 H 그룹에 입사한 후였다. 아직도 그 일의 원인 제공자가 태성인지, 아니면 할머니인 윤 여사인지는 밝혀지지 않은 상태였다.

태성이 회사에 들어가자마자, 한진섭 회장은 일선에서 완전히 물러났다. 모든 경영권은 아들인 혁선에게 넘겨주고. 그리고 태성은 ─ 개인적인 감정이야 아직 어떤지 알 수는 없지만 ─ 일적인 면에서는 한혁선 회장의 든든한 조력자로서 회사에서 입지를 굳혀나갔다. 처음에 입사를 못마땅한 눈으로 지켜보던 회사의 임원들과 주주들도 이제는 태성을 H 그룹의 후계자로 인정하고 있었다.

세상은 여전히 한태성 위주로 돌아갔다. 호진은 그게 매우 못마땅했다.

"당신, 표정이 왜 그래요?"

"저 가식적인 한태성의 모습을 보라고. 마치 사람 좋은 카페 사장마냥 웃고 있잖아."

"카페요?"

윤주의 시선이 태성을 향했다. 그가 두 아이의 아빠가 된 지 벌써 6년이 넘었지만, 태성은 아직도 조각처럼 멋있었다.

이미 품절남인 사실이 공공연히 퍼져 있었지만, 태성은 여전히 한국의 매력적인 독신남 순위에 버젓이 올라가 있었다. 연예인도 아닌 한 회사의 CEO가, 대체 결혼 정보 회사에서 조사하는 순위에 왜 올라가 있는 건지 알 수 없었지만 – 게다가 독신남 순위에 – 누구도 그 사실을 굳이 지적하지는 않았다.

"카페에 대표님 같은 사장님이 있으면, 내가 매일매일 출근 도장을 찍을 텐데."

진심 반 농담 반 섞인 윤주의 말에 태성이 같이 맞장구를 쳤다.

"그럼 나는 매일 원두를 새로 내려야겠군."

"정말요?"

"당연하지."

"아이 좋아라."

"……그 카페 내가 사들여서 재건축할 거야."

호진이 중얼거렸지만, 윤주는 웃음을 참으며 계속 태성과의 대화를 이어 나갔다.

"회사 휴게실 카페로 출근하시는 건 어때요?"

"그것도 나쁘지 않은데?"

"직원들은 커피도 마시고, 안구 정화도 하고. 그거야말로 꿩 먹고 알 먹고인데. 생각 없어요? 아, 그럼 세나가 싫어하려나?"

"회사 대표라는 사람이 휴게실에서 커피 만들어주고 있으면, 사람들이 잘도 쉬겠다."

호진이 태성을 곱지 않은 시선으로 노려보며 툴툴댔다.

구시렁대는 호진 모르게 태성과 윤주가 마주 보며 씨익 웃자, 세나는 못 말리겠다는 듯 고개를 흔들며 슬쩍 미소 지었다. 또 둘이서 호진을 놀리고 있는 중이었다.

커피 좋아하는 와이프를 위해 바리스타 자격증까지 딴 태성 때문에, 호진은 당분간 윤주의 구박과 은근한 강요, 그리고 협박을 받게 될 게 뻔했다.

"여보, 나는 요새 칵테일이 그렇게 맛있더라구요."

호진이 미세하게 움찔거렸다. 이럴 줄 알았어. 늘 한태성 집에만 오면 이런 일이 벌어진다니까. 여기 어딘가에 수맥이 흐르는 게 틀림없어.

"요새가 아니잖아. 당신 원래 칵테일 좋아했어."

"지금이 더 좋아요."

"칵테일 말고 소주도 좋아하고, 고량주도 좋아하고, 맥주도 좋아하고……"

"호진 씨, 요점은 그게 아닌 것 같아요."

윤주는 태성은 아내를 위해 바리스타 자격증까지 땄는데, 넌 지금 뭘 하고 있는 거니.'라는 말이었다. 그리고 그런 윤주의 뼈 있는 말을 알아듣지 못한 사람은 그곳에 아무도 없었다.

"……내가 맛있는 칵테일을 사다 줄게."

호진의 힘없는 목소리에 윤주가 어림도 없다는 듯, 눈빛을 더욱 강렬하게 발산했다.

"나도 누구처럼 집에서 만들어주면 진짜 좋을 것 같은데."

"……회사일이 바빠."

호진이 윤주의 시선을 피하자, 윤주가 태성에게로 시선을 향했다.

"그래요, 대표님? 이 사람 요즘 바빠요?"

호진이 조금 전과는 다른 애처로운 눈빛으로 태성을 쳐다보았지만, 태성은 코웃음을 치며 그의 눈빛을 무시했다. 태성은 저 둘 사이의 주도권이 누구에게 있는지 아주 정확하게 알고 있었다. 의심할 여지 없는 일이었다.

"이번 주에 출장 다녀오면, 그렇게 바쁠 일은 없어."

"바쁠 일이 없을 것 같은 게 아니고, 없는 거죠?"

"물론. 있어도 없도록 해줄게. 그건 내가 보장하지."

윤주는 태성에게 거듭 확인하고 호진에게로 다시 시선을 돌렸다.

"당신 안 바쁘다는데요?"

생글거리며 웃는 윤주와 차마 시선을 마주치지 못한 호진은 그저 창밖을 바라보았다. 집에서 담근 맥주가 먹고 싶다고 안 한 게 어디야? 그나마 칵테일이라서 다행이라고 해야 하나? 칵테일을 집에서 제대로 만들려면, 조주기능사 자격증을 따야겠군. 회사 근처에 배울 만한 곳이 있던가?

깊은 한숨을 내쉬는 호진의 모습에 세나와 윤주가 서로 바라보며 웃음을 터뜨렸다.

"가람이는 더 예뻐지는 거 같아. 갈수록 세나 너랑 닮아가고."

아이들의 웃음소리가 거실로 들려오자, 네 명의 시선이 정원으로 향했다. 아이들은 온전히 자신들을 위해 지어진 정원 한쪽의 놀이터에서 신 나게 뛰어노느라 정신이 없었다.

부드러운 머릿결을 날리며 미끄럼틀을 타고 내려오는 가람을 보며 윤주가 미소를 지었다. 그런 윤주의 칭찬이 싫지 않은 듯, 태성은 윤주의 커피 잔을 조금 더 채워주었다.

"세나를 무척 닮았어."

태성의 목소리에 딸에 대한 숨길 수 없는 뿌듯함과 자랑스러움이 묻어나왔다.

"그래서 더 예쁘죠?"

"부정할 수는 없지."

태성의 아빠 미소에 세나는 그의 어깨에 기대었다. 그때 네 살이 된 윤주의 아들 시윤이 가람의 장난에 숨이 넘어갈 듯 웃자, 그들은 모두 미소 지었다.

보고만 있어도 눈물 나게 행복한 풍경이었다. 그대로 시간이 멈추었으면 좋겠다는 말을 비로소 실감하는 요즘이었다.

"아이들이 언제 저렇게 자랐을까요?"

"그러게 말이야."

세나가 아련한 목소리로 아이들에게서 시선을 떼지 않았다.

"너무 빨리 커서 아쉬워."

부러운 듯한 세나의 시선이 윤주를 향했다.

세나는 시윤이 너무도 귀여웠다. 둘째인 데다 나이도 어리니 그렇게 사랑스러울 수가 없었다. 이미 여섯 살이 되어버린 자신의 아이들과는 또 다른 느낌이 들게 하는 아이였다.

"하나 더 낳지 그래요?"

호진의 말에 윤주가 어림없는 소리라는 듯, 태성을 바라보았다.

"호진 씨가 말도 안 되는 소리를 해요. 그죠?"

태성이 윤주의 말에 동의하며 단호하게 고개를 끄덕였다.

"이미 충분해."

"겁쟁이 한태성."

호진이 놀리듯 비웃었지만, 태성은 아랑곳하지 않았다.

세나가 쌍둥이를 출산하던 날, 태성이 병원 밖에서 물 한 모금 먹지 못하고 안절부절못했다는 건 이미 널리 알려진 사실이었다.

난산이었던 세나는 꼬박 24시간의 진통을 겪고 나서야 사랑스러운 두 아이를 품에 안았다. 노랗게 변해버린 세나의 얼굴을 보며 태성은 맹세했다. 자신에게 아이는 이걸로 끝이라고. 두 번 다시는 없을 거라고.

벌써 오랜 시간이 지났지만, 그 결심은 태성의 마음에 굳건하게 자리 잡고 있었다.

깜깜한 밤이 되도록 아이들은 헤어질 생각이 없었다. 하지만 다음날을 위해 윤주와 호진은 집으로 돌아가야 했다. 물론 아이들이 순순히 따라 나설 리는 없었다.

"이시윤!"

윤주의 커다란 목소리에도 아이의 칭얼거림은 그치지 않았다.

"싫어. 가기 싫다고. 더 놀 거야!"

"얘가 진짜."

"더 놀래. 더 놀 거라고. 엄마, 미워!"

"더 어두워지면 도깨비 나온단 말이야!"

매번 떼쓰는 시윤 때문에 윤주는 고개를 절레절레 흔들었다.

"도깨비 나와도 괜찮아. 여기 더 있을 거야."

도깨비 협박이 먹히지 않자, 윤주는 방법을 바꿨다. 속에 참을 인 자를 새기며 부드러운 목소리로 아들을 달래기 시작했다.

"형아랑 누나는 내일 유치원 가야 해."

"그래도 더 있을 거라고!"

"비타민 줄게. 가자."

"비타민 안 먹어."

"······두 개 줄게."

"두 개도 싫어."

네 살치고는 제법 또박또박 자신의 의사를 정확하게 표시하는 시윤을 보며 윤주는 난처한 표정을 지었다. 둘째라 귀엽다며 물고 빨고 키웠더니, 황소고집이었다.

"너 진짜 엄마 말 안 들을 거야?"

윤주의 혈압이 폭발하려는 찰나, 가람이 조용히 윤주의 손을 잡았다.

"제가 달래볼게요."

그렇게 말하는 가람에게 윤주가 고개를 끄덕였다.

"어? 여기서 이상한 소리가 나네. 누가 이렇게 미운 소리를 내고 있지? 우리 시윤이 어디 갔지?"

여섯 살답지 않은 능숙한 달래기에 윤주는 속으로 웃음을 삼켰다. 자신보다는 가람이 달래주는 편이 훨씬 빨랐다. 아니나 다를까, 가람의 말이라면 껌뻑 죽는 시윤이 가람과 눈을 마주치려 애쓰며 언제 떼를 썼냐는 듯 온순한 얼굴로 서 있었다.

"누나, 누나. 나 여깄어."

조금 전과는 180도 다른 목소리로 사랑스러운 표정을 짓고 있는 시윤을 보며 윤주의 얼굴에 기가 막힌다는 표정이 서렸다.

시윤이 손까지 번쩍 들며 자신이 눈앞에 있음을 열심히 가람에게 어필하자, 그제야 가람이 과장된 표정으로 시윤과 눈을 마주쳤다.

"누나 깜짝 놀랐잖아. 시윤이 없어진 줄 알고. 우리 멋있는 시윤이 여기 있었네."

멋있다는 가람의 말에 시윤의 얼굴에 배시시 미소가 번졌다.

"내일은 누나가 유치원에 가야 하거든."

"……나 누나랑 더 놀고 싶은데……."

시무룩해하는 시윤을 보며 가람이 씽긋 미소를 지었다.

"우리 여섯 밤 자고 다시 만날까?"

"여섯 밤?"

"응. 여섯 밤 자면 토요일이거든. 그때 우리 다시 보면 되지."

"……여섯 밤 자면 또 볼 수 있어?"

"그럼. 당연하지. 누나가 시윤이한테 거짓말하는 거 봤어?"

가람의 말에 시윤이 고개를 단호히 저었다. 자신의 누나 정윤이면 몰라도 가람은 한 번도 거짓말을 한 적이 없었다.

"다음에는 우리 시윤이 집에서 놀까? 지난번에 카봇 에이스 샀다고 누나 보여준다고 했잖아."

"응. 나 그거 착한 일 스티커 50개 붙여서 엄마가 사줬어."

"누나 그거 진짜 보고 싶다. 시윤이 착한 일 뭐 했는지도 알고 싶고."

가람의 제안에 시윤이 힘차게 고개를 끄덕였다.

"그럼 누나 다음에는 우리 집에 놀러 와. 약속이야."

"응. 약속."

작은 손가락이 얽히는 광경을 보며, 윤주와 세나가 흐뭇한 미소를 지었다. 하지만 태성의 얼굴에는 묘한 긴장감이 흘렀다. 그걸 알아챈 호진이 음흉하게 웃었다.

이제 곧 5살이 되는 시윤은 유난히 가람을 따랐다. 얼마 전까지만 해도 그저 귀엽게만 봐주던 태성이 어느 순간부터 불편한 심기를 드러내기 시작했다.

"아들, 벌써부터 여자 말만 이렇게 잘 들으면 어떡해? 엄마보다 누나 말이 먼저냐?"

"아빠, 얼른 가자. 누나 피곤해서 쉬어야 해."

호진의 말에 아랑곳하지 않고 자신의 겉옷을 챙기며 신발을 신는 시윤을 보며, 윤주가 기어이 웃음을 터뜨리고야 말았다.

"부디 너희 마루는 저렇게 크지 말아야 할 텐데 말이다."

"글쎄, 과연 그렇게 될까?"

의미심장한 세나의 말에 윤주가 세나의 눈길을 따라갔다. 시윤이 때문에 미처 발견하지 못했던 또 다른 현장이 목격되고 있었다. 이번에는 호진의 눈에 긴장감과 불쾌함이 흐르기 시작했다.

"그 나영인가 나방인가 하는 애가 또 너한테 마루바닥 어쩌고 놀리면 나한테 이야기해야 해?"

정윤이 주먹을 꼭 쥐며 마루에게 말하자, 마루가 고개를 살짝 저었다.

"괜찮아. 그냥 장난인데 뭐."

"그래도. 나한테 꼭 이야기해. 알았지?"

어딘지 모르게 호전적인 정윤의 말투에 마루는 그저 웃음을 지어 보일 뿐이었다. 그 부드러운 웃음이 태성이 세나를 볼 때 짓는 웃음과 매우 비슷해서 호진은 표정이 굳어졌다.

"다음에 가람이 놀러 올 때, 너도 같이 올 거지?"

"당연히 가야지."

마루가 고개를 끄덕이며 정윤의 겉옷을 여며주자, 호진의 눈에서 불꽃이 일기 시작했다. 그런 호진의 눈빛을 전혀 눈치채지 못한 마루가 정윤의 목도리를 다정하게 매만져주었다.

호진이 슬며시 태성의 곁으로 가서 섰다.

"다음 주에 우리 집에 오지 마."

호진의 말에 태성이 굳은 의지를 보이며 고개를 끄덕였다.

"다음 주에 바쁠 예정이야."

아이들이 커갈수록 부쩍 태성과 호진 사이의 묘한 동질감도 커지고 있다는 사실을 그들도 느끼고 있었다.

"호진이네 너무 자주 오는 거 아니야?"

아이들을 재우고 이제 막 잠자리에 들려던 참이었다. 하루종일 웃음이 끊이지 않아 즐거웠던 하루였는데. 투덜대는 목소리에 세나는 무슨 소리냐는 듯 태성을 돌아다보았다.

"우리 한 달 만에 봤잖아요."

"한 달이 그리 오랜 시간은 아니지."

"아이들끼리 잘 놀고 좋은데. 왜 그래요?"

그 나이 또래의 고만고만한 아이들이라면 으레 티격태격하며 지낼 법도 한데, 세나의 쌍둥이 남매, 윤주의 남매, 합해서 네 명이 모이면 항상 웃음이 끊이질 않았다.

가끔 정윤과 시윤이 투닥거리면서 싸우긴 했지만, 그것도 가람과 마루가 나서면 바로 해결되곤 했다.

"너무 잘 놀아서 문제라고."

태성의 투덜거림에 세나가 씽긋 웃었다. 태성의 불만이 무엇인지 모를 리 없었다.

"시윤이가 가람이를 많이 따라요. 그렇죠?"

"……."

태성의 침묵에 세나의 미소가 더욱 짙어졌다. 딸 바보도 저런 딸 바보가 없다니까? 시윤은 고작 네 살이었다. 유별나게 가람을 따르기는 했지만, 그게 걱정할 일은 전혀 아니었다.

"아직 어린 애들이에요."

"누가 뭐라고 했나?"

"차라리 뭐라고 말을 하지 그래요."

태성은 입을 다물었다. 얼마 지나지 않아 다섯 살이 되는 아이를 붙들고 내 딸에게 접근하지 말라고 엄포를 놓을 수는 없는 일이었다. 그에게도 그 정도의 상식은 있었다.

"마음에 안 들어."

"시윤이가 어때서요? 난 시윤이 정말 좋던데."

"호진이 녀석 닮아서 싫어."

태성의 대답에 세나가 키득거리며 태성의 품 안으로 파고들었다.

"윤주랑도 많이 닮았어요."

"……."

"가람이하고 시윤이보다는, 정윤이랑 마루 쪽에 관심을 가져보는 게 어때요?"

윤주의 큰딸 정윤과 자신의 아들 마루. 세나가 보기에 제법 어울리는 한 쌍이었다. 세나는 씩씩한 정윤이 무척 마음에 들었다.

"……그쪽은 호진이 녀석이 주의 깊게 지켜보고 있을걸?"

태성의 의미심장한 말에 세나는 어이가 없다는 듯 태성을 올려다 보았다. 그러고는 이내 깔깔거리며 웃기 시작했다.

"맙소사. 아빠란 사람들이 진짜."

"당연하지. 딸한테는 다들 그렇게 하는 거야."

"말도 안 되는 소리 하지 말아요. 윤주하고 진지하게 이야기 좀 해봐야겠네."

"다음 주에 일본에 놀러 가자."

"윤주네 간다고 했잖아요. 가람이하고 시윤이하고 약속하는 거 뻔히 다 들었으면서."

"당신 일본 가고 싶다고 했잖아."

"그건 그다음 주에 가면 되죠."

"다음 주에 가."

"그럼 당신이 가람이한테 말해요. 난 몰라요."

세나의 말에 태성은 '끄응' 신음을 내뱉었다. 가람은 세나와 외모 뿐만 아니라 성격도 꼭 닮았다. 그래서 태성은 가람에게 이길 수가 없었다. 그 사실을 세나도 이미 알고 있었다.

"다음 주에 태풍이나 왔으면 좋겠군."

어린애가 따로 없다니까? 세나가 태성의 볼을 부드럽게 쓰다듬었다.

"딸들은 그냥 놔두는 걸로 하죠. 당신도 호진 씨도."

"⋯⋯몰라."

세나가 태성의 입술에 가볍게 키스했다.

"아주 먼 미래의 일을 신경 쓰기 전에, 지금 당장 눈앞에 있는 와이프한테 신경을 쓰는 건 어때요?"

세나의 은근한 유혹에 태성의 입가가 유려하게 휘어졌다. 이렇게 예쁜데 어떻게 거절을 하겠는가?

"그것도 나쁘지 않겠어."

"나쁘지 않아요?"

세나의 입술이 간질이듯 태성에게 가까이 다가왔다. 태성이 세나의 허리를 잡고 강하게 힘을 주었다.

"일단은 나쁘지 않은 걸로 하지."

"두고 보자구요."

태성이 세나에게 깊은 입맞춤을 하며 침대로 이끌었다.

세나와 윤주가 겹사돈이 되는 건 미래에 일어날 아주 당연한 일이라는 걸, 이때 태성은 눈치채지 못한 채 그들의 열정적인 밤은 깊어만 갔다.

Writer's Note

작가의 말이라니. 세상에나, 저에게도 이런 일이 생기는군요! 요즘은 온통 저에게 신기한 일투성이입니다.

처음 웹소설을 접한 게 벌써 햇수로 3년 정도 된 것 같습니다. 누구나 글을 쓸 수 있다기에, 저 같은 사람도 올릴 수 있을까 싶은 마음으로 장난처럼 가볍게 시작한 글쓰기였습니다. 사실 그때의 저는 사는 게 무기력하기 짝이 없었습니다. 삶은 한없이 어둡고 우울했고, 가슴은 꽉 막혀 답답하고, 아무도 없는 우주에 '나 홀로' 떠다니는 듯한 느낌 속에서 이유 없이 눈물만 나던 날들이었습니다. 지나고 나서 생각해보니 아마 '우울증'이라는 이름의 병에 걸려 있었던 것 같습니다.

그랬던 제가 글을 쓰는 일 하나로 세상과 다시 소통하게 되고, 웃을 수 있게 되었습니다. 하루하루 글을 올리면, 누군가가 글을 읽고 재미있다고 해주었습니다. 그 짧은 한마디에 저의 심장이 두근거리기 시작했습니다.

초기에 쓴 글들은 지금 보면 차마 눈 뜨고 볼 수 없을 만큼 유치

하고 오글거리지만 — 현재도 그다지 나아지지는 않았습니다만 — 그때
는 그저 행복하기만 했습니다.

살아 있음이 눈물 나게 고마웠던 그 순간을 저는 아직도 기억합
니다. 그건 뭐라 설명할 수 없는 '기적'이었습니다.

한 번 시작하고 나니 중독된 것처럼 글을 쓰는 걸 멈출 수가 없었
습니다. 한 편의 이야기가 끝나면, 곧이어 다른 이야기들이 떠올랐
고, 그걸 빨리 써야 마음이 편했습니다. 이야기로 풀어내지 않으면,
주인공들이 저를 막 볶아댔거든요.

그렇게 일 년 남짓, 즐겁게 글을 쓰다 보니 저에게도 기회라는 게
찾아왔습니다. 잠을 이루지 못하도록 머릿속을 괴롭히던 세나와 태
성이의 이야기를 생각나는 대로 밤낮으로 써내려가던 날들 중 하루
였나 봅니다. 연락을 받고 무슨 일인가 싶었습니다. 간혹 전에 썼던
글들이 이북으로 출간되긴 했지만, 종이 책 출판 제의는 처음이었
거든요. 네이버 '오늘의 웹소설' 정식 연재도 저 같은 아마추어 작가
에게는 상상조차 하지 못할, 꿈같은 일이었습니다. 다시 생각해봐도
제가 '기연'을 얻은 것 같긴 합니다.

여담입니다만, 처음 테라스북을 검색하다가 블로그를 보고서는
깜짝 놀라 크게 웃었습니다. 출판 제의 메일을 받기 전날 밤에 꿈을
꿨는데, 고양이가 여의주를 물고 저에게 왔거든요.

고양이와 여의주라니, 이게 무슨 말도 안 되는 조합인가 했었는
데, 테라스북 로고가 고양이였습니다. 정말 웃기기도 하고 신기하기
도 하고 그랬어요. 그날의 그 황당함이 아직도 고스란히 기억 속에
남아 있습니다.

어쨌든 그날 이후로, 저의 주인공들은 환골탈태를 합니다. 사실,

여주인공 세나는 제가 꿈꾸던 20대의 모습을 그대로 반영한 캐릭터였습니다. 용감하고 싶었고, 야무지고 싶었고, 똑똑하고 현명한 사람이었고 싶었는데, 그러질 못했거든요.

독자분들에게 세나가 사랑받는 만큼, 저 자신도 사랑받는 기분이었습니다. 작가지만 그런 기분을 어떻게 설명해야 할지 난감하기만 합니다. 아직 많이 부족한 탓이겠지요?

이렇게 부족한 제 글을 주의 깊게 봐주신 테라스북 관계자분들께 깊은 감사 인사를 드립니다. 그때 제가 쓴 글에 관심을 보여주시지 않았다면, 지금 이 시간도 없었겠지요.

특히 이선영 담당자님, 너무 고맙고 감사하다는 말씀 꼭 드리고 싶습니다. 느림과 여유로움으로 한껏 무장한 작가를 만나서 많이 힘드셨을 텐데, 그럼에도 불구하고 제게 늘 힘을 주시고 격려와 조언을 아끼지 않으셨죠. 여기까지 저를 이끌어주시느라 정말 고생 많으셨습니다. 힘드셨던 만큼 복 받으실 거예요.

웹소설과 종이 책 일러스트를 그려주신 비이커 님, 그동안 제대로 인사를 드릴 기회가 없었네요. 이 자리를 빌어 감사 인사를 드립니다. 그림을 보는 내내 행복했습니다.

추운 겨울, 공방 한쪽 구석에 따뜻한 전기 매트와 믹스 커피를 – 가끔은 원두커피도 – 무한 리필로 제공해준 나의 소중한 친구들. 엠디와 나로, 너희들 곁에서 글 쓰게 해줘서 고맙고 행복했어.

나의 1호 팬, 작가라는 걸 처음 실감나게 해준 경남에 사는 박은경 님. 당신을 기억합니다. 그리고 고맙습니다.

내 곁을 늘 지켜주는 나의 가족들, 넘치는 사랑으로 보답하겠습니다.

그리고 무엇보다도 제 글에 애정을 가지고 지켜봐주셨던 독자님들. 그대들이 없었다면 저는 작가라는 이름을 달 수 없었을 겁니다. 아팠던 그날들도 이제는 웃으며 말할 수 있는 건 모두 그대들이 있었기 때문입니다. 어떻게 감사의 말을 전해야 할지 잘 생각나지 않습니다. 그저 고맙고 또 고맙습니다.

그 외에도 제 글이 책으로까지 나올 수 있게 도와주신 모든 분들께 진심으로 감사의 인사를 전합니다.

작가가 된다는 건, 이런 거였군요. 아끼는 사람들에게 고맙다는 말을 글로 건넬 수 있는 기회가 주어지는, 그런 특별한 일이었네요. 연말 시상식에서 상 받는 분들의 수상 소감이 길어지는 기분을 이제야 조금 알 것 같습니다.

'미리내27'이라는 필명은 제가 좋아하는 단어와 숫자의 조합입니다. 늘 즐겁고 행복한 일만 하면서 살고 싶다는 평범하고도 어마어마한 소원이 담긴 필명입니다.

얼마 전 존경하는 지인과 대화를 나눌 기회가 있었습니다. 그분이 저에게 충고 아닌 충고를 해주시더군요. 그때는 웃어넘겼지만, 집에 와서도 머릿속을 맴도는 걸 보니 그 말이 저에게 제법 강렬한 인상을 남겼던 모양입니다.

저도 그 말을 여러분께 전합니다.

행복하게 막 사세요. 그렇게 살고 계시면, 저는 조용히 그렇게 여러분의 곁에 돌아오겠습니다.

—아직 보내지 못한 겨울의 끝자락에서

강리은

나에겐 100퍼센트 2

초판 1쇄 인쇄 2016년 3월 17일
초판 1쇄 발행 2016년 3월 30일

지은이 강리은 ㅣ 펴낸이 강성욱 ㅣ 책임 기획 전주예 ㅣ 기획 디자인 이선영 ㅣ 기획 편집 송진아 김혜정
마케팅 손주영 ㅣ 로고 김미현 ㅣ 교정 류혜선
펴낸곳 테라스북 ㅣ 등록 제381-2003-000040호
주소 (134-826) 서울특별시 강동구 동남로 65길 13 2층
전화 070-4794-5826 ㅣ 팩스 0505-911-5826
블로그 http://terracebook.blog.me ㅣ 전자우편 terracebook@naver.com
ISBN 978-89-94300-59-7 (04810)
ISBN 978-89-94300-57-3 (전2권)

테라스북은 오름미디어의 임프린트 브랜드입니다.

이 도서의 국립중앙도서관 출판시도서목록(CIP)은 서지정보유통지원시스템 홈페이지(http://www.seoji.nl.go.kr)와
국가자료공동목록시스템(http://www.nl.go.kr/kolisnet)에서 이용하실 수 있습니다. (CIP제어번호 : CIP2016006331)